더 케이지

THE CAGE
더 케이지

짐승의 집

보니 키스틀러 장편소설 | 안은주 옮김

한스미디어

차례

프롤로그

도시 위 높은 하늘에서 안개가 서성인다. 차가운 밤하늘은 온통 캄캄하고 보이는 것이라곤 난반사된 도시의 불빛뿐이다. 안개가 닿은 건물은 단 하나, 마켓플레이스 타워, 도시에서 가장 높은 최신 건물이다. 반짝이는 첨탑의 모든 면면에는 서리가 뒤덮여 있다. 누구라도 그걸 본다면 설탕을 입힌 동화 속 나라를 떠올릴 것이다. 그러나 그럴 수 있는 사람은 없다. 이 안개 속에서, 이 어둠 속에서.

밴이 빌딩 앞에서 멈춰 서고 세 명의 남자가 내렸다. 그들은 차 뒷문을 열어 청소 설비를 꺼낸 후 출입문 쪽으로 밀고 갔다. 그중 신입은 발걸음을 멈추고 고개를 들어 높은 곳을 바라보았다. 길에서는 어렴풋하게만 보였던 빌딩. 30층 최상층 두 군데에서 옅은 불빛이 새어 나오고 있었다. 두 곳 말고는 온통 캄캄했다. 그는 고개를 뒤로 더 젖혔다. 두 곳은 서로 반대편에 위치해 있었다. 안개가 떠다닐 때마다 두 불빛이 각각의 위험을 알리는 등대처럼 밝아졌다 어두워졌다 했다.

회전문 세 대가 나란히 있는 입구에서 로비로 들어서면 보안 데스크가 보인다. 데스크에는 CCTV 화면 네 대가 켜져 있고, 다섯 번째 화면에서는 스포츠 경기가 진행 중이다. 그리고 그 앞에 보안원 한 명이 앉아 있었다. 그 뒤를 지나면 양쪽에 각각 다섯 대의 엘리베이터가 있는 복도가 나온다. 각 엘리베이터 사이에는 원하는 층을 미리 누를 수 있는 콘솔이 있다. 엘리베이터 문에는 검은색 격자무늬가 새겨져 있는데, 아마도 에드워드 시대의 오래된 새장 스타일 엘리베이터에 대한 오마주이리라.

남자 셋이 출입문 앞에서 버저를 누르자 보안원이 고개를 들고 버튼을 눌러 잠금장치를 풀었다. 그들은 서명을 하고 들어와 로비 옆에 붙은 빈 사무실 안에 코트를 벗어 걸어두었다. 그러고는 목을 길게 빼고 TV 화면을 보며 현재 점수를 물었다. 22대 0이오. 보안원이 대답했다. 그들은 휘파람을 불고는 광택기를 켜고 헤드폰으로 중계방송을 들으며 일을 시작했다. 로비 바닥은 오닉스가 기하학적 다이아몬드 모양으로 박힌 시에나 대리석이다. 광택기가 정빙기처럼 바닥에서 미끄러졌다.

30층, 한 여자가 사무실 창문 앞에 꼼짝 않고 서 있었다. 날이 좋으면 맨해튼의 스카이라인이 다 내려다보이지만, 오늘밤은 유리창에 그녀의 모습만 비쳤다. 사십 대 초반의 늘씬하고 자그마한 체구다. 빛바랜 금발머리는 앞머리가 쏟아질 듯 손질해서 분위기 있어 보인다. 조각같이 매끈한 피부, 일요일 밤인데도 손볼 곳 없는 메이크업 상태에, 평일처럼 실크 블라우스와 정장 바지 아래 앞이 뾰족한 힐을 신었다. 독특한 빨간색 바닥이 특징인 이 힐은 거의 1천 달러에 달한다. 그녀는 어둠 속에서 자신의 얼굴을 가만히 바라보더니, 마침내 돌아서서 코트를 들고 사무실을 나왔다. 도어록이 삐 소리를 내며 잠기자 그녀는 복도를 따라 걸었다.

같은 층 반대편 끝, 경치가 보이지 않는 쪽에 책상을 비추는 또다른 빛이 있다. 책상 위 서류 더미에는 맨 위에 포스트잇이, 사이사이에는 각양각색의 인텍스 스티커가 붙어 있다. 2미터 옆 어둠 속에 한 여자가 서 있다. 아까 그 여자보다 열 살쯤 어리고 15센티쯤 더 큰데, 대충 묶은 포니테일과 창백한 민낯 때문에 나이보다 훨씬 더 어려 보인다. 그녀 역시 근무일 같은 복장이지만 디자이너 브랜드는 아니다. 또 유리창에 비친 자신의 모습을 보는 얼굴이 굳은 표정은 아니다. 게슴츠레한 한쪽 눈 근육이 씰룩거리며 철도 신호기처럼 이따금 윙크를 한다. 열네 시간째 책상에 앉아 있었던 터다. 그녀는 지친 모습으로 몸을 돌려 낡은 캔버스 가방에 서류 몇 장을 넣고 코트를 집어 들었다. 이곳 문에는 잠금장치가 없어서 문을 잠그지 않은 채 사무실을 나섰다.

그녀는 엘리베이터로 터벅터벅 걸어갔다. 꼭대기 층 복도에는 고요함이 가득했고, 정적을 깨우는 건 윙윙거리는 기계 장치 소리뿐이다. 마치 혼수상태 환자의 몸에 연결된 인공호흡기가 쌕쌕거리며 돌아가는 것 같다.

엘리베이터 앞에는 반대쪽 사무실 여자가 먼저 와서 기다리고 있었다. 더 젊은 쪽인 여자가 거는 말에 대답은 없었다. 중앙 엘리베이터가 도착했다. 문이 스르르 열렸다. 두 여자는 엘리베이터에 탑승했다. 문이 닫혔다.

— 911입니다. 무슨 일입니까?

— 엘리베이터에 갇혔어요. 전기가 나갔고요.

— 알겠습니다. 성함이 어떻게 되십니까?

— 세이 램버트요.

─위치가 어떻게 되죠?

─마켓플레이스 타워요. 엘리베이터에 갇혔어요. 전기가 완전히 나간 것 같아요. 비상버튼을 눌러도 반응이 없고, 인터콤도 안 돼요. 공기압축기도 꺼진 것 같고요. 여기 아무것도 안 보여요.

─혼자 계신 건가요?

─한 사람 더 있어요. 루시 카터 존스요. 이건 그분 전화기예요.

─그분은 괜찮은가요?

─잘 모르겠어요. 좀 안 좋은 거 같아요.

─전화 좀 바꿔주십시오.

─네, 잠시만요. 플래시 기능으로 그분이 어디 있는지 봐야 해요. 됐네요. 전화받으세요. 직접 얘기하고 싶대요. (대화 중단) 제가 이분 귀에 전화기를 대고 있어요.

─여보세요? 911입니다. 성함 좀 말씀해주시겠어요?

[응답 없음.]

─여보세요? 괜찮으세요?

[응답 없음.]

─여보세요, 다시 저예요. 루시가 말을 안 하네요. 진짜 정신이 나간 것처럼 보여요. 빨리 꺼내주셔야 할 것 같아요.

─소방대를 급파했습니다. 전화 끊지 말고 계세요.

─안 될 것 같아요. 전화기가 곧 꺼질 거예요. 배터리가 1퍼센트 정도밖에 없어요.

─끊지 마세요. 구조대가 곧 도착할 겁니다.

─아니요. 배터리를 아끼는 게 낫겠어요. 나중에 플래시가 필요할 수도 있잖아요.

─끊지 않는 게 좋습니다, 부인.

—아니요. 아무튼 고마워요.

—여보세요? 여보세요?

1부

1장

세이 램버트
2014년 2월 2일 밤 11:16

기어 소리와 함께 모터 시동이 걸렸다. 마치 이를 박박 가는 소리 같다. 곧이어 불이 켜졌다. 나는 바닥에서 벌떡 일어나 문 쪽으로 갔다. 엘리베이터가 내려가기 시작했다. 속도가 너무 빨라서 자유낙하하는 게 아닌가 싶었지만 상관없었다. 어떻게든 아래로 내려가야 했다. 밖으로 나가야 했다. 몇 초 후 로비 층에 다다랐다. 문이 열리자마자 밖으로 뛰쳐나갔다. 문 앞에 사람들이 반원형으로 늘어서 있었다.

흐릿한 시야 너머 제복들이 보인다. 경찰, 소방원, 보안원 등 작업복 가슴에 타원형 패치를 단 남자들이다. 자리에 멈춰 서서 그들을 바라보았다. 하지만 그들 모두의 시선은 나를 지나쳐 엘리베이터 안으로 향해 있다.

뒤돌아보았다. 루시 카터 존스가 엘리베이터 구석에 대자로 누워 있다. 마스카라가 번져 너구리같이 된 두 눈은 뜬 채였고, 왼쪽 볼에 구멍이 나 있다. 구멍이 너무 깔끔해서 마치 펀치 기계로 뚫어놓은 것 같다. 머리 위 벽에는 선혈이 흩뿌려져 있고, 그녀의 옆 바닥에 총 한 자루가 떨어져 있다. 총신이 짧은 무광택 검정 리볼버다.

욕지기가 올라오더니 결국 구역질을 하고 말았다. 몸을 구부려 반짝이는 대리석 바닥에 노란 담즙을 토해냈다.

남자 둘이 달려와 양쪽에서 팔꿈치와 손목을 잡아 일으켜주었다. 나는 부축을 받아 발을 질질 끌며 로비를 가로지르고 유리문 너머 빈 사무실로 들어갔다. 금속 책상과 의자 외에 겨울 외투가 잔뜩 걸려 있는 옷걸이뿐이다. 내 코트를 찾아 두리번거리던 나는 아까 그곳에 코트가 있겠다는 생각을 떠올렸다. 엘리베이터 바닥, 총 근처에.

아래를 내려다보았다. 지루할 정도로 밋밋한 단색 베이지색 재킷으로 하루를 시작했는데, 지금은 사냥을 마친 표범이나 치타, 혹은 어떤 포식자의 무늬처럼 피가 흩뿌려져 있다. 순간 또다시 욕지기가 느껴져 미친 듯이 재킷 버튼을 뜯었다. 나를 데려온 두 남자가 저지하려 하더니 문득 깨달은 듯 멈추고 내가 재킷 벗는 걸 도와주었다. 한 명이 재킷을 한쪽에 두는 동안 다른 한 명은 나를 의자에 앉혔다.

"제 코트요." 나는 입을 열었다. "제 소지품요." 그 밖에 또 뭘 두고 왔는지 생각하며 머리를 쥐어짰다. 서류가방, 그리고 지갑.

"확보해놨습니다."

남자가 다가와 물 한 잔을 건넸다. 그는 경찰복을 입고 있었다. 다른 남자를 보니 그도 마찬가지였다. 물잔을 든 내 손이 떨리기 시작했다. 부두에 찰랑거리는 파도처럼 잔 속의 물도 찰랑거렸다. 나는 물을 한 모금 머금고 입안에서 빙글빙글 돌리고는 잔에 다시 뱉었다. 통제가 안 될 정도로 손이 떨렸다. 손을 바라보던 나는 손톱으로 시선을 옮겼다. 엉망으로 닳은 손톱을 보고 나서야 엘리베이터 문 사이에 손톱을 끼웠던 것, 문을 열기 위해 안간 힘을 썼던 게 떠올랐다. 안 부러진 손톱이 없을 정도였다. 그러나 문은 꿈쩍도 하지 않았지.

"무슨 일이 있었습니까?" 한 경관이 물었고, 동시에 다른 경관이 다른 질문을 했다. "이름이 어떻게 되시죠?"

그때 또 다른 제복을 입은 사람이 문으로 들어왔다. 소방대원이었다. 그는 고개를 저어 보이고는 바로 나갔다.

경관 하나가 로비로 발걸음을 옮겼다. 나는 몸을 돌려 유리문을 통해 내다보았다. 그는 어깨에 매달린 무전에 대고 말하기 시작했다. 내 머리는 제 기능을 못 하고 있었다. 얼마쯤 지나서야 소방대원이 고개를 저은 게 무슨 의미인지 깨달았다. 헉하고 놀라며 남아 있는 경관 쪽으로 몸을 돌렸다.

"그분 돌아가셨어요?"

그는 나를 빤히 보며 아무런 대답도 하지 않았다. 그렇다는 대답이나 마찬가지였다.

"오, 세상에!" 나는 손에 얼굴을 묻었다. "말렸어야 했는데, 그랬다면 살릴 수 있었을까요?" 목소리가 손바닥에 부딪혀 부자연스럽게 웅웅거렸다. 나는 고개를 들었다. "어두웠어요. 그래서 어디를 다쳤는지 볼 수가 없었어요. 아니, 다쳤는지 안 다쳤는지도 알 수 없었어요. 그런 상황에서 뭘 할 수 있었을까요? 제가 뭘 했어야 했죠?"

"무슨 일이 벌어진 겁니까?" 그가 또다시 물었다.

진정하기 위해 숨을 깊이 들이마셨다. "공황이 온 것 같더라고요. 그런 상태를 공황이라고 하는 거 맞죠? 엘리베이터가 멈추고 불이 꺼지니까 바로 그러더라고요. 이상한 소리를 냈는데, 뭐랄까, 개가 헐떡거리는 소리 같았다고 할까? 그래서 진정시키려고 했죠. 엘리베이터가 멈춘 걸 빌딩 보안원들이 벌써 알아챘을 거라고 말해줬고, 금방 나갈 수 있을 거라고도 했어요. 근데 그분은 아무 소리도 못 듣는 것처럼 굴더군요. 인터콤도 작동이 안 됐고, 비상버튼도 안 먹혔어요. 그래서 911에 전화했죠. 곧 구조대가 올 거라고 말해도 대답이 없었어요. 그때는 확실히 과호흡을 하는 거 같았어요. 기절할까 봐 걱정이 됐죠. 상태를 보려고 핸드폰 플래시를 켰는데, 근데 그분 손에 총이 있었어요."

나는 눈을 감고 다시 한번 심호흡을 했다. "총을 갖고 있다니, 믿을 수가 없었죠. 뭘 하려는 거지? 총을 쏴서 밖으로 나가려는 건가? 그런 생각을 하는데, 총구를 자기 쪽으로 돌려 턱 아래에 대는 거예요. 그제야 자살할 작정이란 걸 깨닫고 '안 돼요!'라고 소리치면서 총을 거머쥐었죠. 저항하더라고요. 정말 격렬히 저항했어요. 그러더니, 그러더니……." 말을 멈추고 종이컵의 물을 한 모금 마셨지만 토사물 맛이 나서 재빨리 뱉었다.

"그러니까 그분이 자살하셨다는 말씀이군요."

나는 눈을 가늘게 뜨고 경관을 바라보았다. 그 정도로 말했으면 알아들어야 하는 거 아닌가? "그렇다니까요!"

그는 수첩을 꺼냈다. "그분 성함은 아십니까?"

"네. 루시 카터 존스예요."

"루시 존스." 그가 이름을 받아 적었다.

"아니요. 성이 카터-존스라고요. 중간에 하이픈이 있고요. 영국 쪽에서 하는, 부모 성 다 쓰는 그런 거예요. 아시죠?"

그는 텅 빈 얼굴로 바라보았다. "친구지간인가요?"

"그분은 저희 회사 인사부 총괄 부장님입니다."

"무슨 회사죠?"

"CDMI요." 경관의 얼굴이 멍해지는 것 같아 설명을 덧붙였다. "클로딘 드 마르티노 인터내셔널. 패션업계 거물 기업인데 모르세요? 세계적으로 유명한 브랜드를 대부분 소유하고 있어요. 디자인 본부는 도심지에 있지만, 경영 본부는 여기에 있죠." 나는 위쪽을 가리키며 말했다. CDMI는 빌딩 꼭대기 층부터 아래쪽으로 다섯 층을 쓰고 있었다.

"성함이 어떻게 되십니까?"

"셰이 램버트요. 저는 법무팀에서 일해요."

그가 눈을 가늘게 떴다. "변호사라는 말씀인가요?"

고개를 끄덕였다.

아까 그 경관이 다시 왔다. "경찰청 범죄수사과에 알렸어."

내 옆의 경관이 나를 가리키며 그에게 말했다. "변호사래."

둘은 시선을 교환했고, 한쪽이 끄덕거리자 다른 쪽이 코팅된 종이를 주머니에서 꺼내 읽기 시작했다. "당신은 묵비권을……."

"잠시만요." 나는 둘을 번갈아 보았다. "지금 저를 범인으로 보시는 건 아니죠? 아니에요! 자살이라니까요!"

그렇지만 그는 억양도 없이 계속 읽어 내려갔다. "행사할 권리가 있으며 당신이 한 진술은 법정에서……."

"저는 말리려고 했다니까요!"

경관 한 명이 다시 나가더니 새로 온 경관 두 명에게 다가갔다. 그들 셋은 회전문을 통과해 빌딩 밖으로 나갔다.

"네, 제 권리를 이해했습니다." 나는 미란다 고지를 다 들은 후 말했다. "묵비권을 포기합니다. 모든 걸 다 말씀드릴게요. 저는 말리려고 했어요."

"여기서 기다리십시오."

경관은 밖으로 나갔지만 멀리 가지 않았다. 나가자마자 문 옆에 섰다. 나는 깨달았다. 그는 보초를 서고 있었다. 나를 감시하기 위해서.

2장

잉그럼 배럿

라이^{Rye}에 위치한 J. 잉그럼 배럿 주니어의 주 거주지는 고전적인 흰색 식민지풍의 삼층 건물이다. 열두 개의 조경 조명이 건물 전면에 마침맞게 배치돼 있어서 마치 이 거리를 비추는 별처럼 보인다. 또 다른 조명 세트는 현관 앞 원형 드라이브 중심에 있는 분수대를 비춘다. 분수대는 겨울에도 중앙에 있는 수중 히터 덕분에 물이 얼지 않고 풍성하게 쏟아져 내렸다.

이층 안방, 배럿은 캘리포니아 킹 침대에서 전화기를 베개 아래 묻은 채 자고 있었다. 전화기에는 침대를 흔드는 패드가 장착돼 있었다. 원래는 청각 장애인용으로 나온 알람시계 장치인데, 덕분에 한밤중에 전화가 울려도 침대 저편에서 자는 아내의 잠을 깨우지 않을 수 있다. 동남아에 생산 공장을 둔 회사를 운영하다 보니 한밤중에도 종종 전화벨이 울렸다. 그럴 때마다 아내 멜라니는 탐탁지 않아 했다. 멜라니는 그가 CDMI 법무자문위원과 수석 부사장으로서 받는 월급에는 만족스러워하면서도, 그 직무에 대해서는 못마땅해했다.

진동음에 잠이 깬 배럿은 이불을 뒤집어쓰고 액정화면을 보았다. 지구 반대편에서 걸려온 전화가 아니었다. 잭 컬리건, CDMI

보안팀장이었다. 이 시간에 전화를 한 걸 보면 뭔가 큰일이 터진 것이다.

배럿은 슬그머니 일어나 욕실 쪽에 있는 드레싱 룸에 들어가 전화를 받았다. "내가 다시 전화하지." 그는 속삭여 말한 후 전화를 끊었다.

그는 복도와 연결된 다른 문으로 나간 후 명목상 아이들 방이지만 거의 사용하지는 않는 네 개의 침실을 지났다. 나선형 계단을 내려가 젖은 바닥을 밟은 순간 발이 미끄러졌다. "이런 젠장." 난간 기둥을 붙들고 으르렁거리듯 내뱉었다.

도우미가 현관 앞에서 넙죽 엎드려 대리석을 문질러 닦았다. "죄송합니다. 너무 죄송합니다!" 그리고 엉덩이로 쭈그리고 앉아 몸을 숙인 채 팔을 들어올렸다.

"아, 제발 좀." 배럿은 자신이 사무실에 있을 때 청소하기를 바랐고, 멜라니는 자신이 낮 동안 방해받지 않도록 물걸레질은 꼭 두새벽에 해야 한다고 생각했다. "진정해요. 화난 거 아니니까." 그가 도우미에게 말했다.

배럿은 축축한 바닥을 가로질러 사무실로 들어가 문을 닫고 전화를 걸었다. 상대방이 전화를 받자마자 그가 다짜고짜 물었다.

"무슨 일이야?"

"배리! 루시 일이야."

"이런, 젠장!" 배럿이 목을 천천히 돌렸다. "무슨 짓을 저질렀는데?"

"그런 게 아니라, 죽었어."

"맙소사!" 배럿이 의자에 무겁게 내려앉았다. "어디서?"

"사무실. 엘리베이터. 머리에 총상을 입었대."

"오, 이런!" 뭔가 그럴 조짐이 보이지 않았나요, 라고 사람들은 질문을 던지겠지. 배럿은 분주히 머리를 굴렸다. 확실히 그녀에게서 뭔가를 파멸시키고 말리라는 듯한 조짐이 보이긴 했지만, 그 대상이 회사일 줄 알았지, 그녀 자신일 줄은 상상도 못 했다. *나 여기 불질러 버릴 수도 있어.* 그녀는 협박을 했다. 그로서는 별다른 도리가 없었다. 그래서 만약 시도라도 한다면 무슨 일이 생길지 상기시켜주었다.

"뭐라고 남긴 말은 없었대? 그러니까 그거…… 하기 전에?" 배럿이 물었다.

"없었어. 사람들이 구조하러 갔을 때 이미 사망한 상태였대."

"잠깐, 사람들이라니? 무슨 구조를 했다는 얘기야?"

"법무팀 팀원 하나랑 엘리베이터에 갇혀 있었대. 셰이 램버트."

배럿은 불쑥 자리에서 일어섰다. "셰이 램버트와 대화 가능한가?"

"너무 늦었어. 경찰이 격리시켰거든. 이미 진술도 끝냈고."

"그래서 뭐래?"

"폐소공포. 공황이 와서 그랬다는데."

"좋아." 그가 상황을 이해하기 시작했다. "소식은 어디서 들었어?"

"야간 보안원이 순찰 경관과 대화를 나눴더라고. 아, 그리고 경찰이 음성 메시지를 남겼는데, 루시와 셰이의 사무실을 수색할 수 있게 해달라고."

배럿은 잠시 생각에 잠겼다. "일단 시간을 끌고 루시 사무실로 가서 노트나 컴퓨터에 뭐 남긴 거 없는지 찾아봐. 뭐라도 좋으니까. 나는 루시 집으로 가서 남편을 챙길게. 레스터한테 그리로 오라고 전해주고. 그 집도 둘러봐야 할 거야."

"알겠어."

"잭?"

"응?"

"혹시 루시가 자네한테 뭐라도……."

"아니. 내가 아는 건 다 자네도 아는 거야." 잭이 대답했다.

"난 눈곱만큼도 모른다고!" 배럿이 발끈했다.

"나도 그렇다니까."

그 발언에 담긴 '나도 내 앞가림을 하겠다'라는 의미가 맘에 들지 않았지만, 지금은 그걸 신경 쓸 때가 아니었다. "루시 사무실 살펴보고 다시 연락 줘."

전화를 끊었다. 이럴 때 입으려고 서재 벽장에 걸어놓은 한밤의 위기상황용 옷으로 갈아입었다. 전에도 이런 경우가 있었다는 의미는 아니다. 그러나 루시는 *나 여기 불질러 버릴 수도 있어,* 라고 협박했고, 아마도 지금 자신의 죽음으로 그 일을 해낸 것인지도 모른다. 그렇다면 불꽃은 회사를 태우는 데 그치지 않을 것이다. 그 역시 화형을 당할 것이다.

차고로 향하던 배럿은 머드룸° 앞에서 몸을 돌려 서재로 가서 벽장 금고를 열었다. 안에는 여권과 얼마간의 현금, 보석과 더불어 뜯지 않은 담뱃갑 하나가 있었다. 담배를 끊은 지 일 년이 다 되어가지만 자신의 의지를 시험하기 위해 둔 것이었다. 그는 늘 통제하는 걸 좋아했다. 심지어 자기 자신마저도. 아니, 특별히 자신을 통제하는 걸 좋아했다. 그렇지만 오늘은 아니었다.

° 흙 묻은 비옷이나 장화 등을 벗어두는 곳.

셀로판 줄을 뜯어내고 담배 한 개비, 아니 두 개비를 꺼내려다 말고 담뱃갑을 주머니에 넣은 채 금고를 닫았다.

그리고 차고에 가자마자 담배에 불을 붙였다.

3장

세이 램버트

나는 진정하려고 애썼다. 사람이 죽었으니 경찰은 당연히 질문을 하고 싶겠지. 목격자는 단 한 명, 나뿐이니 나한테 물어볼 수밖에 없는 거야. 순찰 경관이 미란다 원칙을 고지한 건 형사들이 도착하기 전까지 신중을 기하려고 그런 거고. 아마 내가 변호사라서 읽어준 것일지도 몰라. 변호사라는 말을 괜히 했어. 경찰은 늘 변호사한테 가드를 올리는데.

로비 층의 자그마한 사무실 유리문을 통해 밖의 상황을 다 지켜보았다. 경관 두 명이 패널 몇 개를 가져와 엘리베이터 3호기 앞을 둘러놓았다. 범죄 현장 가림막이다. 엘리베이터를 범죄 현장으로 보는 것이다. 하지만 뉴욕에서 자살은 범죄가 아닌데! 살인이라면 몰라도.

또 다른 경관은 청소 작업복 차림의 남자 세 명을 로비로 데려와 최소 6미터 간격으로 바닥에 앉혔다. 목격자들을 따로따로 격리하는 것이다.

사무실을 지키는 경관은 여전히 자기 자리를 지키고 있다. 용의자를 구금하는 건가?

아니다. 물론 아니지. 나는 그녀를 말리려고 했다. 나는 목격자지, 용의자가 아니다. 나는 지금 격리된 거지, 구금된 게 아니다. 모든 것은 단지 절차일 뿐이다.

그렇지만 내 변호사 두뇌는 너무 분석적이라 이 뻔한 것을 못 본 척할 수가 없다. 엘리베이터에는 단 두 명이 있었다. 가능성은 두 개로 좁혀진다. 자살 혹은 살해. 경찰은 두 번째 가능성이 전혀 없다고 결론 날 때까지 첫 번째 가능성을 인정하지 않을 것이다. 그러니 내가 안 했다는 것을 증명해야 한다. 증명할 필요가 있다.

나는 기다리며 살펴보았다. 다른 모든 사람들도 그러는 것 같았다. 기나긴 침묵이 흐른 후에야 나는 귀가 울리는 걸 알아챘다. 계속 이런 상태였는지, 이제 막 시작된 것인지는 확실하지 않다. 귀 바로 옆에서 총성이 울렸던 게 떠올랐다. 그렇게 작은 공간에서 들은 총성은 귀를 먹먹하게 만들 정도로 컸고, 엘리베이터 안의 구석구석까지 가 닿았다.

엘리베이터 카^{elevator car}. 왜 사람들은 그걸 차라고 부르지? 일반 차라면 주도권은 사람에게 있다. 차를 멈출 수도 있고, 불러 세울 수도 있고, 차에서 내려 자유롭게 걸을 수도 있다. 그런 면에서 엘리베이터는 차가 아니다. 엘리베이터에 걸맞은 이름을 붙여야 한다. *짐승 우리*^{cage}. 캄캄한 어둠 속 그 안에 갇혔을 때의 느낌이 딱 그랬다. '우리'에 갇힌 느낌.

이제는 손이 떨리지 않는다. 떨리는 것은 내 입이다. 그렇지만 턱을 앙다물면 가만히 있을 수 있었다. 반면에 귀에 울리는 소리는 더욱 커지기 시작했다. 청력이 영원히 회복되지 않으면 어떡하나 하는 생각이 들었다가, 살아서 나온 것만으로도 행운으로 여기자 하는 생각도 들었다. 총을 둘러싼 싸움은 치열했다. 그렇게 자그마한 체격의 여자가 얼마나 사납게 달려들던지 정말 놀라왔다. 자칫하면 나를 쏠 수도 있었다.

손이 다시 떨리기 시작하자 두 손을 맞잡고 앞에 있는 탁자를 꽉 움켜잡았다. 마치 학생처럼. 반에서 성적이 가장 좋은 학생이, 즉 내가 그러던 것처럼. 항상 주의 깊게 수업을 듣고 언제든 팔을 들어 대답할 준비가 되어 있는 학생처럼. 그때는 그렇게만 살아도 성공적이었는데.

기억 속으로 또 다른 이미지가 떠올랐다. 바닥에 놓인 루시의 전화기 불빛이 만화경처럼 어지럽게 흔들렸고, 그 와중에 내 시야에 잡힌 루시의 눈. 야생동물의 눈빛 같았던 두 눈. 그리고 고급 도자기와도 같은 얼굴. 매끈한, 그러나 절대 표정이 움직이지 않는 얼굴. 끔찍했던 마지막 순간 그 얼굴은 백만 개의 작은 파편으로 부서졌다.

로비에서 웅성거리는 소리가 나서 내다봤더니 남자 두 명이 회전문으로 들어오고 있었다. 작은 키의 젊은 남자는 외투에 야구 모자를 쓰고 있었고, 나이 들어 보이는 다른 남자는 키가 컸으며 패딩에 오래된 고무 덧신 차림이었다. 둘이 들어오자 모두가 그쪽을 바라보았다. 형사들인가 보군. 내가 설득해야 할 사람은 저들이다. 나에게 배정된 두 명의 배심원.

그들은 멈춰 서서 제복 경관들과 대화를 나누더니, 한순간 동시에 고개를 돌려 나를 쳐다보았다. 나이 어린 쪽은 라틴계 같았고, 다른 쪽은 아일랜드 사람처럼 얼굴이 발그레했다. 아니면 주정뱅이일 수도, 혹은 둘 다일 수도.

그들은 가림막 너머 3호 엘리베이터의 사건 현장으로 들어갔다. 그곳에서 꽤 오래 머물렀다. 다시 나온 후에는 책상에 앉은 보안원과 대화를 나눴다. 젊은 쪽 형사가 뭔가를 적었다. 나이 든 쪽은 주머니에 손을 넣은 채 서 있었다.

두 형사는 책상다리를 하고 바닥에 앉아 있는 청소업자들에게 다가갔다. 그들을 보자 첫 번째 남자가 자리에서 일어났다. 젊은 형사가 나서서 질문을 했다. 주로 스페인어로 소통하며 대화 내용을 모두 적었다. 다음 사람, 또 다음 사람에게 넘어가서도 젊은 형사가 계속 주도했다. 세 명 모두의 진술을 듣고 난 형사들은 내가 있는 사무실을 지키고 있는 남자에게 뭐라 말했다. 남자는 즉시 사무실로 들어와 안에 걸린 코트들을 꺼내 들고 나갔다. 나에게는 한 마디 말도, 눈길도 없었다. 그는 청소업자들에게 가서 코트를 돌려주었다. 청소업자들은 어깨를 한 번 으쓱하고 기계의 플러그를 뽑은 후 연석에 대놓은 밴으로 끌고 갔다.

또 다른 밴에서 사람들이 내렸다. 남자 둘, 여자 둘. 아프리카계 영국인 둘, 백인 둘. 그들은 장비가 든 커다란 알루미늄 상자를 끌고 회전문으로 들어왔다. 고밀도 합성 폴리에틸렌 작업복과 부츠를 신고 있었다. 그들은 형사들과 몇 마디 주고받은 후 가림막 안으로 사라졌다. 검시관이거나 과학수사대일 것이다. 형사들은 잠시 선 채로 얘기하더니, 나를 지키고 선 경관에게 바짝 붙어서 쑥덕거리다가 마침내 안으로 들어왔다.

그들이 자기소개를 했다. 나이 들고 키 큰 쪽은 라일리 형사였고, 젊고 키 작은 쪽은 크루즈 형사였다. 배지를 들어 보이길래 그쪽으로 몸을 수그렸다. 글씨가 눈앞에서 춤을 추었다. 눈을 깜박여 자세히 보니 라일리는 조지프 라일리, 크루즈는 칼 크루즈였다. 둘의 배지에는 CID라고 새겨져 있었다. 범죄수사과Criminal Investigations Division였다.

"램버트 씨 되시죠?" 젊은 형사 크루즈가 물었다. 삼십 대로 보이는 그는 잘 다듬은 염소수염을 달고 있었고, 마거릿 킨^{Margaret} ^{Keane} 그림에 나오는 인물처럼 비쩍 마르고 눈이 커다랬다.

"맞습니다."

"혹시 치료가 필요한 데가 있나요? 응급구조원을 이곳으로 부를 수도 있고, 병원으로 이송해드릴 수도 있습니다. 원하시는 대로 해드리겠습니다."

"아니, 아니에요. 괜찮아요. 아, 그러니까 치료는 필요 없어요."

"다른 필요하신 건 없으신가요?"

몇 시간 전에만 해도 나는 기절할 만큼 배가 고팠고 진이 다 빠져서 의식도 가물가물했지만, 지금은 뭘 먹거나 잘 수 있을 것 같지 않았다. 고개를 저었다.

"연락하실 데가 있으면 대신 전화를 걸어드릴 수 있습니다."

또 한 번 고개를 저었다.

"남편분은요?" 크루즈가 내 결혼반지를 보고 물었다.

"아니요." 무릎 위에 손을 포개며 대답했다. "그이는, 어, 음, 연락이 안 될 거예요."

"순찰차를 보내서 모셔올 수도 있는데요?"

"아니, 아니에요. 그러니까, 밤 근무를 하고 있어서요. 말씀은 감사합니다."

"통화하고 싶은 친구분은요?"

"괜히 걱정시키고 싶지 않아요. 밤도 늦었고요."

"다른 가족은 없으세요?"

"없어요." 그가 더 많은 정보를 듣고 싶어 하는 것 같아 말을 보탰다. "어머니는 돌아가셨어요. 아버지는 누군지도 모르고요. 형제도 없어요."

크루즈가 안됐다는 듯이 고개를 끄덕였다. 그러고 보니 그는 나를 용의자로 대하고 있지 않았다. 심지어 목격자로도 대하지 않았고, 마치 나를 피해자로 보는 듯한 태도였다. 하긴 어떤 면에서는 나도 피해자였다.

라일리 형사가 탁자 끝에 엉덩이를 걸쳤다. 가까이서 보니 나이가 훨씬 더 많아 보였다. 눈 밑이 물 먹은 티백처럼 축 늘어져 있고 머리는 잿빛이다. 귀밑머리와 콧수염도 잿빛이지만 신기하게도 눈썹은 까맣다. 나를 살피는 그의 얼굴에서 애벌레 같은 눈썹이 이마 위로 꿈틀댔다. "무슨 일이 있었는지 말씀해주실 수 있습니까?" 그의 목소리는 크루즈보다 한 옥타브 낮았고, 마치 녹이 슨 보트를 돌이 가득한 해변에서 질질 끄는 소리 같았다.

나에게는 방금 전까지 육십 분의 시간이 있었다. 어쩌면 구십 분이었을 수도 있다. 시계가 없어서 모르겠다. 어쨌든 그동안 마음을 가라앉히고 생각을 정리할 수 있었다. 좀 전에처럼 무심결에 말을 흘리는 일은 없어야 했다. 그리하여 나는 목소리가 조금 떨리긴 했지만, 30층 엘리베이터 앞에 섰던 순간부터 마침내 로비 층에서 문이 열렸을 때까지의 일을 논리정연하게 진술할 수 있었다.

크루즈는 염소수염을 톡톡 두드리며 듣고 나더니 이렇게 대꾸했다. "아주 끔찍했겠네요. 정말 어디 전화 안 해도 됩니까?"

"네, 괜찮아요. 말씀 감사합니다."

그가 문 밖에 있는, 고밀도 합성 폴리에틸렌 작업복 차림의 두 여성을 가리켰다. "저분들이 와서 옷을 갈아입히고 사진을 좀 찍을 겁니다. 괜찮으시겠어요?"

나는 망설였다. 피해자라면 거부할 이유가 없다. 목격자의 경우도 그렇고. 거절할 수 있는 건 용의자뿐이다. 그러니 거절할 수 없다는 건 뻔했다. "물론이죠. 괜찮아요."

형사들이 나가고 이어서 여성들이 들어왔다. 방호복처럼 캡을 쓰고 마스크로 코와 입까지 가리고 있었다. 순간 내가 전염병 환자나 오염물을 뒤집어쓴 사람처럼 여겨져 수치스러웠다. 한 사람은 카메라를, 다른 사람은 작은 비닐 봉투를 들고 있었다. "손을 탁자 위에 올려주시겠어요?" 첫 번째 사람이 말했다.

내가 손을 뻗자 그녀는 손등과 손바닥 사진을 찍었다. 다른 사람은 비닐 봉투에서 원판을 꺼내더니 그곳에 내 오른손을 찍어 눌렀다. 끈적끈적한 것으로 보아 발사잔여물 존재 여부를 검사하려는 것이었다.

총이 발사되던 순간이 떠올랐다. 루시가 내지르는 소리가 들렸고, 냄새가 났으며, 미친 듯한 짐승의 눈빛이 보였다. 열기 속에서 총신의 뜨거운 감각이 내 손에 닿았다. 그러니 내 손에서는 발사잔여물이 검출될 것이다.

수사대는 원판을 봉투에 넣어 봉하고 내용물을 적었다. 그런 다음 다른 쪽 손도 똑같이 검사했다.

"벽에 등을 대고 서주시겠어요?" 카메라를 든 여자가 말했다.

나는 비칠거리며 일어나 그녀가 말한 자리에 섰다. 전신을 앞뒤로 찍을 때 눈을 깜빡이지 않으려 노력했다.

"치마와 블라우스를 좀 벗어주시겠어요? 신발도요."

"뭐라고요?"

"부탁드립니다."

시키는 대로 해. 마음속으로 나 자신에게 말했다. 협조하는 것처럼 보여야 한다.

내가 속옷까지 벗을 동안 그들은 문을 막아서서 가려주었고, 회색 운동복 상의와 하의를 건네주었다. 갈아입을 옷이 없는 사람을 위해 프리 사이즈로 준비한 만능 의복일 것이다. 만능 신발은 없는지 그들이 신은 것과 똑같은, 고밀도 합성 폴리에틸렌으로 만든 덧신을 주었다. 내가 벗어놓은 옷과 신발은 봉투에 넣고 딱지를 붙였다.

"입을 벌려주세요." 면봉이 볼 안쪽과 잇몸을 쓸었다. 마지막으로 지문을 뜬 그들은 장비를 챙겨 떠났다.

나는 다시 탁자에 앉았다. 만능 옷이 너무 컸다. 옷에 달린 모자는 수도승의 고깔모자처럼 등 뒤로 축 늘어졌다. 부직포로 된 덧신은 원래 신발 위에 신는 용도라 내 발에는 역시 너무 크고, 맨발로 신어서 너무 거칠었다.

이제 몸은 떨리지 않았다. 마침내 아드레날린이 사라지고 피로가 밀려오고 있었다. 내가 깬 상태로 있는 게 오늘 새벽 4시 반부터였나? 사무실 도착은 6시 반. 그리고 지금은 몇 시지? 시계를 찾아 주변을 둘러보았다. 어쩌면 자정이 지나 날짜가 바뀌었는지도 모르겠다.

잠시라도 책상에 머리를 박고 눈을 감고 싶은 충동이 세차게 밀려들었다. 그러나 그럴 수 없었다. 정신 바짝 차려야 했다. 경계 태세로 있어야 했다. 엘리베이터에서 일어날 수 있는 일은 오직 두 가지 시나리오뿐이다. 루시가 자살했거나, 내가 루시를 죽였거나. 그런데 용의자가 거칠 만한 모든 절차, 사진 찍히고 면봉으로 채취당하고 지문도 찍히고 나니 명백한 상황을 모른 체할 수가 없었다. 형사들은 자살에 대한 완벽한 확신이 없는 한 동정심과는 별개로 살인사건으로 몰아갈 것이다.

로비에 그들의 모습이 보였다. 과학수사대와 상의를 하는 중이다. 중간 중간 나를 흘끗거리기도 했다. 마침내 그들이 다시 돌아왔다.

"법의학은 도움이 안 될 거예요." 문으로 오는 그들을 향해 내가 불쑥 말했다. "총이 발사될 때 둘 다 총에 손을 댄 상태였거든요. 그러니 발사잔여물이 검출될 테고, 제 지문이나 DNA도 나올 거예요."

라일리가 으쓱했다. "그냥 절차상 한 겁니다."

"저희는 이제 사망자 가족에게 고지를 해주어야 해서요." 크루즈가 말했다. "마치고 다시 와서 대화를 계속했으면 싶군요. 괜찮으시다면 말이죠."

"당연하죠. 제가 협조할 수 있는 건 다 해야죠."

"경찰청 범죄수사과에서 하는 게 제일 좋긴 합니다. 거기까지 차량으로 이동해서 기다려주실 수 있다면요." 크루즈가 말했다.

"차로요?"

"순찰차요. 경관들이 이송해드리고 안내도 해드릴 겁니다."

"좋아요."

"한두 시간이면 될 겁니다."

"괜찮습니다."

이미 얼마나 기다렸는지 감도 안 오지만 앞으로도 두 시간을 더 기다려야 한다. 그러나 그동안 나는 회복할 수 있고, 이명이 사라질 테고, 번쩍이는 섬광 사이로 비친 루시의 얼굴을 지워낼 수 있다. 생각을 정리할 수도 있겠지. 두 명의 배심원을 위한 모두 진술과, 증거 제시, 그리고 최종 진술을 준비할 시간이 될 것이다. 그때쯤이면 나는 준비가 되어 있을 것이다.

4장

잉그럼 배럿

루시의 주방은 흠잡을 데 하나 없었다. 모든 표면이 광채로 반짝반짝했다. 스테인리스에도 얼룩이 전혀 없고, 화강암 상판에도 부스러기 한 점 보이지 않았다. 물론 루시는 가정부를 썼다. 그렇지만 배럿은 이렇게까지 깔끔한 것은 모두 루시의 공이라고 생각했다. 사무실에서도 지나칠 정도로 깔끔했다. 책상 위에 보이는 서류가 달랑 한 통뿐이거나 그마저도 없을 때도 있었다. 그러니 주방 가구에 뭘 올려놓을 리가 없었다. 양념은 알파벳 순으로, 찬장의 캔은 유통기한 순으로, 칼은 미니어처 사무라이 검처럼 자성을 띤 칼걸이에 붙은 채 정확하게 정렬되어 있었다. 이게 루시다. 너무 깔끔 떠는 사람.

전화기가 진동했다. 기다리던 전화다. "그래서 뭐 나왔어?" 배럿은 목소리를 낮췄다. 루시의 남편이 옆방에 있고 아이들은 위층에서 자고 있었다.

"사무실에는 아무것도 없었어." 잭 컬리건이 보고했다. "컴퓨터에서도 아무것도 안 나왔고, 영상을 봐도 딱히 이상한 점이 없더라고."

레스터 윌러드가 천장에 닿지 않도록 고개를 숙인 채 계단을 내려왔다. 걸친 옷이 온통 검은색에다 피부도 검은색, 심지어 라텍스 고무장갑까지 검은색이었다. 배럿은 레스터에게도 똑같은 질문을 했다. "그래서 뭐 나왔나?"

"아무것도 안 나왔습니다."

"다 제자리에 뒀고?"

"네. 집 내부도, 차도요."

배럿은 잭 컬리건과의 통화를 스피커폰으로 돌려 레스터도 들을 수 있게 했다. 루시가 죽은 지금 이 세 사람만이 위기대응반의 역할을 하고 있었다. CEO인 필 듀발도 함께해야 했으나, 그는 대화에 끼는 것도, 소식을 듣는 것도, 심지어 숨은참조로 이메일을 받는 것도 싫다고 분명히 말한 터였다. 관련 사실에 대해 그럴듯하게 부인하려면 몰라야 한다는 게 그의 지론이었다.

"루시의 서류가방이랑 핸드백을 빼낼 수가 없었어." 잭 컬리건이 말했다. "그렇지만 측근이 현장에서 봤는데, 경찰이 그 안에서 메모 같은 걸 발견한 것 같지는 않대."

"좋아." 배럿이 대답했다. 하지만 물론 전혀 좋은 상황이 아니었다. 루시가 모든 것을 자백한 노트를 남기지 않았다는 것만으로는 충분치 않았다. 사람들이 쏟아낼 질문을 막을 수는 없을 것이다. 정신과 병력도 없고 직장에서 승승장구하고 가정에서도 행복했던 사람이 아무 이유 없이 자살하는 일은 없으니까. 사람들은 그 이유를 찾아 헤매기 시작할 것이다. 질문을 쏟아낼 테고, 누군가는 기억을 더듬어 끌어낼 것이다. 그녀가 지난번 미얀마 여행 후에 얼마나 기분이 안 좋았는지, 지난달 세미나에서 얼마나 이상한 행동을 했는지 등등의 기억을. 그럼 그걸 종합해 끼워 맞추는 사람이 나오겠지. 그는 생각할 수 있는 모든 수습책을 동원할 테지만 그것만으로는 충분하지 않았다. 담배에 손을 뻗어 라이터를 켰다. 불꽃이 튀어나오자 그 불길이 자신의 발을 핥는 느낌은 어떨까 궁금해졌다. *나 여기 불질러 버릴 수도 있어.*

"하나 더 있어. 우리 쪽 사람이 뭔가를 들은 모양이야. 총 있잖아? 그게 유령 총이었대." 잭 컬리건이 말했다.

"그건 또 뭔데?"

"집에서 조립한 거. 온라인에서 총을 만드는 키트를 팔아. 기계 쪽을 조금만 알면 바보 얼간이도 조립할 수 있다는데."

"맙소사! 합법적이긴 한 건가?" 배럿이 물었다. 굳이 따지려는 게 아니라 그저 변호사라서 새로운 지식을 알아두고 싶을 뿐이 었다.

"조립도 합법, 소유도 합법, 남한테 되팔면 불법. 그런데 배리, 문제는 뭐냐면 일단 일련번호가 없고, 총기 등록도 안 된다는 거야."

"그러니까, 추적이 불가능하다는 말이지?"

"대부분 그렇지."

배럿이 눈을 깜박였다. 갑자기 가능성이라는 바닥에서 지진이 일어났다. "잠시만 기다려봐. 생각 좀 해보자." 레스터는 전혀 움직이지 않았지만 배럿은 건널목지기처럼 그에게 멈추라는 듯 손을 들어 보였다. 배럿에게 초능력이 있다면 바로 이것일 테다. 한 장면에서 그 안의 모든 사람을 정지시키는 능력. 그런 다음 생각을 하고 전략을 세우며, 어쩌면 다른 사람의 파일까지 엿보며 준비를 다 마치고 나면 손가락을 튕겨 모두를 다시 움직이게 하는 능력.

그렇지만 이들과 함께할 때는 그런 능력 따위 필요치 않다. 그들은 배럿을 위해 일하니까. 레스터는 선 자세로 꼼짝하지 않았고, 전화선 너머의 컬리건은 침묵을 지키는 중이었다.

"이봐, 들어봐, 잭." 마침내 배럿이 입을 뗐다. "이게 만약 자살이 아니라면?"

"뭐라고?" 전화 속 잭 컬리건의 목소리가 치직 소리를 냈다.

"유서도 없고 자기 총도 아니었어. 그리고 엘리베이터에 혼자 있지 않았어."

"그래서?"

"레스터." 갑자기 이름이 불리자 키 큰 레스터는 순간 집중을 했다. "우리가 램버트에 대해 걱정할 일이 있나? 뭐라도 얘기하거나 행동할 사람인가?"

"아닙니다. 한 번도 규약을 깬 적이 없습니다. 단 한 번도요."

"그렇다면 동기는 뭔데?" 잭 컬리건이 물었다.

"그건 내가 알아서 하지." 배럿은 좋은 변호사가 되기 위한 비결을 오래전부터 알고 있었다. 문제를 자신이 원하는 바로 정의하고 그에 따라 취조 방향을 정하는 능력이었다. 사람들은 루시가 자살한 경우보다는 램버트가 그녀를 죽인 경우에 더 솔깃할 것이다. 방향만 다른 쪽으로 돌린다면 그는 그들이 찾아낸 것을 통제할 수 있을 것이다.

"그럼 좋아." 그가 결정을 내렸다. "그렇게 진행하도록 하지. 다들 알아들었지?" 그는 대답을 기다리지도 않았다. "잭, 경찰이 여기 언제쯤 도착해?"

"여기서 십 분 전에 출발했어."

"좋아. 레스터도 이제 돌아갈 거야." 배럿은 레스터를 보며 뒷문을 가리켰다. "셰이 램버트에 대해 샅샅이 조사해." 그가 잭 컬리건에게 말했다. "영상도 뽑아놔. 한 시간 뒤에 기술팀에서 보자고."

통화가 끝났지만 레스터는 여전히 주방에 서서 불편하다는 듯 발을 동동 굴렀다.

배럿은 전화기를 주머니에 넣었다. "문제 있나?"

"부사장님." 레스터가 목소리를 가다듬었다. "셰이 램버트는 좋은 사람입니다. 아무것도 잘못한 게 없습니다."

"나도 아는 바야." 배럿이 깊은 한숨을 내쉬었다. "유감이지. 잘못된 타이밍에, 있어서는 안 될 장소에 있었으니까."

레스터는 머리를 숙여 인사했다. 잠시 후 그는 고개를 끄덕이고는 소리 없이 뒷문으로 빠져나갔다.

엘리엇 거트먼은 거실에서 실크에 싸인 낮은 소파에 몸을 파묻고 있었다. 그는 아내 루시가 아시아에 다녀오며 사다 준 청록색 실크 가운을 걸치고 있었다. 팔꿈치가 덧대인 모직 재킷을 입는 그에게는 과하게 대담한 가운이다. 그는 학구적이었고, 겉으로도 그렇게 보였다. 구부정한 어깨, 오목한 흉부, 곱슬곱슬한 잿빛 머리에 좀 닦아야 할 것 같은 철제 안경을 쓴 남자. 그러니까 사회성 없이 공부만 한 스타일.

배럿이 목을 가다듬고 들어서자 엘리엇 거트먼이 고개를 들었다. 더러운 안경알 너머 눈이 발갛게 부어 있었다.

"경찰이 오고 있어요. 이것 때문에 깬 거예요, 엘리엇?"

"나, 나는 잘 모르겠어요. 내, 내가 뭘 어떻게 해야 되죠?"

"그냥 사실대로 얘기하세요." 배럿이 중국풍 의자에 자리를 잡았다. 루시가 한 실내장식은 아닌 게 아니라 영국 시골풍과는 거리가 너무 멀었다. 장미꽃 모양 대신 보석 색조로 수놓인 실크가, 바닥재로는 벚나무 대신 티크나무가, 마호가니로 만든 가구 대신 대담한 붉은 칠기가 있는 식이었다. 루시가 영국의 유산을 얼마나 많이 포기했는지 모르는 사람이라도 이 방에 오면 바로 짐작이 가능할 정도였다. 벽난로 위 선반에는 두 아들의 사진과 함께 청화백자 컬렉션이 전시돼 있었다. "사실은 말이죠." 배럿이 대나무 팔걸이에 팔꿈치를 올리며 말했다. "루시는 당신과 아이들을 결코 떠나고 싶지 않았을 거예요."

"맞아요, 맞아. 그랬을 리가 없어요."

"행복한 가정도 있고 남부러울 것 없이 살았잖아요."

"네……."

"거슬릴 것 하나 없었죠. 집에서도, 직장에서도."

"그건……."

"이상한 일은 하나도 없었어요. 물론 스트레스가 많은 일을 하긴 했지만 잘 대처했지요. 늘 그랬잖아요."

"그건 그렇죠. 그렇지만 배리……."

"내 말 좀 들어봐요, 엘리엇." 배럿은 그의 옆으로 자리를 옮겨 어깨에 손을 얹었다. "경찰은 쉬운 해답을 찾으려 할 거예요. 저들이 원하는 건 얼른 종결짓고 사건 파일을 닫는 것뿐이죠. 그러니 일단 자살이라는 전제하에 수사를 진행할 거예요. 분명히 그럴 거예요."

"오!"

"그러니 이걸 자살로 몰고 가지 못하게 하는 게 정말 중요해요. 안 그러면 당신한테 지옥문이 열릴 테니까요. 모두가 이유를 찾아 나설 겁니다. 루시가 과연 왜 그랬을까? 정신적으로 문제가 있었나? 남편이 바람을 피웠나?"

"아니에요! 절대 아니에요!"

"하지만 사람들은 그런 생각을 하게 될 겁니다. 질문을 시작할 거예요. 그리고 십 년이 지나면 아이들도 똑같은 질문을 하기 시작할 거고요."

거트먼이 움찔했다.

"만약 경찰이 그 총이 루시 소유일 거라고 생각한다면? 거기에만 매달릴걸요. 공황 발작이 왔네 어쩌네 하는 것만 믿고 그냥 그대로 사건을 종결할 거라고요. 그러면 당신과 아이들은 이 모든 질문을 안은 채 남은 생을 살아가야 하고요."

"안 돼요. 그런 일은 생기면 안······."

"그러니 아이들을 지켜주셔야죠, 엘리엇. 애들은 이미 어머니를 잃었어요. 어머니에 대한 추억까지 망가지게 두진 말아야죠."

"그래야죠. 하지만······."

"더 이상 얼빠진 채 있어선 안 됩니다. 앞으로 아이들을 돌볼 사람은 당신뿐이니까요. 그 점을 잘 생각하세요. 회사 정책상 자살의 경우 돈이 나가지 않아요. 천만 달러가 영원히 없어진다고요."

엘리엇 거트먼의 붉은 눈이 동그랗게 커졌다.

초인종 소리가 났다. 배럿은 일어서며 마음을 다독이듯 그의 등을 두드렸다. "할 수 있어요, 엘리엇. 루시와 애들을 생각하세요."

배럿이 현관으로 나가 문을 열었다. 사복 차림의 형사 두 명이 반원형 계단참에 서 있었다. 왠지 일머리 없어 보이는 백인과 말쑥하고 젊어 보이는 푸에르토리코인이었다. 배럿은 즉시 그들을 가늠해보았다. 한물간 사람과 앞으로도 성공 못 할 사람. 그들은 먼저 배지를 보이며 이름을 밝혔다.

"여기가 루시 카터 존스 씨 댁 맞습니까?" 젊은 쪽이 물었다.

"네, 들어오세요."

"부군 되십니까?"

"아니요. 저는 가족의 친구 되는 사람입니다. 루시 남편은 저쪽에 있습니다." 배럿이 옆으로 물러나 형사들을 맞이하며 말했다. "엘리엇! 여기 라일리 형사와 크루즈 형사예요. 형사님들, 이분은 엘리엇 거트먼입니다. 루시의 남편, 아니 이젠 혼자가 되었지만요." 배럿이 그들을 대신해 서로 소개해주었다.

거트먼이 신음소리를 내며 손에 얼굴을 묻었다.

크루즈가 배럿을 바라보았다. "이미 통보를 받으신 모양이네요?"

배럿이 고개를 끄덕였다.

"누가……?"

"빌딩 보안원이요. 보안원이 알려줬다고 했죠, 엘리엇?"

"맞아요." 엘리엇 거트먼이 목소리를 가다듬고 대답했다.

"좀 앉으시죠." 배럿이 말했다.

그들은 조심조심 거트먼을 마주해 앉았다. 배럿은 혹시나 자기가 끼어들어야 할지 모른다는 생각에 옆에 서 있었다. 그러나 그럴 필요가 없었다.

거트먼이 진술을 시작했다. 평소처럼 조용한 주말이었어요. 애들은 오후에 수영하러 갔었고, 끝나고 나서는 모두가 그리니치의 비니스Vinnie's 레스토랑에서 피자를 먹었지요. 루시는 저녁을 먹은 후 해외에 있는 사람들과 전화회의를 하려고 사무실로 간 거였어요. 아니요, 루시는 총이 없습니다. 우리한테는 총이 없습니다. 루시는 한 번도 총을 쏴본 적도 없고요. 아니요, 공황장애 같은 것도 없고, 폐소공포도 없습니다. 아니요, 우울증이나 약물 남용이나 정신 질환이 있었던 적도 없습니다. 결혼생활은 행복했고 애도 둘이나 있고요. 자살할 리가 없습니다.

거트먼은 마지막 말을 하며 무너졌다. 배럿이 대본을 써줬어도 똑같았을 만큼 완벽한 타이밍이었다.

"유감입니다, 선생님. 결혼하신 지는 얼마나 되셨죠?" 크루즈가 물었다.

거트먼이 힘겹게 침을 삼켰다. "12년요."

"아내분은 영국인이죠? 맞습니까?"

그가 끄덕였다. "네. 근데 태어난 곳은 말레이시아입니다. 처가가 그쪽에 부동산이 있거든요. 그렇지만 영국에서 교육받고 일을 시작했죠."

"처음에 어떻게 만나셨지요?"

"제가 LSE 콘퍼런스에서 연설을 하나 했었는데⋯⋯."

"루이지애나주 말씀하시는 건가요?" 나이 많은 쪽인 라일리 형사가 끼어들었다.

"런던 스쿨 오브 이코노믹스LSE요." 거트먼이 짜증을 내며 말했다. "연설이 끝나고 루시가 다가와 질문을 좀 하더군요. 그 대화가 저녁 자리에까지 이어졌고, 그 후 서로 부지런히 연락을 주고받았죠. 당시 저는 프린스턴 대학에서 가르치고 있었고, 루시는 CDMI 런던 지부에서 근무 중이었거든요. 그러다 루시가 승진해서 이곳 뉴욕의 본사로 오고 사귀기 시작했죠."

"무슨 얘기를 하셨습니까?" 라일리가 물었다.

거트먼은 얼떨떨한 표정으로 그를 보았다. "사람들이 데이트할 때 하는 얘기들을 했죠."

"아니, 콘퍼런스에서 말입니다. 연설 주제가 뭐였죠?"

"아, 글로벌 경제에서 인적자본의 가치 평가에 관한 거였어요."

"그게 무슨 뜻입니까? 직원들에게 가격표를 붙인다는 겁니까?"

"아, 아니, 아닙니다." 거트먼이 화난 듯 씩씩거렸다. "인적자본이라는 것은 노동자와 그들의 가치 혹은 비용을 합친 기술 역량입니다. 저는 세계 여러 지역에서 비교 평가를 하는 데 사용할 수있게 몇 가지 계량법을 개발했습니다. 근데 이게 루시의 살해와무슨 관계가 있죠?"

두 형사가 눈빛을 교환했다. 그리고 자리에서 일어나며 수첩을주머니에 넣은 후 조의를 표했다.

"조금 둘러보면 실례일까요?" 크루즈는 뒤늦게 생각났다는 듯물었다.

배럿이라면 허락했을 것이다. 그러나 그가 입을 떼기도 전에거트먼이 갑자기 사나운 표정으로 벌떡 일어났다. 청록색 실크가운이 펄럭일 정도였다. "네, 아주 실례죠. 애들이 자고 있습니다. 방금 어머니를 잃은 애들이요. 빌어먹을, 예의를 좀 지켜주셨으면 좋겠네요."

형사들이 우물쭈물 사죄를 했다. 배럿은 그들을 문밖으로 배웅했다. "그 여자, 붙잡아 놨죠, 그렇죠? 그 여자가 그런 거죠? 그여자, 빠져나가지 않게 해주세요!"

형사들은 대답도 없이 어물적 인사를 남기고 떠났다.

배럿은 문을 닫고 거트먼에게 잘했다는 듯이 끄덕였다. "당신은 좋은 아버지예요, 엘리엇."

5장

세이 램버트

그들은 나를 'A 취조실'이라고 적힌 방에 들여보냈다. 평생 A를 받겠다며 고군분투한 사람에게 아주 잘 맞는 곳이군. 완벽한 성적표, 평균 평점, 대학수능시험, 법학대학원 입학시험, 변호사 시험, 그리고 직원 평가에 이르기까지, 그렇게 받았던 A 때문에 이곳에 오게 되었으니 말이다. 창문도 없이 좁은 곳, 곧 내가 살인자인지 아닌지 취조를 당할 곳.

나는 차가운 스테인리스 책상에 고정된 차가운 스테인리스 의자에 앉았다. 나와 마주한 것은 2미터 너비의 거울이다. 이쪽만 거울이라는 것은 나도 잘 아는 바다. 그 위의 비디오카메라는 정확히 나를 향한 각도로 설치돼 있다. 녹화를 이미 시작했는지도 모르겠다. 거울 너머에서 누가 나를 지켜보고 있는지도 모르겠다. 알 방법은 없지만 둘 다 맞을 것이다. *항상 누군가 보고 있다고 생각하고 행동해.* 캐스코 선생님이 늘 하던 말. 오늘만큼 이 말이 잘 어울릴 때가 또 있을까. 그분은 7학년 이후로 로스쿨에 갈 때까지 세심하게 나를 이끌어주었고, 나는 늘 선생님의 조언을 따랐다.

처음 이 방으로 안내됐을 때 블랙커피 한 잔을 부탁했다. 앉은 자리에서 다 마시고는 탁자에 머리를 대고 카페인 낮잠⁺을 잤다. 계획대로 정확히 십오 분 후에 깼지만 개운한 느낌은 별로 없었다. 잭슨 리더스 로펌에서 일할 때는 마법처럼 통하던 기술이었는데. 그때는 야근이 다반사였고 밤을 꼴딱 새운 적도 많았다. 당시 사무실에서 감쪽같이 새로운 복장으로 갈아입는 법을 배웠는데, 그것만으로도 많이 배운 셈이었다. 그러나 그건 5년 전의 일이다. 과거의 수법이 지금 통할 리 없다. A 취조실 한쪽 벽면에는 대형 화면이 있고, 그 위에 디지털 시계가 달려 있다. 빛나는 초록색 숫자에 따르면 두 시간이 지났다. 벌써 다음 날이 됐다는 의미다.

반대편 벽에는 복도로 향하는 문이 있다. 그리로 나가면 경찰청 범죄수사과의 탁 트인 사무실이 나온다. 문이 잠겨 있는지 여부는 모르지만 손잡이를 돌려보는 것조차 겁이 난다. 그랬다간 저 마법의 거울 너머에 있을지 모를 누군가가 나를 비협조적이라고 평가할 수 있다.

그러나 두 시간이나 지나고 보니 혹시 다들 내가 여기 있다는 걸 깜박한 게 아닌가 하는 생각마저 들었다. 경찰본부에서 뭔가 다른 일이 벌어지고 있는 건 아닐까? 어떤 큰일이 말이다. 이곳으로 안내받을 때 사무실 쪽에서 뭔가 요란한 움직임이 있었다. 제복 경관들이 젊은 여성들을 호위해 형사들의 책상을 오갔고, 또 다른 경관들은 수갑을 찬 수상한 남자들의 팔을 틀어쥐고 끌고 갔다. 왁자지껄한 가운데 주로 들렸던 소리는 외국어였다.

오늘 오전 사무실에서 읽은 온라인 뉴스의 여파 같았다. 아니, 어제 아침이구나. 기사에 따르면 다중 관할권을 지닌 기동부대가

⁺ 카페인 섭취 후 이삼십 분간 낮잠을 자고 나면 정신이 맑아진다는 의미의 용어.

'슈퍼볼 작전'을 개시했다. 세 개 주에 걸쳐 수십 곳의 모텔과 마사지 업소를 급습한 것이다. 타지에서 오는 미식축구 팬들, 그러니까 즐거움을 얻기 위해 방법을 가리지 않는 남자들에게 맞춰 팝업식으로 운영하는 매춘 업소가 적발되었기 때문이다. 일부 뉴스 계정은 문제의 여성을 매춘부라고 칭했고, 또는 피해 노동자라고 칭하기도 했다. 그래서인지 여자들은 형사들의 질문에 겁을 먹으면서도 다소 전투적인 모습을 보였다. 자신들이 피해자로서 온 것인지, 아니면 목격자 또는 용의자로 온 것인지 모르는 것이다.

그런 그들이 딱했다. 그렇다면 나는? 만약 내가 피해자라면 경찰은 현장에서 진술을 받은 후 집으로 데려다줬을 것이다. 만약 내가 목격자라면 역시 현장에서 진술을 받고 풀어줬을 것이다. 청소업자들에게 그랬던 것처럼 말이다. 그들에게는 지문도, 사진도 요구하지 않았고, DNA 검사를 위한 표본 채취도 하지 않았다. 그러나 나는 그걸 다 했다.

네가 원하는 사람이 되겠다고 다짐을 해. 캐스코 선생님이 말하곤 했다. *그런 후 그 사람이 되는 거야. 시각화를 하는 거지.* 선생님은 그런 용어를 썼다. *원하는 사람으로 너 자신을 시각화해. 네가 보여주고 싶은 얼굴을 하면 세상이 그렇게 봐줄 거야.* 7학년이었을 때 나는 나라는 존재가 싫었다. 맥주를 마셔대고, 줄담배를 피우고, 꽉 끼는 옷을 입고, 방탕한 생활을 꿈꾸는 여자가 느지막이 사고를 쳐서 낳은 아이. 그렇지만 캐스코 선생님의 지도 아래 나는 곧 진짜로 원하는 게 뭔지 알아냈고, 그것을 시각화하는 방법을 배웠다. 나는 슈퍼스타이며, 똑똑하고, 운동을 잘하고, 유명하며, 모두가 알고 싶어 하는 소녀의 모습으로 나 자신을 그렸다. 그리고 9학년이 될 무렵 모두가 나를 그런 모습으로

보기 시작했다.

지금? 지금 바라는 것은 목격자, 오직 목격자로만 보이는 것이다. 그러니 나는 목격자가 되어야 한다.

게다가 '유일한' 목격자여야 한다. 오직 나만이 엘리베이터에서 일어난 일을 진술할 수 있다. 나는 훌륭한 시민으로서 그들이 증거를 분류하고 문제의 진실에 도달할 수 있도록 돕기 위해 기꺼이 내 발로 왔다. 그러니 방어적으로 굴거나 뭔가 숨기는 듯한 모습을 보여서도 안 되며, 감정에 동요되어 흥분하거나 우는 모습을 보여서도 안 된다. 그들에게 설명할 수 있는 사람은 오직 나뿐이다. 그럴듯하기만 하면, 솔직하게만 말한다면 그들은 내 말을 사실로 받아들일 것이다. 역사는 승리자에 의해 쓰여지는 것이다. 뭐, 그렇게들 말하지! 딱히 내가 승리자라는 건 아니지만 말이다. 나야말로 홀로 살아남은 생존자이니, 엘리베이터에서 있었던 역사를 쓸 수 있는 단 한 사람이 되는 것이다.

머릿속에 루시의 모습이 다시 섬광처럼 나타났다. 죽기 몇 초 전의 눈, 전화기가 뿜어내는 원뿔 모양의 빛이 묘하게 반사됐던 그 눈은 '우리'에 갇힌 짐승의 광기 어린 눈빛과도 같았다. 매일같이 무장하던 갑옷의, 매끄럽게 옻칠을 한 껍질이 산산조각이 난 것이다.

그 순간을 떠올리자 욕지기가 올라왔다. 애써 담즙을 삼키며 그 기억을 지우려고 노력했다. 여기서 토하거나 약한 모습을 보일 수는 없다. 모든 것이 끝날 때까지 나도 나만의 갑옷으로 무장해야 한다.

새벽 2시 35분, 드디어 문 두드리는 소리가 났다. 그것은 문이 안쪽으로 열릴 거라는 두 번의 경고일 뿐이었다. 그런데도 나는

"들어오세요!" 하고 외치고 말았다. 응접실에서 손님을 맞이하는 숙녀처럼 말이다. 바보 같기도 하지.

라일리와 크루즈 형사가 들어왔다. 둘 다 코트는 입지 않았다. 라일리는 무릎과 팔꿈치 부분이 늘어지고 전체적으로 구겨진 갈색 정장 차림이었고, 크루즈는 말끔한 회색 정장을 입었는데 팔과 가슴, 허벅지 부분이 조금 끼여 보였다. 헬스장에서 단련된 몸이었고, 딱 봐도 그런 몸을 기꺼이 드러내고 다니는 남자였다.

"기다리게 해서 죄송합니다." 크루즈가 말했다.

두 형사가 내 맞은편 의자에 앉았다.

"괜찮아요. 도움이 되려고 온 거니까요." 내가 말했다.

라일리는 의자에 등을 기댔고, 크루즈는 앞으로 몸을 숙여 파일을 열었다. 이미 눈치챈 습관대로 그는 엄지와 검지로 염소수염을 어루만지며 서류를 살폈다. 아마도 수염을 기른 지 얼마 되지 않아 어색한 모양이었다. 그는 서류 몇 장을 뽑아 펜과 함께 나에게 들이밀었다. "형식상의 절차입니다."

나는 서류를 들고 읽었다. 미란다 원칙에 이어 내가 묵비권과 변호사 선임을 포기한다는 내용이 있었고, 각각의 항목에 사인 칸이 있었다. 나는 사인했다. 다음 페이지는 마켓플레이스 타워에서 과학수사대가 이미 했던 그 테스트에 동의한다는 내용이었다.

"그냥 절차입니다." 크루즈가 말했다.

이미 한 일에 뒤늦게 동의하는 건 형식뿐인 절차가 아니다. 그들은 하나하나 꼼꼼하게 마무리를 짓고 있었다. 내가 변호사라서 이렇게 조심하는 건지, 용의자라서 그런 건지 알 수 없었다. 어쨌거나 나는 또 사인했다.

세 번째 페이지는 내 주거지 수색에 동의한다는 내용이었다.

이건 좀 망설여졌다. 마지막으로 봤을 때 집 상태가 어땠는지 떠올려봤다. 데이비드가 있을지도 모른다. 만약 있다면 이 모든 일을 어떻게 받아들일까? "집에서 뭘 찾으려고요?" 내가 물었다.

"그냥 절차입니다." 크루즈가 똑같은 말을 반복했다.

"특별히 찾으려는 게 뭔데요?"

그가 어깨를 으쓱했다. "사망자와 접점이 되는 거라면 뭐든지요. 전화기도 찾고, 컴퓨터도 확인하고요. 당신이 총과 관련됐는지 확인해야 해서요. 탄약이나 총기 보관함 같은 거요. 그냥 용의자에서 제외하려고 하는 형식상의 절차입니다."

"그 총은 루시 거였습니다. 총기 등록 서류 확인 안 하셨어요?"

"등록이 안 된 총이었습니다. 유령 총이었죠."

"유명 총이라고요?" 나는 그를 똑바로 보고 물었다.

"유령요." 그가 발음에 신경 쓰며 말했다. "집에서 제작한 거요."

"와! 그게 된다고요?"

"그래서 지금까지는 누구 총인지 밝힐 수가 없는 상황입니다."

"실린더에 남은 총알에서 지문을 채취하라고 하세요. 그럼 누가 장전했는지 알 수 있잖아요. 총 주인도 나올 거고요."

내 말에 크루즈가 라일리를 흘끗 보았다. 라일리는 덥수룩한 눈썹을 들어올렸다. "총에 대해서 잘 아시는 것 같네요."

나는 그 말의 의도를 눈치채고 살짝 회피했다. "아니요. 워낙 미스터리 소설을 많이 읽어서요. 그러다 알게 됐죠."

"그렇군요. 그거 말고도 CSI나 〈로 앤 오더Law and Order〉* 때문에 다들 전문가 다 됐죠."

---

* 미국의 범죄 수사 드라마.

비꼬는 듯한 라일리의 말에 크루즈가 불편한 듯 입을 뗐다. "그게 중요한 게 아니라요." 거의 사과하는 수준이었다. "실린더는 비어 있었습니다. 탄피 케이스에도 쓸 만한 지문은 없었고요. 방아쇠에도요."

"오!" 나는 이 점에 대해 생각해보았다. 등록되지 않은 총, 지문 없음. 내가 그 총의 주인이라거나 총을 쐈다는 증거는 어디에도 없다. "어쨌든 그건 제 총이 아니에요. 집을 수색하더라도 아무것도 나오지 않을 거예요. 저와 루시를 연결하는 증거도 없고요. 그냥 같은 회사에 근무한다는 것 말고는요." 나는 마지막 페이지 아래쪽에 흘날리듯 사인을 했다. "그러니 맘껏 보세요. 열쇠는 제 가방에 있어요. 제 가방 갖고 계시죠?"

"감사합니다." 크루즈가 서류를 가져가 폴더에 넣었다. "뭐 필요한 거 없으세요? 마실 거라도? 아니면 샤워를 하시겠어요?"

"괜찮아요."

그가 탁자 아래로 손을 뻗었다. 거울 위 카메라에서 초록색 불빛이 반짝이기 시작했다. 녹화가 시작된 것이리라. 카메라는 형사들의 어깨 위를 비추고 있어서 그들의 얼굴이나 표정은 영상에 담기지 않고 단지 완벽하게 중립적인 목소리만 녹음될 것이다. 반면 나는 모든 표정과 작은 움직임까지 모두 담길 것이다. 지금껏 형사들에게 보여주고 싶었던 것은 협조적이고 고분고분한 모습, 무엇보다도 무고한 얼굴이었다. 그러니 카메라 앞에서도 그런 얼굴을 보여야 한다.

크루즈가 심문 준비를 도맡아 지금의 시간과 장소, 이 공간에 있는 사람들, 내가 서류에 동의했으며 자신들이 그 서류를 취득했다는 사실을 고지했다. 이 심문에서 삽질은 그가 다 하고 라일리는 지루하다는 듯 등을 기대고 앉아 있었다. 둘의 역학관계가 환히 보였다. 크루즈는 전도유망한 젊은이로서 열정적이고 원칙을 엄격히 따르는 형사다. 반면에 라일리는 퇴직일을 두세 번 연장하고도 하는 일이란 그저 마지막 날까지 출근카드 찍기밖에 없는 것 같다.

크루즈가 이름과 주소를 말해달라고 요청했다. 내가 브롱크스의 주소를 대자 그가 놀라는 눈치였다. 더 괜찮은 지역에서 살 거라고 짐작했던 모양이다. 그런 적이 있긴 했다. 한 번. 결혼했습니까? 네. 남편 이름은 데이비드 램버트입니다. 그러자 그가 또한 번 놀랐다. 내 또래 전문직 여성들은 남편 성을 따르지 않는 게 대세니까.

"처녀 적 성은 무엇입니까?" 그가 물었다.

결혼 전 성이라고 해야지. 그런 생각이 들었지만 지금은 그를 가르칠 때도, 성인지 감수성을 들먹일 때도 아니었다.

"챈스Chance." 내가 대답했다.

"챈스요? 그러니까 도박할 때 그 '승산'을 뜻하는?"

가능성이란 단어처럼요. 나는 늘 그렇게 쏘아붙이곤 했지만, 지금은 그러면 안 된다. 그래서 그냥 고개만 끄덕였다.

직업에 대해 묻자 나는 CDMI 직원이라는 것을 확인해주었다. 법무팀에 있습니다. 네, 변호사예요.

"로스쿨은 어디를 나오셨나요?"

"콜롬비아에 있는 도시에서 다녔어요."

"졸업은 언제 하셨죠?"

"2006년에요."

"잠시만요." 그가 서류를 몇 장 넘겼다. "지금 서른이라면서요?"

"네."

"보통 스물다섯은 되어야 로스쿨 졸업이 가능할 텐데, 그럼 스물셋에 졸업하신 건가요?"

나는 어깨를 으쓱했다. "제가 월반을 좀 했습니다."

"와! 학부는 어디서 다니셨습니까?" 그가 놀라며 물었다.

"브라운 대학요. 로드아일랜드에 있어요." 이쯤 되니 무슨 면접 자리 같았다. 조금 있으면 이력서와 추천서 두 통도 요구할 낌새다.

"기계 다루는 공장에서 일하신 적은 없습니까?"

"네?" 어리둥절했다. 만약 법정이었다면 분명히 *이의 있습니다! 관련성이 없는 질문인데요?* 라고 했을 것이다. 그러나 협조해야 했다. "아니요."

"기계를 다룬 경험이 없으신가요?"

"없어요. 그게 무슨 말씀인지도 잘 모르겠는데요."

"금속과 관련한 일을 해본 적이 있느냐는 질문입니다. 절단하고, 구멍 뚫고, 조립하고 뭐 그런 거요."

"전혀 없는데요."

"부군께서는요?"

"데이비드가요? 전혀요." 나는 작게나마 웃을 수밖에 없었다.

"오늘 오전 회사에 가셨었죠? 아니, 그러니까, 어제 아침이었죠. 몇 시에 가셨죠? 6시 30분?"

"네, 그쯤 갔어요."

"그리고 밤 9시까지 계셨고요."

"네."

"오래 계셨네요."

"네."

"〈슈퍼볼Super Bowl〉˚ 방영하는 일요일인데요?"

"전 스포츠 별로 안 좋아합니다."

"무슨 비상 상황이 있었길래 그리 오래…… 열네 시간 정도? 그렇게나 일을 하신 거죠? 〈슈퍼볼〉 하는 일요일에."

"비상 상황은 아니지만 큰 사건이 하나 있거든요. 제가 입사한 지 얼마 안 된 입장이라 회사에 좋은 인상을 주고 싶었어요."

"무슨 사건이죠?"

"파머 대對 듀발 재판요. 주주가 회사 경영진을 상대로 제기한 주주대표소송 건이에요. 해외 제조시설 운영에 대한 비용 낭비와 부실 관리를 혐의로요. 회사는 명목상의 당사자라 소송에 대응할 수 없고 경영진이 선임한 외부 변호사가 하죠. 그렇지만 우리, 그러니까 회사는 자료 제출 요구에 응해야 하는데, 제가 바로 그 일을 맡았어요. 동남아 공장의 모든 서류를 검토, 정리해서 원고 측 변호사에게 제출해야 하죠. 그 일이 엄청나게 많답니다."

크루즈가 알고 싶어 하는 것보다 더 많은 정보였다. 그는 수염을 만지며 수첩을 훑어보고는 다음 질문을 했다.

"CDMI에서 일한 건 언제부터죠?"

"지난달, 1월 2일요."

"그전에 변호사로 일한 경험이 있었나요?"

"네. 잭슨 리더스 로펌에서요."

˚ NFC 우승팀과 AFC 우승팀이 승부를 벌이는 NFL의 결승전이자, 미국의 최대 스포츠 경기이다.

"월스트리트에 있는 거대 로펌이죠?"

거대 로펌. 그 말이면 끝이다. 포천 500대 기업 목록에 의뢰인이 가득하고 전 세계에 지사가 있다. 나는 대답했다. "네."

"거기서는 언제부터 일하셨나요?"

"2006년 9월 5일부터요."

"그만두신 건?"

"12월 19일이고……." 내 목소리가 점점 작아졌다.

"2013년이죠?"

"아니요. 2008년이에요."

"5년 전요?"

"네."

"그럼 거기서 어디로 옮기신 건가요?"

"그냥 좀 쉬었어요."

크루즈는 잠시 멈추더니 서류를 뒤적였다. "어제 몇 시에 사무실에 도착했다고 하셨죠?"

이미 답변 마쳤는데요. 법정에서라면 그렇게 했겠지만 나는 또다시 대답했다. "오전 6시 30분쯤에요."

"거기 다른 사람이 또 있었나요?"

"아닌데요."

"누굴 만날 일이 없었습니까?"

"없었어요."

그는 중간에 비는 5년간에 대해 질문할 생각이 없어 보였다. 그게 대단히 중요한 사항일 수 있다고는 짐작도 못 하는 것이다. 아이비리그를 나와 세계 굴지의 회사에서 근무했던 변호사가 경력 초반에 5년간이나 쉰 건 그냥 쉬고 싶어서가 아니었다. 성공으로 향하는 길에는 막힐 것이 없었다. 라일리를 흘끗 보았지만, 그 역시 그 사실에 집중하지 않는 것 같았다. 둘 중 누구도 다음 질문을 할 생각이 없어 보였다.

12월 19일에 무슨 일이 있었던 겁니까?

6장

세이 램버트

2013년 12월 19일

긴장하지 마. 데이비드가 말했다.

아니, 그런 말을 했나? 할 수가 없는데? 그런데도 나는 그렇게 말하는 소리를 또렷이 들었다. 바닥부터 천장까지 이어진 통창 앞에 선 채 그가 내 귀에 입술을 비비고 허리를 감싸 안는 게 느껴졌다. 내 얼굴에 미소가 피어났고, 해가 반짝이며 도시의 빌딩들 위로 올라갔다. 반짝반짝, 모든 게 빛나고 있었다. 새벽을 깨우는 밝은 빛, 최신 아파트에 깔린 윤이 나는 나무 바닥재, 부엌의 반짝이는 스테인리스스틸, 장식가가 디자인한 거실의 크리스마스트리, 신혼부부의 손가락에서 빛나는 백금 반지까지.

매일 우리는 그런 식으로 하루를 맞았다. 가구 한 채 들여오기 전부터 우리의 아파트에서 날마다 그렇게 아침을 맞이했다. 그날 밤 우리는 거실 맨바닥에서 사랑을 나누었고, 팔다리가 뒤엉킨 채 잠들었다가 새벽녘에 알몸인 채로 일어나 손에 손을 잡고 우리 앞에 펼쳐진 천국 같은 뉴욕을 바라보았다. 나는 그때 우리가 태고의 남자이자 태고의 여자라고 생각했다. 우리는 지구라는 낙원을 기쁨으로 누리는 아담과 이브였다. 그 생각을 입에 올리지는 않았다. 데이비드가 들으면 바보 같다 했을 테니까. 사실

바보 같다는 말로는 부족했다. 이제는 알겠다. 그것은 저주였다. 왜냐하면 아담과 이브는 타락했으니까. 그렇잖아? 그들은 모든 것을 잃고 말았다.

긴장하지 마, 넌 스타야. 그의 목소리가 들렸지만, 사실 그는 말할 수가 없다. 빈백 소파에 누워 깊이 잠들어 있으니까. 나는 침대에서 나와 대자로 뻗은 그의 다리를 넘어 욕조로 향했다.

추웠다. 온 방이 추웠다. 라디에이터를 쿵쿵 치자 쉭 하는 소리가 났다. 마치 죽어가는 사람이 마지막으로 내는 소리 같았다. 하지만 그뿐, 라디에이터는 다시 입을 다물어 버렸다. 나는 세 발자국 떨어진 주방으로 발을 돌려 오븐 뚜껑을 연 채 불을 켰고, 희미하게 열기가 빠져나오기를 기다렸다가 욕조로 갔다. 적어도 보일러는 아직 작동 중이다. 뜨거운 물이 차가운 공기를 만나자 새털구름 같은 열기가 자그마한 원룸 아파트의 문 틈으로 빠져나갔다.

데이비드는 한쪽 팔을 얼굴 위에 얹고 코를 한 번 골고는 다시 조용해졌다. 그 소리 역시 죽기 직전 마지막으로 내는 소리 같았다.

긴장하지 마. 그가 말했다. 아니, 아니다. 오늘 한 말이 아니다. 내게 들리는 소리는 그가 5년 전에 한 말이다. 오늘 내 머릿속에서 시간이 온통 섞여버렸다. 일 년여 만에 온 첫 번째 회신이 하필 꼭 12월 19일이어야만 했나? 그게 어떻게 저주가 아닐 수 있지?

긴장하지 마. 그는 또 다른 12월 19일에 그렇게 말했다. 그러나 그때는 내가 긴장하지 않았다. 그땐 아니었다. 긴장할 이유가 없었다. *넌 스타야.* 그는 이렇게 말했고 나도 그 사실을 알았다. 나는 그날 아침 일찍 일어났다. 나는 오후의 연간 인사고과 발표에서 쏟아질 찬사를 받아들일 준비가 된 열성적인 직원, 떠오르는 스타였다. 그렇게 확신했던 것은 모든 관리직 파트너들이 나에

게 그렇게 귀띔해주었기 때문이다. 그들은 경영진에게 제출한 화려한 평가서를 나에게 보여주기까지 했다. 그들이 준 점수는 4.0에 달하는 최고 점수였다. 그렇게 좋은 평가를 내린 것은 처음이라고도 했고, 내 성과를 얼마나 높이 평가하는지 강조하며 자부심을 심어주려 했다. 이 평가를 위해 직원들은 서로를 놓고 경쟁했고, 파트너 역시 그들만의 경쟁을 치르는 중이었다. 각자의 소송에 참여시킬 직원으로 가장 뛰어난 인재를 채가야 했기 때문이다. 결국 변호사는 팀의 수준만큼만 뛰어날 수 있었다. 법이라는 것은 고정자산이라고 할 수 없는, 거의 가치가 없는 사업이다. 잭슨 리더스 로펌이 가진 것이라곤 인적자본이 전부였고, 3년차 동료들 사이에서 가장 중요한 자본은 바로 나였다.

나는 욕조에 누워 머리카락이 잠길 정도로 몸을 푹 담갔다가 일어났다. 차가운 공기로 빠져나와 타월로 몸을 감싸고 오븐 앞으로 갔다.

면접일이 오늘만 아니었으면 얼마나 좋았을까. 그 많고 많은 날 중 하필 오늘이라니!

긴장하지 마. 데이비드는 말했다. 그러나 그때 나는 긴장하지 않았다. 긴장한 건 그였다. 그는 6개월 내내 긴장 상태였고, 마지막 3개월, 그러니까 리먼 브라더스가 역사상 가장 큰 파산 신청을 한 이후로는 거의 패닉에 다다랐다. 2008년 9월 15일. 영원히 오명으로 남을 하루. 월스트리트는 이미 그날을 세상이 끝나는 날이라고 칭하고 있었다. 다우지수가 폭락했다. 주택시장이 곤두박질쳤다. 실업률이 치솟았다. 신용대출 시장이 고갈되었고, 이는 데이비드의 투자은행이 기대하고 있던 인수합병 작업이 날아갔다는 것을 의미했다. 이전과 같은 두툼한 상여금도 기대할 수

없었다. 부사장으로 승진할 거라는 확언이 있었지만 그 또한 지연될 수밖에 없었다. 돈 걱정을 안 했던 사람이 온통 돈 걱정뿐이었다. 아파트를 사느라 무리한 데다 우리의 학자금 대출금까지 빚이 상상을 초월할 정도였다. 그는 조바심을 냈다. 우리의 부채는 그의 머리 위에서 검은 망령처럼 둥둥 떠다녔다.

그렇지만 나는 자신 있었다. 어쨌거나 소송 전문 변호사는 불황으로 위협받지 않았다. 아무리 심각한 불황이라고 해도 말이다. 더욱이 상황이 나쁠 때 사람들이 제일 먼저 하는 건 고소하는 일이다. 죽음이나 세금만큼이나 소송도 불가피한 일이었다. 그러니 내 연말 상여금은 데이비드의 마른 체형을 상쇄하기에 충분한 지방이 되어줄 것이며, 허리띠를 조금만 졸라매면 내 기본 급여만으로도 데이비드가 다음해 부사장이 될 때까지 버틸 수 있으리라 생각했다.

결혼생활이라는 게 다 이런 거 아닌가? 재산을 공유하고 짐을 나누는 것. 우리 둘 중 누구도 혼자서는 아파트를 살 수 없었지만, 둘이서 함께 대출 신청을 하자 은행은 기꺼이 돈을 내주었다. 우리는 학자금 대출을 차환함으로써 우리에게 유리하게 만들었다. 공동 서명을 해서 이자를 2퍼센트까지 낮췄고, 50만 달러의 부채에서 커다란 차이를 만들어냈다. 법률 용어로는 *연대채무*라고 한다. 우리는 전체 금액에 대해 각자 빚을 졌지만, 또한 함께 빚을 지고 있기도 했다. 결혼생활이란 게 바로 그런 거니까.

그러나 의도치 않은 결과의 법칙이 여기서 드러난다. 5년 후 우리가 공유하는 것이라고는 오직 빚뿐이며, 그것만이 우리를 하나로 묶어주게 된다는 점이었다.

나의 베이지색 정장, 어젯밤 스펀지로 오염을 지우고 다림질까지 마친 정장이 방 저편까지 이어진 빨랫줄에 걸려 있다. 나는 데이비드의 빼져나온 발을 조심히 넘어 방 저편으로 간다. CDMI에 처음 면접을 갈 때 이 정장에 흰색 셔츠를 입었으니 오늘은 검은색 셔츠를 입기로 한다. 똑같은 재킷이라는 것을 아무도 몰라주길 바라면서. 한때 내 옷장은 디자이너 의상으로 꽉 찼다. 하지만 가난한 왕족이 보석을 하나씩 처분하듯 이베이와 위탁 판매점을 통해 하나둘 팔고 나니 이제는 한 벌도 남지 않았다. 다 팔고 나니 디자이너 의상도 별것 아니라는 것을 깨달았다. 그것은 새 차와 비슷하다. 차고에서 몰고 나오자마자 가치가 반으로 뚝 떨어지는 것.

오븐을 끄고 이불을 가져와 데이비드에게 덮어주고 턱까지 끌어올렸다. 그가 일어나서 또 얘기해줬으면 좋겠다. *긴장하지 마, 넌 스타야.* 일 년이 넘어서야 처음으로 온, 진짜 변호사 일을 주겠다는 회신. 나는 희망을 내려놓으려 애썼고, 또 다른 실망의 고통에 맞설 수 있게 마음을 단단히 먹었다. 그런데도 희망의 마음은 어느새 슬그머니 내게 스며들었고, 희망을 느낄수록 더욱 긴장되었다.

"말해줘." 속삭였지만 그는 여전히 잠에 빠져 있었다.

우리가 만난 건 합병 때문이었다. 중간 규모의 로펌 두 곳이 만나 인력을 통합했다. 회사의 명성과 파트너당 평균 수익을 모두 높이기 위한 취지였다. 나는 A사의 소송 실사팀, 데이비드는 B사의 재정 실사팀에 있었다. 합병 계약 체결일에는 30명이 넘는 변호사, 회계사, 투자은행가가 참여했으며, 회의실은 열 팀이 따로 나누는 대면 대화와 헤드셋을 통한 대화로 떠들썩했다. 데이비드는 노트북으로 계산하느라, 그리고 계약 체결 서류의 목록을 확인하느라 정신없었다. 그 북적이는 공간의 저쪽에 있던 그의 모습이 내 눈을 끌었다. 금빛 머리카락, 각진 턱, 셔츠 소매 안에서 근사하게 튀어나온 이두근에 눈길이 갔다. 나는 잘생긴 남자에게는 관심이 없었다. 캐스코 선생님은 늘 이렇게 말했다. *네가 예쁜 쪽을 맡아야지. 그러니 상대는 똑똑한 사람을 골라라.* 그렇지만 그는 잘생긴 데다 똑똑했다. 그가 말할 때 사람들이 귀 기울이는 걸 보면, 남의 말을 정정해주는 그에게 모두가 끄덕거리는 걸 보면 알 수 있었다.

그렇지만 가장 똑똑히 드러났던 것은 그 역시 나를 의식하고 있다는 점이었다. 의식하는 정도가 아니었다. 그는 나를 눈여겨보았고, 나 역시 그를 눈여겨보았다. 우리는 서로에게서 봉화처럼 타오르는 야망의 빛을 보았다. 실력주의 경쟁에서 둘 다 선두 주자로 뛰고 있다는 것을 서로가 분명히 알아보았다. 기여입학도, 집안 연줄도, 할당제의 도움도 우리에게 해당되지 않았다. 우리는 아무것도 없이 시작했지만 결국은 모든 것을 갖게 될 것이 분명한 사람들이었다. 총아가 총아를 만난 것이다.

체결식은 축하 파티로 이어졌고, 30여 명이 자리했던 회의 탁자는 주택 지구에 있는 스테이크 하우스의 긴 연회 탁자로 바뀌었다. 하루 종일 그랬던 것처럼 각 회사는 보이지 않는 선을 두고 마주앉았지만, 전채요리를 먹고 난 후 무슨 수를 썼는지 결국 그는 내 옆자리에 안착했다. 취해가는 사람들로 시끄러워질 무렵 우리는 고개를 숙이고 서로 말을 걸었다. 방치된 립스테이크만이 접시에 붉은 피를 흘리며 우리를 보고 있었다.

우리는 각자 이력을 읊었는데 그것은 상대방의 이력이나 다름 없었다. 둘 다 빈곤의 가장자리에서 비틀거리는 미혼모 밑에서 자랐다. 둘 다 공립학교에 들어가 끝내 살아남았을 뿐 아니라 늘 앞서 나갔다. 우리는 모든 팀에서 주장을 맡았고, 인기 대회에서 우승을 했고, 반에서 일등으로 졸업했다. 그리고 대학을 갔다. 나는 브라운에, 데이비드는 하버드에. 등록금은 일부는 성적 장학금으로, 대부분은 학자금 대출로 충당했다. 그 후 나는 콜롬비아 로스쿨에, 데이비드는 하버드 경영대학원에 갔다. 그리하여 이전의 대출에 또 다른 대출이 얹어졌다. 그렇게 우리는 여기에 온 것이다. 나는 손꼽히는 로펌 사원으로, 데이비드는 잘나가는 투자은행 사원으로. *가난한 백인 쓰레기에게는 나쁘지 않죠.* 그가 말했고, 나는 머리를 뒤로 젖히며 웃음을 터뜨렸다. 왜냐하면 나는 결국 우리가 마지막에 웃게 될 것을 알았기 때문이다.

디저트를 먹기 전 우리는 화장실에 있었다. 그는 바지를 내렸고, 나는 치마를 올렸다. 우리 몸이 합쳐졌다. 목이 마를 때 물을 갈급해하는 것처럼 어쩔 수 없는 일이었다.

우리는 자리로 돌아가지 않았다. 물품 보관 직원에게 코트를 돌려받고는 밖으로 나와 마냥 웃으며 뛰어다녔다. 옅은 안개가 자욱한 밤이었다. 얼굴에 안개가 닿아 이슬처럼 맺혔다. 데이비드가 택시를 불러 세우고는 내게 물었다. "그쪽 집으로 갈래요, 내 집으로 갈래요?"

나는 몸을 돌려 거리를 보았다. 가로등, 신호등, 상점에서 새어 나오는 불빛, 크라이슬러 빌딩 첨탑의 빛까지 모두가 안개 속에서 소용돌이치며 반짝반짝 춤을 추었다. "아무 데도 안 가요." 나는 대답 후 명 연주자처럼 두 팔을 들고 아름다운 도시의 황홀함을 한껏 받아들였다. "우리 둘의 집으로 가요."

그는 내가 무슨 소리를 하는지 이해했다. 미소를 짓더니 손짓으로 택시를 보내고는 내 손을 잡았다. 그리고 함께 어두운 밤으로 뛰어들었다.

우리는 몇 시간이나 텅 빈 거리를 걸었고, 얘기했고, 웃었고, 때로는 노래도 불렀다. 빨간 신호등에 길을 건너고 웅덩이에 발을 첨벙거리며, 관광 명소가 보일 때마다 멈춰서 키스를 했다. 맨해튼은 우리의 것이었고, 우리는 이곳의 사람이었다. 우리는 집으로 돌아가는 비둘기들처럼 남쪽의 금융 지구로 향했다. 나는 내가 다니는 회사를, 그는 그의 회사를 가리켰다. 두 건물 사이의 걸음 수를 세고 나서는 이웃이나 다름없다고 선언했다. 배터리 공원에 다다를 때쯤 밤은 끝나가고 있었다. 별이 깜박이며 사라지고, 하늘이 회색으로 바뀌고, 항구의 보트가 유령처럼 미끄러져 나가는 동안 우리는 산책로를 따라 걸었다.

햇빛이 물 위를 살그머니 건드릴 무렵 나는 가로등 받침으로 올라가 기둥을 타고 빙글빙글 돌았다. 다가온 새벽을 반기며 환호성을 질렀다. 데이비드가 웃으며 나를 따라 가로등을 타고 오르리라 생각했다. 그러나 그러기는커녕 믿을 수 없다는 표정으로 나를 바라보았다. 갑자기 나 자신이 우스꽝스럽게 느껴졌다. 너무 틈을 보이고 너무 많은 것을 보여버린 것 같았다. 나는 가로등에서 내려왔다.

"이 도시에는 800만 명이 살아요." 그가 천천히 말을 시작했다. "그중에서 누군가를 찾을 거라곤 생각도 못 했어요. 근데 당신이었던 거예요." 그의 눈이 놀라움으로 가득 차 있었다. 그제야 그가 본 것이 내 모습이 아니라는 걸 깨달았다. 그가 본 것은 그 자신이었다. 그의 완벽한 반쪽. 그리고 나는 나의 완벽한 반쪽을 보았다. "그렇죠? 내 평생 찾던 사람이 바로……."

"당신이었어요." 내가 그를 대신해 문장을 마무리했다. 그는 목을 뒤로 젖히고 꼬끼오 꼬꼬 소리를 내며 좋아하는 티를 냈다. 나는 키스로 그의 입을 막았고, 우리를 둘러싼 세상이 밝게 빛날 때까지 떼지 않았다.

우리는 그날 그의 집에도, 내 집에도 가지 않았다. 9시에 각자 사무실에 앉아 있었다. 그리고 한 달이 채 되지 않아 그의 집은 내 것이 되었다. 그리고 일 년이 채 되지 않아 결혼했다.

코트를 걸치고 창밖을 올려다보았다. 수많은 다리들이 길을 걷고 있다. 나는 날마다 이렇게 날씨를 확인했다. 맨다리의 비율로 기온을 추정하고 다리에 묻은 물방울로 강수량을 짐작했다. 우리에게는 TV도, 인터넷도, 집전화도 없었다. 이런 것들은 백만 달러 빚으로 신용이 망가진 후에는 얻기 힘든 것이다. "꼭 아미시파˚ 같네." 지하 원룸으로 이사했을 때 내가 농담을 건넸지만 데이비드는 웃지 않았다. 그는 더 이상 나를 재미있는 사람으로 보지 않았다. 아니, 나에 대한 생각을 아예 안 한다는 게 맞을 것이다.

부자로 산 것이 극히 짧은 기간이었으니 다시 가난하게 사는 것은 그리 힘든 게 아니어야 했다. 대차대조표로 따져보면 사실 우리는 부자가 된 적도 없었고 지불 능력도 없었다. 그러나 두 번째로 맞은 가난은 더욱 힘들었다. 더 잔인했다. 한때 가졌던 것을 빼앗겼으니, 선망 대신 무시를 받으니, 부풀었던 기대감이 그저

˚ 미국의 한 개신교 종파로, 현대문명을 거부하고 자기들만의 공동체를 이루고 살아간다.

회한만 남긴 채 텅 비어버렸으니 말이다.

나는 세상 사람들의 발들을 지켜보았다. 남녀 할 것 없이 각자의 목적으로 일하고, 쇼핑하고, 배우고, 발전하기 위해 성큼성큼 걸어가고 있다. 어떤 사람들은 대공황의 여파에서 회복 중이다. 그들은 재교육을 받고, 새로운 일자리를 얻고, 빚을 탕감받았다. 은행, 보험 회사, 자동차 회사는 무려 7천억 달러의 구제금융을 받았다. 대마불사Too big to fail라나. 사람들은 그렇게 말했다.

그러나 나는 작았다. 망할 수 있을 만큼 충분히 작았다. 결국 구경거리가 될 만큼 화려하게 망했다.

밖에서는 사람들이 웅덩이를 철벅거리며 걷고 있다. 나는 우산을 들고 집을 나섰다.

또 다른 12월 19일. 밝고 추운 아침에 우리는 손을 잡고 건물에서 뛰어나왔다. 한 블록 거리를 걷는 내내 가게 주인과 도어맨들이 우리를 향해 손짓하고 미소를 지었다. 우리는 첼시의 환상적인 커플이었고, 서로 꼭 닮았다. 햇빛에 색이 바랜 데이비드의 머리카락과, 200달러를 주고 부분염색한 내 머리카락. 휴고보스Hugo Boss 코트를 입은 그와, 바니스Barneys에서 산 띠 두른 알파카 코트를 입은 나. 우리는 월스트리트로 출근하기 위해 모퉁이에서 택시를 향해 손짓했고, 택시는 정중하게 우리 옆에 멈춰 섰다. 우리의 마차가 대기 중이었던 것이다. 택시에 오르자 그는 문자 메시지를 보냈고 나는 통화를 했다. 그러면서도 남은 손은 서로 꼭 잡고 있었다. 내가 먼저 내렸다. 짧은 굿바이 키스와 함께. 그러자 그가 또 말했다. *긴장하지 마.*

그때 알았어야 했다. 하지만 오후에 집에 와서야 깨달았다. 현관문을 열자 거실에서 음악 소리가 흘러나왔다. 조리대 위의 쇼핑백이 눈에 띄었다. 커다란 샴페인 한 병, 동그란 브리 치즈, 열 송이가 넘는 빨간 장미도 함께 있었다.

"자기 있어?" 잠긴 목소리로 그를 불렀다. 눈물을 참느라 목이 멨다. 모퉁이를 돌자 데이비드가 발판사다리에 올라가 통창 위로 배너를 걸고 있었다. *축하해 셰이! 자기는 슈퍼스타야!*

그걸 보자 눈물이 떨어졌다. 그가 뛰어 내려와 나를 안아주었다. 나는 울면서 충격적인 소식을 토해냈다. 그 역시 목멘 소리로 나를 위로했다. "미안해, 자기야. 정말 유감이야." 나를 안은 그의 팔이 떨리는 게 느껴졌다. 그제야 질문 하나가 떠올랐다. "근데 이 시간에 집에서 뭐 해?"

우리는 여러 면에서 꼭 닮았다. 그 역시 10월에 해고된 상태였다.

월스트리트의 세상은 9월 15일에 끝났겠지만, 우리의 세상은 12월 19일에 끝이 났다.

7장

셰이 램버트

"시간대별로 무슨 일이 있었는지 말씀해주시겠어요?" 크루즈 형사가 말했다.

나는 끄덕였다. "할 수 있는 한 해볼게요."

형사들은 아까 이십 분 정도 자리를 비운 터였다. 다시 들어왔을 때 크루즈는 태블릿을 들고 있었다. 그는 태블릿을 자기 앞에 놓고 물었다. "그 빌딩에 CCTV가 있습니다. 알고 계셨습니까?"

다시 한번 끄덕였다. "로비에도 있고 매 층마다 엘리베이터 타는 곳에도 있죠. 엘리베이터 안에도 있고요. 아마 동작 감지 시스템일걸요."

"그렇습니다. 어쨌든 보안팀을 통해서 30층의 녹화 영상을 받았습니다."

"그러시군요."

그가 태블릿 화면을 터치해 활성화시키자 취조실 안의 커다란 화면도 같이 켜졌다. 영상이 시작되었다. 내 사무실이 있는 30층 엘리베이터 앞. 금발머리 여성이 화면 안으로 들어와 카메라를 등지고 격자무늬가 새겨진 엘리베이터 문 쪽을 바라본 후 터치스크린에서 층 번호를 눌렀다. 영상의 우측 위, 촬영 시점을 알리는 날짜와 시간이 보였다.

크루즈가 재생을 잠시 멈췄다. "저 사람이 누군지 알아보시겠습니까?"

"네, 루시 카터 존스예요."

"30층 엘리베이터 앞에 도착한 게 어젯밤 9시 2분이죠?"

"9시 2분 30초네요. 화면에 나온 게 정확하다면요."

"정확하지 않을 이유라도 있습니까?"

"제가 아는 한은 없어요."

그는 다시 재생 버튼을 눌렀다. 화면에 내 모습이 나타났다. 서 있는 모습이 왠지 불안정해 보였다. 그러고 보니 어젯밤 내가 얼마나 힘이 없었는지, 얼마나 피곤했는지가 떠올랐다. 화면 속 나는 루시를 흘끗 보고는 마찬가지로 엘리베이터 문을 마주하고 섰다. 크루즈는 다시 한번 영상을 멈췄다.

"두 번째 사람이 누구인지 알아보시겠습니까?"

"저예요."

"9시 4분에 도착하신 거죠?"

"영상에 찍힌 시각이 그러네요. 맞는 것 같습니다."

"당신이 도착했을 때는 카터 존스 씨가 이미 있었고요."

"네."

"그분한테 뭐라고 말씀하셨습니까?"

"아무 말 안 했는데요."

"안 했다고요? 여길 보세요." 그가 영상을 뒤로 돌렸다. "몸을 돌리기 바로 직전. 저기 보이죠? 카터 존스 씨 쪽을 향해 당신 입술이 움직이고 있습니다."

화면을 유심히 뜯어보았다. "아, 네. *안녕하세요,* 라고 했던 거 같네요."

"보기에는 알고 있어요, 라고 말한 거 같은데요."

"그런가요?" 몸을 수그리고 다시 영상을 보았다. "제가 보기엔 *안녕하세요* 같은데요."

"그래서 그분은 뭐라고 했습니까?"

"아무 말 없었어요."

"*안녕하세요*, 라고 했는데 응답이 없었다고요?"

"제가 누군지 몰라서 그랬던 거 같아요."

"저분은 인사부 부장입니다. 당신을 누가 채용했겠습니까?"

"뭐, 그분이 저한테 입사 제안을 하고 서류 작업을 한 건 맞습니다만, 그때 한 번, 그리고 또 한 번 아주 짧게 본 게 다입니다. 회사가 워낙 크잖아요. 저를 잊어버렸을 수도 있죠. 어쨌거나 뭔가 딴생각을 하시는 거 같아서 더 귀찮게 굴지 않았어요."

크루즈는 그 영상을 닫고 다른 영상을 띄웠다. "이건 엘리베이터 내부 영상입니다."

영상에서 우리 둘은 엘리베이터 안으로 들어가 문 쪽으로 몸을 돌리고는 서로 반대편 끝에 섰다. 여기서 크루즈가 영상을 멈췄다. 내 얼굴은 무표정이었다. 그런데 루시의 얼굴은……. 루시는 입을 벌린 채 멍한 눈을 하고 있었고, 얼굴 표정이 완전히 굳어 있었다. 뭔가를 두려워하는 것 같았다.

"다시 묻겠습니다. 뭐라고 하신 겁니까?"

"말씀드렸잖아요. *안녕하세요*, 아니면 *잘 지내시죠*, 그런 말이었어요. 그냥 다들 하는 인사말이었다고요."

"인사요? 그런데 저렇게 반응한다고요?" 라일리가 말문을 열었다.

"저에 대한 반응이 아니잖아요. 저를 의식하는 것 같지도 않았다니까요. 뭔가 머릿속으로 딴생각을 하고 있었던 게 분명해요."

"분명하다고요? 왜 그렇죠?" 크루즈가 물었다.

"자살을 생각하고 있었으니까 그랬겠죠."

그가 눈썹을 치켜올렸다. "당신이 말한 바로는 전기가 나가자 공황 발작이 와서 자살한 거라면서요? 근데 이때는 아직 전기가 안 나갔는데요."

"그렇지만 생각은 하고 있었겠죠. 가방에 총을 가지고 있었잖아요."

"그게 그분의 총이 맞는다면 말이죠." 라일리가 말했다.

"그렇다니까요." 나는 소리치고 싶은 충동을 억눌렀다. 적대적으로 굴지 말아야 한다. 나는 계속해서 되뇌었다. 나는 여기 도움을 주러 온 거야.

크루즈가 다시 영상을 재생했다. 둘 모두 문 쪽을 바라보고 있는데 까맣게 어두워지더니 카메라가 꺼졌다. 마지막으로 찍힌 시각은 9시 5분 55초였다.

"911에 전화하신 게 9시 12분입니다."

"그렇군요."

"거의 칠 분이나 지나서 전화하신 거죠."

"그러네요."

"그 칠 분 동안 무슨 일이 있었는지 설명 좀 부탁드립니다."

나는 설명을 시작했다. 더듬고 또 더듬은 끝에 간신히 비상호출 버튼을 찾아 눌렀다는 것을, 루시에게 뭐라고 말했지만, *우리 갇힌 거 같은데요,* 이런 식의 말을 했지만 대답이 없었다는 것을, 비상호출 버튼을 누르고 또 눌렀다는 것을, 누군가 인터콤으로 응답하리라 기대했지만 아무런 대답이 없었다는 것을, 주먹으로 문을 치며 도와달라고 소리쳤다는 것을, 그리고 얼마나 힘들게 문을 열려고 노력했는지를 모두 설명했다.

"당신이 그러는 동안 카터 존스 씨는 뭘 하셨습니까?"

"어두웠어요. 그래서 안 보였다니까요. 숨 쉬는 소리만 들렸는데 숨소리가 부자연스러웠어요. 괜찮으시냐 물었지만 대답도 없었죠. 저는 비상호출 버튼을 다시 누르고 문도 계속 두드렸어요. 그럴수록 도우러 올 사람은 없다는 것이 확실해졌죠. 그래서 911에 전화한 거예요."

"카터 존스 씨 전화기로 말이죠."

"네."

"당신이 그분 가방에서 꺼낸 것이겠죠." 라일리가 말을 보탰다.

나는 라일리 쪽으로 몸을 홱 돌렸다. "아니, 아니에요. 그분이 꺼낸 거예요. 저희는 암흑 속에 있었고 저는 내내 도움을 요청했어요. 그런데 갑자기 뒤쪽에서 빛이 새어 나왔죠. 뒤돌아보니 그분이 핸드폰 액정을 보고 있더라고요. *오, 좋은 생각이에요. 911에 전화하세요.* 저는 그렇게 말했어요. 그런데 그냥 쳐다만 보더군요. 입을 벌리고 헐떡이는 것 같았어요. 그래서 *그럼 제가 걸게요,* 하면서 전화기를 받아 들고 911을 누른 거고요."

크루즈가 다시 지휘권을 잡았다. "그럼 911에 전화하고 얼마나 있다가 총이 발사된 거죠?"

"모르겠어요. 생각해보지도 않았어요. 몇 시간은 거기 갇혀 있는 느낌이었어요." 총성이 울리기 전 몇 시간, 그리고 총성 후 몇 시간, 내가 느낀 건 그랬다. 기억 속에서 가장 길게 늘어진 시간은 그 후의 시간이었다. 화약 냄새와 피 냄새로 가득한 '우리'에 갇혀 있던 시간.

"그분 전화기를 갖고 있었잖아요. 시간 안 봤어요?"

"네, 전화기를 꺼두었거든요. 배터리가 거의 소진돼서요." 나는 잠시 생각에 빠졌다. "보안원이나 로비에 있던 사람들, 그들이 몇 시에 총성이 들렸는지 말 안 하던가요?"

"안타깝게도 그들은 아무 소리도 못 들었답니다. 청소업자들은 헤드폰을 낀 채 기계로 바닥을 닦고 있었고, 보안원은 TV로 스포츠 경기를 보고 있었거든요."

"아!" 예상치 못한 일이었다.

"그래서 총이 발사된 시각을 알지 못합니다." 라일리가 끼어들었다. "911과 통화한 후 얼마나 있다가 그랬죠? 그게 진짜로 통화한 후였다면 말이죠?"

"뭐라고요? 형사님 설마⋯⋯." 나도 모르게 입이 떡 벌어졌다. "아니에요! 당연히 통화할 때까지는 살아 있었죠! 통화하는 사이사이로 그분 소리가 들릴 거예요!"

"911 통화 내역도 들었습니다. 말 한마디 없던데요." 크루즈가 말했다.

"아니, 그게 아니라⋯⋯ 제가 전화기를 입에 갖다 대줬어요. 그분은, 그분은 과호흡이 왔었어요. 그러니 숨소리라도 들렸을 거예요!"

"무슨 소리가 들리긴 했죠."

"그게 루시라니까요! 전화를 걸었을 때만 해도 살아 있었어요. 911 상담원과 얘기할 수 있게 해줬는데 이미 완전히 패닉에 빠진 후였어요."

"알겠습니다. 그래서 당신이 전화를 걸었다는 거죠. 그런 다음에는요?"

"말씀드린 대로 배터리를 아끼려고 전화기를 꺼뒀어요. 루시
에게는 사람들이 구조하러 올 거라고 말했고요. 그런데 이미 심
하게 과호흡을 하더라고요. 진정시키느라 애먹었어요. *천천히 숨
을 들이마셔요*, 그런 식의 말을 했을 거예요. *들이쉬고, 내쉬고,
천천히 깊고 느리게요.* 그렇지만 제 말을 듣는 것 같지도 않던걸
요. 그래서 팔이나 등을 두드려주려고 손을 뻗었어요. 진정시켜
주려고 했다고요. 그러면서 *구조대가 오고 있어요, 금방 나가게
될 거예요, 다 괜찮아요*, 이런 말을 했죠. 하지만 숨소리가 더 나
빠졌고, 그러더니 헐떡이는 소리 같은 게 들리더군요. 아시죠? 그
래서 플래시를 쓰려고 다시 전화기를 켰어요. 그때 루시가 가방
에서 뭘 꺼내고 있었어요. 흡입기 같은 건 줄 알았죠. 천식일 수
도 있으니까요. 근데 그게 총이었어요."

"카터 존스 씨 가방에 총이 있었다는 말이로군요."

나는 끄덕였다. "저는 살짝 뒤로 물러났어요. 그분은 총을 손에
쥐고 들여다보더군요. 그래서 제가 *오, 안 돼요, 다시 집어넣으세
요*, 이런 말을 했어요. 그랬는데 그걸 자기 턱 밑에 갖다 댔어요."

"시범을 보여주시죠."

"이렇게요." 나는 엄지와 검지로 총 모양을 만들어 턱 밑에 갖다
댔다. "저는 *안 돼!* 소리치며 전화기를 떨어뜨리고 그분께 달려들
었어요. 그분 손을 낚아채 총을 떼내려고 했죠. 그분이 격렬하게
저항하더군요. 정말 격렬했어요. 제 팔이랑 손까지 비틀면서요. 그
러다 갑자기 엘리베이터가 통째로 폭발하는 느낌이었죠."

"총이 발사됐군요."

"잠시 동안은 무슨 일이 벌어졌는지 알지 못했어요. 바닥에 떨

어진 전화기는 플래시가 아직 켜진 상태였고, 그분도 바닥에 쓰러져 있었어요. 눈을 뜬 채로요. 얼굴에 구멍이 나 있었고, 뒤쪽은 피범벅이었어요. 저는 또 비명을 질렀던 것 같아요. 그런 다음 배터리가 나갔고 완전히 어두워졌죠."

그 장면이 머릿속에 떠올라 눈을 질끈 감았다. 루시와의 몸싸움, 광기 어린 짐승 같은 눈빛도 물론 끔찍했지만, 가장 두려웠던 것은 총성이 계속해서 두개골에 울려 퍼지는 가운데 그녀와 단둘이 '우리' 속 어둠에 빠져든 것이었다.

"그런 다음에는 뭘 하셨습니까?"

"모르겠어요. 아무것도 안 했어요. 가방 속을 확인하거나 아니면 심폐소생술을 했어야 했나요? 모르겠어요. 그냥 쇼크에 빠진 채 엘리베이터가 가동될 때까지 반대편 구석으로 몸을 붙이고 있었어요. 문이 열릴 때까지요."

됐다. 모든 이야기를 다 했다. 나는 숨을 깊이 들이마신 후 천천히 내뱉었다. 크루즈가 태블릿 전원을 끄자 TV 화면도 까맣게 변했다. 이제 다 끝났다는 명백한 신호다. 나는 내내 꼿꼿하게 세웠던 등을 누그러뜨렸다.

"그래서 궁금한 건 이겁니다." 라일리가 말했다.

나는 놀란 표정을 해 보이며 다시 꼿꼿하게 앉았다.

"왜 직접 911에 전화하지 않은 겁니까? 당신 전화로도 할 수 있었잖아요. 가방에 전화기가 있던데요."

"아, 그거요? 선불폰인데 충전하는 걸 까먹었거든요."

"그럼 왜 바로 충전을 안 하셨어요? 통신권 내에 있었잖아요. 돈을 추가하기만 하면 구조대가 올 때까지 라인을 열어둘 수 있었을 텐데요."

"그 생각까지는……."

"그리고 애당초 선불폰을 갖고 다니는 이유는 뭐죠?"

"어…… 뭐라고요?"

"선불폰이 뭔지 다 아시잖아요. 사용 후 폐기, 익명으로 사용, 추적 불가능. 범죄자들이 최고 좋아하는 친구죠."

"전혀 그런 거 아닌……."

"그렇다면 데이트 앱에라도 가입하셨나 보군요. 그게 뭐라더라, 팀버요."

"팀버 아니고 틴더Tinder예요." 크루즈가 고쳐 말했다.

나는 얼굴이 빨개졌다. 라일리와 달리 크루즈의 심문에는 판단하는 느낌이 없었다. 크루즈는 상냥한 편이었고 착한 경찰이었다. 그런데 이제 나쁜 경찰을 맡은 라일리가 역할에 나선 것이다.

"저는 데이트 앱에 가입하지 않았습니다. 기혼자예요."

"그럼 왜 선불폰을 쓰는 거죠? 마약 거래라도 하십니까?"

"아니에요!"

"그럼 진짜 전화는 어딨습니까?"

"그런 거 없……." 고성이 나려는 걸 억누르고 마음을 가다듬었다. "제 말 좀 들어보세요……." 또 한 번 가다듬었다. 지난 5년간 수치심 때문에 누구에게도 내 재정 상황을 밝히지 못했는데, 이 순간 그 사실이 유리하게 작용할 수 있다는 것을 깨달았다. 게다가 내 신용등급을 아직 조회해보지 않았다면 내 말을 듣고 나서 해보게 될 것이다. "형편없는 신용등급으로는 핸드폰 개통도 불가능해요. 제 신용등급이 그렇다고요. 그래서 선불폰을 쓰는 겁니다."

두 형사가 몸을 앞으로 기울였다. "파산했다는 소립니까?" 크루즈가 물었다.

"파산보다 더하죠. 빚에 허덕이는 신세랍니다. 학자금 대출에 주택담보 디피션시 판결Deficiency Judgment[●]에 카드 빚 등등. 네, 재정적으로 어렵습니다. 아니, 어려웠죠. 다행히 지금은 새 직장을 다니게 됐지만요."

"그렇다면 지금의 직장은…… 꽤나 중요하겠네요." 크루즈는 손가락으로 수염을 만지며 천천히 말했다.

나는 턱을 들어올렸다. "인생에서 가장 중요하다고 할 수 있죠. 그러니 직장을 잃을 만한 행동은 절대 하지 않을 겁니다. 저를 채용해주신 분들에게 영원히 감사할 거예요. 그분들 중에는 루시 카터 존스 씨도 포함돼 있죠."

내가 한 마지막 말이 꽤나 만족스러웠다. 형사들이 곧바로 취조실을 나가자 내가 홈런을 친 듯한 기분이었다. 그들은 아마도 지금 책상에 앉아 담보권, 판결 등에 대해 조사하고 있을 것이다. 그리하여 내가 빚에 허덕이고 있으며 루시를 죽일 동기가 없다는 사실을 확인할 것이다. 나는 그저 운이 안 좋아 잘못된 시간과 잘못된 장소에 있었을 뿐이다.

동기, 수단, 기회라는 오래된 추리소설의 삼박자에 대해 생각했다. 형사들은 나를 용의자로 보기 전에 그 세 가지 항목부터 확인했어야 했다. 물론 이 경우 기회는 들어맞는다. 어쨌거나 그녀와 함께 있었으니까. 그렇지만 수단, 즉 총과 나를 연결시킬 방법은

[●] 주택구입자금 대출금을 갚지 못해 주택이 은행에 매각될 때 매각 가격이 미상환 대출잔액보다 적은 경우, 그 차액금을 은행에 추가 지급해야 할 수 있다. 이때 차액금 지급을 명하는 판결을 '디피션시 판결'이라 한다.

없다. 그리고 나는 루시를 죽일 동기가 없다는 것을 증명해냈다.

그러나 마지막 말은 사실 그 반대다. 나를 증명하기 위해 가난과 절박함을 끌어내야 했다는 것도 아이러니했다. 평상시에는 숨기기 위해 애써왔으니까. 그러나 합리적인 말이었고 명백한 사실이라는 이점도 있었다. 지금의 직장이 절박할 정도로 중요하다는 것도 사실이다. 내가 이 일을 꿰차게 된 것에 감사한다는 것도 사실이다. 그러나 '영원히'라는 부분은 사실이 아니다.

채 이십 분을 넘기지 않고 크루즈가 돌아왔다. 혼자 온 그는 자리에 앉지도 않고 말했다. "시간 내주셔서 감사합니다, 램버트 씨."

목소리에서 다정함마저 느껴졌다. 따스한 기분이 들었다. 착한 경찰 역할을 그냥 맡은 게 아니었다. 그는 내게 호감이 있었던 것이다. 마치 반에서 가장 조용한 여학생을 좋아하는 착한 중학생 남자아이처럼 말이다. 그가 원하는 것은 내 책을 들어주고, 어쩌면 엄마한테 소개해주는 것이리라. 다정하기도 해라!

"더 궁금한 거 있으면 연락드리겠습니다. 이제 가셔도 됩니다."

"오!" 나는 마냥 좋아서 벌떡 일어섰다. 다 해냈다. 그들을 설득했다. 그러나 우승 기념으로 트랙을 한 바퀴 돌기 전, 현실적인 걱정이라는 허들을 뛰어넘어야 했다. "옷을 돌려받을 수 있을까요? 가방은요?" 나는 차도 없고 택시비도 없었다. 게다가 너무 큰 운동복에 부직포 덧신을 신고 있었다. "서류가방도요!" 정말이지 서류가방만큼은 돌려받아야 했다.

"죄송합니다. 조사가 끝날 때까지는 증거품을 돌려드릴 수 없습니다."

"아직 안 끝났단 말이에요?" 나는 그를 뚫어지게 바라보았다.

"흠…… 네." 그는 사과를 하듯 말했다. "아직 찾아낼 것도 있고, 총 조립 세트가 어느 회사 건지도 알아내야 하고요, 가족분과 친구들 면담도……." 갑자기 말을 멈췄다. 수사 계획을 너무 쉽게 내보였다는 생각이 든 모양이었다.

그러고 보니 나 역시 너무 쉽게 승리를 단정했다. 아직 그들을 설득하지 못한 게 분명했다. 내가 무죄라는 건 아직 밝혀지지 않았고, 사건 역시 종결되지 않았다. 나에 대해서는 일단 보류 상태인 것이다.

몇 시간 후면 출근해야 한다. 모든 이들이 루시의 사망 소식을, 사망 당시 나와 단둘이 있었다는 사실을 알게 될 것이다. 만약 *자살*이라든가 *수사 종결*이라는 말이 나오지 않는다면, 나는 하루 종일 둥둥 떠다니는 의심의 구름을 헤치고 다녀야 할 것이다. 혹시라도 형사들이 마음을 바꾸고 사무실을 급습해 나를 체포한다면? 그럴 경우 사람들의 눈이 제일 많은 출근 시간이나 퇴근 시간대에 들이닥치겠지. 모두가 보는 앞에서 나는 수갑을 철컥 차고 형사들 손에 이끌려 엘리베이터로 끌려가겠지. 그러면 책상을 정리할 시간조차 없을 것이다. 5년 전 잭슨 리더스 로펌에서도 굴욕을 느끼며 걸어 나왔는데, 이번에는 그보다 백만 배는 더 심할 것이다. 안 되겠다! *이제 가셔도 됩니다* 정도로는 충분치 않다. 중요한 단어들을 들을 때까지 이곳을 떠날 수 없다. *혐의 없음, 용의자 아님, 안타까운 자살 사건의 용의자일 뿐.* 이 중 하나면 충분하다.

"실은 말이죠. 그냥 여기 있을까 봐요." 나는 다시 자리에 앉았다.

크루즈는 당황한 것 같았다.

"다른 질문이 필요할 수도 있잖아요. 제가 또 다른 기억을 떠올릴 수도 있고요. 그냥 여기 있을게요."

그가 고개를 갸우뚱했다. "이 질문은 해야겠네요. 왜 이렇게 기꺼이 도와주시려는 겁니까?"

"저는 숨길 게 없으니까요."

그는 이 말에 넘어가지 않았다. "지극히 평범했던 다른 구경꾼들도 숨길 게 없는 건 마찬가진데요. 그래도 그들은 가고 싶어 안달이었습니다. 램버트 씨는 그 일을 직접 겪으신 만큼 최대한 빨리 귀가하고 싶으실 것 같은데, 왜 머무르겠다는 거죠?"

진심으로 궁금해하는 것 같아 나도 진심을 다해 답했다. "왜냐하면 이건 제로섬 게임이니까요. 안 그래요? 엘리베이터에는 단 두 명이 있었어요. 만약 그분이 자살한 게 아니라면 범인은 제가 되잖아요. 그러니 총이 발사된 순간 제가 그 일을 저지르지 않았다는 걸 증명해야 할 의무가 생긴 거예요."

그가 고개를 저었다. "입증 책임은 저희 쪽에 있습니다. 변호사님도 잘 아시잖아요."

"이번은 아니죠. 이번만큼은 전적으로 저한테 책임이 있어요." 나는 맞잡은 손을 말뚝을 박듯 탁자 위에 내려놓았다. "수사가 계속되는 한 저는 여기 남아 있겠습니다."

그가 순간적으로 움찔했다. "긴 밤을 보내셔야 할 텐데요."

"긴 밤이라면 익숙합니다."

8장

셰이 램버트
2013년 12월 19일

긴장하는 건 좋은 거야, 라고 생각하기로 했다. 무기력한 것보다야 긴장감에 뒤따르는 기력이라도 있는 게 낫지 않은가. 커비스Cubby's 바에서 새벽까지 일하고 귀가한 시각은 4시. 나는 자리에 누워 한동안 뒤척였다. 휘청거리며 들어올 데이비드를 기다리다가 결국 잠이 들었다. 나는 너무 지쳐서 진이 빠지는 게 당연한 상태다. 그러나 긴장감으로 아드레날린이 분비돼서인지 눈을 뜨고 일어나 씩씩하게 문 밖으로 걸어 나갔다. 메트로노스역까지는 걸어서 십 분, 거기서 기차를 타면 화이트플레인스까지 사십오 분 걸리는 여정이었다. 나는 눈을 뜨고부터 내내 안절부절못했다.

빗물이 튀는 유리창 밖으로 브롱크스 시내가 펼쳐졌다. 아파트 블록들과 이름 없는 상점들이 이어졌고, 그래피티 작업으로 정성 들여 꾸민 콘크리트 교각이 보였다. 교각에는 각양각색의 소용돌이 무늬와 3D 효과를 준 그림, 러시모어산˚에 필적할 거대한 초상화도 있었다. 그 예술성이 놀라운 수준이었다. 이 얼마나 멋진 재능인가! 빈 벽과 페인트 통만 있으면 사무실 공간도, 컴퓨터 네

˚ 사우스다코타주에 속한 산으로 미국 역대 대통령 네 명의 두상이 조각돼 있다.

트워크도, 회의실도, 명함도, 인사부도 없이 혼자서 모든 것을 해낼 수 있는 재능이라니! 나는 아무리 재능을 발휘해봐야 의뢰인과 지원팀이 없이는 아무 쓸모도 없지 않은가.

그래피티 거리는 어느새 묘지로 바뀌었다. 몇 킬로미터나 길게 이어진 것 같았다. 150년은 묵었을 무덤들이다. 대부분의 묘가 돈을 꽤 들인 듯 화려하게 꾸며져 있었다. 죽을 때 돈을 싸 들고 갈 수 없다지만 부자들은 어떻게든 싸 들고 가려 한다. 아니면 적어도 남의 손에 넘어가지 못하게 수를 써놓는다. 부자들은 뭐든 해낸다.

화이트플레인스역에 도착할 무렵 빗방울이 거세졌다. 역에 내리자마자 시계를 찾아 두리번거렸다. 벽에 걸린 시계를 보니 시간이 너무 일렀다. 혹시 늦을까 봐 서두르긴 했는데, 차라리 좀 늦게 출발해서 혼잡시간 대의 할증료를 절약할 걸 그랬다.

역사 지붕 밑에서 서성거리다가 신문가판대에서 1면 머리기사를 읽었다. 출발 시간이 되었다. 파카의 후드를 뒤집어쓰고 택시 승차장을 지나 길을 건넜다. 세찬 바람이 불 때마다 빨랫줄에 널린 이불처럼 비가 옆으로 휘날렸다. 눈이 아니니 그나마 다행이었다. 순간 데이비드의 목소리가 울리는 듯했다. *그놈의 지나친 낙관주의는 좀 그만둬.*

나는 지나치게 낙관한 게 아니었다. 상황이 얼마나 나쁜지 늘 파악하고 있었다. 상황이 안 좋아지면 데이비드가 너무 빠르게 땅속을 파고든다는 것도 알았다. 그 추락의 속도를 늦추도록 손을 써야만 했다. 그래서 절망적인 상황 중에도 실낱같은 희망을 찾으려고 애썼고, 부정적인 것에 조금이라도 긍정적인 영향을 줄 수 있는 방법을 모색했다. 그러나 역효과만 났다. 지금 데이비드는 자신의 인생이 망가졌으며, 심지어 멍청이와 결혼했다고 믿는 지경에 이르렀다.

나는 멍청이다. 구하지도 못할 직장을 위해 기차 요금을 낭비하며 추위와 비를 뚫고 가는 멍청이. 건강보험도 없고 딱히 처방받을 방법도 없으면서 또다시 기관지염에 걸릴 위험을 무릅쓰는 멍청이. 매주 하는 혈장 기증도 빼먹은 멍청이. 오늘 했어야 했는데, 25달러를 날려버린 셈이다. 오늘 오후의 커비스 바 교대 근무도 놓치게 됐다. 팁으로 이번 달 전기 요금이라도 납부할 수 있었는데 말이다. 단지 예의상의 자리일 뿐인 면접을 위해 그랬다니! 최악의 경우는 내부 인맥으로 이미 내정됐으면서도 그 사실을 숨기기 위한 겉치레 면접일 수도 있었다. 나는 몇 달 전에, 아니 몇 년 전에 포기했어야 했다. 데이비드는 그랬다. 그런데 무엇 때문인지 나는 도전을 멈추지 않았다. 그의 말대로 나는 정말 지나친 낙관주의자일까?

CDMI에서 처음 면접을 본 건 11월이었다. 세스 살웨이라는 이름의 신입 변호사와 이십 분 정도 대화했다. 그는 내내 무뚝뚝하고 쌀쌀맞았다. 아무런 연락 없이 한 달이 흐르자 그게 끝이라고 믿을 수밖에 없었다. 이제는 굳이 시간을 들여 불합격 통보를 해주는 곳이 없다. 이력서를 잘 받았다고 이메일로 간단히라도 알려주는 곳도 없다. 등기로 보내지 않으면 내 이력서가 잘 도착했는지 확인도 되지 않는다. 유리병 메시지를 광활한 바다에 띄우고 어디에선가 누구라도 발견해주기를 바라는 것이나 다름없다.

그런데 이번만큼은 회신을 받았다. 이번만큼은 기회가 온 것이다. 신호등이 바뀌기를 기다리며 떨리는 손을 주머니에 넣었다. 차 한 대가 코 앞에서 쌩 달리며 인도에 물을 튕겼다. 나는 옷에 묻은 물을 털어내고 서둘러 걸음을 옮겼다.

저멀리 마켓플레이스 타워가 어렴풋이 보였다. 유리창, 강철, 콘크리트로 이루어진 30층짜리 빌딩이다. 회전문으로 들어가자 이층 높이의 크리스마스트리가 로비에 서 있고, 그 발치에 선물 상자들이 놓여 있었다. 빅토리아풍 옷을 입은 4인조 성가대원이 직원들을 위해 캐럴을 노래하고 있었다. 나는 그들을 지나치며 코트를 벗고 보안 데스크로 가서 ID 카드를 내밀었다. 보안원은 방문객 목록에서 내 이름을 찾고 사인을 하라며 펜을 건넸다.

"이 옷, 저쪽 바닥에 떨어져 있던데요. 분실물 보관함에 두셔야 할 것 같아요." 나는 코트를 넘기며 말했다. 나중에 다시 와서 코트를 돌려달라고 하면 보안원은 나를 흘겨보겠지? 어쨌거나 옷 안에 내 이름이 있으니 보안원은 내게 옷을 넘겨줄 수밖에 없다. 덕분에 나는 면접 자리에서 세계 제일의 패션업계 사람들에게 너덜너덜한 내 코트를 보이지 않을 수 있었다.

건물은 현란한 아르데코 양식이었고, 엘리베이터의 스테인리스 문에는 검은 막대로 이루어진 격자무늬가 새겨져 있었다. 과거의 금속 엘리베이터를 본뜬 것이었다. 엘리베이터 로비 뒤쪽의 벽은 위쪽이 모자이크로 된 아트워크 작품으로 도배돼 있었다. 그걸 한눈에 보려면 목을 뒤로 길게 빼야 했다. 모자이크 안에서 사람들이 씨를 뿌리고, 물레를 돌리고, 목재를 들어올리고, 상자를 포장하고 있었다. 수천 개의 반짝이는 유리 타일로 만든 '세계 노동자 단결 벽화'였다. 내가 그토록 긴장하지 않았다면 자본주의에 대한 찬가인 이 건물에 이런 벽화가 있다는 것을 비웃었을 것이다. 각각의 엘리베이터 문 옆에는 목적지 층을 누르는 첨단 콘솔이 있었다. 층 번호를 누르면 콘솔이 열 대의 '차' 가운데 어느 게 먼저 올지를 계산해 알려주는 것이었다.

"3번 차입니다." 기계식 목소리가 읊조렸다.

문이 열리고 그 안으로 발을 옮겼다. 내부 벽은 마호가니 패널로 마감되었고 문은 거울 처리가 되어 있었다. 안에 있는 제어판에는 층 버튼 없이 비상호출 버튼만 있었다. 문 위에는 카이런 Chyron 방송사의 헤드라인 뉴스가 지나가고 있었다. *연방준비제도 이사회의 채권 매입 축소 후 글로벌 주식 급등, 런던 아폴로 극장 천장 붕괴로 80명 부상.* 엘리베이터 벽에 보이지 않게 설치된 스피커를 통해 캐럴이 울려 퍼졌다. 아마 어딘가에 카메라도 은밀히 설치돼 있을 것이다. 어쨌든 엘리베이터가 최고속도로 상승하는 동안 어깨를 뒤로 젖히고 턱을 들고 면접용 얼굴을 장착했다. 그리고 머릿속에 그려보았다. 기민하고 최선을 다하며, 자신감 있으면서 겸손한 사람의 모습을. 이런 인재라면 누구라도 자기네 팀으로 영입하고 싶어 하지 않을까.

나 자신에게 격려의 말도 했다. 앞으로 직면할 수 있는 새로운 도전에 대비해 캐스코 선생님이 알려주신 방법대로. *너 자신에게 말해줘. 넌 이걸 할 수 있다고. 왜냐하면 할 수 있으니까. 너 자신에게 네가 최고라고 말해줘. 왜냐하면 네가 정말 최고니까. 사람들의 존경과 관심을 얻어내. 왜냐하면 너는 그래도 되는 사람이니까.* 캐스코 선생님은 내가 뭐든 할 수 있다고 말했고, 그 당시에는 나도 그럴 수 있을 거라고 생각했다.

선생님의 이메일에 답장하지 않은 지 4년이 지났다.

그런데도 나는 지금의 나에게 격려의 말을 건네고 있다. *넌 아직 스타야. 할 수 있어! 네가 이 면접에 오다니 그들이 운이 좋은 거지.* 이 말에 일말의 믿음도 없었지만, 이렇게 읊조리는 것만으로도 어느 정도의 효력이 있었다. 30층에서 문이 열린 순간 나는 단호하게 발을 내디딜 수 있었다.

CDMI 로비에도 크리스마스트리가 있었다. 하얀색 모조 비둘기들이 이중 나선 구조로 장식된 트리였다. 하얀 비둘기는 CDMI 기업 로고로 고급 의류의 라벨과 스포츠웨어의 엠블럼에서 자주 볼 수 있었다. 안내 데스크 뒤 유리 새장에는 흰 비둘기가 더 많이 있었다. 이번엔 진짜 비둘기다. 새들은 진짜같이 만든 나뭇가지에 걸터앉은 채 지루한 표정을 짓고 있었다. 대리석과 오닉스로 만든 데스크에 자리한 젊은 여성도 마찬가지다. 그녀의 양쪽에는 흰색 마네킹과 검은색 마네킹이 각각 서 있었고, 그녀 역시 희고 검은 옷을 입고 있었다. 한국인인가? 마치 걸어다니는, 아니 앉아 있는 K뷰티 광고판 같다. 아니면 일본인인가? 어쨌든 그녀는 CDMI 최고 브랜드에서 모델을 해도 될 정도였다. 호리호리한 몸에 새빨간 입술, 도자기 같은 피부를 갖고 있었다.

오늘의 면접 약속을 잡기 위해 내게 전화한 사람은 누군가의 비서였는데, 당시 너무 당황한 나머지 이름을 받아놓지 못했다. 그래서 안내 데스크 직원에게 지난달 면접에서 만난 젊은 변호사의 이름을 댔다. "세스 살웨이 씨를 뵈러 왔는데요?"

데스크 직원의 길고 검은 속눈썹은 하늘을 향해 바짝 올라가 있었다. 마치 아키타 강아지의 꼬리 같다. 눈썹을 깜박이고 그녀가 대답했다. "이제 그분은 여기서 일하지 않는데요." 안타까워하는 목소리였다.

나 역시 눈을 깜박였다. 더 이상 일하지 않는다고? 직장을 잡기 위한 유일한 희망이 그렇게 날아갔다. 운명의 잔인한 장난인가? 아니, 회사의 잔인한 농간인가?

"오! 아, 저는 셰이 램버트라고 하는데요…….”

"아, 램버트 씨! 오셨군요. 자리에 앉으세요. 곧 누가 나오실 겁니다.” 그녀가 활기를 찾은 목소리로 말했다.

하지만 안도의 물결이 온몸을 감싸기 전에 마음을 고쳐먹었다. 희망을 기대하지 않기로 했다. 하얀색 긴 의자를 지나쳐 창가로 가서 창밖을 구경하는 척했다. 저쪽 어딘가에 있는 도시는 안개 벽에 가려 보이지 않았다. 한때는 저쪽에서만, 법률 세계의 중심인 월스트리트에서만 일하려고 했었다. 전국 지사는 물론이고 해외 지사를 겸비한 초대형 기업에서만 일하려고 했었다. 그러나 지금은 교외에 있는 직장이라도 잡아야만 했다. 이전의 나였다면 비웃고도 남을 직책, 사내변호사 자리라도 따내야만 했다.

오만함. 나의 오만은 가득차다 못해 넘쳐 흘렀었다.

실업수당을 받을 수도 있었지만 내가 오랫동안 실직 상태로 있을 리 없다는 생각에 신청도 하지 않았다. 실업수당이란 루저나 마약쟁이, 하루 종일 TV만 보는 게으름뱅이와 뚱보들이나 받아먹는 복지혜택이라 여겼다. 내려놓을 수 없는 체면 때문에 차상위급 회사는 쳐다보지도 않았다. 나는 최상위급 회사에 다시 들어갈 거라는 확신이 있었으니까. 그러나 그해, 다음해, 최상위급 회사에서는 학교를 막 졸업한 변호사만, 이력서에 아무런 흠집 없이 빛으로만 가득한 지원자만 받았다. 수년간 쌓은 경험과 뛰어난 평가는 누군가 나를 일회용품으로 여겼다는 사실을 뛰어넘지 못할 만큼 아무런 의미도 없었다.

그러던 중 마침내 일자리를 얻었다. 수천 건의 제품 소송을 당한 대형 제약회사의 서류를 검토하는 일이었다. 훈련만 시키면 원숭이도 할 수 있는 일이었으니 그 경력을 이력서에 넣지 않은 것은 당연지사였다. 그때 나는 뉴어크의 지하실에서 젊지만 확실한 일자리를 잡지 못한 수십 명의 변호사들과 함께 일했다. 우리는 공장 노동자들처럼 출근카드를 찍었고, 기다란 공동 탁자에 앉아 온종일 의료기록을 뒤지며 특정 단어를 찾았다. 서류는 수백만 개에 달했다. 지게차를 써서 서류 더미를 옮겨야 했다. *변호사라는 타이틀을 걸고 이런 일을 하다니 믿을 수 없어!* 동료들은 이렇게 말했다. 그 입을 다물었어야 했다. 그해 말, 서류 작업이 인도로 아웃소싱되면서 우리는 모두 해고되었다. 그러나 다음해 인도인들 역시 해고되었다. 로봇에게 밀려난 것이었다.

그때쯤 내 오만함은 바닥이 났다. 할 수만 있다면 무슨 일이든 했다. 그동안의 교육과 경력에 대해선 함구한 채 오로지 돈벌이를 위해 나온 아기 엄마인 척했다. 사무 업무, 소매 업무, 창고 업무도 했다. 그러나 대출 연체는 사냥개처럼 계속해서 내 뒤를 쫓았다. 새로 직장을 잡고 몇 주만 지나면 새 고용주에게 임금 차압 명령이 내려져 총 급여의 10퍼센트를 넘겨야 했다. 일은 결코 잘 풀리지 않았다. 아무도 사회의 낙오자를 고용하기를 원치 않았다. 게다가 압류 서류 작업은 골치가 아팠다. 차압 통고가 오고 나면 내 자리는 없어지기 일쑤였다.

할 수 없이 비공식적인 일을 해야 했다. 지난 몇 년간 그렇게 했다. 오만함도, 자부심도 다 버린 채 이제는 밤마다 어둑한 바에서 술을 대접하고 엉덩이 애무도 견뎌가며 오로지 팁을 위해 일한다. 캐스코 선생님이 이런 나를 알지 못해 얼마나 다행인지.

"램버트 씨?"

한 여자가 로비로 모습을 드러냈다. 나이가 좀 있으나 윤이 나는 은색 단발머리에 마네킹들처럼 스타일이 멋졌다. 입은 옷은 샤넬 같아 보였지만 아무래도 CDMI 제품일 것이다. 그녀는 배럿 씨의 비서인 마샤 포스트라고 자신을 소개했다. 숭고할 정도로 침착한 그녀의 설명에 따르면, 배럿 씨가 방금 파리 쪽과 아침 통화를 끝냈으니 곧 회의실로 올 것이란다. 그러니 잠시만 기다려 달라고 했다.

J.잉그럼 배럿 주니어는 CDMI 수석 부사장이자 법무자문위원이었다. 그를 만나게 되리라고는 생각지도 못했다. 목구멍에서 솟아오르는 희망이 너무 굵어서 토하지나 않을까 조마조마했다. 나는 미소를 활짝 지어 보였다. "물론 기다릴 수 있지요."

마치 무대에 오른 배우가 된 기분이었다. 면접을 거듭할 때마다 청중은 바뀌었지만 늘 같은 대사를 하며 같은 역할을 했고, 큐 사인이 떨어질 때마다 매번 첫 공연 때의 열정으로 임했다. 배우들은 무대 뒤에서는 긴장하다가도 막이 오르면 온 열정을 발산하며 빌어먹을 밤마다 관객을 황홀하게 한다. 그게 바로 면접 때의 내 모습이었다.

비서는 나를 회의실로 안내하고는 기다리게 해서 미안하다며 또 사과한 뒤 회의실을 나갔다. 나는 의자에 몸을 파묻고 미소를 풀었다. 잉그럼 배럿. 내가 잉그럼 배럿을 만나다니! 이번만큼은 놓칠 수 없다. 그에 대해 아는 것을 총동원해 최적의 접근 방식으로 임해야 한다. 똑똑하게 굴어야 한다.

이전에는 똑똑하게 굴지 못했다. 그건 데이비드도 마찬가지였다. 그는 금융계, 나는 법조계에 있었기에 우리의 부채 상황을 꼼꼼히 파악하고 있었다. 그러니 그 문제에 대한 최선의 방법을 찾을 만큼, 적어도 상황을 악화시키지 않을 만큼은 똑똑했어야 했다. 특히 서로가 지닌 최악의 충동 성향을 막아주었어야 했다. 그러나 서로 도와준답시고 오히려 일을 그르쳤고, 그르친 일을 애써 합리화했다.

겨울 휴가를 발리에 예약한 그해 가을, 직장을 잘리고도 어쨌든 계획한 여행은 다녀오기로 결정했다. *지금 취소하면 예약금을 날리잖아.* 내 변명이었다. *사기 진작을 위해 가는 거야.* 데이비드의 변명이었다. 구직 활동에는 자신감이 필요했고, 자신감을 위해서는 자기관리가 필요했다. 그래서 우리는 헬스클럽 회원권도 유지했고, 나는 매달 예약된 미용실 일정을 취소하지 않았다. 점심이든 저녁이든 외식을 자주 했고 술자리에도 나갔다. 네트워킹이 중요하다는 이유로, 그리고 역시 사기 진작을 위해서.

카드 빚은 눈덩이처럼 불어났다. 코업co-op 수수료는 물론 주택담보 대출금, 학자금 대출금도 연체되어 마침내 빚이 감당 못 할 수준에 이르렀다. 우리는 채권자와 연락한다거나 지불유예 계획에 대해 상담하는 대신 그냥 떠나버리는 쪽을 택했다. 아무런 연락처도 남기지 않고 야반도주하듯 아파트를 떠나버렸다.

그렇지만 결국 은행은 우리를 찾아냈다. 그들은 단지 아파트 소유권을 빼앗는 정도로 끝내지 않았다. 아파트 가격보다 우리가 갚지 못한 대출금이 훨씬 많으니 그 부족분을 갚으라며 닦달했고, 그 후로 몇 십년간 우리 머리 위에 달고 다닐 디피션시 판결을 내렸다.

손이 다시 떨리기 시작했다. 손을 맞잡고 심호흡을 한 다음 자리에서 일어나 회의실을 둘러보았다. 창밖은 로비에서와 마찬가지로 잿빛 안개뿐이었고, 나머지 세 벽면에는 거대한 TV 화면이 각각 걸려 있었다. 대부분 주요 브랜드의 최신 컬렉션 런웨이 쇼가 재생 중이었고, 중앙 화면에서는 클로딘 드 마르티노CDM의 디지털 슬라이드 쇼가 흘러나오고 있었다.

마담 드 마르티노가 슈퍼모델 시절이었을 때의 사진이 연달아 나왔다. 그녀는 모델을 거쳐 20세기 후반 손꼽히는 패션 디자이너가 되었고, 이후 CDMI를 설립했다. 사진 속 그녀는 큰 눈에 아찔하게 올린 속눈썹, 부풀린 머리를 하고 있었다. 현재 그녀의 나이는 철저히 비밀에 부쳐졌지만, 사진 속 모습이 1960년대 고전적인 스타일인 것으로 보아 아마도 지금 칠십 대일 것이다. 알아본 바로는 현재 프랑스 루아르강 근처에서 사실상 은둔 생활을 하고 있다는데, 여전히 CDMI의 수장으로 군림하고 있었다. 그녀는 이쪽에서 '마담'으로 알려져 있지만 결혼을 했는지, 했다면 남편이 누구인지는 알려진 바가 없었다.

가장 유명한 사진에서 슬라이드쇼가 잠시 멈췄다. 한때 수천 개의 기숙사 방을 장식했던 포스터 사진이다. 나체인 그녀는 팔을 들어 유두를 가리고 있고, 한쪽 어깨에 하얀 비둘기가 앉아 있다. 나는 그녀의 얼굴을 가까이서 들여다보았다. 사진이 달라질 때마다 다른 인격을 보여주는 것 같았다. 부랑자 같기도 했고, 여우 혹은 전사 같기도 했다. 그녀는 걸어다니는 마네킹에서 셀럽 디자이너, 대기업을 거느린 거물에 이르기까지 실생활에서도 자신을 재창조한 여성이었다. 시간과 물결의 흐름이 바뀔 때마다 세상의 온도를 측정하고 정상에 이르는 최적의 경로를 탐색하는 똑똑한 인물이었다.

나는 전혀 똑똑하지 못했다. 그러나 지금은 그래야 한다. 그 어느 때보다 똑똑해져야 한다. 잉그럼 배럿에 대한 모든 것을 인지한 후 '오케이'로 갈 수 있는 최적의 경로를 찾아내야 한다. 그런데 내가 뭘 알지? 회사 연례보고서에서 본 사진에 따르면 머리가 살짝 벗어졌고 클라크 켄트^{Clark Kent} 안경을 썼다는 것 정도다. 『마틴데일』[●]에서 확인한 약력에 따르면 하버드를 나온 전형적인 아이비리그형 인물로, 컨트리클럽 기업 변호사를 맡았고, 월스트리트에서 거액을 받는 변호사로 지내다가 이곳 법무자문위원 자리로 왔다는 것이다. 그는 여전히 거액을 받는다. 증권거래위원회 파일에 따르면 연봉이 1천만 달러가 넘는다. 돈이 얼마나 많든 그와 같은 위치에 있는 사람이라면 자신이 누리는 권한과 명성을 포기하지 않을 것이다. 아마도 포천 500대 기업 중 수십 개 기업 대표들의 전화기에는 그의 번호가 단축번호로 저장돼 있을 것이다. 그런 인물이 대체 왜 월스트리트를 떠나 단일 이사회를, 악명 높은 소송을 거는 주주들을 상대하고 있을까?

그 답변은 나에게도 해답이 될 것이다. 그가 이 일을 하게 된 계기가 무엇인지 파악한 후 그 내용을 내 이력서에 넣어야 한다. 그가 내 안에서 자신의 모습을 본다면 이상적인 직원이라고 생각할 것이다.

화면에서 떨어져 창가로 갔다. 맨해튼 허공에 드리워졌던 안개가 걷히고 있었다. 내가 예전에 다녔던 회사는 사무실이 67층에 있었다. 벽에는 의뢰인 서류 카트들이 나란히 줄서 있었고, 대여섯 개의 줄이 달린 전화 콘솔이 있었다. 때로는 대여섯 개가 동시에 깜박이기도 했다. 그 사무실 풍경을 떠올리며 나는 내가 기도한 것이 승리 전략이 되리라 단정지었다.

문이 홱 열리며 잉그럼 배럿이 들어왔다. 나는 몸을 돌리며 연

● *Martindale-Hubbell Law Directory.* 법조계 정보 제공 업체인 마틴데일허벨(Martindale-Hubbell)에서 발행한 책.

습한 대로 미소를 지었다. "배럿 씨, 안녕하세요." 그리고 손을 내밀었다. "만나서 반갑습니다."

사진에서 보던 것보다 실물이 더 멋졌다. 권력을 쥐게 되면 이렇게 되기 마련이지! 까만색 셔츠에 까만색 정장 차림이었고 넥타이는 매지 않았다. 아마 패션 기업으로 오면서 세로줄 무늬 정장이나 넥타이는 모두 치워버린 게 분명했다. 그는 환하게 웃으며 내 손을 잡고 악수를 했다. "그냥 배리라고 부르세요. 다들 그렇게 부릅니다." 그는 앉으라고 손짓하고 탁자 끝 의자에 자리했다. "더 일찍 연락드리지 못해 죄송하군요. 최근 인사이동이 있었는데 그 와중에 당신 이력서가 누락됐더라고요."

인사이동. 누군가를 해고했다는 것을 완곡하게 표현한 말이다. 그래서 세스 살웨이가 없어진 걸까?

"지난주 행사에서 조엘 에더스를 만났는데 그때서야 이력서가 저한테 넘어왔습니다." 그는 자신이 얼마나 바보 같았는지 보여주기라도 하듯 이마를 쳤다.

조엘 에더스는 잭슨 리더스에 다닐 때 나를 관리했던 임원이다. 그 누구보다 나에게 후한 점수를 주었던 변호사. 뭐, 에더스본인의 말에 따르면 그렇다는 것이다. 과거의 그날, 12월 19일에내 사무실에 들렀던 유일한 직원이기도 했다. 책상을 정리할 시간이 한 시간 주어졌었다. 도난이나 방해 작전을 방지하기 위해보안원이 근처를 맴돌았다. 그날 아침까지만 해도 나에게 백만달러 가치의 고객 비밀이 맡겨져 있었는데, 그들의 펜 놀림 한 번으로 나는 그 흔한 도둑 취급을 받고 말았다.

조엘은 나에게 와서 이유를 말해주었다. 회사 거래 총액의 10퍼센트를 차지하는 AT&T 통신사가 발을 뺐다고 했다. 그의 목소리는 우울했다. 회사가 과감하게 예산 삭감을 하지 않는 한 임원 중 누군가가 잘리게 될 처지라고 했다. 그들은 이미 작년 여름에 들어온 변호사 열 명에게 종신 고용을 제안한 터였다. 그걸 취소할 수는 없었다. 여론의 공격이 심각할 게 뻔했다. 결국 변호사들 중 3년 차를 자르는 게 가장 무난하다는 합의에 이른 것이다.

그런데 왜 나였을까? 최고 점수에다 2500시간을 청구하는 나인데! 하긴 맷이나 제레미를 자를 수는 없었다. 그들의 아버지는 최대 고객사의 이사직을 맡고 있었다. 그렇다면 저스틴은? 그는 곧 아기가 태어날 예정이었다. 젠장맞게도 그들은 괴물이 아니었다. 다양성을 위해 고용한 인종을 해고했다간 적어도 세 곳의 고객사가 필수 할당량을 충족하지 못했다는 이유로 거래를 중단할 것이었다. 조엘 에더스는 어쩔 수 없다는 듯 손을 펼치며 속을 털어놓았다. *자네는 말이야, 인종할당제 때문에 희생당하는 거라고 할 수 있지.* 그게 진짜 이유였는지, 아니면 단지 그가 인종주의자였기 때문인지는 아직도 모르겠다. 아마 둘 다겠지. *연락하게나.* 그가 말했다. 하지만 몇 달 뒤 용기를 내 전화했을 때 그는 받지 않았다.

"아, 조엘요!" 나는 배럿에게 따스한 반응을 보였다.

"당신이 랜드Rand사 주주대표소송 건을 조금 도왔다고 하더라고요."

"조금이라고요? 제가 쓴 변론서 때문에 사건이 기각됐는데요." 나는 미소를 지으며 말했다.

배럿도 빙그레 웃었다. "그 사람 말이 그렇다는 거죠 뭐. 사건에 대해서는 읽어봤습니다. 대단한 학식이 돋보이던데요. 그 회사라면 그런 인재가 있을 거라 물론 짐작은 했지만, 그래도 정말 대단했습니다. 그걸 뭐라고 해야 할지……." 그는 공기 중에서 잃어버린 단어를 찾듯 손을 흔들었다.

"신념이죠." 내가 말해주었다.

"그거예요!"

"자기도 믿지 않는 걸 법정에 있는 사람들에게 믿으라고 할 수는 없으니까요."

"그래서 랜드에 대한 믿음이 있었던 거네요."

"고객의 승리를 위해서라면 믿어야 할 모든 것을 믿습니다."

배럿은 만족스러운 듯 미소 지으며 의자에 기대앉았다.

"그때 소송 제기인이 마크 이빈스였지요?"

"그렇습니다."

"만나본 적은 있습니까?"

"네, 여러 번 만나봤죠."

"그래서 도움이 될 식견이 있으실까요? 지금 그쪽을 상대로 한 재판이 있어서 말이죠."

마크 이빈스는 주주대표소송을 제기하는 것으로 유명했다. 일부에서는 악명이 높다고 표현하기도 했다. 소문에 따르면 그는 늘 잠재적인 원고를 보유하고 있었다. 친구나 이웃, 심지어는 미국의 거의 모든 공기업에서 명목상의 지분을 소유한 사람이라면 지나가는 행인이라도 그의 원고에 포함된다는 말까지 있었다. 그래서 그는 기업 불법 행위에 대한 보고가 올라오면 몇 시간 만에 소송을 제기해 승리하는 게 가능했다. 그는 듀폰가家 사람과 결혼했는데 부부가 뉴욕 신문 사회면에 자주 등장했다. 아내는 보기만 해도 고통스러울 만큼 야윈 몸에 금발머리를 뒤로 팽팽하게 잡아당겨 묶고 피부는 더더욱 팽팽하게 당긴 스타일이었다. 마크 이빈스는 풍성한 백발에 눈부신 미소를 지니고 있었다. 오십 대에도 성적 자신감을 한껏 드러내며 자기보다 훨씬 어린 여성들에게 찝쩍대곤 했다. 그의 추근거림을 나 역시 몇 번 당한 적이 있었다.

"마크는 누군가를 데리고 노는 상황을 즐기는 편이에요." 나는 입을 뗐다. "자신이 세운 책략을 굉장히 자랑스럽게 생각하고요. 그게 바로 그의 아킬레스건이죠. 오히려 상대방이 자기를 데리고 놀고 있다는 걸 뒤늦게 깨닫거든요. 너무 뒤늦게요."

배럿이 웃음을 터뜨렸다. "주짓수처럼 말이군요."

"바로 그거예요. 그가 강점이라고 여기는 걸 역이용하세요."

"제가 여기서 이해가 안 가는 게 있는데요." 그의 목소리가 갑자기 진지해졌다. "도대체 왜 잭슨 리더스를 떠난 거죠?"

나는 대답하고 싶어 죽겠다는 듯 몸을 앞으로 기울였다. 나 역시 승리를 위해서라면 상대방이 무엇이든 믿게 만들 수 있었다.

"회사에 있을 때 이노센스 프로젝트°를 위해 무료 변호를 했었어요. 그중 어떤 사건에 완전히 빠져들었죠. 조지아에서 한 남자가 사형 판결을 받았는데 증거를 보니 분명 결백하더라고요. 근데 동료 변호사들은 누구도 동의하지 않았어요. 사건을 맡을 만큼 강력한 증거가 없다나요. 그래서 제가 이노센스 프로젝트에서 종일 일하며 직접 처리하는 수밖에 없겠구나 싶었죠."

"그래서 어떻게 됐습니까?"

나는 자랑스럽고 도전적으로 보이도록 턱을 치켜들었다.

° Innocence Project. 억울하게 유죄 판결을 받은 사람을 위해 증거 채취, 감식 기술 등의 과학적 기술을 동원해 무죄 입증을 도와주는 미국 인권 단체.

"비록 5년이 걸렸지만, 지금 그 남자는 자유인이에요."

"잘했네요. 잘했어요. 그런데 또 궁금해지는 것이, 그렇게 성공을 했는데 왜 거기 남아서 일을 계속하지 않았죠?"

"진실을 말씀드려요? 제 마음은 온통 그 피고인을 향해 있었지만 머리는 아니었거든요. 거기 일은 지적 도전이 없는 일이었어요. 기업을 변호하는 복잡한 일을 다시 하고 싶더라고요."

"그렇다면 왜 잭슨 리더스에 돌아가지 않은 겁니까?"

"그럴 생각도 있었지만 막상 돌아가려니 또 다른 생각이 들더군요. 오직 한 고객을 위해 독점적으로 일해보니까 일의전심하는 게 얼마나 가치 있는 일인지 깨닫게 된 거죠. 더욱이 이해상충을 겪거나 충성심을 나눌 일도 없고, 우선순위를 놓고 경쟁하지 않아도 되었죠. 근데 잭슨 리더스에 근무하면서 제가 처리한 일은 140건이나 됐어요. 동시에 스무 건을 진행하기도 했죠. 그 모든 의뢰인들은 자기 일에 제가 최선을 다해주길 바랐고, 저는 혼자서 정신없이 저글링을 해야 했죠. 그래서 말인데요, 실은 제가 소프트웨어 프로그램을 하나 만들었답니다. 마감일, 필요한 시간, 청구 비용 등을 바탕으로 작업의 우선순위를 정해주는 프로그램이에요."

배럿이 눈을 치켜떴다. "천재적이네요! 어디다 사인하면 그 프로그램을 살 수 있습니까?"

"죄송해요." 내가 미소를 지었다. "회사에 다니면서 만든 거라 소유권이 잭슨 리더스에 있거든요. 듣자 하니 지금도 계속 사용 중이라 하더라고요. 하여튼 제 말은요, 단 한 건에만 집중하는 일의 가치를 알고 나니까 앞으로도 그렇게 일하고 싶어졌다는 거예요. 그런 면에서 회사 법무팀 일이야말로 제격이죠. 지적인 도전도 가능하고 완전히 한 사건에만 헌신할 수 있으니까요."

"그런 충성심은 이곳에서 참 높이 사는 면입니다. 그러잖아도 지금 엄청 큰 소송을 진행 중이거든요."

"파머 소송 말씀이죠? 네, 저도 기사 읽었어요. 제가 맡았던 랜드 건처럼 주주대표소송이던데요."

"네, 마크 이빈스가 이끄는 소송입니다. 그런데 이번에는 정말 정곡을 찔렀더군요."

"경영인 보상을 걸고 하는 거니까요. 물론 그렇겠죠. 누구도 자신이 받는 급여만큼 일하고 있다고 증명해야 하는 상황을 좋아하지 않죠. 허풍을 떨 수밖에 없잖아요." 나는 웃었다. "취업 면접과 마찬가지죠."

그도 나를 따라 진심으로 웃더니 손으로 무릎을 치며 일어났다. "셰이, 잠시 앉아 있을래요? 전화 한 통 걸고 올게요."

그는 밖으로 나갔다. 십오 분쯤 앉아서 기다리는 동안 이런 확신이 들었다. 그가 나를 밖으로 안내해줄 비서를 찾는 거라고. 면접을 농담으로 다 망쳐버린 것이다. 아니면 이노센스 프로젝트 때문인가? 지난 5년간 형법만 담당했던 변호사를 누가 뽑으려 하겠는가? 그런데 그 사실은 이력서에 이미 기재된 내용이 아닌가. 배럿은 그걸 아는 상태에서 나를 면접한 것이다.

어쩌면 내가 말실수를 했거나 이상한 표정을 지었는지도 모른다. 옷차림도 이곳과는 썩 어울리는 편이 아니다. 아니, 완전히 어울리지 않는다. 한때 나도 패션의 정점을 달린다 싶을 만큼 화려한 옷장을 가진 적이 있었다. 물론 지금은 다 팔아서 없다. 그달의 대출금을 갚을 자금만 모은다면 파멸을 막을 수 있으리라 생각했던 그때 말이다.

노크 소리가 들렸다. 배럿의 비서 마샤 포스트가 얼굴을 내밀었다. 역시 예감이 맞았다. 나를 밖으로 내몰려는 것일 테지. "절따라오시겠어요?" 적어도 이번에는 굳은 얼굴의 보안원이 아니라 다행이랄까.

비서를 따라 로비로 나갔지만 짐작대로 엘리베이터로 가지는 않았다. 빌딩의 다른 쪽을 향해 복도를 걸었다. 나는 어리둥절한 표정으로 뒤돌아보았다. 안내 데스크 직원이 당황한 나를 보고는 옅은 미소를 보내주었다.

"여기예요." 닫힌 문 앞에서 마샤가 말했다. "통화 중인지 아닌지만 확인할게요." 그녀는 문을 한 번 두드리고는 머리를 빼꼼 들이밀었다.

나는 문 옆에 걸린 명판을 쳐다보았다. *루시 카터 존스 / 부사장, 인사부장*. 문이 활짝 열리자 매력적인 중년의 금발 여성이 미소를 지으며 티끌 하나 없는 책상에서 몸을 일으켰다.

안으로 들어가 그녀와 악수하기까지 오 초 동안 부푼 희망이 쓰나미처럼 나를 덮쳤다. 진짜 이렇게 되다니! 직장을 얻게 된 것이다. 5년 만에 처음으로 진짜 수입이 생기게 됐다. 지하에서 탈출해 좀 더 큰 아파트로 갈 수 있을 것이다. 파산 변호사를 고용할 수도, 디피션시 판결을 면제받을 수도, 나머지 빚에 대한 지불 계획을 세울 수도 있을 것이다. 데이비드에게 도움을 줄 수도 있다. 우리의 모습을 되찾고 다시 우리 인생을 살아갈 수 있을 것이다.

"안녕하세요, 만나서 정말 반갑습니다." 나는 인사를 건넸다.

9장

잉그럼 배럿

월요일 아침, 로비에 금속 탐지기가 설치됐다. 너무 작은 데다 너무 늦었어. 잉그럼 배럿은 엘리베이터에서 내려 사람들을 피해 걸어가며 생각했다. 3호기 칸에는 아직도 경찰 저지선이 둘러져 있었다. 건물로 들어온 직원들은 두 가지 변화를 보고는 멍하니 멈춰 섰다. 그중 몇몇은 전화기를 꺼내 뉴스 검색을 해보기도 했다.

배럿은 곧 보도자료를 발표해야 한다. 홍보부에서 밤사이 초안을 만들었지만 읽어보니 좀 모호했다. 오전의 미팅만 끝나면, 모든 게 정리가 되면 직접 써봐야겠다 싶었다.

때마침 회사 리무진이 다가왔다. 배럿은 빌딩 관리자와 엘리베이터 업체 대표를 사무실로 소환한 것처럼 형사들도 이쪽으로 와달라고 하고 싶었다. 그러나 FBI에서 퇴직한 잭 컬리건은 같이 경찰서로 가면 그들을 데리고 놀기가 훨씬 편할 거라고 했다. 배럿은 그의 말을 들어야 할 것 같았다.

리무진 운전은 레스터 윌러드가 맡았다. 그의 업무에 운전은 없었지만 이번만큼은 관계자가 적어야 한다는 생각에 그에게 맡겼다. 이 일에 대해 알 필요가 있는 사람은 이미 알고 있는 사람들뿐이다. 이들 세 명과 CEO인 필 듀발까지. 듀발은 자꾸 발을 빼겠다고 고집부려서 마음에 걸렸다. 듀발은 마치 마법을 부려 숫자를 뭉개고 맞춘 사람이 자신이 아니라는 듯이 군다. 그렇지만 스프레드시트에서 숫자를 바꾼 사람은 바로 그였고, 그의 역할은 사실 그게 전부였다. 궂은일은 배럿과 컬리건이 도맡아 했다. 아, 루시도 빼놓을 수 없지.

조수석의 컬리건이 차에서 뛰쳐나가 배럿을 위해 뒷문을 열었다. 그는 언제나 그렇듯 기성복 정장 차림이다. CDMI에서 엄청난 연봉을 받으면서도 늘 최하위층처럼 입고 다닌다. 배럿은 컬리건의 그런 면이 좋았다.

"영상은 입수했고?" 배럿이 뒷자리에 앉으며 물었다.

"입수 완료."

몇 블록만 가면 도시 단지가 나온다. 보도에 빙판이나 질척질척한 부분만 없었다면 걸어서 갔을 것이다. 레스터는 시청 입구에서 조심스럽게 후진한 다음 마른 땅에 발을 딛고 내릴 수 있게 멈췄다. "어디 멀리 가지 마." 컬리건은 배럿과 함께 내리며 말했다. 레스터는 앞만 본 채로 고개를 끄덕였다.

이 건물에는 금속 탐지기가 설치돼 있고 그 옆에는 서류가방용 컨베이어 벨트도 있었다. 두 사람은 엘리베이터로 가서 두 층을 올라가 범죄수사과로 향했다. 내부에 생기란 느껴지지 않았고 실용적인 면모만이 돋보였다. 콘크리트 블록 벽과 산업용 카펫 모두 칙칙한 회색이었다. CDMI가 지불한 엄청난 양의 세금 중 일부가 누군가의 호주머니로 빼돌려진 게 분명했다. 다른 건 몰라도 실내장식에 돈을 쓰지 않았다는 것은 확실했다. 컬리건은 이쪽을 잘 알았다. 그는 유리창 너머의 경찰에게 신분을 밝힌 뒤 루시 카터 존스 살인사건 담당 형사를 보러 왔다고 말했다. 경찰은 곧 어딘가로 전화를 걸었다. 기나긴 시간이 흘러 배럿이 조바심을 느낄 때쯤 경찰이 문을 열어주었다.

키가 작고 체격이 큰 여자가 서둘러 나와 그들을 맞이했다. 여자는 쉰 살이 넘어 보였고, 파마머리가 붉은 기 도는 염색 때문에 영 어색해 보였다.

"저는 린다 메이스예요. 경찰 보조 업무를 맡고 있죠." 거들먹거리는 어조였다. "라일리 형사님과 크루즈 형사님이 지금 바쁘셔서요, 그래도 기다리고 싶으시면……."

"기다리겠습니다." 컬리건이 말했다.

"잠시 동안만요." 배럿이 명확히 뜻을 밝혔다.

린다는 그들을 B 취조실로 안내했다. 그녀가 떠나자 배럿이 벽에 붙은 거울을 가리켰다. "이게 그거야?"

컬리건이 끄덕이며 그 위에 붙은 카메라를 가리켰다. 그들은 자리에 앉아 각자 전화기를 꺼내고는 단 한 마디도 하지 않았다.

십오 분 후 형사 두 명이 들어왔다. 간밤에 루시의 남편 엘리엇 거트먼을 방문했던 형사들이다. 다시 말해 그들은 심각하게 초과근무를 하는 중이다. 컬리건은 그들과 악수를 나누고 이름과 직책을 말했다. 배럿도 똑같이 하려던 참이었다.

"우린 이미 만난 적이 있죠, 배럿 씨." 라일리 형사가 손을 주머니에 넣으며 말했다. "그때만 해도 루시 카터 존스 씨의 상사라는 말은 안 하셨더라고요. *가족의 친구*라고만 하셨죠."

배럿은 비꼬는 말을 듣고도 동요하지 않았다. 오히려 형사가 악수를 무시한 것에 약간 재밌다고 느꼈다. "그때만 해도 회사 생각은 전혀 들지가 않았거든요. 루시는 단지 일만 같이 한 사이가 아니라 소중한 친구였죠. 이 비극 때문에 충격이 정말 큽니다."

"물론 그렇죠." 라일리가 어두운 표정을 지어 보였다. "루시가 얼마나 오랫동안 우울해했습니까?"

배럿은 실수를 유도하려는 늙은 경찰의 어설픈 시도에 웃음이 나오려는 걸 꾹 참았다. "자살한 게 아닙니다. 셰이 램버트가 죽인 거예요. 우리가 증명할 수 있습니다. 자, 일단 앉으시죠." 그는 맞은편 의자를 향해 손짓했다.

두 형사는 *이 남자 믿어도 되나?* 하는 눈빛을 서로 교환했지만, 이내 의자를 빼고 자리에 앉았다.

"빌딩 관리인을 통해 받으신 CCTV 영상은 보셨겠죠?" 컬리건이 물었다.

경찰들은 힘겹게 고개를 끄덕였다. *당신들은 나를 위해 일하는 광대들이야.* 배럿은 이렇게 말하고 싶었다. 그러나 컬리건이 노트북을 여는 걸 보며 입을 다물었다.

"CDMI에는 공용 공간마다 자체 보안 시스템이 있습니다." 컬리건의 말과 동시에 한 이미지가 화면에 나타났다. "루시의 사무실 복도 영상입니다."

크루즈는 몸을 숙여 표시된 시간을 확인했다. 2014년 2월 2일 오후 8시 36분 48초. "어젯밤 8시 반이 좀 지난 시간이네요."

"그렇습니다. 잘 보세요." 컬리건이 버튼을 눌러 비디오를 실행시켰다. 형사들은 몸을 수그리고 사무실 문이 열리는 것을 보았다. "행동 감지로 녹화가 시작되는 시스템입니다." 컬리건이 말했다.

화면 속 셰이 램버트가 사무실에서 복도로 나와 문을 닫았다. 그녀는 힘없이 벽에 기댄 채 두 손으로 얼굴을 감쌌다. 해상도가 그리 좋지 않았지만, 그녀가 손을 내린 후 보니 얼굴에서 눈물이 흐르는 게 보였다. 셰이 램버트는 숨을 들이쉬고는 주먹으로 눈물을 닦고 서둘러 복도를 걸어 모퉁이를 돌아 사라졌다.

컬리건이 비디오를 멈췄다.

"루시가 셰이를 해고했던 겁니다." 배럿이 말했다.

형사들은 다시 의자에 등을 기댔다. 크루즈가 팔짱을 끼며 물었다. "그걸 어떻게 아십니까?"

"내가 그러라고 했으니까요."

"그러라고 했⋯⋯?"

"셰이가 이력서를 조작했다는 걸 알아냈거든요. 그 자리에 지원한 인재들 중에는 정말 수준급도 많았지만, 제가 셰이를 뽑은 건 딱 한 가지 때문이었습니다. 웬들 아널드 판사의 순회재판에서 서기로 일했다는 경력이 있었거든요. 아널드 판사는 최고의 인재들만 골라 제대로 훈련하는 분입니다. 그분과 함께 일했던 서기들은 모두 대단한 경력을 쌓았지요. 저도 그중 하나라 잘 압니다."

"그런데 셰이는 아니었다고요?"

배럿은 넌더리가 난다는 듯 고개를 저었다. "아널드 판사님은 지난해 작고하셨습니다. 저희는 토요일 밤에 모여 추도회를 열었죠. 전국을 누비고 다녔던 50명의 전 서기가 모인 겁니다. 그래서 셰이에게 갈 거냐고 물었더니 선약이 있다고 하더군요. 추도회에서 수십 년간 아널드 판사님과 함께했던 모든 서기들의 사진이 슬라이드 쇼로 나왔는데 거기에 셰이는 없더군요. 여기저기 물어본 결과 셰이는 아널드 판사님과 일한 적이 없다는 걸 알아냈죠. 셰이라는 이름을 들어본 사람이 아무도 없었습니다. 저한테 점수를 따기 위해 꾸민 짓이었죠. 그래서 어제 루시를 집으로 불러서 말했습니다. 다음주가 되기 전에 이 사기꾼을 내보내라고요."

"어제 셰이 램버트의 키카드 기록을 보고 사무실에 나와 있다는 걸 알았습니다. 그래서 루시 카터 존스 씨가 바로 가서 일처리를 한 거죠." 컬리건이 말했다.

크루즈가 그를 보며 물었다. "당신은 보안 책임자죠?"

"그렇습니다."

"그런데 인사 문제에도 관여하십니까?"

"해고 상황이 되면 따르는 절차입니다. 보안 쪽에는 항상 대기하는 팀이 있으니까요."

"보아하니 충분하지 않았던 것 같은데요." 라일리가 말했다.

컬리건은 상황에 맞게 겸연쩍은 표정을 지었다. "카터 존스 씨는 무슨 일이 있을 경우 전화를 하기로 되어 있었습니다."

"저 영상 복사본이 필요합니다." 크루즈가 말했다.

컬리건은 메모리스틱을 뽑아 탁자 위로 넘겨주었다. 동시에 배럿은 서류가방에서 종이 한 장을 꺼냈다. "증거가 진짜이며 증거보관연속성˚이 유지되었음을 기록한 진술서입니다."

크루즈가 서류를 받아 든 동시에 라일리가 의심의 눈초리로 쳐다보며 물었다. "진짜 이거면 된다고 생각하시는 겁니까?"

"저희는 그저 루시에게 정의가 실현되기를 바라는 겁니다. 그걸 위해서라면 어떤 일이든 돕겠습니다."

"어젯밤에 찍힌 영상이 모두 필요한데요." 크루즈가 말했다. "그 이후로 램버트 씨가 어디로 갔는지, 뭘 했는지, 카터 존스 씨가 어디로 갔는지 등등이 찍힌 영상이요. 8시 36분부터 엘리베이터 앞에 선 순간까지 그 둘의 행적이 모두 필요합니다."

˚ 기존에 채증한 증거가 그 보관의 주체나 관리가 단절되지 않고 연속으로 승계됨을 말한다.

배럿이 컬리건을 쳐다보았고, 컬리건은 고개를 끄덕였다. "말씀드렸다시피 동작 감지 시스템이고 공용 공간에만 설치된 터라 영상이 연속적이지 않습니다. 하지만 모아보겠습니다."

배럿은 고개를 끄덕이며 일어섰다. 이 만남이 끝났다는 신호였다. 그러나 크루즈 형사는 회의적인 시선으로 그를 보았다. "정말 바보 아닙니까? 이런 순간에 살인을 저지르다니요. 달리 도망칠 구석도 없는 엘리베이터 안에서요."

"천재일 수도 있죠. 그래서 형사님들께 자살이라고 밀고 있는 거고요." 배럿이 말했다.

"너무 천재라 엘리베이터 고장도 내고요?" 크루즈가 말했다.

배럿이 어깨를 으쓱했다. "그건 엘리베이터 업체와 얘기하셔야죠. 그쪽 엔지니어 말로는 차단기 스위치가 내려가서 전기가 나갔다고 하더군요. 그런 일은 흔합니다. 그런데 비상용 시스템마저 돌아가지 않았죠. 그건 일어나선 안 되는 일이었는데, 소프트웨어 장애였다고 하더군요. 셰이는 소프트웨어 전문가고요."

"이러지 맙시다. 그래서 시스템을 해킹했다고요?" 크루즈가 비웃었다.

"그럴 수 있죠. 예전 회사에서 소프트웨어 프로그램을 만들었는데 아직도 사용 중이라던데요. 아주 똑똑한 사람이에요, 형사님들. 그냥 대충 넘기면 안 된다고요."

10장

셰이 램버트

2014년 1월 2일

내가 그토록 갈망했던 것은 단지 직업이 아니었다. 나는 필사적일 정도로 일이 하고 싶었다. 내 경력에 걸려 있던 주차 브레이크를 풀고, 두뇌의 기어를 바꾸고, 액셀 위의 발을 끝까지 밟고 싶었다. 이건 캐스코 선생님의 비유였다. *네 두뇌는 고성능 엔진이야. 그러니 그걸 이용해. 시동을 걸어.* 지난 몇 년간 나는 손으로 밀어서 쓰는 잔디 깎는 기계처럼 살았다. 일하는 동안 내려야 하는 힘든 결정이라고 해봤자 *종이 봉투냐 비닐 봉투냐, 현금이냐 카드냐* 하는 것이었다. 그러니 지금 나는 어서 빨리 시동을 걸어 내가 얼마나 빨리, 멀리 갈 수 있는지 보고 싶어 죽을 지경이었다.

그렇지만 기다려야 했다. 1월 2일, 이른 시각에 출근하고 보니 CDMI 로비는 어두웠고 책상에 자리한 사람은 아무도 없었다. 유리 새장에는 비둘기들이 부리를 가슴에 묻고 눈을 감은 채 앉아 있었다. 나는 하얀 마네킹 주위를 머뭇거렸다. 십 분 후 엘리베이터 도착음이 들리고 정장을 입은 두 명의 남자가 들어왔다. 그쪽으로 걸어가 해맑게 "안녕하세요?"라고 하자 한 명이 "좋은 아침입니다"라며 지나갔다. 다른 한 명은 고개만 끄덕이고 지나갔다.

이번에는 까만색 마네킹 주변을 걸어다니다 그만두고 하얀 가죽 의자에 몸을 묻었다. 채용 서류에는 출근일이 1월 2일이라고 명시돼 있었지만 어디에도 시간은 없었다. 아무래도 너무 일찍 온 것 같았다.

다시 엘리베이터 도착음이 들리고 이번에는 세 명이 내렸다. 나는 일어서서 기대에 찬 미소를 지었지만 그들은 모두 본체만체하고 지나갔다. 나는 다시 자리에 앉았다.

10시, K뷰티로 치장한 안내 데스크 직원이 드디어 나타나 흔들흔들 불안정한 걸음걸이로 자리를 찾아갔다. 보이지도 않을 만큼 가늘고 뾰족한 힐을 신어서 그러겠지, 라고 생각하는데 내 쪽을 향한 그녀의 얼굴이 시선을 끌었다. 아키타 강아지처럼 풍성한 속눈썹 사이로 온통 핏발 선 눈이 보였다. 12월 31일의 파티가 1월 1일까지 이어졌나 보군. 그녀는 신음소리를 내며 데스크에 앉아 마치 쳐다보기만 해도 컴퓨터가 켜질 거라는 듯이 화면을 응시했다.

나는 자리에서 일어섰다. "안녕하세요? 저 셰이 램버트예요. 오늘부터 출근하기로 했는데요?"

그녀는 눈을 깜박이며 천천히 고개를 들었다. "어, 오늘부터 뭐요?"

"출근요. 법무팀 신입사원이에요."

그녀가 나를 뚫어지게 쳐다보았다. "흠, 그래서 어디로 가셔야 하는데요?"

"저도 몰라서요." 상냥하게 대답했다. 출근 첫날부터 조바심을 내며 적대적인 면을 보여선 안 된다. "혹시 배럿 씨 비서분한테 연락해주실 수 있을까요?"

"오, 그렇죠." 그녀는 수화기를 들더니 멍하게 숫자판을 보다가 마침내 번호를 눌렀다. "누가 왔는데요. 신입이래요." 그녀가 수화기에 대고 말했다.

뒤이어 나를 향해 말했다. "자리에 앉아 기다려주세요. 사람이 곧 나올 겁니다." 이번에는 연습을 제대로 한 배우처럼 확신 있는 대사였다.

나는 그냥 서서 기다렸다. 곧 배럿의 비서가 황급히 로비에 나타났다. 지난번 그토록 우아한 모습을 보여줬던 마샤 포스트였다. 이상하게 오늘은 허둥지둥하는 분위기였다. 은빛 머리는 구불구불했고, 정장 재킷도 삐딱했다. 단추를 잘못 끼워 맨 위 단추가 하나 남았고 맨 밑에는 단춧구멍이 하나 남아 있었다.

"램버트 씨, 아니 셰이, 정말 미안해요! 배럿 씨가 휴일에 쿠알라룸푸르에서 온 긴급 전화를 받으셨는데, 근데 너무 급작스러운 일이어서요, 그래서 아직 아무 지시도 없는데, 그러니까……." 그녀는 불안하다는 듯 웃음을 내뱉었다. "그러니까, 당신에 대한 업무 지시가 없었어요."

"아."

그녀는 시계를 확인했다. "아직 쿠알라룸푸르에 도착을 못 하신 상태라, 그래서……." 마샤는 더 이상 어쩔 수 없다는 듯 두 손을 펼쳐 보였다.

"아." 나는 똑같은 소리를 냈다. 이대로 집에 가라는 건가? 이대로 가면 오늘 수당은 쳐주는 건가?

"여기 있네요." 마샤 포스트 뒤쪽에 있던 안내 데스크 직원이 컴퓨터 화면을 힘겹게 쳐다보며 말했다. "3018호로 가라고 적혀 있어요."

"오!" 마샤 포스트가 안도의 탄식을 내뱉었다. "당신 사무실이에요! 당연히 사무실이 따로 있어야죠. 제가 안내해드릴게요."

나는 그녀를 따라 건물을 한 바퀴 돌아 동쪽으로 향했다. 이쪽 복도에 있는 사무실 문들은 모두 닫혀 있었고, 그 뒤로는 희미하게 웅웅거리는 소리만 들렸다. 일벌들 모두 벌집 안에서 피땀 흘려 일하고 있군. 어쨌거나 벌집이라도 있으니 뭐. 게다가 할 일이 있는 게 어디야.

마샤가 걸음을 멈춘 사무실도 문이 닫혀 있었다. 벽에 달린 명판에는 아무런 이름도 끼워져 있지 않았다. "여기가 당신의 새로운 보금자리예요." 안쪽으로 문을 밀고 들어가며 그녀가 밝게 웃었다.

문은 반쯤 열리더니 뭔가에 부딪혔다. 문 안쪽에 서류 상자가 쌓여 있었다. 사무실은 감방 크기로 책상과 창틀 외에 바닥 대부분은 상자들이 차지하고 있었다.

"오, 이런!" 마샤의 미소가 사그라들었다. "정리가 안 됐네요. 청소도 그렇고." 그러더니 책상과 창틀에 내려앉은 먼지를 보고 움찔했다. "사람을 좀 불러야겠네요." 목소리가 점점 작아졌다.

나 역시 경악한 건 마찬가지였다. 먼지나 어수선한 상태로 보아 이곳은 창고였다. 그러나 그 사실을 외면했다. 나는 그 모든 것 너머로 창문을 바라보았다. 유리는 더러웠지만, 그래도 30층 높이에서 도시를 내려다볼 수 있었다. 내 창문이고, 내 사무실이다! 매일 여기 와서 일하는 대가로 돈을 받을 것이다. 화려한 첼시의 아파트를 좋아했던 것처럼 이 사실이 정말 마음에 들었다.

"괜찮아요. 제가 알아서 할게요. 제가 다 알아서 할게요." 나는 문턱을 넘어서며 말했다.

나는 비품 보관함과 청소 도구를 찾아냈다. 옆 사무실이 비어 있기에 상자들을 그곳으로 옮겼다. 상자마다 배송 라벨이 붙어 있었다. 쿠알라룸푸르, 양곤, 치앙마이 등 먼 곳에서 온 것들이었다. 상자들을 손수레에 실어 옮기다가 하나를 몰래 뜯어보았다. 상한 차나 산패한 향수에서 나는 듯 퀴퀴하고 톡 쏘는 냄새가 피어올랐다. 하지만 내용물은 대부분 영어로 된 문서와 송장, 구매주문서, 재고 내역서 등 해외 공장에서 보낼 법한 일반적인 서류들이었다.

나는 책상을 닦고 창턱의 먼지를 털어냈고, 스테이플러와 테이프, 펜, 노트 등을 찾아 물품 보관함을 뒤졌다. 컴퓨터도, 심지어 전화도 없었지만 한 시간이 채 되지 않아 어쨌든 사무실다운 책상의 모습을 갖췄다. 의자 높이를 조절하고 앉아보았다. 뒤로 굴려보니 바퀴에서 끽 소리가 났다. 비품함에서 윤활제를 가져와 종이를 깔고 그 위에 의자를 뒤집어놓았다. 책상 안쪽에서 무릎을 대고 앉아 있는데 문 앞에 마샤 포스트가 나타났다.

"와, 세상에!" 마샤가 놀란 듯 걸음을 멈췄다. 어떻게 그새 이렇게 많은 일을 했느냐는 듯 감탄하는 표정이었다.

나는 바닥에서 고개만 들었다. "괜찮죠?"

이제 마샤는 재킷 단추를 제대로 채웠고 머리도 다시 빗은 듯 보였다. 차분한 모습을 되찾았군. "배럿 씨한테 연락받았어요. 이렇게 혼란을 드려서 죄송하다고 하셨고요, 쿠알라룸푸르는 지금 자정인데도 다 처리를 해주셨어요. 내일 IT 부서에서 와서 전화랑 컴퓨터 세팅해드릴 거예요. 자, 여기 직원수칙 드릴게요." 그녀는 삼공 바인더를 책상 위에 올렸다. "그리고 오리엔테이션이 있을 거예요." 이번에는 바인더 위에 쪽지를 하나 올렸다.

나는 쪽지를 훑어보았다. "내일 시작하네요?"

"네. 그러니 오늘은 계속 계실 필요가 없어요."

"궁금한 게 있는데요……." 자리에서 일어나며 말했다. "혹시 다니면서 법무팀 분들과 인사라도 나눌 수 있을까요?" 내가 아는 선에서만 해도 사내 변호사가 열 명이 넘었다. 전문 분야도 부동산거래법, 증권거래법, 상표법, 노동법 등 다양했다. 그러니까 작은 로펌이라고 해도 과언이 아니었다.

"아, 그러실 필요 없어요. 당신은 배럿 씨와 단독으로 팀을 이뤄서 파머 소송만 맡으실 거라서요. 그러니 오늘은 이만 돌아가세요. 일은 내일부터 시작하자고요." 작별의 미소와 함께 그녀는 문 밖으로 사라졌다.

나는 책상에 그대로 남았다. 시작부터 일이 어그러지다니 마음에 들지 않았다. 초조해졌다. 오늘 갈고리를 단단히 걸어놓지 않으면 일자리가 사라질 것만 같았다. 우선 직원수칙을 꼼꼼히 읽었다. 그리고 뭔가 생산적인 일거리를 찾아 주변을 둘러보았다. 그때 로비에서 본 회사 연례보고서 사본이 떠올랐다. 온라인에 공개된 자료를 이미 보긴 했다. 하지만 로비로 가서 커피 탁자 위에 놓인 반짝거리는 간행물을 가져와 다시 읽기 시작했다.

점심은 작은 통에 싸 온 사과로 대신했다. 얇게 썬 사과에 땅콩버터를 바른 것이다. 보고서 표지에는 하얀색 비둘기가 지구 쪽으로 급강하하는 모습이 새겨져 있었다. 표지 안쪽에는 이사장의 사진이 있었다. 클로딘 드 마르티노. 잘나가던 모델 시절에 찍은 사진은 아니지만, 그렇다고 최근 사진도 아니었다. 사진 속 그녀는 검은 머리카락과 붉고 통통한 입술을 갖고 있었고, 목에 줄자를 걸친 채 의상실 마네킹 옆에 서 있었다. 반짝반짝 윤이 나는 페이지를 넘길 때마다 아름다운 옷을 입은 아름다운 인물들의 사진이 펼쳐졌고, 더불어 깨끗하고 현대적인 제조시설 사진이 배치돼 있었다. 그런 페이지를 지나자 광택 없는 페이지가 나왔고 사진은 없이 숫자와 차트만 수록돼 있었다. 차트 선이 좋지 않은 쪽으로 흐르고 있었다. 지난 몇 분기 동안 손실이 있었다는 뜻이다. 이사회는 주주들에게 보낸 보고서에서 이를 인정했지만, 비용 절감을 위해 상당한 조치를 취했고 손실을 막아냈다고 확신했다. 최근의 비용 절감 조치 중 가장 눈에 띄는 시도는 미얀마에 있는 제조시설인 '*지상낙원*'을 폐쇄한 것이었다. 그것은 상당한 비용 절감에서 그치지 않았다. 해당 시설의 설비, 재고 및 주요한 기기들을 성공적으로 매각했고, 결국 원가보다 더 많은 이익을 얻어냈다. 보고서에는 그 성공을 보도한 기사가 수록돼 있었고, 마담 드 마르티노가 한 말도 담겨 있었다. "우리는 다 떨어져가는 누더기로 비단 지갑을 만들어냈습니다. 사람들이 CDMI 같은 거대 패션 기업에 바라는 건 바로 이런 것이죠."

폐쇄 전 3년간의 연례보고서를 봤을 때 *지상낙원*은 많은 뉴스 거리를 만들어냈다. 의류 산업에서 통용되는 비즈니스 모델은 동남아의 소규모 봉제공장을 비롯한 독립적인 하청업체에 제조를 맡기는 것이었다. 그런데 하청업체들 다수가 노동력을 착취하는 것으로 악명이 높았다. CDMI는 그 틀을 깨고 모든 제조시설을 사내로 이전함으로써 불미스러운 상황을 끝내기로 했다. 그 계획의 첫 걸음이 바로 *지상낙원*이었다.

미얀마 정글에 지은 *지상낙원*은 최신 기술과 장비를 갖춘 세계적인 수준의 제조시설로 설계되었다. 특별히 노동자들의 복지에도 신경 썼다. 공장이 외진 곳에 위치한 만큼 사내 식당과 기숙사도 갖추었는데 이 역시 매우 고급스럽고 쾌적했다. 에어컨도 있었고, 이 지역 해변의 휴양지 시설과 거의 맞먹을 정도였다. 구인 광고가 뜨면 지원자가 몰려들었고, 그만큼 최고의 숙련자들을 채용할 수 있었다. 2천 명가량의 직원들은 모두 *지상낙원*으로 이전하는 것을 행복으로 여겼다. 심지어 가족과 함께 입주하기도 했다. 많은 사진 속에서 부모와 어린아이들이 함께 공동 식탁에 둘러앉은 모습을 볼 수 있었다.

내가 봐도 정말 놀라웠다. 실험적인 이 공간은 미래를 겨냥한 제조시설의 모범이 될 만했다. 자리를 잡고 수익을 낼 때까지 시간을 더 줬어야 했다. 그렇지만 주주들은 한 치 앞밖에 보지 못했다. 파머 소송에서 대다수의 불만은 오직 *지상낙원* 때문에 입은 손실액만 보고 터져 나온 것이었다. 주주들은 경영진이 공장 설립을 승인한 것을 비난했다. 이는 단지 마담 드 마르티노의 허영심을 드러내는 프로젝트일 뿐이며 지상낙원이 회사 자원을 고갈시키고 있다고 불평했다. 장기적 발전보다 코앞의 수익만을 바랐던 그들의 탐욕으로 이 작은 낙원은 멸망하고 말았다.

머릿속에서 떠오르는 생각에 웃음이 났다. 나는 면접 때 했던 과대 광고가 부끄럽지 않게 살고 있었고, 내 고객의 승리를 위해 믿어야 할 거라면 뭐든 믿고 있었다. 그러니 다 괜찮다. 내가 다시 일할 수만 있다면, CDMI가 하는 말이라면 앞뒤 따지지 않고 신봉할 수 있었다.

내가 옆 공간으로 밀어 넣은 몇몇 상자는 미얀마에서 온 것으로, PsT라는 라벨이 붙어 있었다. 이제야 그 뜻이 지상낙원Paradis sur Terre이라는 걸 알았다. 그렇다면 이 서류들 역시 내가 맡은 파머 소송과 관계 있을지 모른다. 나는 바로 일에 착수하기로 했다.

옆방으로 가서 봉해져 있는 상자들을 열었다. 처음 열어본 상자들에는 지출품의서, 즉 송장이나 급여기록, 공과금 지불서 등이 들어 있었다. 다음 상자들에는 자본비 관련 서류가 있었다. 의료용 프레스 기계, 로봇 절단기, 그리고 수백 개의 산업 재봉틀에 대한 내용이었다. 중장비 역시 포함되어 있었다. 컨베이어벨트 시스템, 스피드레일, 발전기, 지게차, 트럭 등등. 부동산 거래 서류도 두꺼운 바인더에 담겨 있었다. CDMI가 PsT를 짓기 위해 지역 군사기지에서 토지를 매입한 것으로 보였다.

세 번째 상자들에는 '2013 청산 과정'이라는 보고서가 있었다. 첨부된 파일에는 공장 장비에 대한 판매 명세서와 부동산 거래 서류, 이와 관련한 개선 및 수리 사항이 담긴 서류가 있었다. 원자재 목록과 재고 목록 서류도 있었는데, 작성을 마친 서류도 있고 마치지 못한 것도 있었다.

이번 상자에는 'APU 운송'이라는 항공사와의 전세 계약서도 함께 들어 있었다. 그냥 봐도 서류를 잘못 분류해 넣었다는 걸 알 수 있었다. 이 계약서는 회사 자산 매각과 아무런 관련이 없기 때문이었다. 내용을 보니 2013년 4분기 몇 주 동안 PsT에서 동남아의 여러 지점으로 사람을 태워 보낸 경비가 나와 있었다. 또한 회사는 여섯 번에 걸친 편도 여행을 위해 개인 제트기를 전세 계약한 기록이 있었다. PsT에서 출발해 태국의 송클라와 치앙마이, 인도네시아의 폰티아낙까지 가는 여정이었다. 각 전세 계약서의 승객 명단에는 수십 명의 아시아인 이름이 첨부돼 있었다.

나는 항공 전세 계약 서류를 원래 있어야 할 상자, 즉 처음 열어봤던 지출 항목 상자로 옮기기 시작했다. 그러다 문득 의문이 들었다. 어쩌면 무슨 특별한 이유가 있어서 이걸 이쪽에 넣은 게 아닐까?

옮겼던 서류를 도로 청산 과정 상자에 넣었다. 혹시 몰라서 사본을 만들어 손이 닿기 쉬운 책상 서랍에 넣어두었다. 항공 전세 계약 서류가 왜 다른 곳에 있느냐고 누군가 물을 경우를 대비해서였다.

문득 또 걱정이 들었다. 내가 서류 보관 규칙을 흐트러놓은 건 아닐까? 아무렇게나 상자를 쌓아놓은 것 같지만, 사실은 누군가가 일정한 규칙에 따라 정돈해놓은 것일 수도 있었다. 나는 또 혹시 몰라서 노트를 챙겨 들고 옆방으로 가서 모든 상자의 내용을 요약해 적기 시작했다. 이 상자가 결국 파머 소송과 관련 있다면 내가 이러는 게 허튼짓은 아니게 되겠지. 어쨌든 이 작업을 하며 남은 시간을 보냈다.

7시가 되자 불을 끄고 사무실 문을 닫고 엘리베이터로 향했다. 진정한 직장의 첫 근무를 마치고 엘리베이터에 오른 나는 거울을 보며 뿌듯하고 행복한 미소를 지었다.

다음 날은 오리엔테이션이 있었다. 그 첫 번째 일정으로 27층 중앙의 기술부에서 IT 교육을 받았다. 내 업무에 대해 충분히 알고 있던 나는 이 교육이 시간 낭비일 거라 짐작했다. 그러나 내 경력이 정체돼 있던 지난 5년간 IT는 전속력으로 돌진했다. 내가 배워야 할 것이 너무 많았다.

기술부의 젊은 직원 제이슨이 하루 동안 나를 맡아주었다. 아직 스물다섯도 안 되어 보이는데 벌써부터 머리카락이 빠지고 있었고, 이마가 많이 벗어진 계란형 머리였다. 그래서인지 오히려 더 똑똑해 보였다. '인텔리'를 뜻하는 '에그헤드egghead'가 그래서 생겨난 단어일까? 제이슨은 2008년 이후 새롭게 등장한 모든 것을 알려주었다. 네트워크 보안 실드, 가상 미팅 플랫폼, 온라인 서류 작업에 필요한 협력 툴, 심지어 소셜미디어 행동수칙까지.

"그리고 이게 우리의 역작입니다." 그는 전자기기 같은 상자를 꺼내며 과장된 모습으로 말했다. "이게 가상 비서가 되어줄 겁니다. 설립자를 기리는 마음으로 우리는 그녀를 마벨Ma Belle이라 부릅니다." 그가 우스꽝스럽게 웃었다. "무슨 뜻인지 아시겠지요?"

나도 때맞춰 미소를 지어주었다. 검은색과 은색으로 된 상자는 빵 네 조각을 한꺼번에 꽂아 구울 수 있는 토스터기 정도의 크기였다. 바깥에는 비디오 화면, 마이크, 스피커가 보였다. 제이슨의 설명에 따르면 내부에는 AI 장치가 있다고 했다. 그것으로 전화와 다이어리를 조작할 수 있다나? 목소리로 명령을 내리면 전화를 걸어준다거나 알람을 맞추고 일정을 기록해주는 식이었다. 받아쓰기를 시키면 내용을 자동교정해서 가장 가까운 프린터로 전송할 수도 있었다. 이런 작업을 실행시키기 위해서는 일단 그 이름부터 불러야 했다. 아니, 그녀의 이름이라고 해야 할까. 제이슨은 계속해서 이 기계를 그녀라고 강조했다.

"한번 해보세요." 그가 말했다.

나는 약간 우스운 기분이 들었다. "마벨, 배럿 씨와 통화하게 해줘." 내가 말하자 놀랍게도 마샤 포스트가 곧바로 응답했다. "배럿 씨 사무실입니다."

제이슨이 나를 위해 대신 말해주었다. "안녕하세요, 마샤. 기술팀의 제이슨인데요, 시스템 테스트 중이거든요."

"알겠어요." 마샤가 대답하고 전화를 끊었다.

"그러니까 이거, 아니 그녀는 이름을 불러주면 깨어나는 거군요. 아니, 이름을 듣는다는 건 이미 활성화 상태라는 거잖아요? 비활성화 상태라면 이름을 불러도 알아듣지 못하잖아요."

그가 계란 모양의 머리를 까닥였다. "그녀는 항상 듣고 있지요. 늘 녹음도 하고요. 그런 식으로 학습을 합니다. 자기가 들은 내용을 검토하고 이를 사용하여 반응을 향상시키죠. 예를 들어볼까요. 만약 당신이 습관적으로 묻는 질문이 있다면, 예를 들어 스프링필드의 날씨를 묻는다면 처음 몇 번은 그게 매사추세츠주의 스프링필드인지 일리노이주의 스프링필드인지 물을 겁니다. 그럴 때마다 매사추세츠주라고 대답해주면 나중에는 확인 없이 곧바로 날씨를 말해줄 겁니다. 이게 학습의 결과인 거죠."

"멋지네요! 근데 사생활 침해 같은 문제는 없나요? 항상 듣고 있다면 말이에요."

"전혀 없습니다. 녹음된 파일은 자동으로 압축돼서 버지니아에 있는 클라우드 캠퍼스에 원격으로 저장되는데, 거기엔 접근이 불가능합니다. 인간이 검색을 해도 나오는 정보가 아니라는 거죠. 단지 시스템의 검토와 학습을 위해 보관하는 것입니다. 결국엔 다른 정보로 덮어쓰게 되고요."

다음으로 그는 어디를 가든 소지할 수 있는 '마벨 앱'도 있다며 내게 전화기를 줘보라고 했다. 앱을 다운받아 주겠다는 것이었다. "죄송해요. 집에 두고 와서요." 물론 스마트폰이 없기도 했지만, 설사 있다고 해도 거절했을 것이다. 직장에서 기계가 내 말을 듣는 건 그렇다 쳐도 집에서까지 그러는 건 내키지 않았다.

퇴근 시간이 되어갈 무렵 내 사무실로 돌아왔다. 책상 위에 거대한 모니터와 인체공학 키보드, 그리고 내가 쓸 마벨이 놓여 있었다. 나는 행복한 숨을 내쉬며 의자에 몸을 묻고 마치 연주회를 앞둔 피아니스트처럼 키보드에 손을 올렸다. 네트워크에 접속하자 마치 어떤 왕국에 들어가는 열쇠를 쥔 느낌이었다. 지난 5년간 나는 유리 바깥쪽에 코를 묻고 구경만 했는데, 이제 그 반대편에 들어온 것이다. 드디어 이 안으로 들어왔다.

나는 의기양양했다. 기차를 타고 브롱크스로 돌아가는 내내, 세찬 바람을 뚫고 집으로 가는 내내, 우리의 원룸 아파트로 가는 그 추접한 계단을 내려갈 때까지 내내 의기양양했다. 그리고 문을 열었다.

데이비드가 있었다.

몇 주 전부터 그를 볼 수 있는 건 아침에 일어났을 때 잠깐이 전부였다. 때때로 그는 그냥 쓰러지듯 잠이 들었고, 집에 들어오지 않는 날이 훨씬 많았다. 크리스마스 날에는 아예 기척도 없었고, 새해 첫날도 마찬가지였다.

그런 그가 지금 눈앞에 있었다. 빈백 소파에 누워 다리를 쭉 뻗고 있다. 두 손을 배 위에 겹쳐 올린 채. 지금처럼 너무 수척해지기 전에는 튼실한 복근이 자리했던 배 위에 말이다.

"급여일이 언제야?" 문지방을 밟는 순간 그가 물었다.

나는 문을 닫고 코트를 걸었다. "여긴 월급제야."

"한 달 내내 일하고 2월 1일이 돼서야 그놈의 돈을 받는다고?"

"정확히는 2월 10일이야." 나는 라디에이터를 두드리고 증기가 쉭쉭거리며 나오는 소리를 기다렸다가 재킷을 벗었다.

"젠장! 돈도 못 받고 6주를 일한다고? 2월 10일까진 도대체 무슨 수로 살라는 거야?" 그는 힘겹게 두 발로 섰다.

나는 입사 후 첫 급여를 받기까지 시간이 좀 걸린다는 걸 알았기에 최선을 다해 대처하고 있었다. 12월 20일부터 새해가 될 때까지 커비스 바에서 밤 근무를 했다. 연말연시에는 손님들이 지갑을 잘 열어서 팁을 꽤 많이 챙길 수 있었다. 물론 데이비드에게는 비밀이었다. 돈은 그가 보지 못하는 곳에 잘 숨겨놓았다.

허름한 바가 집보다 더 안전한 은신처가 되다니, 도대체 내 삶은 어떻게 되어가는 걸까?

"노트북이랑 프린터 팔면 그때까지 연명은 할 수 있을 거야. 사무실에 따로 있으니까 집에는 없어도 되거든." 나는 치마 지퍼를 내리고 라디에이터 위에 있는 고리에 재킷과 함께 걸었다.

"그럼 난 뭘 쓰라고! 어?"

나는 대답하지 않았다. 그는 집에서 컴퓨터를 쓰는 사람도 아닌걸.

데이비드는 재킷을 꺼내 팔을 끼워 넣었다. 그는 멋진 정장을 아직도 전부 간직하고 매일 입었다. 처음에만 해도 참 멋지다고 생각했다. 값비싼 양복에 셔츠 목 단추를 풀고 입거나 티셔츠를 받쳐 입은 모습이. 마치 방탕한 벼락부자 같기도 했고, 갭이어^{gap} ^{year} 기간 동안 허름한 동네를 어슬렁거리는 상류층 젊은이 같기도 했다. 하지만 5년은 너무 긴 시간이었다. 이제는 이음새가 해졌고, 살이 빠져 어깨가 벙벙했다. 허리도 헐렁해져 허리띠로 꽉 조여놨는데 그 허리띠마저 구멍을 여러 개 뚫어야 했다. 이제 그는 노숙자처럼 보인다. 굳이 면도를 하려고 하지도 않았다. 해상구조대원 같던 머리카락은 이제 지푸라기가 되었다.

"왜 그런 바보 같은 일을 하는 건데?" 그가 소리쳤다. "이달 말에는 압류가 들어올 거라고. 첫 월급을 받기도 전에 잘리고 말걸."

"그 문제는 이미 경리부에 말해놨어. 다들 상관없다던데. 이미 절차를 다 준비했대. 보아하니 학자금 채무 불이행자들을 많이 겪어본 것 같더라고." '크리에이티브'한 사람들답죠, 하고 회계 담당자가 나에게 털어놓은 바에 따르면 그들은 자기네가 빚을 갚을 거라고 기대하는 사람이 없을 거라 믿는다고 했다. 그래서 절차를 밟으면 오히려 놀라워한다는 것이다.

"오, 잘됐군. 그래서 따지자면 은행을 위해 일한다는 거잖아." 데이비드가 입을 삐죽거렸다.

"딱 10퍼센트만 가져가는 거야." 나는 브라의 후크를 풀었다. "월급이 꽤 돼서 그 정도는 티도 안 나." 나는 수표를 현금화하는 수수료까지 빼고 남는 순 급여를 동전 단위까지 이미 계산해놓은 터였다. 수표로 받는 이유는 예금 계좌가 없기 때문이었다. 아니, 가질 수가 없었다. 채권자들이 내 돈을 압류해가려고 줄을 서 있으니까 말이다. 어쨌든 실질소득은 꽤 괜찮은 편이었다. 우린 살아남은 것이다.

그는 외투를 걸쳤다. 이제는 외투가 무릎 아래까지 내려온다. 어쩐지 그는 다른 모든 것과 함께 키마저 줄어든 것 같았다. "당신한테는 이거면 된다는 거군." 그가 비웃었다.

"우리 둘 다한테 되는 거야, 데이비드."

이제 나는 다 벗은 상태가 되었다. 예전이었다면 무슨 강력한 광선에 이끌리듯 나를 방 저편으로 데려갔을 모습이다. 그러나 오늘 그는 나가면서 눈길 한번 주지 않았다. "그러시겠지." 이 한마디만 남긴 채 문을 쾅 닫고 나갔다.

11장

세이 램버트

가셔도 됩니다. 크루즈 형사가 이렇게 말한 것은 다섯 시간 전. 그 말을 들을걸 하고 지금에야 후회가 된다. 경찰이 내 혐의를 벗길 의향이 있는 건 확실하지만, 아무리 그렇더라도 한밤중에는 그럴 방도가 없었다. 법의학 결과를 받아봐야 하는데 연구실에 새벽반은 없지 않은가. 우리 집을 수색하려고 해도 동이 틀 때까지 기다려야 할 것이다. 내 사무실이나 루시의 사무실도 근무 시간이 되어야 수색할 수 있다. 경찰이 아무리 내 편에 서고 싶다고 해도 모든 것을 확인하기 전까지는 사건 파일을 닫을 수 없다.

물론 이렇게 남아 있는 게 협조적인 태도로 비쳐서 내가 더 유리해지기를 바란 건 사실이었다. 그렇지만 그 계산도 틀렸던 것 같다. 아침에 교대 근무를 나온 작은 체구의 여성은 남아 있는 나를 보고는 짜증스러운 듯 내내 거들먹거렸다. 마지막으로 확인하러 들어왔을 때에는 *여기 이러고 앉아 있는 거 지겹지도 않아요?* 라고 틱틱거렸다.

그러나 오전 9시 45분이 된 지금, 끝이 보인다. 지금쯤이면 경찰도 집 수색을 마쳤을 테고, 총과 관련한 어떤 증거도, 내가 살인을 할 어떤 동기도 없다는 것을 알아냈을 테니까. 지금쯤이면 사무실 수색도 마쳤을 것이다. 루시의 사무실에서 유서 같은 게 나오리라는 기대까지는 없었지만, 적어도 내 사무실에서 내 유죄를 의심할 만한 증거는 나오지 않을 게 분명했다.

그들이 결국 빈손으로 돌아오면 나는 최대한 설득력을 발휘할 것이다. 내게는 루시를 죽일 수단이나 동기가 전혀 없기에 그녀의 죽음이 자살이 아니라고 결론 내릴 합리적 근거가 없다는 것을 확인시켜줄 것이다.

나는 준비를 마쳤다. 생각을 정리하고 진술할 말을 연습했다. 거들먹거리는 그 여자와 함께 화장실에 갔을 때 찬물로 세수도 했고, 커피 한 잔과 글레이즈 도넛도 받아 들었다. 카페인 수혈을 받고 혈당도 되찾은 것이다. 이제 이 일을 끝낼 준비가 되었다.

오전 9시 45분, 크루즈와 라일리 형사가 들어왔다. 그들을 본 순간 뭔가 상황이 달라졌다는 걸 직감했다. 크루즈는 자리에 앉으면서도 나를 쳐다보지 않았다. 힘주어 입을 다문 그는 태블릿 PC를 거의 내동댕이치듯 내려놓았다. 라일리는 결승선을 코앞에 둔 마라톤 선수처럼 기진맥진해 보였다. 뭔가가 벌어지고 있었다. 범죄의 증거로 보이는 무언가를 찾아낸 것이다. 나는 머릿속으로 재빨리 여러 가능성을 훑어보기 시작했다.

크루즈가 녹음기를 켜더니 지금의 장소와 시간, 이곳에 있는 사람들, 변호사 선임 포기, 내가 했던 사인 확인까지 처음에 했던 사전 절차를 다시 밟았다.

그런 후에야 나를 바라보았다. 더 이상 부드럽고 맑은 눈빛이 아니었다. "제가 처음 셰이 램버트라는 이름을 들었을 때 말이죠. 돈이 좀 있는 집안일 줄 알았습니다."

"그러게, '셰이 챈스'는 무슨 프렌치 레스토랑이라도 갖고 있는 척 지은 이름 같긴 하지." 라일리가 농담을 던졌다.

뜻밖의 상황이었다. *우리 좀 도와주십시오*라는 식의 태도가 전혀 아니었다. 나를 비난하고, 쿡쿡 찌르고, 괴롭히고 있었다.

"그런 다음 브라운, 콜롬비아, 월스트리트 얘기를 들었죠. 그게 진짜 줄 알았습니다. 연기가 수준급이던데요, 아닌가요?" 크루즈가 말했다.

"무슨 말씀을 하시는 건지 모르겠는데요." 나는 천천히 대답했다. "그거 다 진짜예요!"

"당신의 본모습이 아니잖아요."

"편모가정에서 자랐다고 말씀드렸잖아요. 빚도 많다고 설명했고요."

"얼마나 많은지는 말씀 안 해주셨죠. 150만 달러잖아요?"

"거의 익사할 수준의 빚이던데요." 라일리도 거들었다.

"말씀드렸잖아요. 그래서 이 일이 너무 감사했다고요."

"감사요? 절박했던 건 아니고요?" 크루즈의 말투에 나에 대한 호감은 더 이상 느껴지지 않았다.

"표현할 수 없을 만큼 감사했죠." 내가 말했다.

그는 코웃음을 치더니 질문 방향을 바꿨다. "남편분이 저녁에 일한다고 하셨죠?"

"그랬죠."

"언젠가 어떤 여자애랑 대화하는데 자기 아버지가 밤 근무를 한다고 하더군요. 그래서 저는 동네 잡화점 같은 데서 물건을 나르는 모습을 상상했죠. 알고 보니 뉴욕 필하모닉 오케스트라에서 첼로를 연주하는 분이더군요."

나는 보일 듯 말 듯한 미소를 지으며 말했다. "데이비드는 연주가가 아니에요."

"그럼 뭘 하는데요?"

"이런저런 일요. 닥치는 대로 해요."

"웃기네요. 그분 말로는 일을 안 한다던데요?"

"오!" 나는 목을 가다듬었다. "데이비드가 집에 있던가요?"

"이봐요, 지금 그 얘기를 하자는 게 아니잖아요. 그건 당신이 알 필요 없죠. 두 분이 대화하고 어쩌고 하는 사이도 아니잖아요."

나는 그를 노려보았다.

"네, 데이비드가 다 말했습니다. 당신들 결혼생활은 끝났다고 요. 지금은 룸메이트나 다름없다고 하더군요. 이사 비용 먼저 모 으는 사람이 나가게 될 거라고요."

왜 이렇게 적대적으로 나오는 걸까? 그래, 내 빚이 상당하다는 것, 내 결혼생활이 순탄치 않다는 걸 알아냈다. 그렇다고 이렇게 공격할 만한 이유는 뭐란 말인가? 심문 방식이 원래 이런 것일 까? 착한 경찰, 나쁜 경찰 놀이를 하는 대신 다정한 심문, 못된 심 문을 하는 걸까?

크루즈가 태블릿을 조작하자 벽에 붙은 커다란 화면이 켜졌다. "당신네 회사는 내부에 자체 CCTV 시스템이 설치돼 있습니다. 그거 아셨습니까?"

"카메라 몇 대가 달려 있는 건 봤지만 그걸 딱히 신경 써본 적 은 없습니다."

"동작 감지 시스템입니다. 맞죠?"

"그렇군요."

"보세요."

화면에 영상이 재생되었다. 사무실에서 복도로 나온 내가 문을 닿았고, 손에 얼굴을 묻고 벽에 기댔다. 손을 떼자 뺨으로 흐르는 눈물이 보였다. 숨을 깊게 들이쉬었고, 얼굴을 닦고는 서둘러 복도를 걸어갔다.

"알아보시겠죠?" 크루즈가 물었다.

"네, 물론이죠." 내가 너무 대놓고 대답했다는 걸 인지하지도 못했다. 그렇지만 저 순간만큼은 똑똑히 기억한다. 루시가 나에게 입사 제안을 해서 신규 채용 서류에 사인한 직후였다. 나는 안도와 기쁨으로 환희에 차 있었다.

"당신 맞죠? 카터 존스 씨 사무실에서 나온 저분이요."

나는 고개를 끄덕였다. "근데 이걸 보여주시는 이유가 뭐죠? 이거 꽤 된 영상인데요."

"어젯밤 8시 30분이 꽤 된 겁니까?"

"아니요, 이건 한두 달 전 거예요. 12월 19일요."

그는 영상을 뒤로 돌리고 다시 틀었다. "여기 시간 표시줄을 보십시오."

나는 화면으로 몸을 수그렸다. 구석에 나온 숫자는 14/02/02에 20:36:48이었다. "잠시만요. 이거 아니에요." 나는 라일리에 이어 크루즈를 보며 말했다. "이 영상 어디서 받으신 거예요?"

"어제 당신은 카터 존스 씨와 미팅이 있었고 속상해하며 나와서 저렇게 운 겁니다." 크루즈는 태블릿 화면을 건드려 내가 나오는 화면에서 멈췄다. "그리고 삼십 초 후에 카터 존스 씨와 함께 엘리베이터에 오른 거고요."

뒤통수를 얻어맞은 느낌이었다. 아주 세게. 누군가 시간을 조작했다. 나에게 루시를 죽일 동기가 있는 것처럼 증거를 조작했다. 그래서 형사들의 태도가 이렇게 싹 바뀐 것이다. 나에게 살인

죄를 뒤집어씌우려는 누군가의 음모에 이들이 휘말리고 있었다.

"아니에요!" 나는 버럭 소리를 질렀다. "이거 어젯밤 아니에요. 입사 제안을 받은 날 거라고요! 루시가 자기 사무실로 와서 고용 계약서에 사인하라고 해서 제가 기쁜 마음으로 사인하고 나온 뒤……."

"당신 옷을 보세요. 지금 입고 있는 옷이랑 똑같잖아요. 완전히 똑같다고요." 크루즈가 말했다.

"정장이 한 벌밖에 없어서 그래요." 나는 얼굴이 붉어졌다.

"셔츠도 똑같은데요."

"셔츠 세 벌을 돌려 입어요."

"그래서 우연이라는 말씀인가요?"

"그럼요! 저는 어제 루시 사무실에 간 적이 없어요. 그럴 이유가 없었다고요."

"그렇지만 불려갔잖아요. 해고를 당했고요. 그래서 우신 거 아닙니까?"

"뭐라고요? 아니에요! 저를 해고할 이유가 어딨어요? 전 잘해왔어요. 잘해온 것 그 이상이죠. 일주일에 80시간을 일했어요. 능력 있는 직원이라고요!" 나는 손가락으로 화면을 가리켰다. "누군가 조작한 거예요. 날짜부터 잘못됐어요. 누군가 저를 모함하는 거라고요!"

총이 발사된 순간부터 나는 내 입장에서 진실을 밝히기 위해 노력해야 한다고만 생각했지, 누군가 반대 방향으로 사건을 조작하리라고는 상상도 못 했다. 그 누군가는 기록 보관소를 샅샅이 뒤져 이 장면을 찾아내 시간 표시를 바꿔놓은 것이다.

크루즈는 고개를 숙여 수첩을 쳐다보았다. 화면 속에서 멈춘 내 모습은 여전히 울고 있었다. 딱 봐도 일부러 저기서 멈춰놓은 게 분명했다. "로스쿨 나와서 제일 먼저 한 일이 뭐죠?"

갑자기 바뀐 질문 방향에 나는 마음을 놓고 대답했다. "잭슨 리더스에서 일했어요. 말씀드렸던 대로요."

"웬들 아널드 판사 쪽에서 서기로 일한 게 아니고요?"

"뭐라고요? 아닌……."

"그럼 이력서에는 왜 그렇게 쓴 거죠?"

크루즈가 비닐에 담긴 서류 더미를 내게 밀었다. 나는 그대로 내려다봤다. 비닐 때문에 글자가 어른거렸다.

"저는…… 뭐 때문에 그러시는 거죠?"

그는 손을 뻗어 이력서 한 줄을 톡톡 쳤다.

눈을 깜박이자 글자에 초점이 맞춰졌다. *웬들 아널드 판사의 순회재판에서 법률 서기로 재직.* "이게 뭐죠? 이건 제 이력서가 아닌데요. 전 아널드 판사 밑에서 서기로 일한 적이 없어요."

"없죠. 그런 적 없으시죠. 그렇지만 당신 상관은 거기서 일한 적이 있습니다. 그래서 당신도 그랬다고 하면 일자리를 얻을 수 있을 거라고 생각했던 거겠죠."

상황이 이상하게 꼬이고 있었다. 누군가 나를 모함하는 것이다. 내 상관. 나는 이력서를 옆으로 밀었다. "이거 배럿 씨한테서 받은 거죠?" 이제 알겠다. 배럿이 조작된 비디오와 이력서를 경찰에 제출한 것이다. 반짝이는 은쟁반에 나의 살인 동기를 올려 바친 것이다.

"아닌데요. 오늘 아침 당신 집에서 찾아낸 겁니다." 크루즈가 말했다.

"그럴 리가요!" 나는 그를 똑바로 쳐다봤다.

"그 모든 게 옷장 서랍에 있었습니다. 당신 남편, 아니 전남편이라고 해야 하나요? 그분이 기꺼이 나서서 도와주셨죠. 서류 보관 장소를 알려주더군요."

손이 떨리기 시작했다. 결혼반지에 닿은 빛이 반짝거렸다. 나는 탁자 위에 올렸던 손을 무릎으로 내려 포갰다.

"당신이 노트북도 버렸다고 남편분이 말하던데요. 근데 출력물까지 버리는 건 깜박하신 거죠."

"제 노트북요? 그건 버린 게 아닌……."

"아널드 판사님은 돌아가셨어요. 그러니 절대 걸릴 일이 없겠다고 생각했겠죠. 그렇지만 배럿 씨가 당신의 거짓말을 알아챈 겁니다."

"아니에요. 거짓말을 하는 건 제가 아니라 배럿 씨……."

"그분 말씀으로는 카터 존스 씨가 당신을 해고했다고 하더군요. 어젯밤 사무실에 간 게 그것 때문이라고요."

"아니라니까요!"

"그래서 그분 사무실을 나와서 우신 거잖아요. 잘려서요. 그토록 악착같이 매달렸는데, 성공하기 위해 주 80시간씩 일하며 노력했는데 말이죠. 게다가 결혼생활도 파탄 났고, 그렇게 끔찍한 집에서 사는 것도 그렇고, 150만 달러 빚도 있고요. 그러니 일을 하는 게 매우 절박했겠죠. 결혼생활을 구제하기 위해서, 그리고 당신 자신을 구제하기 위해서 일을 꼭 해야만 했죠."

"하마터면 먹힐 뻔했습니다. 배럿 씨가 아널드 판사와 관련된 사실을 알아내지 못했다면요." 라일리가 말했다.

"그래서 해고된 겁니다." 크루즈가 끼어들었다.

"끔찍한 일이죠." 라일리가 말했다.

"당신을 해고한 바로 그분과 엘리베이터에 갇히게 되었을 때 상황은 더욱 안 좋아진 거고요."

두 사람이 번갈아가며 나를 괴롭혔다. 나는 두 사람을 번갈아 보면서 고개만 연신 저었다.

"그래서 죽인 겁니다."

"아니에요! 그건 사실이 아니에요. 저는 이력서에 거짓말을 쓴 적도 없고 해고된 적도 없습니다. 루시에 대해 안 좋은 감정을 품은 적도 전혀 없고요. 설사 그렇더라도…… 멈춰 선 엘리베이터에서 살인을 할 만큼 어리석진 않습니다."

"오히려 천재라서 그런 방법을 쓴 것일 수도 있죠. 자살한 거라고 설득시키기만 하면 되니까요." 크루즈가 말했다.

"사무실에서 죽이면 살인으로 보일 게 뻔하잖아요. 반면에 멈춰 선 엘리베이터? 공황 발작을 일으켰다고 밀어붙이면 가능성이 있겠다 싶었겠죠." 라일리가 말했다.

"엘리베이터가 고장날 줄은 전혀 몰랐다고요!"

"몰랐다고요?" 크루즈가 수수께끼 같은 미소를 지어 보였다.

"몰랐어요. 제가 어떻게 알겠어요?" 나는 눈을 가늘게 뜨고 그를 노려보았다.

"고장을 낸 게 당신이잖아요. 기술적으로 그 정도는 할 수 있으니까요."

"제가…… 뭐라고요? 저는 기술자가 아니에요."

"이전 로펌에서 소프트웨어 프로그램을 만들었죠? 너무 좋아서 아직도 사용 중이라면서요?"

내가 한 말이 고대로 되돌아오자 나는 몸이 굳고 말았다. 좀 전까지는 의심일 뿐이었지만 이제는 확실해졌다. 내가 이런 말을 한 사람은 잉그럼 배럿이 유일했다. 이 모든 내용을 형사들에게 알려줄 수 있는 사람은 배럿밖에 없었다. 그의 공로에 박수를 쳐줄 수밖에! 단 몇 시간 만에 그럴듯한 시나리오를 만들어냈잖은가. 그중 일부는 너무 그럴듯했다. 왜냐하면 사실이니까. 조작을 하는 건 이런 점에서 위험하다. 자신이 짠 거미줄에 자신이 걸려들 수 있다. 이 난관을 어떻게 헤쳐나간단 말인가?

"그건 사실이 아니에요." 나는 간신히 한마디를 뱉어냈다.

"그러니까 당신 상관이 거짓말을 한다는 겁니까?"

"아니요." 나는 한숨을 내쉬었다. "제가 그런 말을 하긴 했어요. 면접에서요. 이 일자리를 꼭 잡고 싶어서요."

"아널드 판사의 서기로 일했다고 거짓말한 것도 그런 거네요."

거짓말 하나를 고백하는 게 위험한 것은 이렇게 다른 모든 것까지 의심받게 만든다는 것이었다.

"아니에요, 거기에 대해서는 거짓말을 한 적이……."

"중간에 5년이 비는 것에 대해 거짓말한 것도 그런 이유고요."

또다시 불시의 습격이었다. "뭐라고요?"

"5년 쉬었다고 말했잖아요. 기억나요? 형법 변호사로 일했다는 말은 쏙 빼고요."

"저는 그러지……."

크루즈는 내 손에 들린 이력서를 잡아채고는 손가락으로 아래쪽 줄을 찔러댔다. *2009~2013년. 이노센스 프로젝트에서 변호사로 재직.* "여기서 5년 일했잖아요! 그래서 판결을 뒤집었죠. 경찰과 검사를 농락하는 모든 수법을 여기서 배웠고, 그걸 지금 저희한테 적용하고 있죠." 그는 부글부글 끓는 목소리로 말했다.

나는 눈을 질끈 감았다. 그래서 이렇게 적대적으로 나오는구

나. 영상 때문이 아니었다. 서기로 일했다는 것이나 소프트웨어 기술 때문도 아니었다. 이노센스 프로젝트 때문이었다. 그는 형법 변호사를 필멸의 적으로 보는 경찰이고, 바로 내가 그 대상이었다. 이 비난의 방향을 어떻게 돌려놓을지 막막했다. 여기서 또 거짓말을 했다고 인정하면 정말로 재앙을 불러일으킬 것이다. 그렇지만 나는 방법을 찾아냈다. 질끈 감았던 눈을 떴다.

"형사님이 생각하시는 이론이 맞는지 제가 한번 얘기를 해볼게요." 나는 탁자 위에 팔꿈치를 올리고 손을 맞잡았다. "형사님은 루시가 저를 어제저녁 8시 반에 해고했다고 생각하시는 거죠? 그리고 제가 삼십 분 동안 그녀를 살해할 준비를 했다고요. 그 준비에는 엘리베이터를 멈추게 하는 게 포함됩니다. 아주 신중해야 할 사항이죠. 그렇죠? 그게 형사님들이 생각하시는 거죠?"

크루즈는 이를 악물고 팔짱을 꼈다.

"그렇다면 그렇게 해서 제가 얻는 이익은 뭐죠? 그래봤자 저는 여전히 해고당한 상태인데요. 안 그래요? 루시 파일에 접속해서 해고를 없었던 일로 조작해야 맞는 게 아닌가요? 그런데 해고를 지시한 사람이 배럿 씨라면 그 또한 무슨 소용이죠? 배럿 씨도 죽여야 하지 않나요? 안 그래요?"

"당신은 자포자기 심정이었던 겁니다. 그래서 거기까지는 생각을 못 한 거죠."

"그러면서 최첨단 엘리베이터 시스템을 멈추게 할 정도까지는 정신이 있었고요?"

"꽤 억지스럽게 들리기는 합니다." 라일리가 끼어들었다. 그는 크루즈가 쏘아보는 걸 무시했다. "그렇지만 당신 이론도 마찬가지입니다. 당신은 배럿 씨가 당신 이력서를 조작하고, 당신이 해고당했다고 거짓말하고, CCTV 시간기록도 조작했다고 보는 거죠? 그런데 이 모든 게 당신이 카터 존스 씨를 살해한 것처럼 보이도록 한 일이라고요?"

"네. 그렇게 한 것이 분명합니다."

"그렇다면, 어떻게 했는지 *방법*은 안다 칩시다. 그렇지만 동기를 알 수가 없단 말이죠. 배럿 씨 같은 거물이 누군가의 자살을 은폐하기 위해 법을 어겨가면서까지 그 모든 수고를 한다고요? 뭐 때문에요? 남은 남편의 마음이라도 좀 달래주려고요?"

"그분이 그럴 이유가 전혀 없다니까요." 크루즈가 고개를 끄덕이며 말했다.

"배럿 씨가 무엇 때문에 그런 건지는 저도 모르지만, 어쨌든 제 동기에 대해선 반증할 수 있습니다. 이 모든 시나리오는 제가 이력서에 거짓을 써서 해고됐다는 것에서 출발하잖아요. 이거요." 나는 서류 더미 위로 손바닥을 내리쳤다. "이건 제 이력서가 아니고, 저는 해고되지도 않았습니다. 이 두 가지를 저는 증명할 수 있고요."

크루즈는 콧방귀를 뀌며 연필을 던졌다. 연필이 탁자 위를 데굴데굴 굴렀다. 나는 연필을 낚아채 지휘봉처럼 들어올렸다.

"형사님들은 제가 배럿 씨한테 잘 보이기 위해서 서기 일을 했다고 이력서를 꾸몄다는 거죠? 그럼 그 이력서가 배럿 씨를 위한 거였다면 뭐 하러 여러 장 출력해놓겠어요? 한 부면 되잖아요. 그마저도 이제는 필요가 없고요. 직장을 잡았으니까요."

"오, 그러니까 누군가 이걸 당신 집에다 갖다 놨다는 겁니까?"

나는 그의 목소리에 담긴 비웃음을 모른 척했다. "네. 지문 검사를 해보세요. 제 지문은 나오지 않을 테니까요. 저는 그런 이력서에 손을 댄 적이 없습니다. 본 것도 오늘이 처음이고요."

크루즈의 눈빛이 슬며시 라일리에게로 옮겨갔다.

"제가 해고되지 않았다는 것도 증명해볼까요? 해고를 당하면 제일 먼저 뭘 하는지 아세요? 직원수칙에 다 나와 있어요. 완벽한 절차가 있죠. 일단 키카드부터 반납하고 보안원을 대동해 사무실에 가서 책상 정리를 해야 합니다. 회사를 떠나는 길에 뭔가를 엉망으로 만들거나 나중에 몰래 들어오는 일이 없도록 방지하는 거죠. 혹시 영상에서 보안원 보신 적 있나요? 없죠. 누구도 저를 데리고 사무실에 들어가지 않아도 됐으니까요. 또 하나 말씀드릴까요? 전 아직도 키카드를 갖고 있습니다. 아니, 형사님들한테 맡겨졌죠. 어젯밤에 맡긴 가방 안 지갑에 있으니 한번 확인해보세요. 전 여기서 기다리죠." 나는 연필을 어뢰처럼 탁자 위로 쏘아 던진 후 등을 기대며 팔짱을 꼈다.

라일리는 어리벙벙해하면서도 꽤 솔깃하다는 표정으로 나를 바라봤다. 그러나 크루즈는 이를 더 앙다물었다. 그들은 함께 일어나 말없이 취조실을 나갔다.

나는 힘겹게 유지했던 무표정의 가면을 내려놓았다. 상황이 이렇게 전개되리라고는 상상도 못 했다. 내가 실패했던 이유를 총격에 따른 충격과 이명, 극심한 피로 탓으로 돌릴 수도 있었다. 그러나 분명한 사실은 내가 속았다는 점이다.

웃기지도 않아. 한 달 전만 해도 나는 배럿 씨가 내 구세주라고 생각했다. 그러나 알고 보니 최악의 적이었다.

벽시계를 보았다. 형사들이 나간 지 일 분이 지났다. 지금쯤이면 옆방으로 건너가 유리를 통해 이쪽을 볼 수 있을 것이다. 새롭게 드러난 사실에 대해 내가 어떻게 반응하고 있을지 관찰할지도 모른다. 나는 탁자 위에 팔을 포개고 그 위에 얼굴을 묻었다. 그리고 예상치 못한 국면이 드러난 것에 대해 생각하기 시작했다.

"오, 데이비드! 당신 무슨 일을 저지른 거야." 목소리가 팔 밖으로 빠져나가지 못하게 나지막이 중얼거렸다.

12장

세이 램버트

2014년 1월 4일

입사 3일째, 전 직원을 대상으로 한 성희롱 방지 교육이 있었다. 배럿은 내 오리엔테이션 일정에 그 교육을 깔끔하게 욱여넣었다. 임원을 제외한 직원 모두가 출석해야 해서 맨해튼에서 일하는 직원들은 버스를 타고 왔다.

교육은 평면도상 '극장'이라고 표시된 공간인 28층 강당에서 하루 종일 진행되었다. 점심도 제공한다고 했다. 나는 그 시간만을 고대했다. 수입이 없는 40일을 위해 얼마나 신중하게 예산을 세웠던가. 술집 알바 중에는 간식이나마 얻어먹을 수 있었지만 회사에서는 식사 제공 따위 없었다. 그러나 오늘만큼은 무료로 점심을 먹을 수 있다. 나는 서류가방을 갖고 왔다. 남들 눈에 안 띄게 음식을 조금 챙겨갈 생각이었다.

극장이라 부르는 그곳은 고급 사립초등학교 강당 같았다. 작지만 최고위 임원들이 모두 모여 있는 곳. 나는 뒤쪽에 자리 잡고 앉았다. 버스를 타고 온 맨해튼 쪽 직원들도 들어오고 있었다. 디자이너, 일러스트레이터, 패턴 제작자, 홍보 담당자, 카피라이터, 피팅 모델까지 다양했다. 그들 모두를 관리직들은 *크리에이티브*라고 불렀다. 그들은 들어오면서 목에서 스카프를 천천히 돌려

푸는 모습만으로 멀리서도 알아볼 수 있었다. 다양한 인종과 민족으로 이루어진 '유엔'이었다. 다만 모두가 같은 제복, 즉 딱 맞는 바지와 커다란 안경, 가식적인 태도, 지루해 죽겠다는 듯한 분위기로 무장하고 있었다.

"새로 오신 변호사 맞죠?" 한 여자가 내 옆으로 앉았다. 아프리칸 아메리카계로 마흔 살 정도 됐을까. 발이 편한 신발을 신은 걸 보니 크리에이티브 쪽이 아니라 관리직인 것 같았다. "저는 고용노동팀의 셰릴 피츠예요."

"저는 셰이 램버트예요." 미소를 지으며 악수를 나눴다. 나도 이제 회사 친구가 생겼다. 아니, 그냥 친구가. 커비스 바에서 일하는 사람들 외에 지난 5년간 새로 사귄 친구는 한 명도 없었다. 옛 친구들과는 연락이 모두 끊겼다. "만나서 반가워요. 나머지 법무팀 분들도 어서 만나보고 싶어요." 내가 말했다.

"그분들 만나보지 못하셨죠? 배리가 당신 건드리지 말라고 했거든요."

"정말요?"

"배리가 월척을 낚은 거죠. 나눌 생각이 없는 거예요."

"네?"

"어쨌든 환영해요."

그녀의 말과 함께 강당의 불빛이 사그라들기 시작했다.

강당 앞 천장에서 거대한 스크린이 내려왔다. 작은 팡파르 음악 소리가 점점 커지는 가운데 스크린을 가로질러 하얀 비둘기가 펄럭였고, 어딘가에서 목소리가 들렸다. "현재 쿠알라룸푸르에 계신 수석 부사장님이자 법무자문위원님인 J. 잉그럼 배럿 주니어 씨께 박수 부탁드립니다!"

배럿이 스크린에 나타나자 짧고 굵은 박수가 터져 나왔다. 그는 책꽂이가 보이는 책상 앞에 앉아 장부 위에 깔끔한 손을 올려 마주 잡고 있었다. 그의 오른쪽에 있는 유리창 너머로 무수한 빛으로 이루어진 쿠알라룸푸르의 야경이 비쳤다.

배럿은 환히 미소 지으며 입을 열었다. "좋은 아침입니다. 오늘 직접 참석하지 못해서 아쉽게 됐습니다. 일정대로 되지는 않았지만, 어쨌든 쇼는 계속되어야죠. 지구 반대편에서, 이 중요한 행사에 참석해주신 우리 CDMI 가족분들 모두 환영합니다."

셰릴이 나에게 몸을 기울여 속삭였다. "가족 모두라니, 진짜 이 교육이 필요한 사람들은 쏙 빼놓고 말이죠. 경영진은 어떻게 빠져나간 걸까요?"

배럿이 말을 이었다. "다들 아시다시피 CDMI는 어떠한 형태든 성희롱에 대해서는 엄중 처벌을 원칙으로 하고 있습니다. 이곳은 우리 모두에게 안전한 장소가 되어야 합니다. 원치 않는 접근은 물론이고 적대적인 근무 환경, 음담패설, 그리고 탈의실 수다라고들 하는 것들은……."

"오, 좋고말고." 우리 뒷줄의 남자가 호들갑스럽게 내뱉었다.

"상호간 협의가 된 관계도 마찬가지입니다. 건전한 근무 환경을 방해한다면 말이죠. 우리는 여러분이 잠재 능력을 최대한 발휘할 수 있게 도와드리는 사람들입니다." 배럿은 뭔가를 보며 읽어내리듯 말했다. 눈앞에 프롬프트 화면이라도 있는 걸까. "그러니 근무 환경을 흐트리는 건 뭐든 용납하지 않을 것입니다. 우리 CDMI는 직장 내 성희롱을 매우 심각한 사안으로 고려한다는 걸 여러분 모두에게 진심으로 말씀드립니다."

"나도 심각하게 고려하고 있지. 그래서 매일매일 연습하는 거라고." 방금 전의 남자 목소리가 말했다.

주변에 앉은 사람들이 킥킥거렸다.

"톰 칸토예요. 사진 작가이자 상근직 변태." 셰릴이 내 귀에 대고 속삭였다.

슬쩍 뒤돌아보니 사흘쯤 안 씻은 듯 꾀죄죄하면서도 아주 자신만만해 보이는 남자가 앉아 있었다. 주변에 남녀 젊은이들이 포진해 있었는데 다들 기대에 찬 눈빛으로 톰을 향해 미소 짓고 있었다. 인턴들이 알랑대고 있군. 그들은 마치 다음번 웃을 차례를 기다리는 것 같았다. 톰은 카메라를 무릎 위, 가랑이 사이에 대고 있었다. 그가 나를 향해 씩 웃었다. 내가 앞으로 몸을 돌리려는 순간 카메라 셔터 소리가 찰칵찰칵 들렸다.

"내가 왜 섹스 훈련을 받으러 왔는지 모르겠군. 이미 빌어먹을 만큼 실력이 좋은데 말이지." 톰이 큰 소리로 말했다.

인턴들이 킥킥거리는 사이 셰릴이 목소리를 높였다. "이 남자 무시하세요. 자기를 게이라고 할까 봐 겁이 나서 그러는 거예요. 그래서 괜히 오버하는 거죠."

톰이 껄껄거리며 웃었다.

배럿이 연설을 마무리하는 중이었다. "다음 순서는 우리의 소중한 인사 담당 부장님께 넘기도록 하겠습니다. 이분이 우리 회사에 계신다는 게 얼마나 다행인지 모릅니다. 모두 루시 카터 존스 씨를 박수로 맞아주십시오."

"루시 만난 적 있어요?" 셰릴이 목소리를 낮추고 물었다.

"잠깐요."

"저는 평등고용위원회 사건으로 같이 일하고 있어요. 정말 대단한 분이에요. 약력이 좀 흥미롭긴 하지만요. 안 그래요?"

"어떤데요?"

"되게 잘나가는 영국 상류층인 거 몰랐어요? 집안이 대서양 노예무역으로 거부가 되었잖아요. 그게 불법이 되자 아시아에서 차 재배를 시작했고요. 근데 그 역시 노예를 부리는 일이었죠."

스크린이 다시 천장으로 올라가자 루시 카터 존스가 박수갈채를 받으며 단상으로 나왔다. 12월 19일에 만났을 때는 너무 긴장해서 제대로 쳐다보지도 못했는데 오늘 보니 굉장히 우아했다. 담청색 울 드레스를 완벽하게 소화했고 삐져나온 머리카락도 한 올 없었다. 군살도 전혀 없는 몸이었다. 그녀는 아주 조심스럽게 연단에 올라 잠시 동안 꼼짝도 않고 서 있었다. 마치 뼈가 부러졌거나 곧 부러질까 봐 겁을 내는 듯했다. 나는 그녀가 몇 겹으로 옻칠한 껍질 안에 자신을 가두고 속마음을 드러내지 않는 사람이라고만 생각했다. 자신의 사무실에서 해고된 직원들이 무너지는 모습을, 그들이 구걸하는 동정심을 견뎌내야 했을 테니까. 옻칠한 껍질은 아마 직업상 갖게 된 자산이리라.

마침내 루시가 마이크에 대고 말했다. "안녕하세요. 오늘 이렇게 와주셔서 감사합니다." 영국 악센트였다. 자음을 정확히 발음하고 모음은 BBC 아나운서처럼 내는, 그런 억양.

"우리가 원해서 온 것도 아닌데 그러시네." 아까 그 사진사가 투덜거렸다. 루시가 들었는지는 모르겠지만 그녀는 그냥 무시한 채 성의식 관련 프로그램을 다루는 외부 업체 측 발표팀을 소개했다. 남녀로 이루어진 발표자와 협력자 팀이었다.

"아직도 굉장히 부자래요." 셰릴이 계속 속삭였다. "그런데 루시는 그런 걸 원치 않았죠. 집안이랑 집안 재산과 모두 빠이빠이하고 물러난 거예요."

동시에 루시가 연단에서도 물러났다. 발표자에게 마이크를 넘기고 뒤쪽의 의자로 가서 앉았다.

"그래서 공정한 노동 조건을 위해 헌신하고 있죠. 정말 감동적이지 않아요?" 셰릴의 눈에서 빛이 났다.

강연자는 파워포인트를 띄워놓고 성희롱의 정의와 직장 내 성희롱 사례에 대해 설명하기 시작했다. 그리고 사무실과 공장에서 벌어지는 다양한 사례를 배우들의 연기를 통해 살펴본 후 청중 토론을 하겠다고 했다.

"아이고, 벌써 흥분되는데." 사진 작가가 히죽거렸고, 인턴들도 따라서 킥킥댔다.

셰릴이 그를 쏘아봤다. "나 저 새끼 더 이상 못 참겠어요." 그녀가 씩씩거렸다.

거대한 스크린이 다시 내려오고 강당이 어두워지자 여기저기서 폰이며 태블릿 화면이 켜지기 시작했다. 나는 스마트폰도 태블릿도 없지만, 낡은 서류가방에는 당장 검토하고 싶은 서류들이 있었다. 주변을 훑어봤지만 건성으로라도 영상을 보는 사람이 없기에 나도 서류를 꺼냈다.

서류는 파머 소송 관련 증거개시discovery° 신청에 대한 변론서였다. 입사 첫날부터 모든 서류를 샅샅이 읽었지만 증거자료신청 요구와 응답에 대한 기록은 찾을 수 없었다. 어제저녁 회사 네트워크에 접속해서야 그 정보에 접근할 수 있었는데, 마크 이빈스가 불만을 제기한 당시 그는 CDMI 경영진의 불법 행위와 직권남

● 재판을 개시하기 전에 소송 당사자가 상대의 요청에 따라 관련 증거 등 정보를 공개함으로써 사건의 쟁점을 명확히 하기 위한 절차다.

용에 대해서만 개략적으로 주장한 터였다. 증거자료신청 내용을 보면 주주들의 특정 불만에 대해 더 자세히 알 수 있을 것이다.

강당 앞 스크린을 통해 영상이 송출되는 동안 질문 서류와 서면요구서를 한 장씩 넘기며 읽었다. 처음에 나온 질문들은 고위직 간부 연봉 및 복리후생에 초점을 맞추고 어떻게 해서 그런 결정이 나왔는지에 대한 것이었다. 이빈스는 의사결정에 참여한 모든 이사들의 이름을 요구했다. 아마도 공식 진술을 받아 이사회의 심기를 건드림으로써 경영진에게 사건 해결에 대한 압박감을 심어줄 목적인 것 같았다.

"오, 이 사람아, 그 여자가 당신을 그토록 원하잖아." 사진사가 뒤에서 탄성을 내질렀다. 스크린을 힐끗 보자 아담한 체구의 아시아 여성이 어떤 남성의 손에서 빠져나가려고 애쓰고 있었다.

셰릴이 고개를 돌려 으르렁거리듯 말했다. "좀 닥쳐줄래요?"

인턴들이 무안해하는데도 사진사는 그저 웃기만 했다.

나는 다시 서류로 눈길을 돌렸다. 두 번째 질문들은 곧바로 몇몇 제조시설에서 일어난 영업 손실을 거론하고 있었다. 특히 미얀마의 *지상낙원*에 대해서. 그러니 월요일에 내가 목록화한, 이국적 향기가 물씬 나는 그 상자들에 대한 내 생각이 옳았던 것이다. 나는 이 사건에 대해 첫 단추를 잘 끼운 것을 자축했다.

"오, 미스터!" 사진사는 한술 더 떠 수지 웡* 같은 가성으로 소리쳤다. "당신은 크고 잘생겼네요. 집으로 데려가주세요. 그러면 멋진 섹스를 한바탕 해드릴게요. 당신을 위한 노예가 될게요."

"그만 좀 해요!" 셰릴이 벌떡 일어나 그를 향해 몸을 돌렸다.

● 영미 영화 〈수지 웡의 세계*The World Of Suzie Wong*〉에 나오는 주인공 이름.

그는 히죽이며 등받이에 기대더니 사타구니에 있는 카메라로 사진을 찍었다.

"지금 뭐라고 하셨죠? 무슨 문제라도 있나요?" 강당 앞 발표자가 물었다.

"네, 문제 있어요!" 셰릴이 소리쳤다. "여기, 이 사람에 대해 불만을 제기합니다. 지금 이 순간에조차 불쾌한 분위기를 만들고 있다고요!"

강당 불이 켜졌다. 스마트폰과 태블릿을 보던 사람들이 고개를 들었다. 여기저기서 웅성거리기 시작했다. 진행자는 루시 카터 존스에게 '어떻게 할까요?'라고 묻듯 뒤쪽을 힐끗했다. 루시는 슬그머니 고개를 저을 뿐이었다. 진행자는 다시 청중을 향해 섰다. "나중에 적법한 절차로 문제를 제기하시는 게 좋겠……."

"죄송하지만 안 되겠는데요. 그렇게는 못 해요. 루시! 이 사람 행동이 도를 넘었다고요. 법에도 위반되고요!" 셰릴이 소리쳤다.

자리에서 일어난 루시는 진행자가 찔러주는 마이크를 마뜩잖다는 듯 받아 들었다.

"그냥 역겹게 성적 농담만 하는 게 아니에요. 동시에 인종차별까지 하고 있다고요!" 셰릴이 말했다.

"우리 이거 나중에……."

셰릴이 말을 끊었다. "루시, 그러지 마세요. 이 사람이 노예 운운하며 농담을 하는데 당신이 어떻게 그렇게 태연하실 수 있습니까? 당신들도 다 마찬가지예요!"

루시는 입을 벌린 채 꼼짝 않고 서 있더니 잠시 후에야 입을 다물었다.

"아니, 제 말은……." 셰릴의 목소리가 떨렸다. 강당은 순식간에 조용해졌다. "전 그냥 그 문제와 관련해서 당신네 나라의 추악한 역사에 대해 얘기한 거였어요. 그게, 그게 말이죠……." 셰릴은 이제 말을 더듬었다. "당신네 나라 선조들이요."

사진사는 빙그레 웃으며 몸을 뒤로 기댔다. 자신을 공격한 자가 나락으로 떨어지는 모습을 흐뭇이 구경하고 있었다. 마침내 루시가 몸을 움직여 단상 오른쪽으로 나가버렸다. 셰릴은 손으로 입을 막고는 청중들의 웅성거림을 뒤로하고 뒷문으로 쫓아나갔다.

그 사건은 그렇게 끝이 났다. 잠시 후 강당은 다시 어두워졌고, 영상이 이어서 재생됐으며, 사람들은 다시 하던 일을 했다.

나 역시 서류로 눈길을 돌렸다. 다음주에 쿠알라룸푸르에서 돌아올 배럿 씨에게 좋은 인상을 줘야 했다. 아니, 눈에 부실 만큼 멋진 인상을 줘야 했다. 회사에 내 가치를 증명하고 나 자신을 없어서는 안 될 존재로 만들고 나면 이력서에 넣은 약간의 군더더기는 큰 문제가 되지 않을 것이다.

몇 분 후 셰릴이 몰래 들어와 멀찍이 떨어져 혼자 앉았다. 고개를 숙이고 있었다. 나의 새로운 친구가 망신을 당한 것 같아 걱정이 되었다.

그러나 다음 날 아침 나는 그녀를 잊고 작업에 몰두했다. 농담할 게 따로 있지. 눈 밖에 난 사람과는 절대 친구가 될 수 없다.

13장

임그럼 배럿

배럿의 책상 위, 가상 비서 마벨이 걸려오는 전화를 계속해서 기록하고 있었다. 외국 영화에 자막이 뜨듯이 화면에 이름들이 나타났다. 발신자들은 모두 배럿이 전화를 받기만을 기다리는 중이었다. 부인 멜라니, 보안팀장 잭 컬리건, 파리 쪽 변호사, 회사 최고의 명품 브랜드 디자이너 그라지엘라, 할리우드 영화배우 루크 래퍼티의 에이전트까지. 모두가 배럿이 지금 통화 중인 홍보부 팀장보다 훨씬 더 중요한 사람들이었다. 홍보부 팀장은 배럿이 보도자료를 수정한 것에 심각하게 반발하고 있었다.

"용의자가 현재 경찰에 구금 중이라고 하는 건 과장이라고 생각합니다." 홍보부 팀장이 말했다.

"난 그렇게 생각하지 않아요. 그 여자 거기 있는 거 맞잖아요. 그녀가 의심스러운 상태고요." 배럿이 말했다.

"그렇지만 이렇게 써놓으면 경찰이 그녀를 의심하는 것처럼 보이고, 게다가 마치 체포된 것 같은 인상을 주잖아요. 사실은 전혀 그렇지 않은데 말이에요." 홍보부 팀장이 말했다. 사라 로런스 대학에서 영어를 전공한 그녀는 아마도 큰 출판사에서 일하며 마거릿 애트우드 같은 작가의 편집자가 되길 꿈꿨을 것이다. 그러나 이곳에서 투자 설명서나 카탈로그 내용을 퇴고하는 일을 맡았다. 그리고 지금 회사 인사부장의 총격 사망에 대한 보도자료를 수정 중이었다.

"우리는 지금 무슨 일이 일어났는지 정확히 알지 못하는 거죠. 안 그렇습니까?" 배럿이 말했다.

"그러니까 아무 발언도 하면 안 된다니까요. 그냥 총격에 대한 수사가 진행 중이라고만 하세요."

그것만 가지고는 당연히 안 되지. 그는 잠시 생각에 빠졌다. "경찰은 총격과 관련해 CDMI에서 근무했던 직원 한 명을 심문 중이다. 이렇게 하면 되겠네요. 이건 명백한 사실이잖아요."

"그건 괜찮은 것 같네요." 여전히 탐탁지 않은 목소리로 홍보부 팀장이 말했다.

"이 회사에서 루시가 얼마나 소중한 인재였는지, 그녀의 죽음에 대해 우리가 얼마나 슬퍼하고 있는지 어쩌고저쩌고 잘 이어서 쓰세요. 알았죠?"

"알겠습니다." 홍보부 팀장이 한숨을 쉬며 대답했다.

배럿은 전화를 끊고 파리에서 온 변호사의 전화를 받았다. "즈트 라펠(다시 전화드릴게요)." 그는 이 한마디만 하고 바로 끊었다. 받지 못한 전화 목록이 마벨 화면에서 기어다니고 있었다. 모두가 즉시 답신을 원하고 있었다. 중개인의 전화는 마진콜에 대한 것일 테고, 은행 담당자도 마찬가지다. 잉그럼 3세, 한때 트레이라고 부르다가 좀 더 '엣지' 있는 이름이라며 트립이라고 부르게 된 아들은 분명히 또 다른 스타트업을 차려보겠다고 돈을 요구할 것이다. 생모리츠에 있는 딸 클로이는 카프페라에 있는 동생 코트니에 대해 불평하려고 전화했을 것이다. 그때쯤 되자 컬리건은 전화를 끊은 터라 이제 남은 건 멜라니, 그라지엘라, 루크 래퍼티의 에이전트뿐이었다. 배럿은 어느 전화를 먼저 받아야 할지 잘 알고 있었다.

"여보! 기분 어때?" 그는 일어서서 헤드셋에 전화를 연결하고 한 손에는 담배를 든 채 발코니 문을 열었다. 차가운 바람이 사무실로 밀려들었다.

"화가 머리끝까지 났어. 나 방금 린을 해고했거든." 멜라니가 말했다.

"엥?" 발코니 바닥과 외부의 티크목재로 만든 가구에 새하얀 눈이 이삼 센티 정도 쌓여 있었다. 그는 열린 문 쪽으로 최대한 몸을 기울이고 담배에 불을 붙였다. 담배를 그리 즐기면서도 사무실에서 나는 냄새는 견딜 수 없었다. 마치 여자 성기 냄새와도 같았다. 잠자리를 갖는 동안에는 마음껏 즐기지만 끝나고 나서는 샤워만을 기다리는 것처럼. "어쨌길래?"

"청소기를 돌리잖아. 내가 통화 중인데 말이야!"

"오, 여보. 중요한 전화였구나?"

"당연하지. 잰하고 통화 중이었다고!"

그는 담배 연기를 길게 들이마셨다. 잰은 *자기관리*라는 영역에서 아내의 훈련을 맡은 *인생 코치*로 몇 번의 코치를 거친 후 가장 최근에 고용한 사람이었다. 그렇지만 그 분야에서 그리 많은 도움을 받을 것 같지는 않았다. 아내의 하루는 이미 미용과 건강관리, 쇼핑, 테니스와 수영, 정신과 상담으로 채워져 있었다. 모두 자기관리라는 미명하에 행하는 일들이다. 그런 반면 배럿의 하루는 전적으로 다른 사람들을 살피는 일로 꽉 차 있었다. 여자에게 있어 모든 것은 선택이지만, 배럿 같은 남자에게 선택 같은 건 있을 수 없었다. 태어나면서 그의 운명은 정해져 있었다. 성인이 된 후 매일같이 일에만 매달려 다른 사람들의 가정을 지원하는 것. 덕분에 그들은 마음껏 즐기고, 마음껏 표현하고, 하고 싶은 모든 것을 할 수 있었다. 또는 그의 게으름뱅이 아들 크리스천처럼 아무것도 하지 않을 수도 있었다. 배럿과 같은 나이나 인종, 계층의 남자들은 모두 그런 기대감을 받고 자랐고, 그런 기대감은 윗세대에서 아래로 전해지는 법이었다. 만일 어떤 남자가 아버지와 할아버지보다 더 성공하지 못한다면 그는 실패자다. 배럿은 가족들뿐만 아니라 이곳과 세븐스 애비뉴°의 회사 직원들, 그리고 투르와 밀라노에 있는 스튜디오를 책임지고 있었다. 지구 반대편에 있는 공장은 말할 것도 없다. 배럿은 이것을 진정한 백인 남성이 지닌 삶의 무게라고 생각했다.

"간단한 걸 시켜도 제대로 못 한다니까, 배리."

"이런 일을 겪게 해서 미안해, 여보."

"누가 와서 저 여자 좀 데리고 가라 그래. 새로운 가정부도 구해 줘, 오늘 당장! 이번엔 영어를 조금이라도 할 수 있는 사람으로."

"바로 구해줄게. 사랑해!"

다음 통화는 디자이너 그라지엘라였다. 딱 나흘만 지나면 가을 시즌 옷이 링컨센터에서 열리는 런웨이에서 공개될 예정이었다. 평소에도 늘 신경질적인 그라지엘라는 패션 위크 때마다 여차하면 달려들 태세로 바뀌곤 했다. 오늘의 위기는 모델 여섯 명이 JFK 공항에 억류된 것이었다. 관세국경보호청이 태연하게 여자애들을 붙잡아 놓고 방문 목적을 캐묻고 있다는 것이었다. 당

° Seventh Avenue. 뉴욕시에 있는 거리 이름으로, 이곳에 의류업계가 모여 있다.

사자들은 외국 모델로서 지켜야 할 지시사항을 제대로 따른 참이었다. 그러니까 관광객이나 학생인 척할 것. 그들이 실수했던 건 함께 들어왔다는 점이었다. 이렇게 뭉쳐 다니는 모델들을 부르는 단어가 있었나? 그는 궁금했다. 어쨌거나 관세국경보호청은 패션 위크 하루 전날 뉴욕으로 날아온 거식증 환자들을 보고 의심을 내려놓을 수 없었을 것이다.

"알아서 처리할게요." 배럿이 그라지엘라를 안심시켰다. 비자 쪽은 루시의 전문 분야였지만, 이번 일은 근로법 전문가인 셰릴 피츠에게 맡길 수 있을 것 같았다. "그라지엘라, 이왕 통화된 김에 하는 얘긴데요." 배럿이 살살 꼬드기듯이 말을 이었다. "혹시 취소 자리 들어온 거 있어요?" 멜라니는 늘 패션쇼에 목을 맸고, 그것도 앞줄에 앉고 싶어 했다. 패션쇼는 바이어나 패션 기사를 위한 것이지 회사 중역의 부인을 위한 게 아니라고 해도 멜라니는 들으려 하지 않았다. 게다가 아내는 디자인팀이 몇 달이나 유명한 셀럽들을 구슬리며 앞줄에 앉아달라고 사정사정한다는 것도 이해하지 못했다.

"당연히 없죠." 그라지엘라는 콧방귀를 뀌고 전화를 끊었다.

배럿은 담배 연기를 내뿜었다. "마샤!" 그는 세찬 바람보다 더 큰 소리로 비서를 불렀다. "미스터 할리우드 씨가 전화한 용건, 혹시 짐작 가는 거 있나?"

비서의 담담한 목소리가 스피커에서 흘러나왔다. "오, 그럼요. 오늘 아침 드린 서류에 있어요. 래퍼티 씨가 어제 뉴저지에서 체포됐는데 죄목이……." 비서는 잠시 망설였다. "성매매 제의예요."

배럿이 낮은 탄성을 내뱉었다. 루크 래퍼티는 회사의 남성용 간판 향수인 '마르티노 푸르 옴므'의 얼굴이었다. "슈퍼볼 앞두고 경찰이 단속 뜬 건가요?"

"네네, 어린 여자랑 찍힌 비디오가 나온 것 같아요."

배럿은 담배꽁초를 하얀 눈 위로 던졌다. 담뱃불은 치익 하더니 곧 꺼졌다. 래퍼티라면 어떤 여자든 차지할 수 있을 텐데, 고작 20달러 받고 구강성교를 해줄 창녀를 택했다니. 배럿은 베란다 문을 닫고 책상으로 돌아와 4번을 눌렀다. "시드." 그가 루크의 에이전트를 불렀다.

"배리! 다행이네요! 성명을 발표해주셔야 합니다. 루크 래퍼티를 지지한다는 말씀과 함께 그의 사생활을 존중해달라는 부탁 정도면 될 것 같아요. 어떻게 하는지는 아시죠?"

"오케이. 근데 좀 다른 식으로 할까 해요. 가령, *래퍼티 씨가 사회에 준 충격, 모욕감, 불쾌감은 물론이고 공중도덕과 품위를 모독하는 행위에 가담했다는 사실을 고려할 때, 더 이상 그를 모델로 쓸 일은 없을 것입니다.*" 그는 루크 래퍼티의 계약서 중 도덕 조항을 따라 읽었다.

"배리, 잠시만요! 그러고 싶지 않잖아요."

"거기에 손해배상 조항도 있었던 걸로 기억하는데. 전년도에 받은 금액을 모두 반환할 것, 맞나요?"

"그러지 마세요. 합리적으로 생각하자고요. 루크 덕분에 남성용 향수 많이 팔았잖아요."

"그렇지만 지금 그에게서 나는 건 악취라고요."

"함정 수사였어요!"

"타블로이드 신문에다 그렇게 얘기해보든지요, 시드."

"아니, 제발요. 조금만 있으면 다 잊혀질 거예요. 금방 어제의 뉴스가 된다고요. 그렇지만 루크라는 사람은 여전히 대단한 액션

스타고요."

배럿은 잠시 생각에 잠겼다. 이런 일에는 에이전트의 말을 듣는 게 나을지도 모른다. 다만 루크는 현재 난감한 상황에 처해 있으니 이런 기회에 더 좋은 거래를 성사시켜야 한다. "이사회에 좀 봐달라는 얘기를 해보긴 할게요." 마침내 그가 입을 열었다. "그렇지만 빈손으로 가서 봐달라는 말을 할 수는 없잖아요. 루크가 출연료를 좀 깎아준다면…… 50퍼센트 정도로 합시다. 그러면 이 비도덕적인 일에도 불구하고 계속 쓰자고 설득할 수 있을지도 모르겠네요."

"20퍼센트." 에이전트의 음성이 뚱해졌다.

"40. 마지막 제안이에요. 그리고 언론에는 아무 성명도 내지 않겠습니다."

거래가 성사되었다.

배럿은 마침내 잭 컬리건에게 전화했다. "잭, 무슨 일이야?"

"엘리엇 거트먼이 경찰 심문을 받고 있어."

"뭐라고? 언제?" 배럿은 자리에서 벌떡 일어났다.

"지금. 삼십 분째 그러고 있어."

"맙소사! 어떻게 이걸 놓친 거야?"

"경찰에서 순찰차를 보내서 데리고 갔더라고. 그래서 전화 도청도 안 됐고 차량 추적도 안 된 거지."

"거기에 감시하는 사람 아무도 안 보냈어?" 배럿이 소리쳤다.

잭은 잠시 침묵을 지켰다. "우리 이미 얘기했잖아. 장비만 부착하기로."

"봐, 충분하지 않았다는 게 확실해졌네. 잭, 내가 잃을 게 많은 만큼 자네도 만만치 않다는 거 얘기 안 해도 알잖아."

정확히 따지자면 이건 사실이 아니었다. 잭 컬리건의 연봉은 배럿에 비하면 별것도 아니었다. 그래도 FBI 시절보다는 열 배나 많았다. "안 해도 돼. 얘기 안 해도 알아." 잭이 조용히 대답했다.

"그 집에 사람 보내. 당장. 그리고 거트먼이 나오면 데리고 올 사람도 보내고. 서류에 사인할 게 있다고 해. 아니면 루시 물건을 줄 게 있다든가. 무슨 말이든 해. 내용은 상관없어. 일단 나한테 데리고 와."

"알겠어."

"오, 잭! 하나 더."

"뭔데?"

"우리 집에 가정부 하나 보내줘. 멜라니가 가정부를 또 갖다 버렸어."

14장

세이 램버트

2014년 1월 14일

쿠알라룸푸르, 아! KL이라고 부르기로 했지. KL에서 돌아온 배럿은 온라인으로 나와의 미팅을 잡아놓은 상태였다. 오늘 오전 10시. 이메일도 한 통 받았다. 회사 주소로 받는 첫 번째 이메일이었기에 메일 상단의 주소 *lamberts@CDMI.com*을 보는 순간 전율이 느껴졌다. 메일 내용은 다음과 같았다.

파머 소송을 속도를 내서 진행해주세요.

속도를 내라고? 이미 나는 시속 150킬로로 달리고 있었다. 파머 변론서를 너무도 많이 읽은 나머지 중요한 구문은 외우고 있을 정도였다. 주주대표소송, 경영자보상,° 경영판단규칙°°에 대해 들이팠고, 동남아 공장에 대해 알아야 할 모든 내용을 익혔다. 심지어 원고의 주장 중 하나를 기각할 근거(외부 변호인이 놓친 것이었다)를 발견했고 직접 소송 각하 요청서도 작성했다.

나는 일에 뛰어들 준비가 됐다는 것을 보여주기 위해 셔츠 소

° 기업의 주주가 경영자보다 정보가 부족해서 받을 수 있는 불이익을 줄이기 위해 경영자의 성과에 대해 제공하는 보상.

°° 이사가 회사에 대한 의무를 위반했다는 혐의로 소송을 당할 때 이사의 행동이 규칙의 범위 내에 있는 한 책임 면제를 제공한다는 규칙.

매를 팔꿈치까지 걸어 올린 채 10시에 맞춰 배럿의 사무실 앞
에 나타났다. 마샤 포스트가 세워둔 보조 한 명이 배럿의 사무실
로 들어가는 대기실에 서 있었다. "지금 막 회의를 시작하셨는데
요." 나를 본 그녀가 말했다.

"아." 나는 실망감을 감추려 애썼다. 오늘의 10시는 내 것이었
는데. 나는 기술적인 증거도 있었다. "그럼 배럿 씨가 시간 되실
때 저한테 전화로 알려주시겠어요?"

마샤가 입술을 삐죽였다. 내가 뭔가 실수를 저질렀구나 싶은
순간 마샤가 말했다. "그분은 시간이 났을 때 당신이 여기 있기를
바라실 거예요."

"오, 물론이죠."

"자리에 앉아 기다리세요."

나는 하얀 가죽 소파에 걸터앉았다. 배럿의 성소 내부로 통하
는 문은 닫혀 있었지만, 낮게 으르렁거리는 소리와 이따금 날카
로운 고함 소리도 새어 나왔다. 둘의 말소리가 구분이 전혀 안 될
만큼 섞여서 들리다가 마침내 한 목소리가 커다랗게 들렸다. "그
들은 절대 여기 오면 안 됐었다고요!" 여자 목소리였다. 좀 더 낮
고 걸걸한 목소리가 대답했다. "이젠 너무 늦었어." 배럿이었다.

마샤가 고개를 한쪽으로 기울였다. 마치 강아지가 휘파람 소리
에 귀를 기울이는 것 같았다. 이상한 자세네, 하고 생각하는데 머
리에 쓴 크롬 헤드셋이 보였다. 은색 단발머리와 완벽하게 어우
러져 있었다. 그녀가 "그럼요, 배럿 씨"라고 말하고는 수화기를
들더니 "알겠습니다"라고 말한 뒤 수화기를 내려놓았다.

삼십 초 후 문이 열렸다. 루시 카터 존스가 뛰쳐나왔다. "오, 안
녕하세요, 루시!" 나는 재빨리 일어나며 인사했다.

루시가 발을 멈추고 나를 똑바로 쳐다보았다. 티 하나 없는 얼굴에 왠지 텅 빈 듯한 표정이었다. 회사에서 이름으로 부르는 건 실례인가? 하지만 배럿 씨는 나에게 배리라고 부르라고 했잖아. 그가 루시보다 더 윗사람이고 말이야. 혹시 루시가 내 얼굴을 잊어버린 건가? "저 셰이 램버트예요. 법무팀에 새로 온 직원요."

"아!" 루시가 눈을 깜박이자 그제야 얼굴에 생기가 돌았다. "네, 그렇죠. 일은 좀 어때요?"

"괜찮아요. 감사합니다."

그녀는 예의상 끄덕여 보이고는 자리를 떴다.

"안으로 들어가셔도 돼요." 마샤가 나에게 말했다.

나는 아직 살짝 열려 있는 문으로 들어갔다. 배럿의 사무실은 전체적으로 유리로 이루어져 있었다. 두 벽면에 통창이 나 있고, 다른 두 벽면에는 유리로 된 선반이 있었다. 거대한 책상 위에 유리 상판이 얹어져 있고, 마주보는 소파 사이에도 유리 탁자가 있었다. 시각적인 효과는 대단했다. 텅 빈 듯한 느낌이 강하게 들었다. 얼마쯤 지나고 나서야 잉그럼 배럿 씨가 안 보인다는 걸 깨달았을 정도였다.

"앉으세요. 잠시 후에 갈게요. 뭐 마시고 싶은 거 있습니까?" 다른 쪽 문 너머에서 배럿의 목소리가 들렸다.

"아니요, 괜찮습니다."

"커피, 차, 물이라도?" 그가 계속 소리쳤다. "탄산수도 있고, 냉수도 있습니다."

"저는 괜찮습니다. 감사합니다."

나는 그의 책상 앞에 있는 의자에 앉았다. 손님을 위한 의자는 유리문들을 향해 있었는데 유리문 중 하나는 드나드는 문이었다. 그 문으로 나가면 유리로 된 개인 발코니로 이어졌다. 도시를 바라보는 30층 빌딩에서 외팔보로 돌출된 공간이었다. 그곳에는 눈으로 덮인 정육면체와 직사각형 모양의 구조체가 있었다. 발코니용 일인 의자와 긴 의자였다. 현충일에 놀러 갈 때까지 먼지가 쌓이지 않게 별장 속 가구에 흰 천을 덮어놓은 듯 보였다.

책상 끝에는 액자들이 줄지어 있었는데, 배럿이 볼 수 있게 안으로 향한 것이 아니라 손님들이 보고 감탄하라고 바깥을 향해 있었다. 하나는 그의 결혼사진이었다. 외모로 보아 최근에 찍은 것 같았다. 우아한 금발머리 여성이 그의 팔에 매달려 있었다. 두 번째 부인 같았다. 다른 대여섯 개의 사진 속에서 배럿과 함께 있는 이십 대 아이들을 낳기에는 너무 젊어 보였다.

안쪽 문 너머에서 또 소리가 들렸다. 제트엔진이라도 단 듯이 고속으로 내려가는 화장실 물소리였다. 사무실에 개인 화장실이 있다는 뜻이었다. 개인 발코니에 개인 화장실이라니! 잭슨 리더스의 나이 많은 파트너들이 쓰던 사무실도 이 정도로 화려하진 못했다. 바로 이런 특전 때문에 배럿이 월스트리트를 떠나 CDMI로 온 것이겠지.

배럿이 미소를 지으며 모습을 드러냈다. "여기서 얘기할까요?" 그가 하얀색 가죽 소파에 편하게 몸을 부리며 말했다.

나는 재빨리 그의 맞은편 소파로 이동했다.

"적응하고 있는 중인가요?"

"적응 완료했고 어서 일에 착수하기만 고대하고 있습니다."

"좋아요. 그렇게 얘기해주니 좋군요. 그럼 일단 해야 할 일부터 처리합시다." 그는 탁자 위에 놓인 여러 장의 서류를 턱으로 가리켰다. "기밀유지협약서에 사인을 해주세요."

서류를 들어 확인하니 제목이 '기밀유지협약서'였다. "신입사원용 자료에서 이런 건 못 본 것 같은데요." 내가 페이지를 넘기며 말했다.

"없었죠. 이건 인사부에서 온 게 아닙니다. 법무팀 사원들을 위해 제가 직접 만든 겁니다. 여기서 기밀정보 등 민감한 사항을 다룬다는 건 말씀 안 드려도 아시겠죠? 그래서 좀 더 보호 조치가 필요한 겁니다."

사실 의뢰인 기밀유지와 관련된 변호사 규정만으로도 원하는 만큼의 보호를 받을 수 있었다. 페이지를 넘기며 살펴보니 그가 원하는 것은 변호사 규정을 훨씬 넘어선 것이었다. 즉 해당 정보의 기밀 여부와 관계없이 업무 과정에서 알게 된 회사 또는 직원에 대한 모든 정보가 포함되어 있었다. 그런 정보를 노출할 경우 그로 인해 어떤 손해가 발생하든지 간에 즉각적인 판결에 들어가 최소 100만 달러의 위약금을 물어야 한다고 명시돼 있었다.

이 기밀유지협약서가 법정에서 인정될 확률은 없다. 나도 알고 배럿도 모를 리 없었다. 이건 단지 경고의 의미로 만들었을 것이다. 나는 겁나지 않았다. 이미 100만 달러가 넘는 채무가 있는데 그 위에 더 얹어봤자 그 뒤에 줄을 세우는 것뿐이다. CDMI가 나에게서 동전이라도 받아가려면 아마 영원토록 기다려야 할 것이다. 그렇다고 내가 회사 정보를 누설하겠다는 뜻은 아니지만. 나는 펜을 들어 사인을 휘갈겼다.

"좋습니다. 감사합니다." 배럿은 소파 등받이 양쪽으로 팔을 걸쳤다. "자, 파머 소송에 대해 얘기합시다."

그는 십 분을 할애해 소송에 대한 요점을 전달했다. 모르는 내용은 없었다. 몇몇 사례에서는 세부 사항을 뭉개는 것으로 보아

내가 더 잘 아는 것 같았다. 그렇지만 나는 듣고, 끄덕이고, 때로는 맞장구를 쳤다. "네, 파일에서 읽었어요." "판결을 읽다 보니 저도 그 부분에서 막히더라고요."

배럿은 다정한 목소리로 말했지만 말투에서 느껴지는 것은 하나였다. 나는 앉아서 그냥 듣기만 하면 된다는 것이었다.

배럿은 상대 변호인 마크 이빈스가 과시쟁이이며, 파머 소송은 단지 언론의 관심을 받기 위해 벌이는 일일 뿐이라고 장담했다. 또 이빈스는 해외 제조시설 운영에 대한 월권 행위를 주장하며 회사 경영진의 판단을 공격했지만, 그것은 단지 연막일 뿐 정작 노리는 것은 경영진의 임금이라고 했다. 이빈스는 전국의 회사들을 쫓아다니며 경영진 임금이 너무 높다고, CEO 평균 임금이 미국 노동자 평균 임금보다 300배나 높다고 목소리를 높였다. 경영진의 과잉 임금은 그가 걸핏하면 내놓는 무기였다. 그 무기만 꺼내면 자신이 대중의 사랑을 받을 것이며, 자신의 호화로운 생활은 대중의 관심에서 멀어질 거라 생각했다.

안타깝게도 지상낙원은 만만한 대상이었다. 이빈스의 말에 따르면 그것은 허영심이 낳은 프로젝트로 밑 빠진 독에 돈 붓기라는 것이다. 나는 이미 지상낙원에 대해 찾을 수 있는 모든 기사를 읽었고, 한 영화사가 만든 장편 다큐멘터리 〈미얀마에서 펼쳐진 기적〉까지 본 터였다. 그렇지만 배럿이 장황하게 떠드는 소리를 나는 얌전히 앉아서 듣기만 했다. 회사가 정글에서 펼친 대대적인 실험과 이상적인 제조시설에 대한 비전 등등의 설명이 이어졌다. 최첨단 공학기술과 그곳의 노동자 약 2천 명을 위해 조성한 유토피아급 환경에 대해서도 설명했다. "물론 단기적으로 보면 돈을 잃는 것처럼 보이겠죠." 배럿이 말했다. "몇 년만 더 있었다면 전 세계에 증명할 수 있었을 것입니다. 수익도 올리면서 인도적으로도 올바른 방식으로 운영했다는 것을요." 하지만 주주들은 인내심이 없었고, 이사회는 어쩔 수 없이 지상낙원을 폐쇄했다.

그런 후 두 번째 기적이 일어났다. 미얀마 자산 매각이 엄청난 성공을 거두었다. 그곳의 공장, 기숙사, 식당은 물론 전기, 상하수도, 와이파이, 도로와 활주로 등으로 지역에 엄청난 변화를 일으켜 부동산 가치가 껑충 오른 까닭이었다. 그리하여 영업 손실을 메웠을 뿐 아니라 그 이상의 소득까지 얻을 수 있었다.

"네, 저는 그 활주로가 궁금했어요." 나는 다른 상자에 끼어 들어간 항공사 전세 계약서를 떠올리며 말했다.

그는 내 말을 무시했다. "다들 우리 시설을 역설계하고 싶어 했죠. 거의 입찰 전쟁이었다니까요. 그만큼 최첨단이었던 겁니다."

"와!" 나는 조용히 놀라움을 표시했다.

"그래서……." 그는 앞으로 몸을 기울이며 팔꿈치를 무릎에 올리고 두 손을 비볐다. "회사에 어떻게 기여하실 겁니까?"

나는 허리를 펴고 앉았다. 마침내 환하게 빛날 순간이 왔다.

"생각을 많이 해봤습니다. 지난해 델라웨어주에서 났던 *라울* 판결을 근거로 하면 고소장에 있는 세 번째 소송 사유를 날려버릴 수 있을 것 같습니다. 제가 초안을 작성해봤는데요……."

"아니, 아니에요." 배럿이 그만두라는 듯 손을 내저었다. "그건 우리가 고용한 외부 변호사들이 다 알아서 할 겁니다."

"하지만 서류를 보니까 그게 포함이 안 되어 있……."

"우리가 당신에게 기대하는 바는……."

방금 전의 질문은 진짜로 궁금해서 한 질문이 아니었다는 것을 그제야 깨달았다. 나는 얼굴을 붉히며 뒤로 기대앉았다.

"이빈스 소송 증거개시 때 제출할 서류를 수집, 검토하는 것입니다. 이빈스는 각 시설의 수입과 지출이 모두 기재된 서류를 요구했습니다. 물론 우리는 이의를 표했지요. 분명 한번 낚아보려는 속셈이니까요. 그렇지만 판사가 줏대도 없는 바보 멍청이라 그 요구에 따르라고 명하더군요."

나는 안타깝다는 듯 탄식을 내뱉었다.

"그래서 공장은 물론이고 아시아 각 지역 로펌과 중개인들로부터 모든 서류를 배송받은 겁니다. 당신은 서류를 잘 살펴보고 관련 있는 내용을 골라내서 외부 변호사에게 전달해주시면 됩니다. 그러면 변호사들이 그걸 이빈스에게 전달할 겁니다."

"알겠습니다. 근데 그건, 법률 보조원이 하는 일에 가까운데요." 나는 기분이 상했다는 걸 드러내지 않으려고 애쓰며 말했다.

"맞습니다. 그러니 한 명 붙여드리죠." 배럿은 고개를 뒤로 젖히더니 천장에 대고 말했다. "마샤! 레스터 좀 불러줘요."

"네." 마샤의 목소리가 들렸다.

주변을 둘러봤지만 마이크와 스피커는 어딘가에 감춰져 있는 듯 보이지 않았다. 그렇다면 인터콤이 늘 켜져 있는 것일까? 아니면 배럿의 비서는 음성 인식으로 작동하는 것일까? 내 책상 위의 가상 비서처럼 마샤도 이름이 불리는 것으로 작동을 시작하는 건지도 몰랐다.

"비밀유지특권°으로 보호될 만한 서류가 있나 살펴봐야 할 겁니다. 어떻게 하는지는 물론 알고 있겠죠?"

° 변호사가 의뢰인과 나눈 정보는 비밀로 한다는 원칙. 수사기관이 비밀유지특권의 보호 대상일 가능성이 있는 서류를 열람하기 위해서는 법원의 심사를 거쳐 보호 대상이 아니라는 판결을 얻어야 한다.

"물론이죠." 나는 퉁명스럽게 대답했다. 서류 규칙 중에서도 기초에 해당하는 내용이었다.

"그리고 인덱스를 달아서……."

"물론이죠." 나는 같은 말을 반복했다. 첫 출근일에 사무실에 쌓여 있는 상자를 살펴보며 이미 그 작업을 시작한 터였다.

"관련 서류에 따라서 따로 분류를……."

이건 입에 올린다는 것 자체가 모욕적일 정도로 기본적인 작업이었다. 법률 보조원이나 일반 사무원도 할 수 있는 작업을 위해 그 월급을 주고 나를 쓴다는 게 믿을 수 없을 정도였다. 그렇지만 급여 생각을 하며 표정을 관리했다. 나는 돈을 받을 것이고, 그것도 꽤 괜찮은 금액이다. 이 일을 위해 책정된 금액이다. 그러니 잘해낼 것이다. 어쩌면 이 작업을 마치고 나면 내 재능을 낭비했다는 것을 깨닫고 더 의미 있는 일을 맡길지도 모른다.

"그리고 하나 더 있습니다. 거기에는 지상낙원 직원들 건강 상태와 관련한 다양한 서류가 있을 수 있습니다. 우린 그런 종류의 개인정보를 보호할 의무가 있습니다. 그러니 그런 서류가 나오면 솎아내세요."

노크 소리가 들렸다. "레스터 윌러드 씨가 왔습니다." 마샤 포스터가 말했다. 이어서 감청색 상의를 입은 키 큰 흑인 남성이 성큼성큼 걸어왔다. 나는 그를 위해 소파 한쪽으로 옮겨 앉았다. 하지만 그는 앉을 마음이 없어 보였다. 두 손을 허리 뒤에서 겹친 채 군대에서 하는 쉬어 자세로 멈춰 섰다.

"셰이 램버트 씨, 이쪽은 레스터 윌러드입니다." 배럿이 손으로 살짝 가리키며 소개해주었다. "레스터가 이 프로젝트의 법률 보조원이 되어줄 것입니다."

나는 고개를 들어 레스터를 보았다. 그리고 고개를 더 들었다. 키가 2미터는 되어 보였다. 그렇지만 키가 문제가 아니었다. 법률 보조 업무는 보통 젊은 백인 여성이 하는 일이지, 이런 중년의 흑인 남성이 하는 일이 아니었다. 그런 고정관념을 깨뜨린 CDMI의 진취성이 새삼 놀라웠다. 나는 일어서서 한 손을 뻗었다. 레스터는 움찔하더니 등 뒤에서 한 손을 가져와 내 손을 맞잡았다.

"레스터, 이분 모시고 서류 있는 곳으로 가도록."

"네, 알겠습니다."

"나머지는 셰이가 알아서 하도록 하고요." 배럿이 말했다. 그러고는 일어서서 천장에 대고 말했다. "마샤! 투르에 있는 이브를 좀 연결해줘요."

나는 사무실을 나가기 전 인사를 하려고 몸을 돌렸다. 감사합니다, 혹은 곧 뵙겠습니다, 라고 말하려고 했는데 배럿은 이미 주머니에 손을 넣고 창가 쪽으로 걸어가고 있었다.

"서류는 27층에 있습니다." 레스터가 알려주었다.

나는 대기실과 마샤를 지나 레스터와 함께 복도로 나갔다. 반 바퀴 빙 돌아 엘리베이터 앞으로 갔다. "여기서 얼마나 오래 일하셨어요?" 엘리베이터를 기다리며 내가 물었다.

그는 대답하지 않았다. 고개를 드니 당황스럽게도 그는 다른 사람의 말을 듣고 있었다. 그의 귀에는 비밀요원들처럼 무전기형 이어폰이 꽂혀 있었다.

"죄송합니다. 뭐라고 하셨죠?" 엘리베이터 문이 열리자 그가 물었다.

나는 안으로 들어서며 같은 질문을 반복했다.

"여기 본점 근무는 2년 됐고, CDMI에서 일한 걸 다 합치면 8년 됩니다."

"다른 데는 어디 계셨는데요?" 만약 법무팀이 다른 지역 지사에도 있다면, 예를 들어 파리 같은 곳에 있다면 언젠가 나도 그쪽으로 발령이 날 수 있다. 마음이 혹하는 일이 아닌가. 호화로운 곳이라 그런 게 아니라, 그저 다른 곳에서 새롭게 시작한다는 생각만으로도 좋았다. 모든 것이 새롭고 밝게 빛날 수 있는 곳에서 말이다.

엘리베이터 문이 열리자 그가 밖으로 나가며 대답했다. "주로 동남아 쪽에 있었습니다."

"오! 그쪽에서 법률 보조원이 할 일이 있다고는 생각을 안 해봤네요." 나는 그와 보조를 맞추느라 보폭을 넓혀야 했다.

"저는 증권 쪽에 있었습니다." 그는 빌딩 중앙에 있는 문 앞에 멈춰 섰다.

더 의아했다. 만약 증권 관련 내용을 다루는 사람이라면 워싱턴이나 여기 본부에서 일해야 하지 않는가.

그가 키카드를 긁어 문을 열었다. 그 순간 내가 잘못 들었다는 걸 깨달았다. 그는 증권Securities 쪽이 아니라 보안security팀이었다.

"보안팀이 왜 서류 일에 관여하게 됐죠?"

그가 스위치를 눌렀다. 창도 없고 거의 텅 비어 휑한 공간에 차가운 백색 등이 켜졌다. 모든 것이 눈부시게 하얬다. 하얀 벽, 하얀 천장, 하얀 콘크리트 바닥. 하얀색 작업대가 공간을 둘러싸고 있었고, 그 위에는 작업대 표면이 보이지 않을 만큼 하얀 서류 더미가 거대하게 솟아 있었다.

"저도 모르겠습니다." 그는 등 뒤로 문을 닫았다.

15장

잉그럼 배럿

배럿의 사무실을 찾은 엘리엇 거트먼은 정신이 딴 데 있는 것 같았다. 모직 재킷 안에 받쳐 입은 옷이 마치 잠옷 같았고 머리는 평소보다 더 곱슬곱슬했다. 배럿은 그의 어깨에 팔을 얹으며 소파로 이끌었다. "엘리엇, 뭐 좀 마실래요? 커피 아니면 차?"

"커피 좋겠네요." 거트먼은 무릎에 팔꿈치를 올리고 얼굴을 손에 묻었다.

"마샤! 엘리엇 마실 커피 좀 줘요." 배럿이 천장을 향해 말했다. "뭐라도 좀 드셔야죠. 크루아상 어때요?" 거트먼은 대답하지 않았다. "마샤! 크루아상도 갖다줘요."

"바로 준비하겠습니다, 배럿 씨."

거트먼은 혼자서 뭐라고 웅얼거리고 있었다.

"왜요?" 배럿은 소리를 듣기 위해 몸을 수그렸다.

"그러니까, 신원 확인을 해주고 왔어요."

"오! 엘리엇, 혼자 하지 않아도 될 일을. 경찰한테서 연락 오면 저한테 알려달라고 했잖아요. 무슨 일이 생기든 말이에요."

"그럴 시간이 없었어요. 그냥 갑자기 들이닥쳐서요."

"다음에 만약 또 이런 일이 생긴다면 일단 기다리라고 하고 저한테 전화 주세요. 아셨죠?"

"루시는…… 완벽해 보였어요. 심지어 죽었다고는……."

배럿은 잠시 기다렸다가 말을 이었다. "엘리엇, 잘 생각해봐요. 경찰이 뭘 물어봤어요?"

거트먼은 손에 묻었던 얼굴을 들었다. "배리, 그들은 루시가 자살했다고 보고 있습니다."

배럿이 순간 숨을 멈췄다. "왜 그렇게 생각한대요?"

"루시 전화기를 갖고 있더라고요. 잠금번호를 풀어달라고 해서……."

"풀어줬어요?"

"어떻게 마다하겠어요? 의심을 살 게 뻔한데."

배럿은 이를 갈았다. "그렇죠. 맞는 말입니다." 설령 거트먼이 풀어주지 않았더라도 경찰은 어떻게든 뚫고 들어갔을 것이다. 잭 컬리건도 이런 일이 있을 거라고 경고했고 다 알아서 하겠다고 했는데. "계속 얘기해보세요. 경찰이 왜 자살이라고 생각하게 됐답니까?"

"어젯밤에 왜 그렇게 제가 아내 걱정을 했는지 궁금해하더라고요. 왜 그렇게 문자도 많이 보내고 전화도 많이 했느냐고."

배럿이 그를 뚫어지게 보았다. "대체 몇 번을 했는데요?"

"어, 저도 몰라요. 여기요." 거트먼은 상의 앞주머니에서 반으로 접은 종이 두 장을 꺼냈다. "이걸 출력해서 주더군요."

배럿은 종이를 받아 들고 반듯하게 펼쳤다. 첫 번째 종이는 거트먼이 루시에게 보낸 문자 내역이었다.

일요일 오후 7:27 _ 자기 괜찮아?

일요일 오후 8:12 _ 전화 줘.

일요일 오후 8:48 _ 제발 집에 와.

일요일 오후 9:18 _ 루시?

루시는 어느 문자에도 답을 하지 않았다. 다만 맨 끝에 그녀가 보낸 문자가 하나 있었다. 배럿은 그 문자에 대해 이미 알고 있었다. 루시가 그에게 보낸 문자니까.

그는 두 번째 종이로 시선을 옮겼다. 루시가 받은 통화 내역이었다. 어제저녁 8시 30분에서 자정까지 엘리엇 거트먼은 여섯 번 전화를 걸었다. 배럿이 회사 전화 시스템으로 조회한 결과 거트먼은 루시의 사무실 번호로도 여섯 번 통화를 시도했었다.

"엘리엇, 뭡니까 이거?" 그는 출력물을 탁자 위로 내던졌다.

"걱정이 됐단 말입니다. 어제 루시는 기분이 안 좋았어요. 사실은 몇 주 동안 그랬지만, 특히 어제는…… 저도 모르겠습니다. 무서웠어요. 행동이 이상했거든요. 그래서 집에서 쉬면서 TV나 보자고 했지만, 루시는 극구 회사에 가겠다며 나가더라고요. 그랬는데 전화를 안 받으니 더 걱정될 수밖에요. 그래서 계속 연락을 시도했던 겁니다. 그러다 당신 전화를 받았……." 거트먼은 깊게 숨을 들이쉬었다. "그때 알게 됐죠. 희망이 사라졌다는 걸요."

거트먼은 두 손을 모아 코와 입을 막았다. 그 상태로 너무 오래 있으니 배럿은 혹시 그대로 질식하는 게 아닐까 하고 생각했다. 그럴 거면 몇 시간 전에 그랬어야지.

"루시 기분이 왜 안 좋았는지는 진술했습니까?"

"경찰은 우리가 싸운 줄 알아요!" 그는 입에 댔던 손을 들어 뻣뻣한 머리카락을 쓸어 넘겼다. "혹시 제가 바람을 피우는 게 아니

냐며……."

"엘리엇, 그래서 뭐라고 했어요?"

"뭐, 그런 모욕을 참고 있을 수만은 없었죠! 그래서 그날 아침 루시가 신문을 읽고 새파랗게 질렸다는 말을 했어요. 루시는 마음이 여린 사람이에요. 아니, 그런 사람이었죠. 사람들에게 안 좋은 일이 생기면 그걸 내내 마음에 새기곤 했죠."

"그게 다예요?"

"경찰이 압박을 하더군요. 신문에서 뭘 본 건지 정확히 알려달라고요. 배리, 경찰이 루시의 서류가방을 맡고 있는데 그 안에 일요일자 타임스가 있어요. 정확히 그 면이 펼쳐진 상태로요. 그래서 부인할 수가 없더군요."

배럿은 그를 쏘아보았다. 그가 말하는 게 타임스의 어느 면인지, 기사 내용은 무엇인지도 잘 알고 있었다. 남중국해에서 일어난 태풍으로 태국 어선 전체가 침몰했다는 기사였다. 실종 어선만 서른 대가 넘고, 500명 정도의 선원이 익사했다.

"경찰이 뭐래요?"

"지구 반대편의 태풍 소식 때문에 그렇게 기분이 안 좋을 수도 있냐고 하더군요. 그게 걱정돼서 전화를 그렇게 많이 한 거냐고요. 그래서 제가 설명하기를……."

배럿은 잠시 숨을 멈췄다.

"말레이시아 해안에서 일어난 일이라 루시는 그걸 지구 반대편 소식으로 받아들일 수 없었다고 말했습니다. 그곳이 루시의 조국이잖아요. 루시는 고국에 대한 애착이 강했고요."

"그게 답니까?"

거트먼이 끄덕였다.

"좋아요. 잘하셨어요, 엘리엇." 배럿은 숨을 내쉬었다.

"그랬는데 그, 나이 좀 먹은 라일리라는 형사가 당신에 대해 묻기 시작했어요."

"저에 대해 뭘요?"

"정확히는 당신과 루시 사이를요. 언제부터 손잡고 일한 건지, 그리고 둘이 출장을 많이 다닌 것에 대해서도 물었어요. 형사가 암시하는 게 너무 충격적인 내용이라……."

"형사가 당신을 쥐고 흔들려는 거예요. 닳고 닳은 수법이죠."

"그가 말하더군요. 루시 인생에서 무슨 일이 벌어지고 있었다는 건 분명합니다. 약으로도 치료할 수 없을 만큼 불행하고 죄책감이 들게 하는 일이요. 그래서 제가 그게 무슨 말씀이십니까? 하고 따졌죠. 그랬더니 루시의 위장에서 소화되지 않은 알약이 나와서 독극물 검사를 의뢰했다고, 하지만 그 약이 뭔지는 제가 이미 알고 있을 것 같다고 하더군요. 그래서 말해줬습니다. 자낙스°라고요."

"맙소사, 엘리엇! 그들이 거짓말하는 거예요. 아직 부검을 안 했다고요."

"제가 그걸 어떻게 알았겠습니까? 그래서 루시가 회사 일로 스트레스가 심해서 가끔씩 자낙스를 먹고 버텼다고 했지요. 그랬더니 형사가 말하기를……." 엘리엇의 목젖이 위아래로 움직였다. "*광고에서 들은 적 있는 것 같은데, 맞죠? 자낙스 부작용 중에 자살 충동이 있죠.*"

거트먼은 신음소리를 내며 다시 손에 얼굴을 묻었다. 배럿은

● 신경안정제의 일종.

벌떡 일어나 창가로 가서 낮게 드리워진 잿빛 구름을 바라보았다. 거트먼이 간신히 일어나 다가왔다. 얼마 후 훌쩍거리는 소리가 점점 커졌다. 배럿은 몸을 돌려 거트먼을 보았다. 그가 두 손으로 곱슬거리는 머리카락을 쓸어넘기고 있었다.

배럿은 십오 분을 더 할애해 거트먼의 기억을 되살리며 경찰 심문에서 나온 이야기가 더 없는지 알아보았다. 다행히 더 심각한 내용은 없었지만, 그렇다고 더 나은 내용도 없었다. 마침내 배럿은 마샤를 불러 거트먼을 집으로 모실 기사를 준비시키라고 했다. 그리고 그를 엘리베이터까지 배웅했다.

"이게 그거죠? 그렇죠?" 거트먼은 고개를 똑바로 들어 스테인리스 문을 장식한 격자무늬를 바라보았다. "루시가 여기 서 있었던 거네요. 여기서 엘리베이터를 탄 거예요."

"그 생각은 하지 맙시다." 배럿이 말했다. 다행히 5호 엘리베이터가 바로 열려서 위로의 말을 쥐어짤 필요가 없었다. 거트먼이 엘리베이터에 올라타자 문이 닫혔고, 배럿은 사무실로 직행했다.

"잭, 경찰한테 루시 전화기가 있어. 나머지 준비는 다 된 건가?" 잭 컬리건이 전화를 받자마자 배럿이 용건을 꺼냈다.

"준비 완료."

"그럼 빨리 여기로 오라 그래."

배럿은 전화를 끊고 문자 내역이 출력된 종이를 집어 들었다. 맨 마지막 줄에, 지난 저녁 8시 45분 루시가 배럿에게 보낸 메시지가, 그녀의 마지막 말이 나와 있었다.

나 더 이상은 못 하겠어요.

16장

세이 램버트
2014년 2월 1일

알람이 소곤대듯 울렸다. 가장 작은 소리로 설정해놓았지만 나는 곧 침대에서 뛰쳐나가 알람을 해제했다. 숨을 죽이고 어둠 속을 바라보았다. 빈백에 누워 있는 데이비드의 모습이 보였다. 그는 알람음에도 몸을 뒤척이지 않았다. 나는 다시 숨을 내쉬었다.

새로운 직장생활과 함께 내 생활 패턴은 급격히 바뀌었다. 커비스 바에서 일할 때는 빨리 퇴근해봐야 새벽 5시라 데이비드는 그 시간에 거의 잠에 취해 있었다. 요즘은 밤 11시에는 자려고 노력 중인데, 그 시간에 데이비드는 절대 집에 없다. 이런 습관은 어느 날 새벽 2시에 비틀거리며 돌아와서는 열쇠를 찾지 못한 날 시작되었다. 아니, 열쇠구멍을 찾지 못해서 그랬던가? 그는 소리를 쳤다. *빌어먹을 문 좀 열어!* 어찌나 시끄럽게 문을 두드리던지 재빨리 일어나 문을 열었지만, 그사이 건물 사람들 대부분이 깨버렸다. 그들은 대충 걸쳐 입은 옷차림으로 복도로 뛰쳐나와 조용히 하라고 외쳤다. 그중 한 명은 경찰도 불렀다.

경찰이 와서 초인종을 누르자 나는 데이비드를 침대 밑에 숨기고 나가 소란을 피워서 죄송하다고 말했다. 그들은 집안을 대강 훑어보고 내 입 냄새를 확인하더니 다시는 이런 일이 없게 하라고 경고했다. 경찰이 돌아간 후 데이비드에게 나오라고 했지만 그는 이미 잠들어 있었고 그대로 바닥에서 밤을 보냈다.

우리 동네는 밤새 현관문을 잠그지 않은 채로 지낼 수 있는 곳이 아니었지만, 이 소동 이후 나는 문을 잠그지 않았다. 그렇게 맞은 첫날 밤, 나는 누가 들어올까 봐 눈을 부릅뜨고 몇 시간을 누워 버티다가 그만 잠이 들었다. 데이비드가 들어오는 소리도 듣지 못할 만큼 깊은 잠을 잤다.

그리하여 새로운 루틴이 만들어졌다. 6시에 알람이 울리면 나는 잠에서 깨고 빈백에서 자고 있는 데이비드를 본다. 같은 침대를 쓰지 않은 지 몇 개월이 지났고, 그보다 더 오랫동안 우리는 사랑을 나누지 않았다. 아니, 말은 바로 해야지. 섹스를 한 것은 몇 달 전이지만, 사랑을 나눴다는 표현을 쓰려면 몇 년 전으로 거슬러 가야 한다.

나는 침대에서 나와 그의 주변을 살금살금 걷다가, 그가 떨어뜨린 게 분명한 숟가락을 바닥에서 집어 들었다. 오븐을 켜고 뒤돌아보니 빈백에서 대자로 뻗어 있는 그가 보였다. 얼굴에 미소가 어려 있었다. 그리고 팔에는 바늘이 꽂혀 있었다.

나는 충격을 받고 냉랭한 주방에서 그대로 얼어붙었다.

코카인만 했던 초창기에도 그걸 집으로 들인 적이 결코 없었다. 코카인은 하루를 버틸 수 있게 배터리를 충전해주는 것으로 직장에서만 사용했다. 그것은 젊은 금융인들이 선택한 일종의 마약이지만, 변두리의 메타암페타민이나 시내의 헤로인처럼 낙인이 찍히지는 않았다. 코카인 흡입은 샴페인을 마시는 것처럼 엘리트들만의 허세로 비치기도 했다. 데이비드는 숫자가 정신없이 돌아가는 날, 그리고 특별히 큰 숫자가 오가는 날이면 코카인을 한두 번 흡입했다.

법은 금융보다 사색적인 분야여서 그런지 나는 약의 필요성을 느껴본 적이 한 번도 없었다. 법조계는 속도보다 차분한 머묾의 상태가 더 가치 있는 곳이다. 하긴 즉각적인 판단 능력도 내 장점이긴 하지만, 사실 법정에서는 그렇게 놀랄 일이 거의 없었다. 증거 등 모든 정보를 상대편과 공유하고 시작하기 때문이다. 놀랄 일이 있다 해도 그것은 내 사무실에서나 벌어졌다. 다행히 사무실에서는 차분히 숙고하고 반응하고 전략을 세울 시간이 있었다.

그 당시 나는 데이비드가 약을 마음껏 하게 내버려 두지도 않았지만, 그렇다고 반대하지도 않았다. 그가 약을 집에 가져오지도 않았고, 약을 구할 때도 늘 조심했기 때문이다. 딜러는 바로, 그가 다니던 투자은행의 '준법감시인'이었다.

데이비드는 실직 후 코카인을 그만두었다. 자신의 에너지 부스트를 가장 많이 사용할 수 있을 때였지만 말이다. 대신 낮 동안 소파와 침대를 오가며 대마초를 피우는 날이 급증했다. 밤새 소파와 침대를 오가며 술을 마시는 날도 급증했다.

술에 대해서는 괜찮았다. 나는 술고래와 살아본 적이 있었고, 내가 알았던 모든 사람은 인생의 한때 한 번씩은 알코올의존자였기 때문이다. 그들이 해냈으니 나도 자신 있었다. 그런데 데이비드는 한밤중 갑자기 사라지기 시작하더니 그와 함께 집안 물건도 하나씩 사라졌다. 장신구라든가, 소호의 멋진 갤러리에서 산 유화라든가, 내 지갑의 돈까지 사라졌다. 오랫동안 그는 자신이 남용하는 것이 단지 술밖에 없다는 듯 행동했고, 그런 그를 나는 그냥 내버려 두었다. 그는 술을 마신 것처럼 보이려고 옷에 위스키를 살짝 뿌린다거나 일부러 한 모금씩 마시기도 했다. 그것은 우리 둘 사이에 생긴 무언의 약속이었다. 그가 내 가식을 내버려 둔다면 나도 그의 습관을 내버려 두려 했다.

이제 그는 굳이 힘들여 숨기려 하지도 않는다. 적나라하게 드러나버린 진실을 본다는 것은 여전히 충격적이었다.

그의 손목을 잡고 맥박을 확인했다. 아직 뛰고 있었다. 세상 앞에서 그는 이미 죽은 사람일지 모르지만, 나에게는 죽은 사람이 아니었다. 아직은 아니다. 혈관에 꽂힌 바늘을 조심스럽게 빼고 팔에 묶인 고무줄을 풀었다. 그리고 주머니를 뒤져보았다. 그는 뒤척이지 않았다. 몸 아래쪽에 손을 넣어도 꼼짝하지 않았다. 바지 뒷주머니에서 약이 나왔다. 조그만 비닐조각 세 개에 고운 가루가 담겨 있었다. 그걸 변기에 버리고 물을 내린 후 바늘과 고무줄은 쓰레기봉투에 넣어 문 옆에 두었다.

다른 쪽 뒷주머니에 지갑이 있었다. 지폐 몇 장밖에 없었다. 딱히 해로울 만한 행동을 할 수 있는 금액이 아니었지만 나는 지폐를 꺼내 챙겼다. 지갑을 주머니에 돌려놓으려는데 작은 사진이 떨어져 나왔다. 이날 두 번째로 나를 놀라게 한 물건이다.

내 얼굴이 나를 바라본다. 잭슨 리더스 웹사이트에 올리기 위해 법률도서 서가 앞에서 찍은 명함 크기 사진이다. 머리에 하이라이트 색깔을 넣고, 떠어리 정장 차림으로 거만한 미소를 짓고 있다. 한창 잘나가던 시절의 내 모습이다.

그가 이렇게 오래된 내 사진을 갖고 다녔다니! 이것으로 내 마음이 약해진다거나 눈물이 차오를 수도 있었다. 그러나 그러지 않았다. 나는 질투심을 느꼈다. 더 이상 존재하지 않는 여인에게, 데이비드가 사랑했던 유일한 여인에게.

나는 사진을 빼고 지갑을 바닥에 내동댕이쳤다. 밖으로 나가는 길에 쓰레기봉투를 들고 가서 두 블록 떨어진 쓰레기통에 버렸다. 사진도 그 위로 던져버렸다.

CDMI에서 나는 한 달 만에 제대로 자리 잡았다. 출근하면 우선 내 작은 사무실에서 배럿 씨가 보낸 음성메일이나 이메일, 혹은 사원 전체메일을 확인한다. 내가 업무적으로 받는 메일의 발신처는 이 두 곳밖에 없다. 그런 다음 커피 한 잔을 들고 계단을 내려가 문서실로 향한다.

나는 그곳을 연구실이라 부른다. 그만큼 깔끔하고 비밀스러운 공간이다. 법률 보조원 겸 보안원인 레스터 윌러드 씨에 따르면 이 공간은 늘 잠가놓는다고 했다. 출입이 가능한 사람은 레스터와 나 둘뿐이고, 열쇠는 레스터에게만 있다. 어떤 서류도 이 공간 밖으로 가지고 나갈 수 없다. 하얗고 광활한 공간 한구석에는 복사기가 한 대 있는데 모든 복사는 꼭 그걸로 해야 했다. 바로 그 복사기로 마크 이빈스에게 제공할 서류의 참조번호를 매기기 때문이다.

탁자 한쪽에는 내가 쓰는 컴퓨터가 있다. 서류를 인덱스화할 때 쓰는 컴퓨터로, 와이파이나 회사 랜선이 연결되지 않은 독립된 기계다. 그 밖에 내가 서류를 검토하며 이 탁자 저 탁자 옮겨다니기 쉽게 해주는 바퀴 달린 의자와, 문 옆에서 지키고 있는 레스터를 위한 사무용 의자가 있었다.

그곳에 있는 모든 서류, 새하얀 종이 더미는 모두 복사본이었다. 첫날 레스터에게 원본은 어디 있느냐고 묻자 그가 대답했다. "저도 모르겠습니다." 바로 이 한마디가 그 후 내가 묻는 모든 질문의 기본 대답이었다. 그는 내가 건넨 서류 더미를 복사하거나 의자에 앉아서 신문을 읽으며, 주로는 나를 감시하며 시간을 보냈다. 그는 나의 법률 보조원 겸 보안원 겸 베이비시터였다.

여기 있는 몇몇 서류는 이전에 본 것이었다. 첫 출근일에 상자에서 봤던 서류의 복사본이다. 그때만 해도, 배럿 씨가 예기치 않게 쿠알라룸푸르로 불려간 후 상자들이 도착한 터라 이렇게 꼼꼼한 보안 조치가 취해지지 않았던 것 같다. 내가 상자들을 발견한 것은 순전히 우연이었다. 그때 정교하게 상자를 재봉인했는데, 그건 정말 잘한 행동이었다. 배럿 씨가 이 정보들을 아주 민감하게 다루는 게 분명했기 때문이다.

배럿 씨가 나에게 내린 행군 명령은 이 우뚝 솟은 서류 더미에서 비밀유지특권에 해당될 사항이나 기밀문서를 찾아내는 것이었다. 비밀유지특권의 경우 찾는 건 쉬웠다. 비밀유지특권은 변호사가 의뢰인과 나눈 정보에서 발생하기 때문이다. 관련 변호사 명단을 작성하자 해당 부분을 순조롭게 찾을 수 있었다. 회사 직원이 수천 명이었기에 기밀 직원기록을 알아내기는 비교적 어려웠지만, 일단 급여기록을 확인하자 직원들 이름으로 데이터베이스를 만들 수 있었다.

이 작업은 소송 제기인에게 제공할 서류를 준비하는 데 필요한 당연한 일이었다. 그렇지만 연구실이나 레스터의 존재는 당연하지 않았고, 이 상황이 나에게 귀띔해준 것이 있었다. 바로 서류들 어딘가에는 변호사가 작성한 서류나 직원기록보다 훨씬 더 민감한 내용이 있다는 것이었다.

그리고 지난주 어느 날 나는 그것을 찾은 것 같다.

직원들의 의료기록 서류 더미를 발견한 날이었다. 보아하니 신입 직원들은 지상낙원에 발을 딛는 즉시 심각한 질병이나 전염

병을 차단하기 위한 건강검진을 받는 모양이었다. 의사가 영어로 기록한 서류를 보니 생년월일 순으로 각 직원들의 키, 몸무게, 혈압, 체온, 맥박수, 호흡수가 적혀 있었고, 각각의 끝에 *작업 가능*이라는 손글씨가 달려 있었다. 눈에 띈 것은 생년월일이었다. 몇몇은 겨우 열 살 난 어린이였는데 그래도 *작업 가능*이었다. 나는 어린이들의 이름과 급여기록을 교차검색했다. 그리하여 내린 결론은 지상낙원 식당 사진에 나온 어린이들은 직원 가족이 아니라는 것이었다. 아니, 직원 가족일 수도 있었다. 어쨌거나 사진 속 그 아이들 역시 직원임이 분명했다.

그렇다, CDMI는 아동 노동을 이용했던 것이다. 그렇긴 해도 CDMI가 아시아 아동 노동을 착취한 최초의 서구 회사도 아니고, 이 관행이 현지 법률에 어긋난 것도 아니다. 하지만 이 사실이 언론에 알려지면 엄청난 비난이 쏟아질 것이다. 배럿 씨가 걱정하는 게 이해가 갔다.

더 중요한 것은 의료기록은 마크 이빈스의 증거 공개 요구와는 관련성이 멀다는 점이었다. 그에게 이 정보를 제공하라는 법적 요구 자체가 없었다. 더불어 이쪽에서는 제공하지 말아야 할 수백 가지 이유가 있었다. 16세 미만 직원이 수백 명이나 되었던 것이다.

나는 직원 의료기록을 상자에 넣어 봉한 후 레스터에게 부탁해 배럿 씨에게 전달했다. 오직 배럿 씨만이 볼 수 있는 서류로 분류한 것이다.

나는 그것으로 데프콘 1단계에 해당하는 비밀엄수 프로젝트를 끝냈다고 생각했다. 그러나 다음 날 배럿 씨에게서 이메일이 날아왔다. *세이, 기밀 직원기록을 걸러낸 것, 잘했어요. 더 있을지도*

모르니 잘 살펴봐 줘요!

오늘 결정적인 증거를 찾아냈다.

토요일이지만 출근한 참이었다. 사실 하루도 빠짐없이 출근했다. 따뜻하고, 커피도 있고, 인터넷도 무료니까. 집에 있어봤자 딱히 할 일도 없었다. 데이비드가 집에 없으면 걱정만 되고, 집에 있으면 잠자코 조용히 있어야 했다.

레스터도 오늘 나온다고 했지만 점심식사 후에야 오겠다고 했다. 레스터가 있어야만 연구실에 들어갈 수 있었다. 그가 오기까지 나는 어떻게든 바쁘게 시간을 보내려 했다. 인터넷 뉴스를 훑으며 특히 패션 특집 기사와 동남아 기사를 집중해서 보았다. 마크 이빈스의 증거개시 요청에 제출할 표준 문안 초안을 작성했고, 잭슨 리더스에 있을 때 만든 양식을 업데이트했다. 또 비품실에서 파일철을 보관하는 홀더를 발견하고 내 책상 서랍에 넣어 정리했다.

그러다가 맨 아래 서랍에서 입사 첫날 넣어둔 서류를 발견했다. 자산 매각 문서 사이에 잘못 끼여 있던 항공사 전세 계약서 복사본이다. 그날 상자를 정리하며 노트에 손으로 작성해둔 인덱스도 있었다. 결과적으로 그건 쓸데없는 노력이었다. 연구실에서 똑같은 인덱스를 만들기 위해 처음부터 다시 시작해야 했기 때문이다. 나는 노트를 쓰레기통에 던져 넣었다. 그순간 종잇장들이 펼쳐지며 무수한 단어와 숫자들이 쏟아졌다. 그중 한 항목이 내 눈을 끌었다.

쓰레기통에서 노트를 꺼내 해당 페이지를 보았다. 그것은 지상 낙원의 한 구획에 대한 매매 내용을 간략히 적어놓은 것이었다.

판매가격이 240만 달러라고 적혀 있었다. 연구실에서 본 정산서에는 410만 달러라고 적혀 있지 않았던가! 내 기억이 잘못된 걸까? 그건 아닌 것 같다. 아니면 내가 여기서든 아래층에서든 한쪽을 잘못 적은 것일까? 이 역시 아닌 것 같다.

연구실에서는 어떤 서류도 갖고 나올 수 없지만, 갖고 들어가는 것에 대해 언급한 사람은 아무도 없었다. 나는 손으로 적은 인덱스를 복사해서 허리춤에 숨겼다. 바로 그때 레스터가 도착했다는 연락이 왔다. 연구실로 걸어가는 동안 버스럭거리는 소리가 살짝 났지만 레스터는 눈치채지 못한 것 같았다. 그는 키카드를 긁고 문을 열어 나를 들여보냈다.

나는 마크 이빈스에게 넘길 1천여 쪽의 서류 더미를 레스터에게 넘기며 참조번호를 매겨달라고 부탁했다. 그가 복사기에 매달려 일하는 동안 나는 허리춤에서 종이를 꺼내 탁자 위에 펼쳤다. 그리고 컴퓨터 앞에 앉아 이곳에서 작성을 시작한 인덱스 파일을 열었다. 내 기억이 옳았다는 것은 금방 밝혀졌다. 내가 손으로 적어두었던 부동산 일부 판매금액은 240만 달러, 컴퓨터 화면에 나온 금액은 410만 달러였다.

나는 의자 바퀴를 굴려 공간을 가로질러 그 거래에 대한 정산서를 찾았다. 그곳에 나온 판매금액도 410만 달러였다. 그렇군. 내가 잘못 옮겨 적었나 보군! 그렇지만 머릿속에는 내가 잘못한 게 아니라는 믿음이 있었다.

손으로 작성한 인덱스와 화면의 인덱스를 나란히 비교해보았다. 지상낙원에서 판매한 자산에 대해 모든 걸 훑어보았다. 부동산, 시설, 원자재, 그리고 완제품까지. 거의 모든 품목에서 상자의 원본 서류를 옮겨 적은 노트는 연구실의 사본보다 훨씬 낮은 판매금액을 보여주었다. 노트에 적힌 지게차 가격은 1만 5천 달러인데 컴퓨터 화면에 뜬 가격은 2만 5천 달러였다. 재봉틀은 1495달러와 2799달러로 큰 차이가 났다. 모두 그런 식이었다. 식당 테이블, 트럭, 공기압축기, 매트리스, 절단기까지 전부 노트에 옮겨 적은 금액이 훨씬 낮았다.

나는 재빨리 의자를 끌고 클로징 바인더*와 매도증서가 쌓여 있는 탁자로 옮겨갔다. 그곳의 서류와 판매금액을 재차 확인하니 숫자는 컴퓨터에 입력한 숫자와 일치했다. 그러니 설령 내가 실수를 했다 하더라도 그것은 연구실에서 한 게 아니었다.

이게 실수라면 실수를 한두 군데서 한 게 아니다. 텍스트가 보여주는 그대로 수백 개의 자산 매각 가격을 잘못 기록했다.

한두 개를 잘못한 거라면 그러려니 할 수 있지만 이백 개라면? 그럴 리가!

연구실에 있는 서류는 모두 복사본이다. 상자에서 본 것은 원본이었다. 결론은 하나다. 누군가 판매금액을 부풀리기 위해 사본을 조작한 것이다.

마담 드 마르티노는 주주들에게 보내는 연례 서한에서 CDMI의 자산 매각은 다 떨어져가는 누더기로 비단 지갑을 만든 셈이라고 자랑스럽게 말했다. 그렇게 자랑할 수 있도록 누군가가 그녀 혹은 배럿의 요청에 따라 서류를 조작한 게 분명하다.

현실을 직시해보자. CDMI는 숫자를 그렇게 멋대로 만들어낼 수 없다. 공인회계사를 통해 정기적인 감사를 거치는 상장회사이

---

* 클로징 바인더는 일반적으로 표지, 인덱스(또는 목차), 거래 문서의 세 부분으로 구성되며, 법적 거래의 최종 확정 기록부를 뜻한다.

기 때문이다. 신고한 판매금액과 회사 계좌로 입금된 금액이 달랐다면 감사에서 적발됐을 것이다. 단지 소송에 대비해 서류를 조작했다는 것도 말이 안 된다. 마크 이빈스 역시 재무 정보에 접근할 수 있기에 금방 들통이 날 일이었다.

즉, CDMI는 신고한 금액을 실제로 수령하긴 했지만, 그 돈이 전부 문제의 자산 매각에서 나온 것은 아니라는 의미다. 도대체 또 뭘 팔아서 비단 지갑을 만들 수 있었을까?

답은 뻔하다. 마약. 미얀마의 깊은 정글 속, CDMI는 수익성을 유지하기 위해 마약에 눈을 돌린 것이다.

뚱딴지같은 소리를 하는 게 아니다. 수년 전 존 드로리언도 망한 자동차 회사를 구해보겠다고 최후의 수단으로 마약을 이용했다가 고발당했다. CDMI는 대차대조표에 힘을 주기 위해 마약 수익금을 끌어들였지만 그 출처는 숨겨야만 했다. 결국 합법적으로 자산을 매각하여 얻은 수익금을 부풀리기에 이르렀다.

비로소 나는 연구실, 레스터, 지나친 보안 조치에 대해 이해하게 됐다. 레스터 쪽을 흘끗 쳐다보았다. 복사기에 매달린 와중에도 내가 의자를 굴려 컴퓨터로 가자 곁눈질로 확인했다. 나는 아무 서류나 들고 열심히 들여다보는 척했다. 그를 위해서라도 아무렇지 않게 행동하며 의심스러운 눈치를 줘선 안 된다. 내가 진상을 알아냈으리라곤 짐작도 할 수 없게 해야 한다. 그는 동남아에서 근무한 적이 있으니 마약밀매 사업에도 기여했을 것이다. 그래서 지금 여기 있는 것일 수도 있다. 망을 보는 것이다. 조작된 판매 수치와 관련해서는 특히 바짝 경계하는 것이다.

비로소 고개가 끄덕여지는 게 또 하나 있었다. 왜 하필 내가 뽑혔는지 알겠다. 배럿은 내가 절박하게 일자리를 원한다는 것, 필사적으로 일자리를 지키려 한다는 것을 알았고, 그래서 내가 입을 다물 거라는 믿음이 있었던 것이다.

이날은 더 이상 자산 매각 문서 근처에도 가지 않았다. 그렇지만 생각은 무거워졌다. 나는 마약 밀매업자를 위해 일하고 있었다. 그들의 행각을 은폐해주고 있었다.

나는 아동 노동 착취 사실을 발견했을 때처럼 합리화하려고 노력했다. 이 일은 내가 걱정할 문제가 아니라고 자신을 설득했다. 나는 서류를 조작하지 않았고, 숫자에 대해 조사하는 것은 내 임무가 아니다. 심지어 입사 첫날 우연히 상자를 발견하지 않았더라면 위조 사실에 대해 조금도 의심하지 못했을 것이다. 내 임무는 그저 비밀유지특권에 해당될 문서와 기밀문서에 표시를 하며 서류를 정리하는 것이다. 그러라고 돈을 주는 것이니 나는 그 일을 할 것이다.

그날 밤 마켓플레이스 타워를 빠져나오자 눈이 내리고 있었다. 거리에 눈이 몇 센티나 쌓여 있었다. 하루 종일 창문도 없는 곳에 갇혀 있다가 갑자기 찬바람을 맞으니 정신이 번쩍 들었다. 외투 후드를 뒤집어썼지만 발을 가려줄 것은 없었다. 역에 도착할 때쯤에는 구두가 흠뻑 젖어버렸다. 열차가 연착되는 바람에 플랫폼에서 벌벌 떨며 이십 분을 기다렸다. 게다가 내가 탄 객차 칸은 히터가 작동하지 않아 내릴 때까지 이가 덜덜 떨렸다. 집에 가면 바로 뜨거운 물로 샤워를 해야겠다고 생각했다. 제발 보일러가 고장나지 않았기를.

열차에서 내리자마자 집을 향해 마구 달렸다. 계단을 내려가 현관문을 열고 전등을 켰다. 그리고 문지방에 선 채 그대로 얼어붙었다.

누군가 아파트를 샅샅이 뒤지고 갔다. 서랍이 모두 열려 있고 접시들이 깨져 있었다. 매트리스도 침대에서 끌어내 곳곳을 뜯어 놓았다. 뜯긴 틈으로 솜뭉치가 삐져나와 있었다. 벽에는 석고보 드가 뜯겨나간 부분도 있었다. 샛기둥과 배선, 분홍색 단열재까 지 눈에 보였다.

도둑이 들었어! 처음에는 이렇게 생각했다. 그러나 얼마쯤 시 간이 지나자 그럴 리 없다는 생각이 들었다. 뉴욕에서 가장 못사 는 집을 누가 털려고 할까.

그렇다, 데이비드의 짓이다! 약이나 내 돈을 찾아 벌인 짓이다. 이전에도 곳곳을 뒤진 적이 있었지만 이번에는 뭔가 달랐다. 분노 가 끼었졌다. 손을 대지 않은 물건은 빈백 소파뿐이다. 아마 자 신이 빈백에 누워 있는 동안 내가 그곳에 뭘 숨길 만큼 대담한 여 자는 아니라고 확신했던 모양이다. 아니면 자신이 집에 돌아왔을 때, 만약 돌아온다면 말이다, 잠잘 곳은 남겨놓고 싶었던 것이리라.

그가 돌아왔을 때, 과연 그때도 이 난리를 치게 한 분노를 품고 있을까? 지금껏 이토록 험한 날이 많고도 많았지만 그와 함께 있 는 것이 무섭다고 느껴진 적은 없었다. 과연 그는 정말 선을 넘은 것일까? 문을 잠그고 이대로 머물지, 다른 곳으로 가야 할지 고 민이 됐다.

그렇지만 갈 곳이 없는걸. 그건 데이비드 역시 마찬가지였다.

나는 깨진 그릇을 치우고, 옷장과 서랍장을 정리했다. 매트리 스도 제자리로 옮기고 뜯긴 속을 최대한 채워 넣었다.

그리고 문을 잠그지 않은 채 잠을 청했다.

17장

세이 램버트

건강한 정신에 건강한 육체. 캐스코 선생님은 어딘가에서 따온 말로 충고하기도 했다. 그래도 언제나 상황에 딱 맞는 말이었기에 나는 소중하게 받아들였다. 중학교 시절 책을 많이 보고 시험 점수가 좋아질수록 나는 점점 더 도서관에 틀어박혔다. 캐스코 선생님은 그런 나를 밖으로 끌어내 공부와 더불어 운동도 할 수 있게 해주었다. 선생님은 운동복과 등록비를 대주고 연습을 다닐 수 있게 차를 태워주었다. 게다가 하키부터 수영, 라크로스에 이르기까지 관람석에 앉아 시즌 내내 응원을 보내며 내가 2군팀에서 대표팀이 되고 팀 주장에서 MVP에 오르는 순간을 빠짐없이 지켜보았다. 브라운 대학과 콜롬비아 대학에 있는 체육시설 덕분에 나는 대학 시절과 로스쿨 시절 내내 운동을 계속할 수 있었다. 그 후에는 맨해튼의 유명한 헬스클럽에 등록했다.

직장을 잃은 날 나는 인생을 통틀어 가장 멋진 몸매를 갖고 있었다. 가난을 겪은 첫해에 순식간에 5킬로그램이 쪘다. 값싼 탄수화물 덩어리만 먹은 탓이었다. 운동을 하지 못해 근육도 빠졌다. 비만이 왜 가난이 내린 재앙인지 경험으로 체득했다.

달리기를 시작하자 구원이 찾아왔다. 매일 몇 킬로미터를 몇 시간씩 뛰었다. 다섯 개 자치구 중 세 개를 가로지르며, 잘사는 동네와 가난한 동네를 가로지르며 밤낮으로 뛰어다녔다. 그러면서도 안전 문제로 겁을 먹은 적은 한 번도 없었다. 나를 위협하는 게 누구든 그보다 빨리 뛸 자신이 있었기 때문이다.

A 취조실에 있는 동안 이런 생각으로 마음이 요동쳤다. 이곳에 들어온 지 열두 시간이 되어간다. 그중 몇 시간은 잠을 자거나 앉은 채 휴식을 취했다. 그러다가 내 뇌가 근육과 함께 쪼그라들 위험에 처했다는 걸 깨달았다. 잉그럼 배럿의 두뇌에 대적하려면 피가 돌아야 했다. 나는 한 시간 동안 뛰고 팔벌려뛰기와 버피°를 했다. 운동을 마무리하고 있는데 크루즈 형사가 들어왔다.

"앗! 죄송합니다." 크루즈가 우뚝 멈춰 섰다.

나는 발레 자세처럼 한 다리로 지탱하고 다른 다리를 뻗어 스트레칭을 하던 중이었다. 그는 내가 치실을 쓰는 모습을 보기라도 한 듯, 아니 그보다 더 흉한 모습을 봤다는 듯 당황했다. 나는 다리를 내리고 똑바로 서서 말했다. "혈액순환 때문이에요."

"아, 그러시군요."

뭔가가 또 변했다. 그의 눈이 다시 부드러워졌고, 비웃는 듯했던 입술 모양도 제자리를 잡았다.

그가 두 팔을 들었다. 한 손에는 커다란 쇼핑백이, 다른 손에는 조금 작은 쇼핑백이 있었다. 둘 중 하나에서 잘 구운 고기 냄새가 났다. "점심 가져왔습니다. 댁에 가서 옷도 좀 챙겨왔고요."

"오, 감사합니다!"

둘 중에 어느 쪽이 더 기뻤는지는 모르겠다. 그는 쇼핑백 두 개

° 선 자세에서 바닥에 손을 짚고 엎드리기를 반복하는 운동.

를 건넸다. 일단 음식에 손대고 싶었지만 그가 앞에 있는 한 그럴 수는 없었다. 나는 큰 쇼핑백 안을 들여다보았다.

"옷을 제대로 챙겨왔는지 모르겠군요." 그가 어색하게 자세를 바꿨다. "복도에 있더라고요."

나는 끄덕였다. 내가 마지막으로 본 곳도 거기였다. 쇼핑백 안에는 스웨터, 청바지, 양말, 그리고 브라와 팬티도 있다. 그를 바라보자 그는 고맙게도 얼굴을 붉혔다.

"신발도 가져왔습니다."

운동화는 맨 아래 있었다. "고마워요. 너무 고맙습니다."

"이만 귀가하셔도 되는 거 아시죠?"

"알아요. 그렇지만 제가 왜 계속 있는지 아시……."

"예, 압니다." 그는 옷가방 쪽으로 고개를 돌렸다. "죄송하게도 코트는 못 찾았습니다."

"괜찮아요. 여기 따뜻해요." 나의 유일한 코트는 증거품으로 압류되었다.

"그런데 좀 이따 가셔야 할 거예요."

"네?" 나는 눈을 가늘게 떴다.

"진술이 확인됐거든요. 키카드가 가방에 있더라고요. 말씀하신 대로."

"확인해주셔서 감사합니다."

"어, 그리고, 그 이력서에 지문이 없었습니다. 누구의 지문도요."

"아, 장갑을 꼈었군요."

그가 끄덕였다. "총의 출처만 밝혀지면 마무리할 수 있을 것 같습니다."

"그렇군요." 나는 잠시 생각에 빠졌다. "그 연방정부 데이터베이스에 넣고 돌려보셨어요? 그걸 뭐라더라."

"IBIS요. 이미 해봤는데 다른 사건에서 사용된 적이 없는 총이 었습니다."

"아."

"그리고 조립식 총을 파는 사람이 수천 개는 팔았다는데, 루시 카터 존스 씨에게 판 적은 없다더군요."

"저한테도 안 팔았고요."

"네, 그렇습니다."

"그래서 이제 어떡하실 거죠?"

그는 어디까지 나에게 털어놓아도 될지 잠시 고민하는 듯했다.

"오늘 오후에 카터 존스 씨 가택 수색을 할 예정입니다. 총기용 금고나 금속세공 연장 같은 게 있는지 확인하려고요."

"저희 집에는 그런 게 하나도 없죠."

"그렇습니다."

"그런데 카터 존스 씨 댁에서도 안 나오면 어떻게 되는 거죠?"

그는 대답 없이 문으로 향하더니 문손잡이를 잡은 채 잠시 멈췄다. "거기서 안 나온다고 해도……." 그는 거의 속삭이듯 말했다. 나는 그가 해서는 안 될 말을 하리란 걸 직감했다. "저희가 그분의 유서 같은 걸 찾은 것 같습니다."

그는 말을 뱉자마자 후회하는 듯한 표정을 짓더니 문손잡이를 홱 비틀어 밖으로 나갔다.

나는 놀라서 자리에 앉았다. 루시가 유서를 남겼다고? 정말 자살할 마음이 있었던 거라고?

와우!

18장

잉그럼 배럿

나 더 이상은 못 하겠어요.

배럿이 루시의 문자를 받은 건 어제저녁, 다른 두 커플과 함께 저녁을 먹고 있을 때였다. 멜라니는 종업원을 붙들고 메뉴에 있는 모든 항목에 탄수화물이 얼마나 들었는지 꼬치꼬치 캐묻고 있었다. 배럿은 무릎 위에 전화기를 놓고 문자를 흘끗 확인한 후 다시 주머니에 넣었다. 그리고 와인 목록을 읽기 시작했다. '못 하겠다'는 게 삶이라고는 생각지 못했다. 양심상 그 점은 분명했다. 그때 혼란스러웠던 문구는 '더 이상은'이었다. 왜냐하면 일은 이미 끝난 상태였으니까. 그냥 입만 다물고 있으면 되지, 그 이상 더 할 게 없었다. 그때 바로 대화를 나눴어야 했는데, 그때는 월요일 오전에 해도 괜찮을 거라는 생각이었다.

그러나 지금, 마벨이 읽어주는 문자 내용을 보고 있자니, 의구심이 들었다. 알아차렸어야 했나? 이 끔찍한 비극은 막을 수 있는 거였나?

그녀를 잃은 것은 끔찍한 손실이다. 그는 잠시 애도의 시간을 가졌다. 경찰에게 루시를 친한 친구라고 말한 건 다소 과장일 수 있지만 소중한 직원인 건 분명했다. 회사가 가진 광범위하고 다양한 인력과 연결해주는 완벽한 접점의 역할을 한 사람이었다. 아시아 문화에 대한 이해도 깊어서 공장 노동자들에게 친근감을 주었다. 그녀의 영국 상류층 억양은 크리에이티브들에게 위압감을 주어 그들을 순종적으로 만들었다. 게다가 말할 수 없이 뛰어난 효율성까지, 관리자가 인사부 임원에게 기대하는 모든 걸 갖추고 있었다. 조금만 덜 까다로웠더라면 좋았을걸. 이런 점에서도 배럿은 가슴이 아팠다.

지금 로비에서는 관리부 직원들이 급하게 모여 루시를 애도하고 있었다. 마켓플레이스 타워에서 보기 힘든 CEO 필 듀발도 직원들에게 전체 메일을 보내 자신이 로비에서 사람들을 *맞이할 거*라고 알렸다. 그래서 모두가 그를 둘러싸고 모여 있었다. 마치 목사에게 안수기도를 받으려고 모여든 것처럼. 배럿은 문 닫힌 사무실에서 CCTV를 통해 그 과정을 지켜보았다.

원래라면 이곳 관리 본부에 듀발의 사무실이 있어야 했다. 그는 CEO이자 빌어먹을 CFO였고 회계팀이 이곳에 있기 때문이었다. 그렇지만 듀발은 크리에이티브들과 함께 세븐스 애비뉴에 있는 걸 더 좋아했고, 더불어 프랑스 투르에도 사업체를 두고 싶어 했다. 그래야 *마담*과 연락할 수 있다나? 그는 옷차림도 크리에이티브들처럼 하고 다녔다. 하루는 터틀넥에 베레모를 쓰고, 어떤 날은 다시키 셔츠°에 검투사들이 신는 끈샌들을 신었다. 오늘은 내륙을 방문하는 사람처럼 모직 재킷에 펑퍼짐한 골프 바지를 입고 왔다. 골프를 치는 이십 대 청년이나 더비셔의 숲에서 꿩 사냥을 하는 사람이 할 만한 차림이다.

° 아프리카 서부 남자들이 즐겨 입는, 화려한 무늬의 헐렁한 셔츠.

배럿은 마벨 화면을 보았다. 듀발이 직원들 사이를 거닐며 그들과 손을 맞잡고 이마를 맞대며 인사를 나누고 있었다. 마치 자신의 몸 접촉이 슬픔을 덜어내는 위력이라도 발휘한다는 듯이. 이따금 용감한 미소를 달고 직원들과 셀카를 찍기도 했다.

필 듀발은 모두에게 자신의 이름을 필리프Phillippe라고 소개했는데, 배럿이 알기로 그의 출생증명서에는 필립Philip이라고 되어 있었다. 심지어 그는 끝에 왁스를 발라 뾰족하게 만든 프랑스식 콧수염도 자랑스러워했다. 남들이 보기에는 호텔 지배인 같기만 한데 말이다. 관리부 직원 대부분은 듀발이 그러는 게 다 가짜라는 걸 알고 있었다. 하지만 다들 왕족을 맞이하듯 행동했다. 듀발은 마담 드 마르티노에게 가는 유일한 살아 있는 통로이기 때문이었다. 마담은 이사회 회의를 관장하되 꼭 전화로만 했고 영상통화도 금물이었다(허영심 가득한 그대여, 그 이름은 전직 슈퍼모델이니라). 그 외에는 누구하고도 대화도 미팅도 하지 않았다. 듀발을 빼고 말이다. 그러니 듀발은 마담 드 마르티노의 공식 문지기였다. 모두가, 분하게도 배럿조차 듀발이라는 통로를 이용해야만 했다.

루머에 따르면 마담과 듀발은 한때 연인 사이였다고 한다. 듀발은 이 소문을 지우려는 노력 따위 하지 않았다. 그게 사실이라면 잠자리 역사상 최고의 위치에 오른 남자가 되는 것이다. 적어도 유일한 이성애자로서. 어쨌든 그건 먹혔다. 마담의 신생 디자인 회사에서 회계사로 시작할 수 있었으니까. 10년 전 마담은 그를 CFO 자리에 앉혔고, 5년 전에는 후임자로 임명했다. 그리하여 오늘날 듀발은 회장, CEO, CFO라는 직책을 모두 차지했다. 이름뿐인 직책에 연봉만 챙겨 받는 것이지만 말이다. 관리부 직원들은 배럿이야말로 사업체의 힘든 일을 도맡아 하는 사람이라는 걸 알고 있었다.

마벨 화면으로 보니 듀발이 이쪽으로 걸어오고 있었다. 이곳이 교황님의 마지막 행선지로군!

"듀발 씨 오셨습니다." 스피커에서 마샤의 목소리가 울리는 동시에 사무실 문이 열렸다.

"배리!" 듀발이 턱이 사라질 만큼 퉁퉁한 얼굴에 거만한 미소를 달고 소리쳤다.

"필!" 배럿은 벌떡 일어나 손을 내밀었다. 악수가 삼십 초 동안이나 이어졌다.

"인사나 하려고 들렀습니다."

"찾아주셔서 기쁘네요. 커피 드시겠습니까?"

"아니, 아닙니다. 오래 있지를 못해서요."

모직 재킷 안에 조끼와 양모 타이를 매고 있었다. 배럿은 눈을 살짝 내리고 발밑을 확인했다. 웰링턴 부츠를 신고 있겠지. 그러나 아니었다. 약간의 무늬가 새겨진 튼튼한 구두였다.

"간밤의 난리법석은, 다 마무리된 거죠?"

"마무리 중입니다." 배럿은 대답 후 입을 꽉 다물었다. "사실, 지금 형사들이 자세한 내용을 확인하겠다고 오고 있는 중입니다. 자리에 함께 계셔주시면 좋을 텐데요."

"아닙니다. 제가 방해가 되면 안 되지요. 안타깝게도 이만 가봐야 할 것 같습니다. 오늘 저녁 투르로 떠나거든요!"

"마담한테 안부 전해주십시오."

"그럼요, 그럼요. 안드레아에게 안부 전해주시고요."

안드레아는 배럿의 첫 번째 아내로 이혼한 지 8년이 되었다.

그러나 배럿은 대답했다. "그럼요."

　듀발을 보내고 십 분이 더 지나도록 배럿은 여전히 부글부글했
다. *난리법석*이라니! 루시의 죽음을 그저 사소한 말다툼 정도로
보는 듯한 언사다. 의중이 뻔히 보였다. 사건을 대단치 않은 일로
치부함으로써 관련 사실에 대해 아무것도 모른다는 척, 그런 일
이 있었냐는 듯 시치미를 떼려는 것이다. 그러나 배럿이 추락한
다면 듀발도 함께해야 한다. 그 계획에 대해 마담 드 마르티노의
승인을 받은 것도, 숫자들을 뭉갠 것도 듀발이었다. 그가 이 모든
것을 시인하는 녹음 테이프도 배럿은 갖고 있었다. 정확히는 배
럿의 집 벽에 박힌 금고에, 금고 안의 현금과 보석 밑에 디지털
음성 녹음이 있었다.

　"배럿 씨, 형사들이 도착했습니다. 컬리건 씨 비서의 안내를 받
아 극장으로 갔습니다." 스피커에서 마샤가 말했다.

　"마벨, 극장 보여줘." 배럿이 책상 위 상자에 명령을 내리자 즉
시 화면이 켜지며 28층 강당이 나왔다. 그의 지시대로 라일리 형
사와 크루즈 형사가 그곳에서 대기 중이었다. 폭신한 천이 깔린
맨 앞줄 의자에 엉덩이를 깊이 묻고 앉아 있었다. 하지만 등을 기
대려 하지는 않았다. 등받이가 수직으로 고정돼 있기 때문이었다.

　라일리는 눈을 감고 있었고, 둘 다 몹시 피곤해 보였다. 사건이
일어난 지 벌써 열다섯 시간이 지났으니 그럴 수밖에! 두려움에
사로잡힌 배럿은 아드레날린의 공급으로 바짝 긴장해 있는 데 반
해 두 형사는 아드레날린의 혜택을 받지 못할 터였다. 지금은 아
마 사건을 마무리하고 싶어 안달이 나 있을 테다. 앞뒤가 맞는 말
이라면 뭐든 반길 태세이리라.

보안팀장 잭 컬리건을 확인할 시간이다. "마벨, 무대 뒤 왼편을 보여줘." 비디오가 무대 뒤에서 대기 중인 컬리건을 보여주었다. 그는 혼자서 소리 없이 중얼거리고 있었다. 이마에 땀이 맺혀 있었다. 진술할 말을 연습하는 것이리라. 너무 긴장해 있는데……. 배럿은 그가 루시 남편의 뒤를 이어 일을 망칠까 봐 걱정됐다. 아무래도 가까이서 지켜봐야 할 것 같았다.

"마벨, 잭 컬리건을 연결해줘." 화면 속 컬리건이 귀에 있는 와이어를 누르자 통화가 연결되었다.

"잭, 준비 다 됐어?"

"다 됐어."

"곧 갈게."

배럿은 계단을 내려가 컬리건과 합류했다. "가자." 컬리건이 버튼을 눌렀다. 무대 앞으로 큰 스크린이 내려오는 동안 두 사람도 무대로 모습을 드러냈다.

"안녕하십니까?" 배럿이 인사하자 라일리 형사가 잠을 쫓아내듯 고개를 흔들며 일어났다.

"배럿 씨, 따로 말씀 좀 나누고 싶습니다." 크루즈가 말했다.

"물론입니다. 원하시는 대로 해야죠. 다만 그전에 먼저 잭이 보여드릴 게 있습니다."

잭 컬리건이 앞으로 한 발 나섰다. "오늘 아침, 혹시 간밤에 찍힌 영상이 더 없냐고 물으셨죠. 컴퓨터에서 하드드라이브를 떼서 달라고 하셨고요. 모두 부탁하신 대로 했습니다. 그런데 몇 가지 강조하고 싶은 게 있는데요. 일단 셰이 램버트 씨가 루시 카터 존스 씨 사무실을 나와서 한 행동부터 보시죠. 이 영상은 그 후 자기 사무실로 돌아가는 모습입니다."

배럿과 컬리건이 무대 양쪽으로 갈라서자 강당 불빛이 어두워지며 스크린에 영상이 떴다. 첫 번째 영상은 그들이 이미 보여준 것으로, 셰이 램버트가 루시의 사무실에서 나와 눈물 젖은 얼굴을 두 손에 묻는 모습이다. 이전과 다른 점이 있다면 50배 확대한 영상이라는 것이다. 그러고 보니 램버트가 울고 있을 뿐만 아니라 온몸을 덜덜 떨고 있었다.

"이건 이미 본 거잖습니까." 크루즈가 무대 쪽을 향해 말했다.

컬리건이 끄덕였다. "그럼 이제 모퉁이 돌 때를 보시죠."

램버트가 시야에 들어오자 또 다른 카메라가 녹화를 시작한 듯했다. 이 영상의 시간기록은 20시 40분 32초. 처음의 영상에서 사 분이 지난 시각이다. 이번 화면에서 램버트는 전혀 괴로워하는 모습 없이 평소처럼 걷는 듯 보였다.

"여기 보십시오. 그 복도에서 자기 사무실로 가는 중입니다."

시간기록은 20시 43분 6초였다. 램버트는 어깨를 활짝 젖히고 턱을 세운 채 성큼성큼 걷고 있었다. 그렇게 복도를 지나 열린 사무실 안으로 들어가는 모습이 다 찍혔다. 영상에서 소리는 들리지 않지만 안으로 들어가 문을 쾅하고 닫은 것처럼 보였다.

컬리건은 시간기록이 포함된 영상을 세 편 더 보여주었다. 십 분 뒤 램버트가 자기 사무실에서 나오는 모습, 복도를 지나가는 모습, 그리고 엘리베이터를 향해 모퉁이를 도는 모습까지.

"그럼 이제 카터 존스 씨 영상을 보여드리겠습니다."

이 영상은 루시의 사무실 문이 열리는 것으로 시작했다. 루시는 사무실을 나오면서 코트에 팔을 끼웠고, 몸을 돌려 문을 닫고 잠갔다. 또 다른 시각에 찍힌 영상은 그녀가 모퉁이를 돌아 복도를 지나고, 마지막으로 엘리베이터로 향하기 위해 모퉁이를 도는 모습이었다.

"이것도 이미 보신 것으로 사료되는데요. 이제 이어지는 장면을 보여드리겠습니다." 컬리건이 말했다.

엘리베이터 앞에 서 있는 루시의 모습에 이어 램버트가 그녀 옆으로 다가와 섰다. 램버트가 뭐라고 말하고는 다시 엘리베이터 쪽으로 고개를 돌렸다. 문이 열렸고 두 사람 모두 탑승했다.

다음 장면도 이미 본 것이었다. 두 사람이 엘리베이터 안에 서 있다. 공포에 질린 루시의 얼굴이 보이더니 곧이어 화면이 암흑으로 변했다.

"루시의 저 표정." 배럿이 걸어 나와 스크린의 하얀 부분에 자신의 윤곽을 드러냈다. "루시가 이토록 공포에 질려하는 표정은 본 적이 없습니다. 분명히 램버트가 하려는 행동 때문에 겁을 먹은 게 분명합니다."

"그러면 왜 따라서 엘리베이터를 탔을까요?" 크루즈가 물었다.

"누가 알겠습니까? 아무 일 없는 척하고 싶었을 수도 있죠. 어쨌든 곧 후회했을 테고요."

"원본이 필요합니다."

배럿이 컬리건에게 고개를 끄덕여 보였다. 컬리건이 무대 끝 계단을 내려와 크루즈에게 커다란 서류봉투를 건네자 배럿이 말했다. "봉투에는 영상이 담긴 플래시 드라이브와, 진위 및 증거보관 연속성을 보장하는 진술서가 들어 있습니다. 그 밖에도 플래시 드라이브에는 기밀문서를 제외한 루시의 컴퓨터 파일들이 있습니다. 램버트의 컴퓨터 파일도 마찬가지고요. 그리고 일단, 루시 컴퓨터에서 찾은 이 문서를 좀 특별히 봐주셨으면 좋겠군요."

거대한 크기의 문서가 스크린을 가득 채웠다. 왼쪽 구석에 하얀색 비둘기 로고가 박혀 있었다. 제목란에 '해고통보'라고 사전 인쇄된 CDMI 양식이었다. 배럿은 레이저포인터로 문서 상단을 가리켰다. 셰이 램버트의 이름이 입력돼 있었다. 레이저포인터가 아래쪽을 가리켰다. 사유 없음과 사유 있음 항목 가운데 사유 있음에 체크가 되어 있었다. 다음 칸은 근거라는 항목인데 이력서 조작이라고 나와 있었다. 레이저포인터가 아래로 내려갔다. 직원 확인 항목이 비어 있었다. 그 밑을 보니 직원이 사인을 거부함이라고 적혀 있었다. 배럿은 그쪽을 한참 비추고는 관객을 향해 몸을 돌렸다.

"금방이라도 싸울 듯 굴었습니다. 울면서 나갔고요. 그런데 자기 사무실로 걸어가는 모습 보셨죠. 자태만 봐도 뭔가 결심한 듯 보였죠. 고분고분하게 나갈 생각이 없었던 겁니다."

"질문 있는데요." 크루즈가 의자에 앉은 채 말했다. "음, 컬리건 씨한테 묻습니다. 회사 정책상 해고된 직원은 보안원이 밖으로 안내해야 하는 거 아닙니까?"

컬리건은 배럿을 바라보고 나서 형사를 향해 대답했다. "그렇습니다."

"근데 왜 보안원이 안 보이는 거죠?"

"이날은 일요일이었습니다. 〈슈퍼볼〉 하는 일요일요. 그날은 아무도 출근을……."

"그리고 루시가 그럴 필요 없다고 했거든요." 배럿이 끼어들었다.

"어허." 크루즈는 믿지 못하겠다는 듯한 눈치였다. "사규에는 해고된 직원의 키카드는 바로 압수한다는 내용도 있지 않나요?"

"있습니다."

"그런데 램버트 씨는 아직도 갖고 있던데요?"

이번에도 배럿이 대답했다. "키카드 수거는 루시의 비서가 하는 일입니다. 아시겠지만 어제 출근을 하지 않았잖습니까. 루시가 그 부분에 대해선 대수롭지 않게 생각했나 봅니다."

"그렇습니까? 단지 실수였다고요?"

"제가 뭐 달리 할 말이 있겠습니까, 형사님들? 물론 이런 정책은 완벽하고 이상적인 상황을 기본으로 정해지지만 실무에선 종종 실수가 일어나기 마련이죠. 어쨌든 무슨 일이 생긴 건지는 확인됐잖습니까. 램버트 씨는 해고당했고, 사인을 거부했고, 키카드 반납도 거부했고, 확실히 적대적인 상태였습니다."

"그리고 카터 존스 씨는 확실히 자살을 결심한 사람 같았고요."

"말도 안 됩니다." 배럿이 코웃음을 쳤다.

"남편분께서 확인해주셨습니다. 한동안 무슨 일 때문에 불안해하고 있었다고요. 자낙스를 복용 중이었습니다. 게다가 어제저녁엔 특히 더 상태가 안 좋았고요. 그래서 남편분이 그렇게 미친 듯이 전화를 걸어댔던 겁니다. 그렇지만 카터 존스 씨는 전화에도, 문자 연락에도 답변이 없었죠."

배럿이 어깨를 으쓱했다. "꼭 그렇게만 해석할 상황은 아닌 것 같은데요."

"*나 더 이상은 못 하겠어요. 이게 무슨 의미라고 생각하십니까?*"

"어제 저한테 보낸 문자를 말씀하시는 거군요." 배럿은 천천히 무대에서 내려왔다.

"그렇습니다. 만약 이 얘기를 우리끼리만 하고 싶으시다면⋯⋯." 크루즈 형사는 잭 컬리건을 향해 고개를 끄덕여 보였다.

"아니요, 잭은 있어도 됩니다. 잭도 다 아는 얘기니까요. 아침에 말씀드렸다시피 저는 어제저녁 루시한테 램버트를 해고하라고 지시했습니다. 오늘 출근하지 않게 조치하라고요. 루시가 망설이더군요. 네, 그거 저도 인정합니다. 조사를 다시 하자고 하더군요. 램버트에게 이력서 조작에 대한 사유를 묻고 변명할 시간이라도 주고 문서로 남기자고요. 하지만 저는 반발에 대해서는 걱정하지 않았습니다. 자기가 이력서를 조작해놓고 뻔뻔하게 우리를 고소할 수는 없을 테니까요. 하지만 루시는 탐탁해하지 않았죠. 수긍을 못 하겠다고요. 어제저녁 루시가 기분이 안 좋았다면 다 그것 때문입니다. 지금 와서 생각해보니, 그래서 램버트의 키카드를 수거하는 걸 깜박했던 것 같습니다. 아무튼 그 문자, *나더 이상은 못 하겠어요*는 바로 그런 의미였습니다."

"그건 모르는 거죠."

"사실 저는 알 수 있습니다. 왜냐하면 유선상으로 램퍼트 해고를 지시했을 때 딱 그 말을 했거든요."

"근데 *더 이상은*이라는 말이 들어 있잖습니까. 이번 한 번만이 아니라는 것처럼 말이죠. 무슨 일인가가 벌어지고 있다는 뜻이죠."

배럿은 다 알고 있다는 듯 음침하게 어깨를 으쓱했다. "벌어지고 있는 건 없습니다. 다만 이전에 그런 적이 한 번 있었죠. 젊은 변호사 하나를 제가 내보내자고 했거든요. 그때도 주말이었고, 루시는 역시 달가워하지 않았습니다."

"그 변호사는 왜 해고하셨습니까? 그때도 이력서 조작이었나요?"

놀리듯 하는 말에 배럿이 눈을 가늘게 떴다. "그는 일할 의지가 안 보이더군요. 저기요, 저는 일을 강도 높게 시키는 사람입니다. 이에 대해선 변명할 생각이 없군요." 배럿은 숨을 들이쉬더니 힘을 풀고 말을 이었다. "그렇지만 루시에 대해선 미안한 마음입니다. 이런 식의 일을 다시는 시키지 않겠다고 말했습니다. 이 일만 지나면 절차를 따르겠다고요. 저한테 그런 문자를 보낸 건 그 약속을 꼭 지키라는 뜻이었습니다."

형사들은 서로를 바라보았다. "재미있는 얘기 잘 들었습니다." 라일리가 자리에서 일어섰다. "그럼 저도 얘기 하나 들려드리죠."

배럿이 할 테면 해보라는 듯이 팔을 양쪽으로 들어 보였다.

"루시 카터 존스 씨는 바람을 피우고 있었습니다. 배럿 씨 당신과요. 죄책감 때문에 정신적으로 무너지고 있었죠."

배럿이 웃음을 터뜨렸다. 막강한 펀치를 날려야 할 순간이었다. 이 장면을 일시정지하고 궁리할 수만 있다면 얼마나 좋을까. 그런데 어쩌면 이게 더 나은 시나리오가 될 수도 있겠다 싶었다. 그러면 자살할 이유에서 회사 일은 빠지게 될 테니. 이 모든 것을 섹스 스캔들로 만들어버리면 누구도 그녀의 다른 해골을 찾겠다며 옷장을 뒤지지 않을 것이다. 또한 셰이 램버트에게 뒤집어씌우지 않고도 일이 해결될 것이다. 그렇지만 없던 관계를 만들어내는 것? 멜라니에게 피해가 가게 할 수는 없다. 그것도 혼전합의서도 없는 상태에서. 게다가 이사회는 그를 해고할 수도 있다. 그럴 순 없지. 그는 원래 진로대로 나아가기로 했다.

"말도 안 됩니다." 배럿이 말했다.

"루시는 박하사탕 먹듯 자낙스를 복용하고 있었습니다. 남편의 전화를 피했고요. 죄책감 때문에 무너진 거라니까요." 라일리 형사가 말했다.

"말도 안 된다고요! 루시는 완벽하게 일하는 프로였습니다. 빈틈이라곤 한 군데도 없이 해냈습니다. 아무나 붙잡고 물어보세요." 배럿이 말했다.

"오, 그럴 겁니다. 그 점은 걱정 안 하셔도 됩니다."

배럿이 어깨를 으쓱였다. "좋습니다. 근데 진짜 얘기를 나눠봐야 할 사람은 램버트의 친구와 가족 들입니다."

"램버트 씨는 가족이 없습니다." 크루즈 형사가 끼어들었다.

배럿이 눈썹을 들썩였다. "그렇게 말하던가요?"

형사들이 눈빛을 교환했다.

"아, 이제 알겠군. 잭?" 배럿이 손가락을 튕겨 소리를 내자 잭 컬리건이 파일 하나를 들고 무대에서 내려왔다. "저희는 직원을 채용할 때마다 보안팀을 통해 뒷조사를 합니다. 잭이 드리는 것은 램버트에 대해 알게 된 내용입니다. 그걸 보시죠, 신사분들. 램버트는 자기 입으로 말한 그런 사람이 절대 아니라니까요."

잭 컬리건이 크루즈 형사에게 파일을 건넸다.

19장

세이 램버트

2014년 2월 2일

불이 켜졌다. 데이비드가 돌아왔다. 그는 옷장 서랍을 뒤지더니 옷을 한아름 끌어내 복도에 내다 버렸다. 내 옷이었다.

나는 침대에서 벌떡 일어났다. "데이비드! 뭐 하는 거야?"

"당장 나가! 일어나! 나가라고!" 문가에 걸어놓은 정장도 낚아채 현관으로 내던졌다.

"데이비드, 제발 그만!"

그는 몸을 굽히며 내 얼굴에 대고 비웃었다. "제기랄! 당신을 보면 구역질이 나. 보는 것만으로도 토할 것 같다고!"

그가 약을 하고 싶어서 환장한 건지, 아니면 이미 한 건지 구분이 되지 않았다. 나는 무너져가는 매트리스 위에서 허우적거리며 그에게서 멀어졌다.

"당신하고 결혼한 게 실수였어. 당신을 만난 게 실수였다고! 당신은 내 인생을 망쳤어! 모든 게 잘되고 있었는데, 모든 게! 그랬는데 당신이 왔지. 마치 다른 사람인 것처럼 연기하면서. 뭐라도 된다는 듯이. 그렇지만 한낱 실패자일 뿐이었어. 완전 루저! 그러더니 나까지 당신과 같은 신세로 만들었지."

"데이비드, 아니야. 자기야……."

"당신은 뭐라도 될 듯이 행동했지. 그게 다 연기였어. 이 사기꾼!"

"나 직장 다시 잡았잖아. 이제 괜찮을 거야."

"*직장*이라고?" 그가 코웃음을 쳤다. "아직도 자기가 뭐라도 된다고 생각하지? 당신도 그렇고 그 일도 그렇고. 그래봤자 고작 일벌이야. 하찮은 일벌, 허드레꾼, 월급 노예. 그게 당신이라고!"

"그렇더라도 시작은 원래 다 그런 거야. 여기서부터 쌓아올리면 돼. 우린 다시 일어설 수 있어."

"빌어먹을! 지금 내 말 듣고 있는 거야? 여기에 '우리' 같은 건 없다고!" 그가 소리치더니 침대로 돌진했다. 나를 끌어내 난장판이 된 바닥을 가로질러 끌고 갔다. 발버둥치며 벗어나려 했지만 그가 내 티셔츠 멱살을 틀어쥐고 번쩍 들어올린 바람에 내 두 발은 바닥에 닿지도 않았다. 손아귀 힘이 어찌나 센지 새삼 놀랐다. 아직까지 이런 힘이 남아 있었다니.

"나가라고! 다신 돌아오지 마. 알아들었어? 돌아오지 말라고!"

그는 내 등을 떠밀어 복도로 내몰았다. 나는 옷더미 위에 나동그라졌다. 그가 문을 쾅하고 닫더니 요란한 소리를 내며 걸쇠를 잠갔다.

복도 건너편 이웃이 문을 살짝 열어 한쪽 눈으로 쳐다봤다.

"죄송해요."

"경찰 불러드릴까요?"

"아니요! 아니에요. 괜찮아요."

그러자 문이 닫혔다.

나는 옷더미를 헤쳐서 지갑과 서류가방을 찾아냈다. 안을 살펴보니 현금은 사라졌지만 나머지는 그대로였다. 그나마 다행이었다. 나는 무릎을 대고 상체를 일으켰다. "데이비드?" 열쇠 구명으로 조용히 불러보았다. 조심스레 노크도 하고 다시금 그를 불렀지만 아무런 대답이 없다. 나는 문에 이마를 대고 말했다. "데이비드, 제발 문 좀 열어줘."

반응이 없었다.

"데이비드, 제발. 우리 함께 헤쳐나갈 수 있어."

마침내 그의 목소리가 들렸다. 나처럼 열쇠 구명에 대고 조용히 읊조렸다. "당신이 죽어버렸으면 좋겠어."

옷더미 위에 주저앉았다. 약 때문에 제정신이 아니야. 진심이 아닐 거야.

나는 멍하니 주위를 둘러보았다. 지금이 몇 시인지도 알 수 없었다. 아주 늦었거나, 아주 이른 시각이리라. 좀 있으면 사람들이 움직이기 시작할 것이다. 여기 이러고 있을 수는 없다. 하지만 어디로 가야 할지 알 수 없었다.

아! 회사가 있잖아. 갈 곳이 생각났다.

나는 자리에서 일어났다. 앞으로 오 분간은 아무도 문 밖을 엿보지 않기를 기도하며 속옷과 블라우스를 찾아 옷더미를 뒤지고, 티셔츠를 벗고, 정장 스커트와 재킷을 입었다. 열차 정기승차권은 지갑에 있다. 키카드도 그대로 있다. 그러니 사무실에 갈 수 있다. 이 세상에서 내가 갈 수 있는 단 하나의 공간.

일요일인 데다 너무 이른 시간이라 나 혼자였다. 커피를 내린 뒤 직원들이 금요일에 먹다 남긴 음식이 있나 살펴봤지만 아무것도 없었다. 자판기에는 초코바, 칩, 크래커 등이 쌓여 있었다. 보기만 해도 감질났지만 돈이 없었다. 그림의 떡이었다.

오늘은 레스터도 출근하지 않는다. 나는 연구실 밖에서는 할 일이 없다. 그래서 사무실 컴퓨터로 카드 놀이를 했다. 인터넷 뉴스도 읽었다. 슈퍼볼 작전을 펼쳐 30명의 성매매자를 붙잡고 70명의 성노동자를 구해냈다는 뉴스를 읽었다. 남중국해에서 발생한 태풍으로 태국 어선을 모두 잃을 수 있다는 우려 섞인 소식도 있었다. 타임지의 십자말풀이도 했다. 생각을 밀어낼 만한 거라면 뭐든 했다. 그 흉측한 말을 밀어내고 싶었다. *루저. 일벌. 월급 노예. 당신하고 결혼한 게 실수였어. 당신이 싫어! 죽어버렸으면 좋겠어!* 이 말들이 머릿속에서 이리저리 튕겨 다녔다.

그중에서도 유독 이 말이 머릿속을 떠나지 않았다. *당신은 뭐라도 될 듯이 행동했지. 그게 다 연기였어.* 이건 진실이었기 때문이다. 늘 진실이었다.

나는 다른 십자말풀이를 했다. 다른 뉴스 사이트를 방문했다. 30층 주변을 산책하다가 신발을 벗어던지고 뛰기 시작했다. 어지러울 만큼 계속 뛰었지만 소용없었다. 머릿속에서 떠도는 말을 떨쳐낼 수 없었다.

일을 하자. 일을 하면 좀 더 정신을 집중할 수 있지 않을까. 열쇠를 돌려 책상 서랍을 열고 지상낙원 자산 매각에 대한 메모 서류를 꺼냈다. 엑셀 파일을 열어 숫자들을 넣기 시작했다. 그러다 서버를 통해 다른 사람이 이 내용에 접근할 수 있다는 걸 떠올리고 파일을 얼른 지웠다. 그리고 노트에 손으로 쓰기 시작했다. 첫 번째 열에는 판매 자산에 대한 간단한 설명을, 두 번째 열에는 실제 받은 금액을, 세 번째 열에는 연구실 서류에 나온 위조 금액을 넣었다.

다 적은 다음에는 실제 받은 금액과 위조된 금액의 차액들을 합산해보았다. 2천만 달러에 달했다. 2천만 달러 상당의 마약 자금이 자산 매각대금으로 둔갑한 것이다. 마약 2천만 달러어치면 중독자들의 삶을 파괴시킬 엄청난 양이다.

그리고 이곳에서, 내가, 그런 대대적인 파괴를 감행한 사람들을 위해 일하고 있다. 이 일을 하게 되어 얼마나 감사했던가! 데이비드가 옳았다. 나는 한심하기 짝이 없는 인간이다.

인터넷에 접속해 lawjobs.com에 로그인했다. 한때 매일 두 번씩, 때로는 하루 종일 이 사이트에 상주하며 계속해서 새로고침을 눌러대곤 했다. 괜찮은 일자리가 제일 먼저 내 눈에 띄기를 바라면서, 제일 먼저 보기만 하면 내 차지가 되기라도 한다는 듯 말이다. 이제 다시는 그 짓을 하고 싶지 않았는데 또다시 이러고 앉아 절박한 심정으로 화면을 쳐다보게 됐다. 뭐라도, 아무 것이든 눈에 띄어 여기서 나갈 수 있기를 바라면서.

괜찮아 보이는 일을 발견한 것은 늦은 오후였다. 내내 컴퓨터 화면을 바라보느라 눈도 침침하고 배도 고픈 상태였다. 그래서 처음에는 헛것을 본 줄만 알았다. 눈앞이 흐릿해서 눈을 몇 번이나 깜박였지만 그 구인공고가 정말로 화면에 떠 있었다. 원하던 직장, 나한테 딱 맞는 일이었다. 아니, 사실 그 일은 지금 내가 하고 있는 일이었다. 구인공고 내용은 내가 작년 가을에 지원했던 자리와 완전히 똑같았다.

CDMI가 내 자리를 다시 내놓은 것이다. 잉그럼 배럿이 이 자리에 다른 사람을 앉히려 한다.

나는 일회용 플라스틱 조각이었다. 한번 썼으니 이제 폐기만을 앞두고 있다. 더 이상 나를 주변에 두는 위험을 감수하지 않으려는 것이다. 설사 내가 마약과의 연관성을 알아내지 못한다 해도 무심코 뭔가를 홀릴 수도 있는 일이니까. 나를 내보내면서 비밀유지 서약서를 쓰게 해 입을 다물게 하는 게 낫겠지. 그래서 루시 카터 존스에게 후임을 찾으라고 하고, 그녀가 공고를 올렸을 것이다.

데이비드의 말이 모두 옳았다. 나는 아무것도 아니었다. 마이너스 인생. 일벌. 월급 노예. 대체물. 일회용. 착취할 수 있는 인적자원. 광석처럼 캐내다가 광맥이 마르면 버려지는 인적자원.

그 뒤로 몇 시간은 어떻게 지나갔는지 모르겠다. 의자에서 잠을 잤는지도, 배가 너무 고파 정신을 놓는지도, 그냥 멍하게 있었는지도 모르겠다. 정신을 차렸을 때는 저녁 8시가 넘었고, 마켓플레이스 타워 꼭대기가 안개로 덮여 있었다.

곧 나가지 않으면 마지막 열차를 놓칠 판이었다. 하지만 어디로 간단 말인가.

지갑을 꺼내려고 책상 서랍으로 손을 뻗었다. 지갑 아래에는 몇 주 전에 감춰둔 전세기 계약서 사본이 있었다. 도대체 어떤 찜찜함이 있는 건지는 모르겠지만 아무튼 여기에는 뭔가가 있었다. 그래서 다시 꺼내 읽기 시작했다. 서류는 모두 CDMI를 대표해 인사부장 루시 카터 존스의 이름으로 사인되어 있었고, 총 여섯 편의 항공기에 1800명의 승객 명단이 있었다. 그중 몇몇의 이름이, 아니 많은 사람의 이름이 익숙했다. 연구실에서 만든 직원 명단에서 본 이름들이었다.

한 전세기 승객 명단에 이전에 표시했던 미성년 노동자의 이름이 보였다. 나는 명단에 있는 모든 이름을 훑어보았다. 나이와 성별로 분류돼 있었다. 두 편의 비행 승객은 전부 남자들이었다. 다른 두 편의 승객은 전부 40세 이상의 여자들, 나머지 두 편은 젊은 여성들과 남녀 미성년자들이었다. 이상하지 않은가! 처음에는 종교적 문제로 이렇게 분류했나 싶었다.

나는 부풀려진 자산 매각대금 차트를 다시 살펴보고 항공편 승객 명단도 재차 확인했다. 머릿속에서 두 개의 띠가 교차하기 시작했다. 부풀려진 숫자와 승객 이름. 그러더니 두 띠가 나란히 정렬이 되고 마치 슬롯머신에 들어간 듯 회전하더니 하나씩 멈췄다. 드디어 판독이 가능해졌다.

그 순간 주먹을 쥐는 손처럼 가슴이 옥죄었다. 숨을 멈췄다. 매각대금은 마약 수익금을 감추기 위해 부풀린 게 아니었다. 아니, 마약과는 아무 상관이 없었다. 마약보다 더 나쁜 것이었다. 1800배나 더 나빴다.

나는 공포에 사로잡혀 얼어붙었다. 얼마나 오래 그러고 있었던가. 단어들이 또다시 머릿속에서 울려 퍼졌다. 일벌. 월급 노예. 대체품. 일회용. 우리는 모두 똑같은 처지였다.

나에게는 증거가 있다. 서서히 정신을 차린 나는 전체적인 내용을 연대별로 정리했다. 1부터 6까지 포스트잇에 번호를 써서 계약서에 붙였다. 판매 수치 표에는 7번을 붙였다. 그런 다음 서류를 낡은 가방에 넣고 코트를 거머쥐었다.

꼭대기 층 복도를 걸어 엘리베이터로 가는 길, 고요만이 맴돌았다. 건물 기계 장치가 내는 소음만 중간 중간 들릴 뿐이었다. 어디로 가는지도 몰랐다. 어디로 갈 수 있는지도 몰랐다. 그저 발이 이끄는 대로 따라갔다. 몽유병자와도 같았고, 꿈속을 헤매는 것도 같았다. 꿈이라면 이것은 악몽이리라.

엘리베이터 앞에 도착했다. 누군가 한 사람이 서 있었다. 가까이서 보니 인사부장 루시 카터 존스였다. 인신매매 부장.

그녀를 바라보며 말했다. "알고 있어요."

중앙 엘리베이터가 멈춰 섰다. 우리로 향하는 문이 열렸다. 둘 다 그 안으로 들어갔다. 나는 가방에 손을 넣었다. 내가 꺼낸 것을 보자 그녀는 공포로 얼어붙었다.

모든 것이 멈췄다. 어둠이 내려앉았다.

20장

셰이 램버트

A 취조실 문이 다시 열린 것은 네 시간이나 지난 후였다. 두 형사의 모습이 달라져 있었다. 라일리의 얼굴에 까칠까칠한 수염이, 창백한 잿빛 피부에 비해 놀라울 정도로 하얀 수염이 솟아나 있었다. 크루즈의 반다이크 수염°은 단정하게 손질돼 있었다. 책상에 면도기를 두고 있는 게 분명했다. 그중에서도 제일 많이 변한 건 그들의 표정이었다.

"왜요? 무슨 일 있어요?" 내가 물었다. 루시의 집을 수색하다가 뭐가를 발견한 걸까? 하지만 유서가 있다고 했으니 그걸로도 충분하지 않을까?

크루즈는 대답도 없었고 나를 보려고 하지도 않았다. 자리에 앉자마자 녹음기를 켜더니 뭐라 중얼거리며 녹음을 시작했다. 날짜와 시각, 함께 있는 사람, 수사 동의와 권리 포기가 적절한 절차에 따라 이행되었다는 것.

내 질문을 무시한 것은 라일리도 마찬가지였다. "잠시만." 그가 크루즈에게 말했다. "방금 셰이 램버트라고 말했어."

° 플랑드르 화가 반다이크의 수염처럼 코밑과 턱에 끝이 뾰족한 수염이 달린 스타일.

"아, 그랬군요. 녹음을 위해 위 사항을 정정합니다. 이름은 샤로나 챈스입니다." 여기서 크루즈가 나를 쳐다보았다. "그렇죠?" 그는 파일을 열어 마치 하키에서 퍽을 날리듯 서류 한 장을 내 쪽으로 밀었다.

안 봐도 뻔했다. 샤로나 챈스라는 이름을 들은 순간 이들이 내 출생증명서를 손에 넣었다는 걸 알아챘다. '샤로나 챈스'는 바브가 자신을 상대로 욕구를 채운 남자를 빈정대기 위해 지은 이름이었다. 〈마이 샤로나My Sharona〉는 그들의 노래였다. 바브는 그 남자가 떠난 후 그의 진짜 이름이 폴 게티가 아니라는 걸 알게 되었고, 그런 그에게 팻 챈스Fat Chance°라는 이름을 선사했다.

"얼토당토않은 이름이죠. 그 이름을 써본 적은 단 한 번도 없어요." 내가 말했다.

너는 원하는 이름으로 살아갈 수 있단다. 캐스코 선생님이 말했다. 그래서 8학년 초부터 시험을 볼 때도, 숙제를 낼 때도 '셰이 챈스'라고 써서 냈다. 학교는 내 성적을 인정해주었고, 나는 로스쿨에 가서야 법적으로 이름을 바꿨다. 그런 후 '챈스'라는 성을 '램버트'로 다시 바꾸었다. 뉴욕에서 출생증명서는 공개적인 기록이 아니었다. 누구도 그걸 볼 수 없게 되어 있었다.

"궁금증이 일지 않나요? 어머니가 지어준 이름을 굳이 없애려는 사람에 대해서 말입니다." 라일리가 말했다.

"어머니와 저는 가까웠던 적이 없었어요. 둘 사이에 아무런 접점이 없다고요." 나는 낮은 목소리로 대답했다.

"네, 그건 우리도 압니다. 그래서 크리스마스에 어머니한테 전

° 가망 없음, 매우 희박한 가망성이라는 뜻이 있다.

화한 게 몇 년 만의 통화였다면서요." 크루즈가 말했다.

그들이 내 전화기를 꺼냈다. 바브와 통화를 했으리라.

"그거 말고도 여러 가지 얘기를 해주시더군요. 듣다 보니까 이 얘기들을 다 믿어도 되나 싶어졌죠."

"저는……."

"*저는 안타깝게도 외동이에요.*" 그가 내 목소리를 흉내 내듯 가성으로 말했다.

바브가 로저와 토미 얘기를 한 거구나.

"이부형제예요. 둘 다 저보다 나이도 훨씬 많고, 잘 알지도 못해요."

"아니면 일부러 그들 이름을 숨긴 걸 수도 있죠. 로저는 지금 연방교도소에서 형을 살고 있으니까."

"아니요. 저는 그런 사실에 대해선 아는 게 없어요. 연락 안 하고 지낸 지 오래됐거든요."

"그럼 그 사람 죄명이 뭔지도 전혀 모른단 말이군요."

"네, 몰라요." 우리가 알고 지낼 때만 해도 로저는 다양한 이유로 체포를 당했다. 공공장소 음주 혐의, 자동차 등 온갖 절도, 폭행 등.

"불법 총기 판매. 어떤 종류의 총인지도 전혀 모르겠군요." 크루즈가 말했다.

나는 그를 노려보았다.

"유령 총이라고 하죠. 일련번호가 없는 총을 팔았습니다. 인터넷에서 파는 조립 키트를 사서 집에서 만드는 총을요."

"아니, 저는 그런 게 있다는 것도 몰랐……."

"그런데 그게 루시 카터 존스를 죽인 총과 같은 제조사란 말이죠."

나는 고개를 저었다. "지난 20년간 연락을 한 적이 전혀 없는 사람이에요. 유령 총이라는 것에 대해서도 전혀 모르고요."

"엘리베이터에서 그 총을 꺼냈죠." 크루즈가 말했다.

"아니라니까요……."

"그리고 발사했고요." 라일리가 말을 이었다.

나는 그를 향해 고개를 홱 돌렸다. "아니에요……."

크루즈 : "결혼생활이 파탄 났다고요."

라일리 : "그랬는데, 자기를 해고한 사람과 단둘이 엘리베이터에 딱 갇혔죠."

크루즈 : "그래서 불이 나갔을 때……."

라일리 : "정신이 나간 건 카터 존스가 아니었죠."

크루즈 : "그건 당신이었어!"

"아니, 아니에요. 그건 루시……." 나는 그들이 한마디씩 마칠 때마다 고개를 저으며 둘 사이를 오락가락했다.

"일어나세요." 크루즈가 탁자에서 물러났다.

"네?"

그가 내 뒤로 다가왔다.

"아니, 진짜로 당신들 지금 말도 안 되는 실수를 하는 거예요!"

크루즈는 나를 붙잡아 일으켜 세운 후 두 팔을 뒤로 꺾었다.

"샤로나 챈스 램버트, 당신을 루시 카터 존스 살해 혐의로 체포합니다."

차가운 수갑이 손목에 채워졌다.

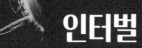

인터벌

21장

셰이 램버트

고대 노르웨이 신화 속에 나오는 발할라는 죽임을 당한 바이킹 전사들이 머무는 천당으로 묘사된다. 그러나 웨스트체스터주에서 발할라는 보석금을 내지 못하고 미결구금을 당한 자들이 가는 곳이다.

내가 구치소 수송차에 실려간 곳이 바로 그곳이었다. 수송차 운전석 뒤쪽은 격자무늬 철창이 둘려 있고 곳곳에서 톡 쏘는 오줌 냄새가 났다. 유기동물 운반 차량과 다름없었다. 다른 게 있다면 내 발목의 족쇄를 고정해놓은 금속 기둥이 박혀 있다는 것뿐이다. 나는 코트도 입지 못한 채 차가운 강철 바닥에 앉아 있었다. 바닥에서 스며나온 냉기가 꽁꽁 언 손가락과 몸통, 팔로 뻗어나갔다. 앞 유리창을 통해 상향등 빛 속에서 사선으로 떨어지는 눈송이가 보였다.

발할라는 전사들을 위한 곳이니 나는 전사가 되어야 했다. 나는 어린 시절 내내 감옥을 들락날락하는 로저와 토미를 보며 자랐다. 그들은 급소인 신장을 강타하는 얘기라든가, 칫솔을 갈아 칼로 만드는 등의 얘기로 나에게 겁을 주곤 했다. 남색 행위라든가 패거리들에 대해 가르쳐주기도 했다. 그래서 내가 진짜로 감옥에 가게 되었다고 깨달은 순간부터 나는 게임에 뛰어들 준비를 시작했다. 세상에 보여주고 싶은 표정을 지어라, 라는 캐스코 선생님의 가르침대로 말이다. 사람들이 나를 전사로 봐야만 했다. 발할라로 가는 여정 내내 나는 이글거리는 눈빛과 으르렁거리듯 찡그린 표정으로 이를 악물었다. 그리고 함께 실려가는 수감자들을 *어디 한번 해보시지*, 라는 듯한 마음으로 바라보았다.

그렇지만 그들 세 명은 나를 쳐다보지도 않았다. 자기들끼리 옹송그리고 앉아서 내가 알지도 못하는 외국말로 속삭였다. 창녀들인가 보네. 행복한 부류는 아닌가 보군. 나는 내 맘대로 그런 생각을 했다. 네 번째 동료 수감자는 이가 부딪치는 소리가 날 정도로 심하게 떠는 백인 여자애였다. 무서워서, 추워서, 또는 약 때문에 떠는 것일 수도 있었다. 다른 이유는 없을 것이다.

구치소에 도착하자 우리는 발을 끌며 유치장으로 갔다. 백인 여자애는 곧바로 콘크리트 바닥에 토하고는 엄마를 찾으며 울기 시작했다. 결과적으로 그건 성공적이었다. 삼십 분도 채 되지 않아 간수가 나타나 소녀를 데리고 나가 부모에게 인계했다. 보석금이 지불된 것이다. 아시아 여자 세 명도 곧 이곳을 벗어났고, 나 홀로 토사물과 함께 덩그러니 내버려졌다.

한 시간 뒤 나는 각종 절차를 밟았다. 마치 포장육이 된 것 같았다. 일단 형식적인 건강진단이 있었다. 혀를 내밀고 *아* 소리를 내세요. 됐다고 할 때까지 온도계를 물고 계세요. 그러더니 깜박했다는 듯 십 분이 지나서야 온도계를 가져갔다. 그 뒤로 이어진 알몸 수색은 형식적이지 않았다. 나는 예전에 PT 선생님이 *죄수 스쾃*라는 용어를 쓸 때마다 웃곤 했는데, 그것도 룰루레몬lululemon 레깅스를 입고 있을 때나 웃음이 나는 일이었다. 아무것도 입지 않은 채로 하자니 전혀 재미있지 않았다.

다음은 샤워 시간이었다. 이것만큼은 반가운 일이었다. 하루 종일 사무실에 갇혀 있다가 다음 날에는 또 경찰서 취조실에 온종일 머물다 왔으니 말이다. 샤워를 하자 손바닥만 한 수건을 하나 주었다. 헤어드라이어는 언감생심, 빗도 없었다. 머리카락은 엉클어진 채 마를 것이다. 메두사처럼 보이겠지. 그러면 더욱 전사처럼 보여서 오히려 더 나을지도 모르겠다.

직원이 내 몸을 훑어보며 사이즈를 가늠하는 동안 나는 조그만 수건으로 몸을 간신히 가리고 기다렸다. 그녀는 내게 브라와 팬티, 오렌지색 죄수복, 스니커즈 운동화, 잘 때 입는 하얀색 티와 파란색 바지를 지급했다. 속옷과 죄수복을 입자 그들은 내가 입었던 옷을 봉지에 넣었다. 결혼반지도 그 봉지에 들어갔다. 그것 말고는 확인하고 말고 할 개인 소지품이 없었다. 코트와 가방, 서류가방은 모두 증거품으로 분류되어 경찰서에 보관돼 있었다.

죄수번호가 할당되었다. 지문을 찍고 사진을 찍고는 다음 직원에게 넘겨졌다. 그는 독수리 타법으로 컴퓨터에 내 정보를 기입했는데, 이따금 한 번씩은 한숨을 내쉬며 백스페이스 키로 썼던 내용을 지웠다. 법적 이름, 주소, 생년월일. 비상연락처는요? 나는 잠시 망설이다가 데이비드 램버트의 이름과 우리집 주소를 말했다. 그러나 데이비드의 전화번호를 대지 못하자 직원은 또다시 한숨을 쉬고는 백스페이스 키로 그의 이름마저 지워버렸다. 나는 화면을 통해 그의 이름이 한 자 한 자 지워져 결국 내 프로필에서 사라지는 것을 바라보았다.

구치소 매점에 예치해놓을 돈이 전혀 없다고 하자 직원은 또 한 번 한숨을 내쉬었다. 그리고 때가 왔다. 전화 한 통을 할 수 있는, 보석금을 내줄 누군가에게 전화할 수 있는 한 번의 기회였다. 누구에게 전화하지? 어머니는 안 된다. 파산 상태라서가 아니라, 나를 이곳으로 내몬 게 결국은 어머니였기 때문이다. 옛 친구들도 안 된다. 친구들 사이에서 잠수를 탄 지 몇 년이나 됐는데, 갑자기 이런 내 모습을 보인다는 건 상상도 하기 싫었다. 캐스코 선생님도 절대 안 된다. 가장 빛나던 희망적 존재가 이렇게 된 것을 안다면 충격에서 헤어나지 못할 것이다.

"아니요. 아무도 없어요." 결국 이렇게 말했다.

나를 감방으로 안내할 간수가 나타났다. 살집 있는 중년의 그녀는 나만큼이나 단호한 전사의 얼굴을 하고 있었다. 나는 그녀를 따라 여성들만 모아놓은 C동으로 향했다. 복도 양옆으로 감방이 줄지어 있었다. 감방마다 격자무늬로 된 강철 미닫이문이 있고 이층 침대가 두 개씩 놓여 있었는데 사람은 보이지 않았다. 나는 두 팔 위에 침대시트와 이불, 베개, 나머지 옷가지를 올린 채 좀비처럼 간수를 따라갔다.

간수는 걷는 동안에도 이곳의 규칙과 하루 일과를 설명했다. 오전 6시 점호, 아침식사, 그리고 일. 모든 구금자들은 일을 해야 했다. 주방에서든, 세탁실에서든, 구치소 내 제조공장에서든 말이다. 일하고 나서는 점심, 운동장 활동, 점호, 그리고 저녁식사 때까지 계속 일이었다.

간수가 한 감방 앞에서 걸음을 멈추고 나를 바라보았다. 오늘 밤을 어디서 묵을지 하루 종일 고민했었는데 여기가 답이었다니. 이 감방이 나의 새로운 집이 되었다.

감방^{cell}, 나는 안으로 들어서며 이 단어에 대해 생각했다. 왜 사람들은 여기를 감방이라고 부르지? 진짜 맞는 단어는 따로 있는데. 바로 우리cage.

"삼십 분 후 불이 꺼진다. 그때까지는 여기 있어도 되고 휴게실에 있어도 된다." 간수가 말했다.

나는 감방 안에 머물렀다. 휴게실이 어디 있는지도 모르는 데다 아직은 이곳 사람들에게 모습을 드러내고 싶지 않았다. 간수가 떠나자 얼굴에서 힘을 풀고 작은 감방 안을 천천히 둘러보았다. 금속 침상 두 개가 벽에 고정돼 있었다. 마치 커다란 선반 두 개가 벽에 붙어 있는 것 같았다. 반대편 벽에는 더 작은 선반이 고정돼 있었다. 책상으로 쓰는 선반인 듯 의자도 붙어 있었다. 구석 쪽의 벽에는 스테인리스스틸로 된 변기와 세면대가 있었다.

침대는 비어 있었고, 책상도 사진이나 쪽지 한 장조차 없이 말끔했다. 다행히 룸메이트와 부딪힐 일은 없을 것 같았다. 아니, 감방 동료라고 해야겠지. 룸메이트를 루미라고 하듯 감방 동료를 셸리cellie라고 하나? 일단 이쪽 용어부터 배워야겠다.

아래쪽 침상에 굵게 짜인 침대시트를 깔고 보풀 가득한 이불을 폈다. 침대에 누워 기지개를 펴며 생각하니 일요일 아침 이후로 처음 눕는 거였다. 얼룩덜룩한 매트리스에 있을지 모를 빈대나 타인의 체액 같은 건 생각하지 않으려 애썼다. 그저 긴장을 풀고 온몸을 침대에 파묻으려 노력했다. 그렇지만 철로 된 바닥이 느껴졌다. 이것은 이야기 속의 완두콩, 나는 그 이야기 속 공주˚였다.

뜨거운 눈물이 솟구쳤다. 왕자처럼 멋진 남편과 빛나는 아파트에서 한때 공주처럼 살았었는데, 지금은 감방에 갇혀 있다니. 그

˚ 안데르센 동화 중에 왕자 앞에 나타난 공주가 진짜 공주인지 시험해보는 이야기가 나온다. 요 밑에 완두콩 한 알을 숨기고 공주를 재웠는데 다음 날 공주는 등이 배겨서 잠을 못 잤다고 말한다. 이렇게 민감한 사람은 진짜 공주가 맞다며 왕자는 공주를 아내로 맞이한다.

것도 살인죄로.

추위에 몸을 떨며 이불을 턱까지 끌어당겼다. 딱딱한 금속 침대는 완두콩 침대가 아니라 시체 안치대에 가까웠다. *그들이 나를 죽인 거야.* 이렇게 생각하자 또다시 눈물이 흘러내렸다.

아니, 내가 나를 죽인 걸까? 왜냐하면, 정말로, 이 일을 벌인 건 나니까. *어머니는 돌아가셨고요, 저는 외동딸이고, 남편은 밤에 일해요.* 금방 탄로 날 거짓말을 하고 말았다. 경찰이 맨 처음 그 질문을 하지 않았다면 좋았을 텐데. 두개골 속에서 계속 울려대는 총성을 느끼며 로비 옆 작은 공간에 갇혀 있던 그때, 나는 전혀 준비가 안 된 상태였다. 가족에 대해 부인한 건 그저 숨 쉬는 것과 다름없는 반사작용이었다. 나를 용의자처럼 여기지 않았을 때니까. 나를 기다리고 있던 지뢰를 전혀 생각지 못했던 것이다.

게다가 취업에 대한 거짓말도 있었다. 이노센스 프로젝트. 소프트웨어 프로그램. 면접에서 좋은 인상을 주려고 만들어낸, 아무에게도 상처 주지 않을 거짓말이었다. 그러나 그것 역시 역효과를 낳았다. 이제 내 말은 신뢰를 잃어버렸다. 내가 아무리 사건의 진상을 말하더라도 경찰은 절대 믿으려 하지 않을 것이다.

아니다, 내게 이런 일을 저지른 건 내 가족이다. 내 인생 내내 그들이 나를 끌어내렸는데 이제 와서 또 그러고 있다. 바브와 그녀의 바쁜 주둥이. 로저와 그 어리석은 총기 사업. (*말해봐, 멋들어진 바지 입은 변호사 아가씨!* 바브가 내게 물었다. 크리스마스라고 전화한 내가 바보였지. *조립식 총을 만드는 것도, 사는 것도 합법인데, 왜 판매하는 것만 불법이지? 수정헌법 제2조는 어쩌고? 어?* 나는 대답했다. *맞아, 엄마. 헌법엔 무기를 보유하고 판매할 권리를 확실히 보장한다고*

열세 살의 어느 날 나는 토론 연습을 마친 뒤 캐스코 선생님 차를 타고 집으로 갔다. 그때 바브, 로저, 톰은 손에 캔맥주를 들고 현관 앞 계단에 늘어지게 앉아 있었다. 오빠들은 셔츠도 입지 않아 불룩 나온 배와 문신을 그대로 드러낸 채였고, 어머니는 늘 그렇듯 주황색 립스틱을 덕지덕지 바르고 변화무쌍한 머리색을 하고 있었다. 나는 조수석에 앉아 얼어붙었다. 수치심에 눈물이 나오려 했다. *저런 사람들은 잊어버려.* 캐스코 선생님이 말했다. *저들은 너한테 아무것도 아니야. 이제 곧 너는 여길 벗어나서 너만의 삶을 살게 될 거야. 네 생에 저들은 없었다는 듯이 말이야.*

그 말은 얼마간 맞았다. 아주 오랫동안. 데이비드도 내가 이 세상에 혼자라는 말을 그대로 믿었다. 경찰이 출생증명서를 찾지만 않았어도, 바브와 통화한 기록만 못 봤어도 여전히 맞는 말이었다. 그런데 경찰이 바브를 찾아낸 순간 모든 게 끝장이었다. 그녀는 무엇에 대해서도 입을 다무는 법이 없으니까.

그렇지만 이 일을 가족에게 뒤집어씌운다고 무슨 의미가 있을까. 그들에게 복수하겠다는 건 노숙자에게 소송을 걸겠다는 것과 다름없었다.

복수를 하려면 더 나은 상대가 필요했다. J.잉그럼 배럿 주니어 같은 사람. 실제로 나에게 뒤집어씌운 사람은 그자니까. 그자를 끌어내릴 방법을 찾기만 한다면 나는 모든 것을 얻게 될 것이다.

어떻게 할지 생각할 시간은 앞으로 충분했다.

나는 눈물을 닦았다. 그 정도면 됐어. 공주 노릇은 그만하고 전사가 되어야지! 공주처럼 자기 연민에 빠져 있을 시간이 없다. 전사가 되어 공격을 준비해야 한다. 그래, 변론을 준비해야지. 복수는 그다음에 할 것이다. 무죄를 밝힌 후에.

커다란 알림음이 들리더니 C동 복도가 소란스러워졌다. 뭐라고 외치는 소리, 울음소리, 악을 쓰거나 끙끙대는 소리가 마구 뒤섞였다. 수감자들이 소등을 앞두고 각자의 감방을 찾아 복도를 지나갔다. 나는 그들이 내 존재를 알아채지 못하길 바라며 문 열린 감방의 아래층 침대에 가만히 누워 있었다. 그러나 그들은 걸걸 끓는 목소리로 상스러운 말을 뱉어냈다. "젠장! 저건 또 누구야?" 나는 내 몸을 감싸 안았다. 감히 내 감방으로 들어오는 사람은 없었다.

소란은 이내 잦아들었다. 누군가 노래를 시작하자 다른 누군가가 "그 입 좀 닥쳐!"라고 소리쳤다. 곧 이 짐승 우리의 철로 된 문이 철거덕거리며 닫혔다. 일 분 후 사방이 어두워졌다.

한밤의 C동 소음은 비교적 부드러웠다. 누군가는 울고, 누군가는 코를 골았다. 심지어 섹스하는 소리도 났다. 내 감방에서 나는 소리는 오직 나만이 들을 수 있는 소리였다. 이제 뭘 해야 할지 생각하며 머리를 굴리는 소리.

일단 무죄를 받자. 그런 다음 복수를 하는 거야.

다음 날 점호 후 나는 처음으로 사람들에게 모습을 드러냈다. 사방으로 감방 문이 열리자 수감자들이 몰려나와 떼 지어 복도를 지나갔다. 아침식사 시간이다. 아프리카계, 라틴계 등 어두운 색깔의 얼굴이 많았다. 백인 여성은 한 명도 보이지 않았다. 그들은 보석금을 내고 나간 것이 분명하다.

모두 지나가길 기다렸다가 나는 그들 뒤로 따라붙었다. 얼굴은 무표정을 유지했다. 조금이라도 미소를 짓는다거나 누군가에게 호기심을 보인다거나, 어떤 다른 표정도 보이지 않으려고 애썼다. 다만 평온한 척하려고 최대한 지루하다는 표정을 지었다. 그러나 몇몇이 몸을 돌려 나를 보는 순간, 나는 수송 차량에서 연습했던 표정을 짓고 말았다. 사납고, 무시무시하고, 얕볼 수 없는 존재라는 듯한 표정.

카페테리아, 아니 짬밥 식당mess hall이라고 해야 할까? 군대 용어가 그나마 어울리겠지. 그곳은 기다랗고 천장이 낮은 공간이었다. 대오를 엄격히 맞춰놓은 철제 식탁마다 의자가 고정돼 붙어 있었다. 사람들 목소리가 콘크리트 바닥에 부딪혔다가 부메랑처럼 식탁에서 반사되었다. TV 드라마 〈트라이베카〉에 나오는 댄스 클럽과 필적할 만한 데시벨이었다. 나는 줄을 따라가며 쟁반에 음식을 담았다. 다 말라붙은 노란색 스크램블드에그 덩어리, 기름에 둥둥 떠다니는 소시지 패티, 그리고 통조림 과일까지. 앉을 곳을 찾아 둘러보니 완전히 비어 있는 식탁은 없었다. 나는 두 자리가 비어 있는 저 끝의 식탁으로 가서 자리를 잡았다.

네 명이 앉아서 먹고 있는 식탁이었다. 끝쪽에 앉은 여자가 옆의 동료에게 몸을 기울이더니 포크로 내 방향을 가리켰다. 나는 지루함과 무관심의 표정을 잃지 않고 계란을 푹 떠서 입에 넣었다. 나머지 세 여자도 먹던 걸 멈추고 나를 봤다. 플라스틱 포크였지만 그걸 들고 있는 여자는 무서워 보였다. 피부가 어두운 라틴계로 자주색 두건을 쓰고 있었고, 체격은 작았지만 단단하고 억센 몸에 힘이 넘쳐 보였다. 다른 사람들이 그녀에게 특별히 깍듯이 대하는 모습은 보지 못했지만 분명히 우두머리 같았다. "넌 뭐야?" 그녀가 포크를 레이저처럼 들고 말했다.

나중에야 그것이 으레 던지는 질문이라는 것을 알았다. *뭐 때문에 들어왔어? 약이야? 매춘이야? 살인? 절도?* 이런 질문이었는데 나는 "변호사야"라고 눈을 가늘게 뜨며 인정사정없는 목소리로 대답하고 말았다. 그 대답이 마치 *난 살인자야*, 라는 말이라도 된다는 듯이, 또는 변호사가 되는 게 범죄를 저지르는 짓이라도 된다는 듯이. 그것도 아주 악랄한 변호사 말이다.

식탁 위로 중얼거리는 소리가 차오르더니 옆 식탁으로, 그 옆 식탁으로 옮겨갔다. 수십 명의 수감자가 나를 보려고 몸을 돌렸다. 적대적인 눈빛은 아니었다. 그보다는 흥미롭다는 듯한 눈빛이었다. 철창 안에서 변호사를 만났으니 얼마나 신선한 충격이란 말인가. 물론 형무소에서 힘든 시간을 보내고 있는 변호사도 많다. 하지만 보석금이 없어서, 대신 내줄 지인도 없어서 미결구금인 변호사는 없을 것이다. 변호사에다 백인 여성이라니, 여기 있어서는 안 될 존재였다.

알고 보니 그들이 흥미로워한 것은 신선한 충격 때문이라기보다 언젠가 써먹을 수 있겠다는 점 때문이었다. 몇몇이 다가와 나를 둘러싸고 질문을 퍼붓기 시작했다. *재판까지 얼마나 걸릴까요? 남자친구가 자기가 했다고 자백하면 날 보내줘야 하지 않나요? 엄마가 제 아이들을 데리고 면회 오면 안 되는 건가요?*

그들에게도 변호사가 있을 테지만, 국선 변호사란 적은 급료에 일은 많고 시간 쓰는 데 인색한 것으로 악명 높은 이들이었다. 그러니 철창 안에 갇힌 변호사야말로 진짜 자산인 것이다. 그들은 서로 밀쳐가며 내 귀에 닿겠다는 일념으로 달려와 사방에서 질문을 쏟아냈다.

나는 너무 시끄러워서 귀 위에다 대고 손뼉을 쳤다. "그렇게 한

꺼번에 얘기하면 아무 소리도 안 들린다고요!"

그러자 두건을 쓴 우두머리가 손가락 두 개를 입에 넣고 휘파람을 불었다. 휘파람 소리가 귀에 꽂히며 정적이 내려앉았다. "다들 물러서!" 그녀가 소리치고는 다시 포크로 나를 가리켰다. "그래서 네가 이런 일들에 대해 안다고? 부동산법 같은 거 아니고?"

나는 소시지를 한입 물고, 씹고, 삼켰다. "네, 다 알아요."

그녀가 턱을 바짝 들더니 눈을 가늘게 떴다. 곧 알게 된 사실로 그녀의 이름은 니나, C동을 지배하는 자였다. 그녀가 모두에게 자리로 돌아가라고 명령했다. 그러고는 변호사가 한 번에 한 명씩 질문을 받아줄 것이니 반드시 약속을 미리 할 것이며, 오늘 저녁부터 휴게실에서 상담을 실시한다는 내용을 고지했다. 예약 담당은 그녀, 니나 자신이 한다고 했다.

"한 사람당 시간이 얼마나 걸려?" 그녀가 물었다.

"질문에 따라 달라요."

"아니. 질서정연하게 운영해야 돼."

"그럼 십오 분으로 하죠."

"좋아, 다들 들어! 약속을 잡고 싶으면 일단 나한테 와!" 니나가 소리쳤다. 다들 눈치가 있는 듯 니나에게 따지려 드는 사람 하나 없이 길게 줄을 섰다. 니나가 식사를 마친 뒤 첫 번째 대기자에게 앞으로 나오라고 손짓할 때까지 다들 진득이 기다렸다. 니나는 첫 번째 대기자의 이름을 냅킨에 적은 후 다음 사람에게 나오라고 손짓했다.

나는 아침을 먹으며 머릿속으로 형법을 죽 훑었다. 물론 이노센스 프로젝트에 실제로 고용된 적은 없었다. 하지만 어깨너머로 형법을 배울 만큼 오랜 기간 자원봉사를 했다. 그곳에 고용돼 있었다고 이력서에 올리더라도 그곳 책임자도 고개를 끄덕일 만한 정도였다. 어쨌든 모든 해답을 다 알아야만 좋은 변호사가 되는 것은 아니다. 알아야 할 것은 하나뿐이었다. 어떤 질문을 할 것인가. 그것만큼은 자신 있었다.

정신이 번쩍 들었다. 이곳 발할라에서 살아남기 위해 굳이 전사처럼 보일 필요가 없었다. 여기서는 변호사가 전사였다.

아침식사 시간이 끝났다는 알림음이 울리자 수감자들은 줄지어 할당된 작업장으로 갔다. 주방으로, 세탁실로, 또는 공장으로 가는 수감자들을 간수 한 명이 서서 지켜보았다. 아니, 간수가 아니지. 지휘관이야. 나는 속으로 생각했다. 그가 나를 향해 손가락을 구부리며 소리쳤다. "거기! 나 따라와."

백인 남성. 앙상한 목에 툭 불거져 나온 목젖이 마치 발기된 음경 같았다. 나는 거북한 마음으로 그를 따랐다. 그가 내 팔꿈치를 잡자 뼈가 앙상한 손가락이 살을 파고드는 것 같았다. 그는 나를 데리고 C동을 나와 긴 복도를 걸어갔다. 멈춰 선 곳은 아무 표시도 없는 문 앞이었다. *청소도구실인가?* 이 장소에 대한 궁금증에 이어 혹시 오늘 내가 여기서 처음으로 강간을 당하게 되는 게 아닐까 하는 의문이 들었다. 그를 위아래로 훑어보았다. 싸우더라도 승산이 있어 보였다.

그가 문을 열었다. 어둡지도 않았고 청소도구실도 아니었다. 천장에 형광등이 달린 작은 사무실이었다. 네 개의 철제 책상 중 세 개에 사복 차림 여성 세 명이 각각 앉아 있었다. 한 명은 통화 중이고, 두 명은 구세대 컴퓨터 화면을 쳐다보고 있었다. 한쪽 벽에는 회색 철제 캐비닛이 줄지어 있었다.

"데리고 왔어." 지휘관이 말했다.

통화 중이던 여자가 송화구를 손으로 막고 나에게 물었다. "타이핑할 수 있어요?"

"네." 나는 깜짝 놀라 대답했다.

"그럼 저기 앉아요." 그녀가 빈 책상을 가리켰다.

지휘관이 떠나고 나는 자리에 앉았다. 보아하니 나에게 할당된 일은 사무 보조 업무인 모양이었다. 다른 수감자들과 달리 나는 특별히 이곳에서 작업 시간을 보내게 된 것이다. 온도조절기가 22도로 맞춰져 훈훈한 사무실에서, 이 쾌적한 공간에서, 이 안락한 의자에서 말이다. 백인 여성이라는 특권이 보석금을 마련하는 데는 별 도움이 되지 않았지만, 이런 꿀 보직을 얻는 데는 도움이 된 것이 분명했다.

알고 보니 감옥 역시 사업체였다. 발주서를 넣고, 송장도 작성해야 하고, 재고 유지를 위한 작업도 필요했다. 여타 다른 사업과 다를 바 없었다. 게다가 이곳은 자체제작 상품을 판매하는 만큼 상품 재고 및 발송 문서, 해당 카운티에 송금된 지불 기록 등이 발생했다. 수감자 급여도 있었다. 시간당 평균 급여가 겨우 45센트인데, 그나마 나는 좀 더 대우를 받아 62센트였다. 하루 일당으로 매점 계좌에 약 5달러가 입금된다고 했다. 이 돈으로 칫솔 하나 살 수 있었으면 좋겠다는 생각을 했다. 다음 날은 빗도 살 수 있을 것이다.

곧 점심시간이 다가와 일을 멈췄다. 식후에는 운동장 활동 시간이 주어졌다. 폴리에스터 혼방 코트를 지급받았지만 부츠는 없었다. 그런데 밖에는 거의 20센티나 눈이 쌓여 있었다. 나는 벽 쪽에 서서 발을 동동 구르며 담배 연기를 마시지 않으려 애썼다.

그 후 오후 작업 시간이 돌아왔다. 나는 상사들이 모르는 몇 가지 액셀 기능으로 그들을 사로잡을 수 있었다. 저녁 식탁에는 미트로프, 으깬 감자, 통조림 콩이 나왔다. 별 맛은 없었지만 따뜻해서 배가 찰 만큼 먹었다. 바깥세상에서 거의 느껴보지 못한 호사랄까, 하루에 세 번이나 따뜻한 식사를 한 것이다.

저녁 시간은 휴게실에서 보냈다. 휴게실에서는 카드 놀이나 체스를 할 수 있었다. 철제 책상마다 네 개의 의자가 붙어 있었다. 나는 형사사법제도 전반에 걸쳐 A 취조실부터 여기 발할라까지 공통으로 보이는 한 가지에 놀라고 말았다. 의자들이 모두 탁자에 볼트로 고정돼 있었다. 지금껏 의자를 무기로 사용할 수 있다는 생각은 해본 적이 없는데, 이미 시도했던 사람들이 있었다는 게 분명했다.

나를 위해 준비된 책상이 보였다. 노트와 펜이 놓여 있었다. 니나가 나에게 앉으라는 표시로 의자를 가리킨 다음 누군가의 이름을 불렀다. 젊은 흑인 여성이 서둘러 다가와 맞은편에 앉았다. 그날 저녁의 내 첫 '의뢰인'이었다. 그 후로도 일곱 명이 더 있었다.

나는 이런 식으로 법적 조언을 해준 적이 한 번도 없었다. 헬스클럽이나 칵테일 파티에서나 친구들이고 모르는 사람들이고 몰려와 의견을 구하곤 했지만, 나는 늘 계약서에 사인을 하고 나서야 질문에 답하겠다고 했었다. 잭슨 리더스에서 철저하게 주입받은 대응법이었다. 정식으로 맺은 변호사와 의뢰인 관계가 아니라면 조언을 해주는 건 물론이고 그들의 비밀 얘기에도 귀를 닫을 것. 그것은 단순히 돈 문제만이 아니라 자기보호를 위한 장치이기도 했다. 그냥 가볍게 건넨 말이라도 법적 의견으로 해석되어 위법 행위로 간주될 수 있기 때문이었다. 상담비를 안 받더라도 말이다.

그러나 이제는 궁핍한 처지 덕분에 그런 제약에서 해방되었다. 누가 굳이 나에게 소송을 걸려고 하겠는가. 그래서 나는 그들의 이야기를 듣고, 문제의 요점을 파악하고, 오 분간 답변을 해주며 국선 변호사를 만나 해야 할 질문 목록을 작성해주었다.

우울하게도 이 여성들이 털어놓는 얘기는 비슷비슷했다. 투약 혹은 판매용으로 약을 소지했거나, 이런저런 절도나 음주운전을 했다는 사람이 대다수였다. 그리고 어떤 상황에서도 배후에는 늘 남자가 있었다. 남편 혹은 남자친구가 그들을 길거리로 내몰았거나, 마약 배달이나 총기 구입을 시켰거나, 도주 차량 운전을 맡겼거나 하는 식이었다. 여성들은 믿었던 남자의 손에 이끌려 추락한 것이다. 매번! 세상에 남자가 없었다면 이들 누구도 여기에 있지 않았을 것이다.

마지막으로 만난 사람은 19세 임신부였다. 먼저 낳은 두 아이는 위탁보호 중이라고 했다. 그녀는 배우자 접견을 원했고, 내가 내놓은 답변을 반기지 않았다. 사랑에 푹 빠졌구나. 그녀는 탁자 너머의 나를 향해 달려들 듯 얼굴이 일그러졌다. 때마침 니나가 끼어들어 그녀를 끌어내렸다. 그녀가 무슨 죄로 들어왔는지는 전혀 몰랐지만, 그 배경에는 역시 남자가 있었다는 게 분명했다.

밤이 되자 감방으로 돌아가라는 알림음이 울렸다. 나는 펜과 종이를 움켜쥐고 휴게실을 나서는 사람들의 뒤를 따랐다. 그들의 얘기를 듣고 나니 나 역시 그들과 별다를 게 없었다. 이들 중 백인은 나 하나뿐이며 석사학위 소지자도 나밖에 없을 것이다. 그러나 나 역시 남자들에 의해서 나락으로 떨어졌다. 데이비드와 로저가 없었다면, 그리고 결정적으로 잉그럼 배럿이 없었다면 나도 이곳에 있지 않았을 것이다. C동으로 향하는 내내 나는 배럿 없는 세상을 머릿속에 그려보았다.

그렇지만 복수는 일단 미뤄야 한다. 중요한 건 무죄 판정이다. 그러려면 데이비드에게 편지를 써서 도대체 그가 무슨 짓을 했기에 내가 이곳에 오게 됐는지 진상을 알아내야 한다.

우리도 한때는 늘 편지를 썼다. 그것은 사랑에 빠진 연인들이 벌이는 바보 같은 게임이었다. 그때 우리는 같이 살면서 밤낮으로 얼굴을 봤으니까. 그런데도 출근해서 가방을 열고 데이비드가 슬쩍 넣어놓은 손편지를 발견하는 순간의 기쁨은 너무도 짜릿했다. 그는 이름 없는 작가가 쓸 만한 표현으로 전날 밤 나눈 사랑에 대해 얼마나 좋았는지, 내 몸이 얼마나 아름다운지 쓰곤 했다. 나는 점심시간에도 읽고 퇴근길에도 읽으면서 집에 다다랐을 때는 또 한 번 그를 갈구하는 지경에 이를 만큼 뜨거워졌다.

그가 마지막으로 편지를 써준 게 언제였더라? 애써 기억을 더듬어보았다. 아마도 2008년 9월 15일이었을 것이다. 세상이 끝났던 그날. 내가 마지막으로 편지를 쓴 건? 아마도 그로부터 일 년후, 뜯지도 않은 내 편지가 쓰레기통에 처박혀 있는 걸 본 후로는 쓰지 않았을 것이다.

감방에 들어선 순간 우뚝 멈춰 서고 말았다. 누군가 위층 침대에서 시트를 깔고 누워 있었다. 오렌지색 죄수복 차림으로 엎드려 있었다. 그녀는 곧 체조선수처럼 사뿐히 바닥으로 뛰어내렸다.

"오, 안녕하세요?" 나를 향하며 그녀가 인사했다. 몸집이 작았고 중국인 같았다. 검은색 긴 머리를 높게 올려 묶고 있었다. 셔츠가 가슴에 딱 붙도록 매듭으로 묶은 탓에 배꼽이 살짝 보였다. 열서너 살쯤 됐을까. 십 대 팝스타처럼 보였다. "우리, 감방 동료인 거죠?" 그녀가 물었다.

"난 셰이야."

"전 징징이에요."

나는 책상에 앉아 펜을 들었다. 소등 전까지 십오 분이 남았다. 편지를 쓰기 시작했다. *데이비드에게. 어쩌면 이 소식을⋯⋯.*

"전 범죄자 아니에요." 소녀가 말했다.

"나도 아니야."

들었을지도 모르겠어. 그 엘리베이터 사건 말이야.

"그러니까 아무 죄목이 없다고요. 전 중요증인이에요."

"그래? 뭘 봤길래?" 나는 흥미로운 듯 고개를 들었다. 백인 여성으로서 이런 특권도 누리다니! 단순 증인일 뿐인 감방 동료를 두는 것 말이다.

징징은 마치 대본을 읽듯, 억양이 잘 드러나지 않는 말투로 조심스레 대답했다. "국제 성매매요."

나에게 면회 오는 사람은 단 한 명, 국선 변호사 해럴드 왓킨스였다. 사십 대의 그는 심각한 비만에 계속해서 헐떡이는 듯한 숨소리를 냈다. 살인 혐의라 그런지 다른 수감자들의 변호사보다 경력은 훨씬 많았다. 그렇지만 이급 살인이라 그 역시 이류가 아닐까 하는 생각을 떨칠 수 없었다. 아무튼 뭔가 부족한 게 느껴졌다. 특히 그는 매번 양형거래°를 권하며 부담을 주었다. 그러면서 경고의 말을 덧붙였다. 당신, 재판하는 거 원치 않잖아요. 검사가

° 피고가 유죄를 인정하거나 다른 사람의 범죄에 대해 유력한 증거를 제시할 때 감형해주는 사법제도.

우발적 살인으로 낮춰줄 수 있어요. 그 사람 생각에는······.

나는 쌀쌀맞게 말을 끊었다. "협상 안 합니다." 그러고는 타이핑한 종이 한 장을 내밀었다. 그때쯤 함께 일하는 직원들의 호감을 좀 얻어 사무실 집기 사용을 허락받았고, 그걸 이용해 왓킨스 변호사에게 줄 과제 목록을 정리해온 터였다. 나는 법적으로 정부에서 할당해준 변호사에게 지원받을 수 있는 자격이 있으니 이를 최대한 활용할 마음이었다. 실업 수당을 신청하지 못할 만큼 자존심이 셌던 스물다섯 살 시절에 비하면 지금의 나는 많이도 컸다.

왓킨스는 종이를 훑어보더니 눈썹을 찌푸리며 고개를 들었다. "디지털 포렌식 전문가를 고용하라고요?"

"그 사람들, 영상을 조작했어요. 제가 알아요. 포렌식 전문가만 있으면 어떻게 조작했는지 잡아낼 수 있어요."

"흠, 돈을 주면 해줄지도 모르죠. 아주 넉넉하게 쥐여주면요."

"네, 그러니까 법정에 진정서를 내서 전문가를 고용해주세요." 나는 이를 위해 작성해놓은 명령신청서 초안을 건넸다.

그가 서류를 쭉 훑어봤다. "긴 싸움이 될 것 같은데요."

"우리 쪽에서 손해 볼 건 없잖아요. 변호사님께도 피해 안 갈 거고요. 다 제가 한 거니까요."

그가 나를 노려보는 모습을 보아하니 최고로 꺼림칙한 의뢰인이 된 것 같았다. 상관없었다. 친구나 만들자고 이러는 거 아니니까. 사람들에게 영향을 주기 위해 이러는 것이다. 특히 담당 검사와 맥스 하퍼라는 지방검사보에게 영향을 끼치고 싶었다. 내가 재판까지 가는 걸 원치 않는다는 왓킨스의 말은 옳았다. 나는 그보다 훨씬 앞서서 혐의가 취소될 거라 믿었다. 내가 떨어뜨린 빵

조각을 따라서 맥스 하퍼가 그 길을 걸어오길 바랐다.

왓킨스는 여전히 목록을 살펴보고 있었다. "오빠의 진술 녹취록이라. 캔자스 레번워스에 사시네요." 그가 쌕쌕거리며 말했다.

"저한테 총을 주거나 판 적이 결코 없다고 진술해줄 거예요."

"물론 그러겠죠. 안 그럴 거라 생각할 사람은 없죠. 오빠니까요. 그렇지만 그는 유죄 판결을 받은 중죄인이기도 하죠." 그는 펜을 들어 그 목록을 지워 없앴다. "캔자스까지 가라고요? 그건 저한테 피해가 되는 거잖아요."

나는 입을 꽉 다물고 다음 목록으로 넘어갔다. 증거품에서 내 서류가방 제외시키기.

그가 눈썹을 찌푸리자 깊은 고랑이 만들어졌다. "굳이 왜요? 그 안에 뭐가 있는데요?"

"기밀문서."

"뭐라고요?"

"죄송해요, 비밀유지특권에 해당되는 문서가 들어 있습니다."

"그 회사 이제 다니지도 않잖아요."

나는 어깨를 으쓱해 보였다.

"그리고 사건이 끝나면 서류가방은 다 돌려받습니다."

"당장 이 신청서를 접수해주세요."

"왜요?"

"그 사람들 관심을 끌려고요."

그는 헐떡이는 숨과 함께 웃음을 뱉어냈다. "뭐 그러고 싶으시다면야."

"초점을 바꾸고 싶어요."

그는 나를 빤히 바라보았다. "나한테 얘기 안 한 게 뭡니까?"

"변호사님은 몰라도 돼요." 나는 마지막 목록으로 넘어갔다. 데이비드를 심문할 것. 이미 데이비드에게는 편지를 몇 통 썼지만 답장은 한 번도 없었다. 배우자 접견을 할 수 없다면 변호사가 대신 그와 대화를 해주어야 했다.

"이미 시도는 해봤습니다. 몇 번이나요. 근데 집에 아무도 없더군요." 왓킨스가 말했다.

"계속 찾아가 보세요." 나는 회의가 끝났다는 의미로 자리에서 일어섰다.

왓킨스는 한숨을 내쉬었다. 어쩌면 자리에서 일어나기 직전 습관처럼 내쉰 것인지도 모르겠다.

나는 변호사 접견실 옆에 있는 탁자로 이동했다. 그곳에서 징징이 방문객을 기다리고 있었다. 방문객은 지방검사보로 그녀는 징징을 비롯한 구조된 성노동자들을 정기적으로 찾아와 재판에서 할 증언을 준비시키고 있었다. 징징은 두 번째 접견일에 나를 자신의 변호사라고 소개하며 그 자리에 꼭 함께하고 싶다고 했다. *세상에 이런 경우는 없어요.* 검사보가 불만을 표했지만 징징은 좀처럼 물러나지 않았다.

징징은 검사 사무소와 아슬아슬한 줄타기를 하고 있었다. 그들이 계속해서 자신을 잠재적 증인으로 보게 하려면 충분한 정보를 주어야 했다. 그래야 보호 감호를 그대로 유지할 수 있었다. 그렇다고 마냥 정보를 내줄 수도 없는 것이, 포주가 그 출처를 알아낼 수 있기 때문이었다. 오늘 지방검사보는 범인 식별용 사진을 수십 장이나 보여주었다. 포주 아니면 성구매자였다. 검사보는 징징에게 아는 얼굴이 있으면 골라보라고 했다.

"어려운데요." 비닐 사진첩을 넘기며 징징이 말했다.

"그쪽 보스를 매일 봤다면서요. 어떻게 생겼는지 알 거 아닙니까?"

"이해 못 하시겠죠. 저한테는 백인들이 다 똑같아 보인다고요."

지방검사보가 눈알을 굴리는 동안 나는 웃음을 참아야 했다.

"잠깐만요! 이 남자 알아요. 정말 잘 알아요!" 징징이 잔뜩 신이 난 눈빛으로 사진 하나를 가리켰다.

지방검사보는 사진첩을 자기 쪽으로 돌려 그 사진을 자세히 바라보았다. "정말요? 진짜 이 사람을 안다고요?"

"그럼요! 이 배우 영화 다 봤거든요." 징징이 뒤로 기대며 팔짱을 꼈다.

그의 직업은 풀타임 영화배우, 파트타임 성구매자인 거군! 징징이 가리킨 사람은 바로 할리우드 배우 루크 래퍼티였다.

접견을 마치고 징징과 나는 매점으로 향했다. 지방검사보는 올 때마다 징징의 금액을 꽉꽉 채워주었고, 징징은 그 돈을 쓰기 위해 늘 매점으로 직행했다. 감자칩을 먹으며 감방으로 돌아오는데 징징이 막 웃으며 말했다. "저들은 날 여기 가둬두는 걸 몹쓸 짓이라고 생각해요. 그렇지만 밖이 더 끔찍하죠." 지난 8년간 그녀는 안마시술소에서 일하며 그곳 바닥에서 잠을 자고, 가루 수프와 쌀을 섞은 것에 전자레인지로 데운 물을 부어 먹었다고 했다. "여기엔 매트리스도 있고 밥도 잘 나오잖아요. 구역질 나는 남자들도 없고요. 게다가 베프도 생겼고요!" 징징이 미소를 지었다.

때로는 나도 그녀와 거의 비슷한 마음이었다. 발할라에서 나는 따스하게 잠을 잤고, 뜨거운 샤워를 즐겼으며, 매일 배를 채웠다.

무료로 운동도 할 수 있었다. 니나가 이끄는 우리만의 법률 상담 덕분에 나는 더 이상 다른 수감자들을 적대시할 필요도 없었고, 게다가 유쾌한 감방 동료도 생겼다. 우리는 지난 한 달간 계속 붙어 다녔다. 아니, 그보다 더한 사이지. 우리는 둘도 없는 친구가 됐다. 5년 만에 새로 사귄 친구.

지금 상황에서 불만이 하나 있다면 바로 갇혀 있다는 사실이었다. 하지만 징징은 아무렇지 않은 듯 보였다. 담장 밖에서도 자유롭지 않은 몸이었으니까. 검사보의 말에 따르면 그녀의 유일한 대안은 이민국 내 수용소에 있다가 추방되는 것이라고 했다. 징징은 윈난성徽에 있는 자신의 마을로 돌아가느니 평생 발할라에서 살겠다고 했다. 가족들이 그곳에 계속 살고 있는지도 잘 몰랐고 궁금해하지도 않았다. 그들이 징징을 노예로 팔아넘긴 장본인이었기 때문이다.

징징의 불평은 단 하나, 심심하다는 것이었다. 그녀는 재판 전 구금자가 아닌 중요증인으로 들어온 터라 수용자 근로 업무에서 제외되었다. 나 역시 거의 온종일 사무실에서 일하느라 징징의 무료함을 달래줄 수 없었다. 징징과 같이 중요증인으로 들어온 여성 피해자가 세 명 더 있었는데 그들 역시 근로 임무가 없었다. 하지만 징징은 그들을 가까이하려 하지 않았다. "저들은 말레이 사람들이에요." 징징이 콧방귀를 뀌며 말했다. 징징은 식사도, 운동도 나와 함께 했고, 저녁에 법률 상담을 할 때는 내 옆에 붙어 앉아서 받아 적기도 했다. "언니 일하는 사무실에 같이 가도 돼요?" 첫 주가 지난 후 징징이 물었다.

"심심할걸. 하루 종일 앉아서 숫자만 바라보는 일이거든." 내가 대답했다.

"저도 도울 수 있을지 몰라요. 이래봬도 제가 숫자에 밝거든요."

알고 보니 밝은 정도가 아니었다. 복식부기에 있어 천재적인 능력이 있었다. 게다가 일정을 잡거나 이런저런 파일을 만드는 것도 잘했고, 읽을 대본만 있다면 전화 대응도 훌륭했다. 미심쩍 어했던 관리자도 얼마 지나지 않아 징징을 위한 책상을 마련하기에 이르렀다.

"그런 건 다 어디서 배웠어?" 어느 날 밤 감방에 둘만 있을 때 물어보았다. 우리는 소등 후 시끄러운 소리가 복도 위아래로 사그라들고 창밖에 부드러운 눈이 흩날릴 때 대화를 나누곤 했다.

"아무한테도 말하면 안 돼요." 징징이 이층 침대에서 속삭였다.

"당연히 안 하지."

"경찰이 알면 큰일나거든요."

"그럼 말이야. 초코바 하나만 주면 말 안 할게."

"오케이." 징징은 나를 완전히 믿는 것 같지는 않았지만 어쨌든 초코바 하나가 이불 위로 떨어졌다.

"이걸 수임료로 해서 날 변호사로 고용한 거야. 넌 내 의뢰인이니까 뭘 말하든 비밀유지특권의 효력을 받는 거지."

"비밀유지특권이라니 그게 뭐예요?"

"의뢰인 동의 없이는 아무한테도 그 비밀을 공개할 수 없다는 거야."

"오, 좋은데요."

징징은 이야기를 시작했다.

감금 후 처음 몇 년 동안 징징은 엄밀히 성노동자로만 일했다. 작은 방에 갇힌 채 하루에도 스무 번 이상 남자를 받아내야 했다. 그러다 보스는 그녀가 숫자에 밝다는 것을 알게 되었다. 징징이 머릿속으로 하루치의 수익을 계산해서 말했는데 실제 수익금과 거의 비슷했던 것이다. 결국 보스는 징징을 전면에 내세워 운영을 맡겼다. 항상 문 앞을 지키고 있는 경비원이 있었지만 그는 근육만 풍부했지 뇌는 부족한 사람이었다. 그래서 성구매자가 오면 서비스 내용과 가격을 알려주고 돈을 받아 방으로 안내하는 건 징징의 일이 되었다. 보스는 흡족해했다. 징징 덕분에 그들은 더 중요한 일, 즉 소녀들을 물색하는 일에 집중할 수 있었다. 그 후로 징징은 직접 성매매를 하지 않아도 됐다.

"그러니까 저도 포주였다고 할 수 있죠?" 징징이 물었다.

"아니야. 걱정할 거 없어. 경찰이 알게 되더라도 그걸로 너에게 죄를 씌우진 않을 거야. 네가 거기 잡혀 있는 채로 일한 거니까. 그 돈을 네가 먹은 것도 아니잖아."

징징이 잠시 망설였다. "돈을 조금은 먹었다면요?"

"어떻게?"

작았던 목소리가 더 작아졌다. "남자들이요, 손으로 해주는 건 얼마냐고 종종 물었는데 그건 20달러거든요. 근데 제가 가끔 40달러라고 말했어요. 그만큼 돈을 낼 만한 남자들한테만요. 이미 바짝 달아오른 상태로 오는 남자들은 최대한 빨리 침대로 가고 싶어 하지, 그 돈 못 낸다는 말은 절대 안 하거든요."

"그렇게 해서 20달러만 보스한테 줬어?"

"네."

"20달러는 어디다 두고?"

"숨기는 데가 있었어요. 특별한 친구도 한 명 있었고요. 그가 돈을 받아가서 은행에 넣어줬어요." 징징의 속삭임이 더 낮아지고 허스키해졌다. "그래서 은행에 2만 달러 있어요."

"와! 그 남자 믿어도 돼?"

"오, 그럼요. 절 얼마나 좋아하는데요."

"근데 왜 보석금을 안 넣어주는 거야?"

"제가 그러지 말라고 했어요. 제가 증언할 걸 알고 보스가 쫓아올 테니까요. 밖보다 여기가 더 안전해요."

"징징." 나는 잠시 후 입을 뗐다. "너 정말 똑똑하구나."

위층 침대에서 고맙다는 듯 웃음소리가 들렸다.

"근데 그 남자친구 말이야. 어떻게 만났어?"

침대 아래로 머리 하나가 쑥 내려왔다. 징징은 나를 무시하는 표정으로 말했다. "어떻게 만났을 것 같아요?"

발할라에 들어온 지 6주째가 되던 어느 날 두꺼운 서류봉투에 담긴 소포를 하나 받았다. 이미 한번 뜯어보고 나서 셀로판테이프로 덕지덕지 봉인해놓은 상태였다. 내 이름과 발할라 주소가 봉투 앞에 적혀 있었다. 이게 데이비드 글씨였던가? 반송 주소가 브롱크스의 집 앞으로 되어 있는 걸로 보아 데이비드가 보낸 것이 분명했다.

감방으로 돌아와 테이프를 떼어내고 내용물을 쏟아냈다. 침대 위에 우르르 쏟아진 무더기는 내가 그에게 보냈던 편지들이었다.

"나쁜 소식이라도 있어요?" 내 얼굴을 본 징징이 물었다.

"내가 쓴 편지들을 다 반송했어."

"멍청한 놈." 그녀가 말했다.

"아니, 잠깐." 자세히 보니 그중 한 통은 데이비드에게 보냈던 편지가 아니었다. 나에게 온 편지였다. 이 편지 봉투의 글씨가 서류봉투 글씨와 똑같았다. 안에는 지난달 임대료 내역과 보증금을 초과하는 집 손상에 대한 항목별 청구서가 들어 있었다. 아울러 3월 2일을 기해 퇴거하라는 통보서 사본이 동봉되어 있었다. "데이비드가 보낸 게 아니야. 집주인이 보낸 거야."

"그럼 데이비드는 멍청한 놈이 아닌 거네요?"

"그건 모르지." 퇴거 명령 이후 내가 보낸 편지들은 받을 수 없었을 것이다. 그렇지만 그전 편지는? 열어보지도 않고 바닥에 내버려 둔 걸 나중에 집주인이 발견한 걸까? 아니면 내가 첫 번째로 편지를 보내기도 전에 그는 이미 집을 나갔던 것일지도 모른다. 내가 체포된 그날 집을 떴을 수도 있다.

"그럼 데이비드는 지금 어디 사는 거예요?" 징징이 퇴거 통지서를 들어올렸다.

내가 어깨를 으쓱했다.

"무슨 돈으로 살고 있을까요?"

이렇게 똑똑한 친구는 정말 처음 봤다. 모든 질문 중에서도 가장 중요한 질문에 집중하고 있으니까.

그날 오후 나와 징징이 동시에 변호사 접견실로 소환되었다. 나는 국선 변호사를, 징징은 지방검사보를 만나야 했다.

"혼자 할 수 있겠어?" 접견실에 들어서며 내가 물었다. 한쪽 탁자에 국선 변호사 해럴드 왓킨스가, 저쪽 탁자에는 지방검사보가 앉아 있었다. "나랑 같이 만나고 싶으면 내가 저 사람한테 한 방 날려줄 수도 있는데."

"아니, 언니는 뚱뚱보 아저씨랑 얘기해요. 나쁜년 씨는 제가 알아서 할게요."

징징이 떨어져 나갔고, 나는 왓킨스 맞은편에 앉았다.

"새로운 소식이 있습니다." 왓킨스 변호사가 우쭐해하는 미소를 짓자 턱살에 주름이 졌다. "포렌식 전문가 지원 신청서는 기각됐습니다."

놀랄 일은 아니었다. 그 신청서가 통과될 거라는 생각은 해본 적이 없다. 그러려고 지원한 게 아니었다.

"저도 새로운 소식이 있어요." 나는 퇴거 통지서를 탁자에 탁 하고 내려놓았다. "현관문 앞에 붙어 있던 거예요. 당신이 저희 집을 찾아갔었다면 분명 이걸 봤겠죠."

왓킨스가 얼굴을 찡그렸다. "전 그냥 집에 아무도 없다는 말만 들었는데요."

"그 사람들, 가보지도 않은 거예요." 내가 쏘아붙였다.

염치는 있는지 그의 얼굴이 붉어졌다. "제가 알아볼게요. 알았죠?"

"서류가방, 증거에서 제외해달라고 신청서 내셨어요?"

"아니, 도대체 뭐 하러……."

"여기요." 나는 또 다른 서류를 탁 하고 내려놓았다. "대신 작성했으니 그냥 내기만 하세요."

"이봐요." 그가 탁자 위에서 손을 모으고 앞으로 몸을 기울였다. "그들이 움찔했어요. 협상을 원하고 있어요."

나는 그의 약지를 바라보았다. 결혼반지 옆으로 살집이 튀어나와 있고 그 손가락에만 핏기가 없었다. 반지 때문에 혈액순환이 안 되는 것이리라. 저러다 손가락을 절단해야 할지도 모르겠는데. "협상은 없어요. 이미 말했잖아요." 내가 말했다.

"밖에는 당신을 안타까워하는 여론이 형성되고 있어요. 엘리베이터에 갇힌 게 얼마나 힘든지 다들 이해하고 있다고요. 그런데 설상가상 당신이 겪고 있는 상황을 보면? 누구라도 눈이 뒤집힐걸요. 검사도 그 모든 걸 참작할 의사가 있다고요."

"이거나 참작하라고 하세요. 나는 해고된 적 없고, 영상은 조작되었고, 이력서는 누군가 심어놓은 거라고요."

그가 어찌나 크게 한숨을 내쉬는지 대장간에서 풀무질하는 소리 같았다. "회사가 당신에게 죄를 뒤집어씌웠다는 말이죠?"

"그렇다니까요! 여태까지 계속 얘기했잖아요."

"자살했다는 사실 하나를 숨기겠다고 그 복잡한 일을 다 꾸몄을 리는 없잖아요." 그가 눈알을 굴렸다.

"그러니까 뭔가 다른 이유가 있는 거예요. 저와 상관없는 이유가요."

그가 포동포동한 손을 뻗었다. "그럼 그게 뭔지 얘기를 해달라고요!"

"신청서를 제출해서 서류가방을 받아오세요. 데이비드를 찾으시고요. 그러면 기꺼이 당신에게, 검사에게, 모두에게 다 설명해드릴게요." 나는 자리에서 일어났다. 징징을 찾아 둘러봤지만 그녀는 이미 자리를 뜨고 없었다. "그거 잘라내셔야 해요." 왓킨스에게 말했다.

"뭘요?"

나는 그의 결혼반지를 가리켰고, 그가 반지를 내려다보는 동안 그곳을 빠져나왔다.

내 결혼반지는 옷과 함께 구치소에서 보관 중이었다. 그런데 오후 일을 마치고 나니 마치 절단 수술을 받고 나서 환상통을 앓는 것처럼 손가락이 꽉 끼는 느낌이 들었다. 나는 불길에 휩싸

이는 듯한 좌절감을 느끼며 컴퓨터 키보드를 쿡쿡 눌렀다. 벌써 6주째 갇혀 있었고, 이곳을 빠져나가기 위해 세운 전략은 하나도 먹히지 않았다. 데이비드를 찾지 못하면 그 이력서가 누군가에 의해 심어진 거라는 사실을 증명할 수 없다. 포렌식 전문가 지원 신청서가 기각된다면 지방검사보가 CDMI에서 제출한 영상에 좀 더 관심을 기울일 줄 알았는데 그 희망도 꺾여버렸다. 이것은 내 신용이 바닥으로 떨어졌다는 것을 깨달은 순간부터 계획된 일이었다. 내 입에서 나온 말은 단 한마디도 믿으려 하지 않으니, 그저 힌트를 떨어뜨리고 그들이 줍기를 바라는 수밖에 없었다. 그러다 진실을 찾아낸다면 믿을 수밖에 없겠지. 하지만 그 어떤 말도 주우려 들지를 않는다. 내 전략이 먹히지 않고 있다.

작업을 끝낼 시간이 되어 컴퓨터를 껐다. 징징은 접견 이후 사무실로 오지 않았다. 감방으로 터덜터덜 걸어갔지만 그곳에도 없었다. 내가 데이비드에게 보냈던 편지 더미는 아직도 침대 위에 흩어져 있다. 나는 편지를 바라보며 징징이 어디 있는지, 데이비드가 어디 있는지 궁금해했다. 이런저런 생각이 공중제비를 돌듯 머릿속에서 맴돌았다. 나는 침대 위로 몸을 던졌다. 편지 더미에 얼굴을 묻은 채 잉크가 번지도록 눈물을 흘렸다.

징징이 기척도 없이 들어와 나에게 팔을 두르고 노래하듯 나긋한 목소리로 말했다. "저도 그리워요. 아주 많이요. 그렇지만 우린 여전히 친구예요. 매일 편지 쓸게요."

"무슨 소리야?" 나는 몸을 굴려 그녀를 바라보았다.

"전화번호 드릴 테니까 전화해요. 그럼 지금처럼 대화 나눌 수 있어요."

"너 나가는 거야?" 눈물을 닦자 손에 파란 잉크가 묻어났다.

징징이 조금씩 꺼내는 말을 한데 모아 이해하는 데는 몇 분이 걸렸다. 정부는 성매매 재판에서 징징의 증언이 별 필요 없다는 결론을 내렸다. 징징은 중요증인 목록에서 제외됐고, 정부는 그녀에게 정중히 감사를 표하며 이만 물러가라고 했다.

"그럼 이민국은?"

"남자친구가 지금 데리러 오고 있어요. 그자들이 내가 풀려난 걸 알기 전에 떠나려고요."

"그 보스라는 사람은 어쩌고?"

징징이 얼굴을 찡그렸다. "더 이상은 걱정 안 해요." 정부가 접수한 증인 목록 중에 징징의 이름은 없는 모양이었다. 그러니 징징은 그자들에게 위협이 되는 존재가 아니라, 그저 자취를 감춘 인적자원일 뿐이었다. 징징은 이대로 자취를 감출 요량이었다. "제가 걱정하는 건 언니예요. 제 친구잖아요." 징징이 슬프게 말을 마쳤다.

인생의 바닥을 쳤다고 느낄 때마다 매번 무언가가 나타나 아직은 바닥이 아니라고 일깨워주었다. 성노예였던 아이에게 동정을 받다니. 나는 억지로 미소를 지었다. "내 걱정은 하지 마." 나는 징징을 안아준 후 짐 싸는 걸 도와주었다.

22장

잉그럼 배럿

배럿은 회계감사관과 통화하며 열띤 논의를 펼치는 중이었다. 구체성에 대해, 그리고 회사의 법적 책임을 어느 선까지 지겠다고 발표할 것인지에 대해. 엘리베이터 사고 처리가(배럿은 그 일을 '사고'로 분류했다) 일단락되자 그는 평소와 같이 일과를 수행할 여유가 생겼다. 아이들과 함께 휴가를 보낼 여유마저 생겼다. 아이들은 "아빠와의 시간"을 갖겠다고, 게다가 각자 따로 시간을 할애해달라고 부르짖었다. 그러나 휴가를 네 번이나 쓸 수는 없기에 앞으로 일주일을 다 같이 보내기로 했다. 이혼 후 처음 있는 일이었다.

회계감사관은 아무리 작은 골칫거리라도 발생할 때마다 경고신호를 주어야 한다고 고집을 부렸고, 배럿은 반대 의견을 펼치던 중이었다. 마벨이 배럿의 컴퓨터로 알람을 보냈다. 하루에도 수십 번씩 있는 일이라 그저 흘끗 모니터로 눈만 돌렸다. 지금까지 수십 개의 민사사건을 모니터링하고 있었는데, 하나가 추가됐다는 메시지였다. 배럿은 다시 자세히 보았다. 형사사건이었다. 국가 대 램버트 소송.

사건은 지난 몇 주간 조용했다. 램버트가 구치소로 갔기 때문이었다. 탈 없이 감옥에 들어가 주니 몸에서도 멀어지고 마음에서도 멀어지던 참이었다. 열람 사이트를 확인해보니 램버트의 국선 변호사가 증거 제외 신청서를 낸 상태였다. 바로 그녀의 서류가방. 신청서에 따르면 서류가방에는 사건과 전혀 관련이 없지만 램버트 개인에게 소중한 서류가 들어 있다고 했다. 그런데 그 서류가 무슨 내용의 서류인지는 나와 있지 않았다.

배럿은 그 서류에 대해 추측해보았다. 램버트는 일요일에 하루 종일 자기 사무실에 있었지, 문서실에는 가지 않았다. 어쨌거나 레스터 윌러드는 그녀가 확실히 문서실에서 종이 한 장도 빼가지 않았다고 확인해주었다. 아무것도 아닐 것이다. 분명 채권자들이 보낸 추심통지서 같은 것이리라. 아니면 기차에서 쓴 시일 수도 있다. 그렇다 해도 뭔가…….

"내일 다시 얘기합시다." 배럿은 곧바로 회계감사관과의 연결을 끊었다. "마샤, 컬리건 좀 불러줘." 그가 천장에 대고 소리쳤다. "알겠습니다. 배럿 씨."

"아니, 오 분 뒤 기술부에서 보자고 해줘. 영상 챙겨오라고 하고."

"무슨 영상요?"

"말 안 해도 알 거야."

잭 컬리건은 오 분 늦었다. 발그레한 얼굴에 땀이 배어 있었다. 그가 숨을 헐떡거리며 물었다. "무슨 일인데?"

배럿이 주변을 둘러보았다. 대여섯 명의 젊은 남자들이 컴퓨터 화면에 시선을 고정하고 있었지만 누가 무슨 말을 하든 다 들을 것이다. "부하가 누구야?"

"제이슨!" 컬리건이 이름을 부르고 손가락을 튕겨 소리를 냈다. 대머리에 꽉 끼는 바지를 입고 발목까지 올라오는 스니커즈를 신은 남자가 재빨리 다가왔다.

배럿이 그들을 바짝 다가오게 하고 속삭였다. "그날의 영상 속에서 램버트가 사무실을 나가기 전 서류가방에 뭘 넣었는지 알아내야 해."

컬리건이 턱을 긁었다. "안 보일 거 같은데?"

"보일 수도 있죠." 젊은 기술자가 말했다. 그는 자신의 단말기로 가서는 컬리건이 넘긴 USB 드라이브를 삽입했다. 배럿은 몸을 앞으로 기울이고 파일이 로딩되고 재생되는 걸 지켜보았다. 컬리건 역시 몸을 앞으로 숙였다. 그에게서 스카치 위스키 냄새가 훅 끼쳤다. 고작 오전 11시인데 말이다.

"여기네요." 젊은 직원이 말했다. 그는 셰이 램버트의 열린 사무실 문을 통해 안이 보이는 장면에서 멈췄다. 램버트가 책상 앞에 서서 어떤 서류를 다 낡은 천가방에 넣고 있었다. 저것이 그녀가 말하는 서류가방이라는 거군.

배럿은 눈을 찡그리고 화면을 보았다. 저것이 그녀가 돌려받고 싶어 하는 서류였다. 그만큼 소중하다는 건데 대체 무슨 서류인지 알 수 없었다. "이거 확대 안 되나?"

"한번 해보죠." 젊은 직원이 화면을 전환해 어떤 버튼을 누르고 다시 영상 화면을 띄웠다. "됐습니다."

배럿이 다시 몸을 수그렸다. 멈춘 화면 속 램버트의 손에 들린 서류가 커다랗게 보였다. 겉표지는 출력을 했거나 손으로 쓴 것 같은데 글자가 뭉개져서 읽을 수 없었다.

"것 봐, 소용없다니까." 컬리건이 말했다.

배럿은 직원을 밀쳐내고 자신이 그 자리에 앉아 화면에 얼굴을 들이밀었다. 맨 앞장에 포스트잇이 붙어 있었는데 그 안의 글자는 식별이 가능했다. *남직원 전체 목록.* "이게 도대체 뭐……." 그는 말을 멈췄다. 위쪽의 로고가 눈에 들어왔다. 회사 로고인 하얀 비둘기일 거라 생각했는데, 아니었다. 다른 새였다. 그는 깜짝 놀랐다. 그것은 태국의 국조인 시암꿩이었다. "아, 젠장." 그가 쉿소리를 냈다.

"왜?"

"봐봐."

컬리건이 몸을 수그렸다. "새?"

"이건 'APU 운송' 로고야."

컬리건이 배럿에게 시선을 돌렸다. "램버트한테 운송 계약서가 있다고?"

"다 알고 있는 거야."

"모를 수도 있지. 아니 그러니까, 이 비행은 뭐든 될 수 있잖아." 컬리건이 배럿과 함께 사무실로 향하며 말했다.

"알고 있는 게 뻔하지." 배럿이 으르렁대며 말했다. 젠장! 이것은 그 자신이 지능적인 사람을 고용한 바람에 벌어진 일이었다. 그런 지능 따위는 필요 없었는데 말이다. 웬만한 법률 보조원이라면 할 수 있는 작업이었다. 그렇지만 늘 최고로 뛰어난 결과를 보고받아야만 자기 권력을 확인받는 느낌이었다. 어리석은 그 버릇 때문에 자멸하게 될 상황이었다. "혹시 다른 서류도 빼돌린 거 아냐?" 그러자 생각났다. 그래, 이건 컬리긴 잘못이다. "왜 이런 일이 생기게 내버려 둔 거지? 일이 제대로 돌아가게 하겠다며? 그 방에서 어떤 종이 한 장도 갖고 나와서는 안 되는 거였다고!"

"안 갖고 나왔어! 이 서류는 그 방에 있던 게 아니라고!"

배럿이 일어나 그의 얼굴을 똑바로 보았다. 스카치 향에 더해 불안감으로 땀샘이 폭발한 듯 땀내까지 났다. "저 서류가 난데없이 짠 하고 나타날 리 없잖아!"

컬리건이 땀으로 번쩍이는 이마를 찌푸렸다. "미지급금 목록에서 APU 운송 이름을 본 것일 수도 있어. 그런 다음, *잘은 모르겠지만*, 뭔가 있나 하고 혼자서 파본 것 같군."

"잘은 모르겠지만? 그러라고 월급 주는 게 아니잖아!"

"내가 가서 만나볼게. 뭘 알고 있는지 알아보겠다고."

"꼭 알아내, 잭. 별일 아니길 기도해야 할 거야."

컬리건은 힘겹게 침을 삼켰다. "만약 큰일이면?"

"그렇다면 별 도리 없지. 보석금 주고 빼내는 수밖에."

컬리건의 눈이 커다래졌다. 그는 고개를 푹 숙인 채 급히 사무실을 빠져나갔다.

23장

셰이 램버트

운동장 가장자리에 쌓인 묵은 눈 사이로 수선화가 고개를 내밀고 있었다. 이런 일이 가능하다니 얼떨떨했다. 콘크리트 벽이 열을 저장해 식물의 성장 시기를 앞당기는, 주변과 다른 국지기후를 만드는 것, 나도 그만큼은 안다. 모르겠는 것은 애초에 누가 저곳에 구근을 심었는가 하는 것이다. 발할라는 잠시 머물렀다가는 곳이다. 내가 C동에 들어온 이후 뒤를 이은 사람들은 거의 다 떠나고 없었다. 몇몇은 재판을 받으러 갔고, 대부분은 협상을 하고 나갔다. 그리하여 몇몇은 자유를 찾았고, 대부분은 베드포드힐스 교도소 같은 여성 전용 교정시설로 갔다. 니나도 갔다. 그녀의 뒤를 이어 대니타가 내 저녁 상담 일정을 맡아주었다. 말레이 여성 세 명 중에는 두 명이 나갔다. 아마도 징징처럼 중요증인이 아닌 모양이었다.

그러니 누가 수선화 구근을 심었든 간에 자신은 꽃을 보지 못하고 나가리라는 것쯤은 알았을 것이다. 마치 나무 그늘이 드리워지기 한참 전에 세상을 떠날 것을 알면서도 나무를 심는 노인처럼 말이다. 노인이 그러는 것은 후대를 위한 것이다. 저 구근역시 나중에 올 다른 수감자들을 위해서 심은 것이리라.

아니면 날아가던 새가 어쩌다 떨어뜨린 것일 수도.

남은 말레이 여성이 내 감방 동료가 되었다. 이름은 불란. 3년 전 인도네시아 파당으로 취업박람회를 갔었다고 했다. 영어를 좀 해서 괜찮은 사무직 자리를 얻을 거라 생각했는데, 그러기는커녕 미성년을 포함한 다른 여성 스무 명 정도와 함께 선적 컨테이너에 실려 미국으로 건너와 매춘을 시작하게 됐다. 우중충한 바다를 건너 이 모텔에서 저 모텔로, 혹은 임시 안마시술소로 끌려다녔다. 그녀 역시 징징과 마찬가지로 보스의 손아귀에서 벗어난 걸 기뻐했다. 하지만 징징과 달리 그녀는 집에 가기를 원했다. 그렇지만 갈 수 없었다. 국선 변호사가 말하기를 불란은 보스에게 불리한 증언을 할 증인이 되어야 했기 때문이다.

불란 역시 나와 붙어 다녔다. 식당에서도 자신이 밥을 다 먹을 동안 옆자리에 있어달라고 부탁했다. 운동장에서도 내 주위를 맴돌았고, 저녁 상담 시간에도 내 옆에 붙어 앉았다. 그렇지만 나는 징징에게 줬던 만큼의 마음을 불란에게는 줄 수 없었다. 외부 온도가 1도 상승할 때마다 내부 온도는 더 차가워졌다. 한때 나는 발할라에서 적을 만들지 말자고 생각했었다. 그러나 지금은 친구를 만들지 않으려고 그토록 노력하고 있었다.

불란은 눈치를 채지 못했다. 밤마다 소등이 끝나면 위층 침대에서 주절주절 이야기했다. 마치 열두 살짜리 아이가 친구 집에서 밤을 보내며 비밀을 털어놓는 것 같았다. 징징은 자신이 겪은 학대라든가 신체적 수모를 곱씹는 걸 원치 않았지만, 불란은 달랐다. 아주 생생하게 묘사하며 이야기했다. 포주 이야기, 성매매자들 이야기, 또 다른 여자들 이야기까지 지치지도 않고 늘어놓왔다. 나는 다른 주제로 대화를 시도하거나, 그게 실패하면 베개를 얼굴에 얹어 귀를 막곤 했다.

갇혀 있다는 사실은 언제나 나를 힘들게 했지만, 봄 날씨가 느껴지자 더 심해졌다. 눈이 내리고 얇은 코트 사이로 찬바람이 불 때는 그나마 참을 만했지만, 지금은 갇혀 있는 매 순간이 너무 가혹했다. 그래서 밖에 나갈 기회가 있을 때마다 제자리에 서서 태양 쪽으로 얼굴을 들고 한껏 빛을 받아들였다.

징징의 편지도 도움이 되지 않았다. 편지에 따르면 징징의 남자친구는 정말로 괜찮은 사람이었다. 그는 약속대로 그간 모인 돈을 다 주었고, 지붕이 있는 곳으로 데려가 자신의 테이블에 의자를 하나 더 놓았다. 침대도 나누어 썼지만 징징은 별로 개의치 않는 듯했다. 불만이 있다면 일을 할 수 없다는 것뿐이었다. 노동허가증이 없어서 합법적인 일은 할 수 없었다. 그 밖의 다른 이야기들은 반짝반짝 빛났다. 해변가를 산책한 이야기, 조지의 작은 뒷마당에서 벌인 파티 이야기, 그 뒷마당에 노란 꽃이 활짝 핀 관목으로 울타리가 쳐져 있다는 이야기 등등. 그 내용을 읽자 나는 난폭한 자들에게 입히는 구속복을 입은 듯 팔다리가 꽉 묶인 기분이 들었다. 곧 폭발할 것만 같았다.

재판 기일을 굳이 앞당길 필요 없다는 것은 내 생각이었다. 검사 측에서 어떤 힌트를 발견하고 재수사할 거라는 확신이 있었기 때문이다. 그래서 기꺼이 기다릴 작정이었다. 당시만 해도 수선화 구근처럼 내 희망이 끈질기게 꽃을 피우리라 생각했다. 하지만 검사는 아무런 힌트를 알아채지 못했다. 내가 생각을 잘못한 것이었다.

바깥세상은 깨어나고 있었고, 나는 갇혀 있는 공간이 지긋지긋했다. 감방 문을 나와 5미터쯤 걸었을까, 간수가 나를 불러 세웠다. 그 순간 화가 치밀었다. 첫날 나를 감방으로 데려다준 간수였다. 그날 이후로 나는 전사의 얼굴을 하지 않았지만, 그녀의 얼굴은 여전했다. "면회 있다." 그녀가 위협하듯 말했다.

면회 가능자 목록에는 오직 한 명, 내 국선 변호사 해럴드 왓킨스의 이름만 올라 있었다. 그러나 오늘은 그의 방문일이 아니다. 예정에 없는 면회를 온 것이라면 드디어 무슨 일이 벌어진 것이리라. 나는 홱 하고 발을 돌려 간수를 앞장설 만큼 잰걸음으로 변호사 접견실로 향했다.

"거기 아니야." 간수가 투덜댔다. "여기." 그녀는 일반 면회실로 가는 복도를 가리켰다. 수감자들이 가족이나 친구를 만나는 곳. 나는 저곳으로 간 적이 한 번도 없었다. "누군데요?"

간수가 명함을 꺼내 보여주었다. 명함에 박힌 비둘기 로고를 확인한 순간 나도 모르게 움찔했다. 마지못해 명함을 받아 들었다. 보안팀장 존 F. 컬리건. 만난 적은 없지만 이름은 들어봤다. 나는 복도를 지나 문에 달린 사각형 유리창 안을 들여다봤다. 열 명 남짓한 사람들이 있었다. 반은 수감자, 반은 면회를 온 여자와 아이들이었다. 아이들은 알록달록한 플라스틱 장난감들이 있는 한구석에 몰려 있었다. 어른들이 귓속말로 다투는 동안에도 아이들은 저희들끼리 뭉그적대며 놀았다.

한쪽 탁자에 컬리건이 어색한 듯 앉아 있었다. 넥타이는 삐딱하게 풀어진 상태였다.

"저 사람이 여기 어떻게 왔대요? 미리 승인받은 방문객이 아닌데요." 내가 간수에게 물었다.

"구치소장이 개인적으로 보증을 섰어."

물론 그러시겠지. 컬리건에게 선의를 베풀 법조인이 한둘이겠어? 나는 고개를 저었다. "안 만날래요." 발할라 수감자들이 행사할 수 있는 몇 안 되는 권리 중 하나다. 만남을 거부할 수 있는 권리. 나는 배럿을 위해 일하는 사람을 만나고 싶지 않았다.

간수는 나를 노려보더니 뒤돌아서 나가려는 나를 막아섰다.

"오케이. 그럼 말이죠, 펜 좀 빌려주시겠어요?"

간수가 여전히 노려보는 얼굴로 펜을 건넸다. 나는 컬리건의 명함 뒤에 메모를 남겼다. *레스터와 얘기하게 해주세요. 다른 사람은 안 됩니다.*

나는 문 뒤에 서서 간수가 명함을 전달하는 모습을 지켜보았다. 내용을 읽은 컬리건이 고개를 들어 유리창을 향했다. 순간 그와 나의 눈이 마주쳤다. 그는 고개를 끄덕이더니 오 분만 기다리라는 뜻으로 손가락 다섯 개를 펼쳐 보이고는 밖으로 나갔다.

십 분 후 레스터 윌러드가 나타났다. 나는 간수가 시키는 대로 안으로 들어갔다.

레스터는 면회실 안에서 단연코 덩치가 가장 컸지만, 컬리건보다 훨씬 더 긴장한 눈빛이었다. 맞은편에 앉은 나를 보고도 눈을 마주치지 않았다.

"음, 그래서 전달하려는 용건이 뭐예요?" 내가 딱 잘라 물었다.

"회사에서는 당신이 뭘 알고 있는지 궁금해합니다." 그는 웅얼거리며 대답했다.

그는 고개를 숙이고 있었지만 그 얼굴을 보려면 나는 고개를 더 들어야 했다. "뭐에 대해서요?"

"그날 밤 가방에 넣은 서류에 대해서요."

"아!" 나는 뒤로 기대앉았다. 신청서는 과녁을 빗나갔다. 지방 검사의 주의를 끌지 못한 대신 배럿의 주의를 끌었다. 배럿은 내가 안다는 사실을 알아챈 것이다. 이제 그는 나를 이곳에 보낸 것을 정당화할 것이다.

"내가 왜 당신을 보겠다고 했는지 아세요, 레스터?"

"모릅니다."

"궁금해서 그랬습니다. 당신은 얼마나 아세요?"

"뭐에 대해서 말입니까?"

"정글에서 펼치는 마법에 대해서요. 다 낡은 천으로 어떻게 비단 지갑을 만들 수 있는지."

그가 고개를 저었다. "저도 모르겠습니다."

내가 질문할 때마다 항상 하던 대답이었다.

"악한 것을 보지 않겠다는 거네요. 그런 건가요, 레스터?"

그가 턱을 살짝 들었다. "제 업무에 충실할 뿐입니다. 그게 다입니다."

"그 일이 얼마나 더럽든 상관없다는 거군요."

그는 대답하지 않았다.

구석에서 놀던 아이 둘이 울기 시작했다. 누가 데려왔는지 몰라도 아이를 달래기 위해 대화를 멈추는 사람은 없었다.

나는 일어섰다. "그럼 가서 내가 대답을 거부했다고 전하세요. 왜냐하면 그럴 작정이니까요."

그가 고개를 저었다. "그러고 싶지 않으실 텐데요."

"맞아요. 그러고 싶지 않군요. 그럼 가서 전하세요. *엿이나 먹으라고.*"

"당신!" 그가 날카롭게 나를 부르며 거의 2미터나 되는 키로 벌떡 일어섰다. "조심하셔야 할 겁니다."

나는 콧방귀를 뀌었다. "그들은 이미 최악에 다다랐어요. 나한테 살인죄를 씌웠잖아요. 더 이상 뭘 할 수 있겠어요?"

그는 대답하지 않았지만 이번만은 나와 눈을 맞췄다. 그의 눈에 어린 두려움의 빛을 보자 온몸으로 한기가 느껴졌다.

"그들은 마피아가 아니에요. 사람을 시켜서 여기서 나를 치지 않을 거라고요." 내가 말했다.

"안 그러겠죠. 여기서는요." 그가 대답했다.

그날 밤 소등 후 그 대화를 곱씹어 보았다. 그러는 내내 불란은 침대에서 뭐라고 계속 중얼댔다. 서류가방 반환 신청을 한 것은 오직 검찰이 들여다보도록 유인하기 위해서였다. 배럿까지 관심을 가질 거라고는 생각지 못했다. 그가 소송 일람표를 모니터링하고 있었을 줄이야! 너무 심각한 실수였기에 우쭐대다가 큰 코 다친 게 아닌가 하는 생각마저 들었다.

게다가 레스터의 아리송한 발언까지. "여기서는요"라니, 그것은 "저 밖에는 이 사건에 대해 안타까워하는 사람들이 많아요"라던 국선 변호사의 말만큼이나 이해하기 어려운 발언이었다. 살인 혐의를 쓰고 있는 한 '저 밖'이라는 공간은 나에게 없는 것이나 마찬가지 아닌가. 혐의를 벗을 때까지는 '여기서' 머물게 될 것이다. 그리고 혐의를 벗고 나면 배럿은 나에게 아무 짓도 할 수 없다. 과연 레스터가 한 말은 무슨 암시였을까?

불란은 아직도 중얼중얼하는 중이었다. 외상후 스트레스장애 환자들처럼 트라우마에 대한 기억을 억누르는 감방이 필요한 순간이었다. 심지어 오늘 불란은 자신의 시련에 대해서가 아니라

지난가을 떼로 실려온 소녀들에 대해 얘기했다. 그들 모두 아주 어렸고, 뒤바뀐 삶에 대해 두려워했다는 이야기. 이전에 했던 일 이래봐야 봉제공장 경험뿐이라는 이야기.

나는 자리에 앉아서 한마디 한마디를 다 들었다. 기억할 수 없을 만큼 많이 듣고 난 후에는 침대에서 나와 좁은 창을 통해 비치는 달빛 아래서 메모를 하기 시작했다.

다음 날 아침, 유난히 밝은 햇살이 감방 창으로 들어와 콘크리트 바닥에 창살 그림자를 드리웠다. 운동장에 나가고 싶어 죽을 지경이었다. 구석에 쌓인 눈은 녹았을 것이다. 수선화는 이만큼 더 자랐을 것이다. 지금까지는 꽃봉오리 안에 꽃망울을 꽉 안고 있었을 테지만, 오늘은 슬며시 그 꽃잎을 열었을지도 모른다. 어쩌면 열린 꽃잎이 마당 곳곳을 샛노랗게 물들였을지도 모른다.

감방 문을 나서서 수감자 줄을 따라 발을 질질 끌었다. 6미터쯤 걸었을까, 간수가 내 이름을 불렀다. 나는 뒤돌아보지 않았다. 그냥 밖으로 나가고 싶었다. "누가 찾아왔든 간에 관심 없다고 전해주세요!" 나는 소리쳤다.

간수가 내 팔뚝을 낚아채 줄에서 끌어냈다.

순간적으로 발작을 일으킬 것 같았다. 마치 그 엘리베이터에 갇혔을 때처럼. 가슴속에서 터질 듯한 증오가 끓어오르며 심장이 쿵쿵댔다. 머리가 뜨거워지며 시야가 빙빙 돌기 시작했다. 나는 손톱을 세우고 달려들었다. 아차하면 죽일 수도 있다는 듯이.

"면회 아니다, 이 바보야! 보석으로 풀려났다." 간수가 소리쳤다.

나는 그녀를 뚫어지게 노려보며 뒤로 물러났다. 이런 식의 농담은 너무 잔인하다. 만우절도 아니잖아. "하!" 나는 비웃음을 흘렸다. 그러나 간수는 천천히 눈만 깜빡일 뿐이었다. 그제야 그녀의 말이 농담이 아니라는 걸 깨달았다. "내가, 뭐요?"

"보석으로 풀려났다고, 멍청아. 이제 나가도 돼."

이해가 안 갔다. 누군가 내 보석금을 냈다는 말인데, 그럴 만한 친구가 단 한 명도 없는데, 내겐 오직 적뿐인데 말이다. 그 순간 레스터의 경고가 떠올랐다. 나는 순식간에 팔을 내렸다.

"아니요! 저 안 나가요."

"선택권 같은 건 없어!"

수감자들이 내 주위를 둘러싸며 야유하기 시작했다. *모지리, 빌어먹을 멍청이.* 맞는 말이었다. 바보가 아닌 이상 누가 보석으로 풀려나는 걸 거부하겠는가. 간수의 말도 옳았다. 나는 거절할 수 없다. 발할라는 호텔이 아니다. 프런트에 전화해 숙박을 연장할 수가 없다. 설사 내 생명이 위험에 처했다고 하더라도, 설사 그들이 내 말을 믿는다고 해도 신경 쓰지 않을 것이다. 웨스트체스터 카운티 구치소는 더 이상 나를 책임지지 않을 것이다.

나갈 때는 들어올 때 한 일을 역순으로 했다. 직원이 독수리 타자로 퇴소 서류를 작성한 다음 죄수복을 벗기고, 들어올 때 입었던 옷 봉지를 던져주었다. 나는 옷을 입고 운동화 끈을 묶었다. 결혼반지는 청바지 주머니에 넣었다.

간수가 정문까지 나를 안내했다. 알림음에 이어 문이 열렸다. 나는 반짝이는 햇살을 향해 발을 내디뎠다.

마중 온 사람은 아무도 없었다. 고개를 돌려 간수를 쳐다보자 그가 어깨를 으쓱했다. 이제 자신이 신경 쓸 일이 아니라는 뜻이었다. 간수가 문을 닫았다. 전동 빗장이 쾅 소리와 함께 내려왔고, 쾅 소리가 길에서 메아리쳤다.

맞은편에 주차장이 보였다. 줄지어 늘어선 차들이 눈에 띄었다. 안에 갇힌 수감자들에게 감히 등을 보일 수는 없다는 듯 격자 철창이 달린 차들이 정문을 바라보고 있었다. 주차장 뒤로 이차선 도로가, 그 뒤로는 숲이 보였다. 나는 손으로 눈 위에 차양을 만들고 주차된 차들을 훑어보았다. 오래된 세단이 대다수였고, SUV 몇 대, 그리고 왼쪽으로는 안타까울 만큼 부식이 된 쉐보레 한 대가 있었다. 쉐보레 운전석에는 나이 든 여인이, 뒷좌석에는 아이들이 한가득 타고 있었다.

CDMI 리무진처럼 보이는 차는 없었다. 물론 배럿이 직접 올 리는 없겠지. 그라면 컬리건을 대신 보냈을 테고, 컬리건이 왔다 해도 보석금을 내자마자 여길 떴을 것이다. '궂은일'은 다른 사람에게 맡기고 말이다. 아니, '처리'라고 해야 하나? 그럼 지령을 받은 암살자는 뭘 타고 왔을까? 이 순간 문득 의문이 들었다. 아니, 희망이 생겼다고 해야 할까? 어쩌면 그자는 아직 도착하지 않은 게 아닐까? 내가 너무 빨리 나와버린 게 아닐까?

청바지 주머니에 22달러가 있고, 구치소 근로 업무로 받은 급여도 좀 있었다. 택시가 여기까지 와준다면 부를 수도 있고, 버스를 탈 수도 있었다. 여기는 버스가 다니는 길이다. 데이비드에게 편지를 쓸 때 이곳에 오는 길을 설명하면서 알게 된 사실이다. 다만 버스 시간표를 모르고, 게다가 지금이 몇 시인지도 알지 못한다. 걸어갈 수도 있지만 얼마나 걸릴지 모르는 길을 외투도 없이 갈 수는 없었다. 곧 있으면 해도 떨어질 것이다. 그리고 여전히 남은 하나의 질문! 과연 어디로 갈 것인가? 이제 집도, 사무실도 없다. 징징이라면 얼마간 나를 재워줄 수 있겠지만, 그 애는 지금

뉴저지주 케이프메이에 있다. 22달러 가지고는 갈 수가 없다. 결국 제일 가까운 전당포를 찾아가 반지를 팔기로 했다. 그 돈과 22달러를 더하면 어디라도 갈 수 있을 것이다.

다 낡은 차를 모는 노부인이 주차장에서 후진을 하고 있었다. 좀 태워달라고 부탁할까 싶었지만, 보아하니 차 안에는 조금의 틈도 없었다. 대여섯 명의 아이들이 차창에 얼굴을 대고 있었다. 노부인이 전진 기어로 바꿔 내 옆을 지나갔다. 곧이어 까만색 SUV가 빈 주차 자리를 향해 움직였다.

오른쪽에 주차된 차 한 대는 제자리에서 공회전 중이었다. 곁눈으로 슬쩍 보니 거대한 은색 벤츠였다. 연통에서 솜사탕 같은 연기가 뭉게뭉게 피어나고 있었다. 운전석에는 셔츠와 타이 차림의 남자가, 조수석에는 젊은 여자가 앉아 있었다. 뒷좌석 차창은 까맣게 선팅을 해서 내부가 보이지 않았다. 저 남자가 암살자일까? 암살자들이 수행원과 같이 다니기도 할까? 아니면 저 여자가 암살자일지도 모르겠군.

고속도로 저편의 숲으로 눈길을 돌렸다. 두 달 동안 조깅을 하지 못했지만, 내가 갈 수 있는 길은 저곳뿐인 것 같았다. 나는 주차된 차 사이를 요리조리 빠져나갔다. 고속도로는 양 방향으로 차량이 쌩쌩 달렸다. 도로를 지나려면 전력질주를 해야만 했다.

차 문이 열리는 소리가 들렸다. 벤츠 쪽으로 고개를 돌렸지만 문이 닫혀 있었고, 운전자와 여자도 그대로였다. 왼쪽을 보자 새로 도착한 SUV 한 대가 있었고 운전석 문이 열려 있었다. 차창에 반사된 빛이 시야를 방해했지만 한 남자가 차에서 나와 발을 딛는 모습이 보였다. 불쑥 튀어나온 그의 머리는 SUV 지붕보다 더 높이 솟아올랐다. 레스터 윌러드였다.

주차된 차량 두 대를 양쪽에 두고 나는 망설였다. 나에게 경고한 사람이 바로 레스터였고, 배럿이 나를 수중에 넣기 위해 보석금을 낼 수도 있다고 언질한 것도 그였다. 넉 대의 차량 너머 그에게 시선을 보냈다. 그 역시 나를 바라보았다. 나를 운명의 소용돌이에서 끌어올려 주려고 온 것인지, 그 소용돌이로 데려가려고 온 것인지 알 수 없었다.

또 다른 차 문이 열리는 소리가 들렸다. 고개를 홱 돌리자 은색 벤츠 뒷문이 천천히 열렸다. 거기서도 누군가가 내렸다.

나는 고개를 돌렸다. 레스터는 열린 차 문 옆에서 기다리고 있었다. 햇살이 구름에 가려지자 빛을 반사하던 앞유리가 투명해졌고 그 안의 조수석이 눈에 들어왔다. 잭 컬리건이 앉아 있었다.

벤츠에서 무슨 소리가 났다.

내 뒤에는 구치소가 있다. 왼쪽에는 잭 컬리건이, 오른쪽 벤츠에는 나를 암살할 팀이 있다. 내가 할 수 있는 건 그저 고속도로를 질주해 숲으로 들어가는 것뿐이다. 그러나 러닝백°처럼 보이는 레스터는 내가 50미터를 가기도 전에 따라잡을 것이다. 나는 갇혔다.

정말이지 우쭐대다가 큰 코를 다치고 말았다.

° 미식축구에서 후방에 있다가 공을 받아 달리는 공격팀 선수.

2부

24장

잉그럼 배럿

배럿은 테라스에서 등에 바람을 맞으며 몸을 웅크린 채 담배를 피웠다. 아래쪽에서는 파도가 바위에 부딪치고 있었다. 여름별장을 이렇게 빨리 열다니 우스운 일이었다. 어제만 해도 눈보라가 몰아쳤고 오늘 기온은 고작 4도다. 이 별장은 크고 낡고 바람이 잘 통해 온화한 메인주의 여름에는 안성맞춤이었다. 하지만 4월인 지금 벽과 바닥, 가구에 아직 한기가 깊이 배어 있어 난방을 계속해서 돌려봐도 소용없었다.

평소 별장을 관리하는 잡부와 가정부가 겨울 동안 플로리다에 가 있어서(배럿은 그들에게 지불하는 비용이 적절한지 검토하고 싶어졌다) 어쩔 수 없이 인력 업체에서 임시 직원을 고용한 터였다. 그런데 그들은 영 마땅치 않았다. 배럿은 삼 일 내내 커피다운 커피도 마시지 못했다.

하지만 아이들이 모두 동의한 날짜가 4월 첫째 주였고, 그들이 기꺼이 오겠다고 한 장소가 이곳이었다. 아이들 말에 따르면 라이Rye의 집에서는 안 좋은 기억이 너무 많다고 했다. 그 집을 산 이후 그곳에서 가족과 함께 주말을 보낸 게 한 손으로 꼽을 정도인데 말이다. 그 이유를 배럿은 알고 있었다. 그 집이 멜라니 소유이기 때문이었다. 또 아이들이 모임 날짜로 택한 이번 주가 멜라니가 캐니언 목장에 가 있을 때와 겹치는 것이 우연이 아니라는 것도 그는 알고 있었다.

그렇게 해서 모였는데도 그들이 함께하는 시간은 스치듯 지나가는 잠깐의 순간에 불과했다. 큰아들 트레이, 아니 트립과 큰딸 클로이는 말도 없이 애인을 데리고 와서 각자의 침실에 박혀 있거나, 아니면 배럿이 렌트해준 오픈카를 타고 해안가를 드라이브했다. 작은딸 코트니는 상처받은 마음을 달래느라 혼자 방에서 은둔하며 식사도 방으로 갖다달라는 분명한 요구사항까지 전달했다. 게다가 스물네 살의 막내 크리스천은 납땜이라도 한 듯 헤드폰을 귀에 붙이고 마리화나 연기를 몰고 다니며 집안 곳곳을 돌아다니다가 사라지다가 했다.

배럿에 대해 말하자면, 그는 지난 삼 일 동안 서재에서 전화기를 붙들고 있거나 밖에서 미친 듯이 줄담배를 피우며 지냈다. 컬리건의 전화를 받은 후로, 그러니까 램버트가 방해 작전을 펴고 있다는 소식을 들은 후로 엄청난 위기감을 느끼고 있었다. 그전까지만 해도 램버트는 간편한 희생양일 뿐이었고, 한때는 그 점에 대해 안타까운 마음까지 들었을 정도였다. 그렇지만 지금, 지금의 램버트는 위협적인 존재였다. 운임보다 더 큰 위협, 세금보다 더 큰 위협, 심지어 마크 이빈스보다 더 큰 위협. 램버트는 회사가 여태껏 대면했던 그 어떤 위협보다 더 큰 위협을 가하고 있었다.

삼 일간 배럿은 몇 가지 일을 처리했다. 램버트의 보석금으로 컬리건에게 현금 더미를 보냈고, 램버트에게 비행기를 타라고 설득하기 위해 또 다른 현금 더미를 준비했고, 그녀의 이름으로 긴급 여권을 만들었고, 쿠알라룸푸르행 비행기 표를 예매했고, 그리고 브로커인 토니 로를 지구 반대편에서 기다리게 했다.

토니는 지난가을 지상낙원의 특별 자산 매각을 맡아 꽤 잘 처리해냈다. 루시를 궁지에 몰아넣은 단 한 건을 제외하면 말이다. 이 동네에서는 아무 일이 생기지 않게 하는 게 규칙이라는 걸 토니는 뼈저리게 깨달은 터였다. 이 모든 작전은 지구 반대편에서 이루어질 것이다. 토니는 쿠알라룸푸르에서 램버트의 비행기를 기다렸다가 돈 뭉치를 가로채고 자신의 고객에게 그녀를 전달할 것이다. 배럿은 처음부터 이렇게 했어야 했다고 생각했다. 여러모로 최선의 해결책이었다. 램버트는 보석 중에 행방을 감추었으니 유죄로 인식될 것이고, 회사 측은 재판을 받을 일도, 내부 비리가 방송을 탈 일도 없게 된다. 그렇게 이 사건은 사실상 종결될 것이다. 루시 사망에 대한 취조가 끝날 것이다. 회사 입장에서는 더없이 좋은 결말을 맞이하는 셈이다.

램버트에게도 꼭 나쁜 결과만은 아닐 것이다. 토니가 거래하는 시장에서 예쁘장한 백인 여자들은 특히 수요가 많았다. 램버트는 홍콩 재벌이 애지중지하는 첩으로 들어가 살게 될지도 모른다. 한창 나이에 교도소에서 썩는 것보다야 낫지 않은가. 이쯤 되자 배럿은 실제로 자신이 램버트에게 호의를 베푼다는 생각까지 하게 되었다.

그러나 이 모든 것은 일이 계획대로 진행되어야만 가능했다. 배럿은 모든 게 척척 진행되고 있다는 컬리건의 전화를 여전히 기다리는 중이었다. 손목시계를 슬쩍 보았다. 지금쯤 공항으로 가는 길이었으면 좋으련만. 그러나 보석으로 풀려나기까지 시간이 얼마나 걸리는지 알지 못했다. 어쩌면 램버트는 풀려나기 전에 훈증소독°이라도 받아야 할지 모른다. 컬리건에게 다시 전화해봤지만 또다시 음성사서함으로 넘어갔다. 만약 전화기가 꺼진 상태라면 아마도 구치소 보안 문제상 전원을 끄고 맡겨놓았을 것이다. 그러니 아마도 램버트를 빼내기 위한 서류 작업을 하는 중이리라. 배럿은 담배를 한 번 더 깊게 빨아들인 후 테라스 벽을 바라볼 수 있을 만큼 몸을 곧게 세웠다. 바다와 하늘은 납처럼 칙칙한 잿빛이었고, 해안 바위에 부딪치는 파도는 거무칙칙한 침대 시트 빛깔이었다. 입에서 타르와 재 맛이 느껴졌다. 그는 결심했다. 이 일만 끝내면, 그러니까 램버트가 안전하게 지구 반대편에 도착하는 즉시 다시 사임을 표하리라. 이번엔 결코 다시 돌아오지 않을 것이다.

등 뒤에서 프렌치도어가 열리는 소리가 들렸다. 서재에서 이어진 테라스 문이 열리고 코트니의 목소리가 들렸다. "아빠! 할 말이 있는데."

그는 돌아보았다. 작은딸이 드디어 침실에서 나왔다. "오! 그래, 우리 딸." 그는 테라스 끝, 옥외용 안락의자에 앉으라고 딸에게 손짓했다.

"아니, 안에서." 코트니는 어이없다는 듯 날카롭게 쏘아붙이고 문 안으로 물러섰다. 분홍색 가운 차림에 머리를 바짝 올려 묶으니 다시 열두 살의 딸처럼 보였다.

배럿은 담배를 눌러 끄고 딸을 따라 안으로 들어왔다. 테라스 문을 닫자 주방에서 냄비 부딪치는 소리와 스페인어로 떠드는 소리가 들렸다. 임시 직원이 저녁 메뉴로 뭘 만들어낼지 미리부터

° 진공 또는 유독 기체를 사용한 멸균 소독.

걱정이 됐다. 어쩌면 또 다 같이 나가서 먹어야 할지도 모르겠다. 그러면 트립은 메뉴 중 가장 비싼 와인을 찾을 때까지 메뉴판을 훑고 또 훑겠지.

"무슨 일이야, 딸?"

코트니는 양 허리에 손을 짚었다. "아직 얘기 안 끝났잖아. 아파트 얘기 말이야." 두 딸은 십 대 시절 언제부턴가 낮고 갈라진 목소리로 말하는 버릇이 들었는데, 어디서 들은 바로는 이런 억지스러운 목소리를 보컬 프라이˚라고 한다나? 딸들이 그런 목소리로 말할 때마다 마치 주변의 모든 것에 극도의 지루함이나 혐오감을 느끼는 것처럼 들렸다.

"난 다 끝난 줄 알았는데." 배럿이 대답했다. 작년, 코트니는 남자친구와 함께 샌프란시스코에 있는 로프트에 들어가 살았다. 배럿은 거금 100만 달러를 딸 몫으로 내주었다. 그 후 둘은 깨졌고, 딸은 전남친의 몫까지 내서 로프트를 사고 싶어 했다. 그러려면 150만 달러가 필요했다. "말했잖아. 현재 시장가치가 어떤지 감정서를 두 개는 받아오라고. 그러면 생각해볼게."

"왜 우리 말을 안 믿어? 지금 300만 달러라니까!"

배럿이 눈썹을 들어올렸다. "그래? 헤어진 게 분해서 그 애가 150만 달러를 요구하는 걸 수도 있잖아."

"상관없어! 난 그냥 다 끝내고 싶어. 내 삶에서 그 새끼를 싹 없애고 싶다고! 빌어먹을 만큼 괴롭단 말이야!"

코트니는 외모 면에서 언니보다 못했다. 얼굴이 감자처럼 생겼

˚ vocal fry. 성문을 조여 호흡압력이 약한 상태에서 내는 발성법. 미국 연예인 브리트니 스피어스, 케이티 페리 등이 평소 말할 때 이 발성이 나온다고 한다.

달까? 그래서 클로이는 동생을 감자 얼굴이라고 부르기도 했다. 배럿이 보기에도 마치 치대다 만 반죽 같은 면이 있기는 했다. 때때로 두 눈은 부풀어가는 반죽에 깊이 박아 넣은 건포도 같았다. 지금처럼 화낼 때면 얼굴이 벌겋게 달아올라 얼룩덜룩해지며 더욱 못나 보였다.

"지금은 다른 여자랑 산다며? 그럼 이미 네 인생에서 없어진 거잖아."

"집 등기에 이름이 같이 올라 있잖아! 자기 맘대로 들락날락할 수 있다고. 갑자기 들이닥칠 수도 있는데 어떻게 잊을 수 있겠어?"

"그럼 부동산에 내놓고 팔아서 돈을 나눠. 그러면 평생 안 봐도 되잖아."

"왜 내가 집을 포기해야 하는데? 난 거기가 좋단 말이야! 세상에서 딱 하나 사랑하는 게 내 집이라고!"

"왜 아니겠어. 겨우 일 년 만에 200만에서 300만 달러로 올랐으니. 정말 사랑스럽겠지."

코트니는 팔을 뻗으며 말했다. "그러니까 싫다는 게 돈 때문인 거네!"

"당연히 돈 때문이지. 그게 아니면 뭐겠어?"

"아빠는 늘 돈 생각만 하지. 아빠한테는 돈만 소중해!"

"돈은 편리한 거니까. 너랑 가족들이 어떻게 지내고 있는지 생각해봐."

코트니는 두려움이 담긴 눈빛으로 아빠를 바라봤다. 마치 아빠가 자기 앞에서 새끼 고양이를 목 졸라 죽이기라도 했다는 듯한 표정이다. "어떻게 그런 말을 할 수 있어?"

배럿의 주머니에서 진동음이 느껴졌다. 그는 주머니에 손을 넣었다. 드디어 잭 컬리건의 전화였다.

그런 아빠를 보고 코트니가 말했다. "흥, 나쯤은 그냥 무시해야지. 언제나 일이 먼저니까."

배럿은 등을 돌리고 전화를 받았다. "잭, 다 됐어? 빼냈어?"

컬리건의 대답은 다소 늦게 튀어나왔다. "응, 나오긴 했지."

목소리가 이상했다. 코트니 목소리보다 더 이상했다. 배럿은 전화기에 깔린 마벨 앱을 실행하고 회사 SUV 계기판에 설치된 카메라를 켰다. 에어컨 송풍기 안에 설치된 카메라를 통해 운전석에 앉은 레스터와 조수석에 앉은 컬리건이 보였다. 컬리건의 손에는 은색 휴대용 술병이 들려 있었다.

"너무 늦게 왔어." 컬리건이 말했다.

"그게 무슨 말이야?" 배럿의 머리를 스치고 간 생각은 램버트가 안에서 패싸움을 하다가 칼로 찔렸거나 해서 이미 죽었을지도 모른다는 것이었다. 여자들만 있는 구치소에서도 그런 일이 일어나는지는 모르지만 말이다. 물론 끔찍한 참사임에는 분명하지만, 토니 로가 제시했던 처리 방법이기는 했다.

컬리건은 술병을 기울여 한 모금 간신히 마셨다. "우리가 도착하기 전에 석방됐어."

"뭐라고?" 배럿이 헉하고 숨을 들이쉬었다. 샤워를 하다 면도칼에 찔려 죽었다는 말보다 훨씬 더 충격적이었다. "대체 누가 빼냈어?" 전화기를 꽉 쥔 손이 얼얼했다. "지금 그쪽으로 갈게." 그는 허둥대며 전화를 끊고 마샤에게 전화했다. "해링턴 연결해줘. 그리고 이쪽으로 헬리콥터 한 대 보내. 당장."

그가 가방을 챙기려고 급히 움직이자 코트니가 소리쳤다. "오, 어련하실까. 또다시 우리를 팽개치고 있잖아!"

25장

셰이 램버트

"셰이!" 주차장 저쪽에서 내 이름을 부르는 소리가 들렸다. 고개를 홱 돌렸다. "여기요!" 한 남자가 은색 벤츠 뒷좌석에서 몸을 빼고 소리쳤다. 빽곡한 잿빛 머리카락이 바람에 흩날렸고, 볕에 그을린 얼굴에 반짝이는 미소를 담고 있었다. 그는 팔을 세차게 흔들며 다시 한번 나를 불렀다. "셰이!"

나는 멈춰 선 채 가만히 쳐다보았다. 왠지 낯익어 보였다. 미국 전역 기업 변호사들의 골칫거리이자 악명 높은 집단소송 변호사. 한때 나의 적수였지만 지금은 구원자가 된 사람, 마크 이빈스.

그는 환한 미소를 지으며 차 문에 기대서 있었다. 나는 뒤쪽에 있는 레스터와 컬리건을 흘긋 보았다. 그들 역시 이빈스를 바라보고 있었고 얼굴에 당황스럽고 분개한 표정이 역력했다. 나는 천천히 벤츠 쪽으로 걸어갔다. "이빈스 씨?"

"마크라고 불러주세요."

"저를 보석으로 빼주신 게 그쪽인가요?"

그가 고개를 주억거렸다. "더 빨리 알지 못해 죄송할 따름입니다. 이곳에 그토록 오래 있었다는 걸 생각만 해도 진저리가 쳐지네요. 얼마 동안이었죠? 두 달?"

운전석의 남자는 앞만 보고 있었고 조수석의 여자는 몸을 틀어 우리를 보고 있었다.

"이게 다 무슨 일인지, 이해가 안 가네요!" 내가 말했다.

"차에서 얘기하는 게 어떻습니까?"

나는 망설였다. 마크 이빈스가 나를 보석으로 빼주었다. 나를 태워준다고 한다. 근데 내가 지금 어디로 가야 한담? "저…… 저는 갈 데가 없는데요."

"숙소를 마련해놨습니다." 그가 내 팔꿈치를 살짝 잡았다. "자리 잡으실 때까지 거기서 편하게 지내시면 됩니다."

"근데 왜 그러시는 건데요?"

"차에서 얘기합시다."

나는 다시 한번 뒤돌아보았다. 레스터는 SUV 운전석에 올라 문을 쾅하고 닫아버렸다.

나는 벤츠에 올라탔다. 좌석 시트가 어린 소녀의 촉촉한 피부 같이 부드럽고 폭신했다. 막 뽑은 새 차 냄새도 났다. 향수 냄새와 막 볶은 질 좋은 커피 향이 섞인 냄새, 사치의 향기였다. 나는 시트에 몸을 묻었다.

이빈스가 내 옆에 올라타자 운전사가 기어를 넣었다. 조수석 여자가 몸을 돌려 나를 향해 미소 지었다. 내 나이 또래의 굉장히 예쁜 여자였다. 아스팔트 위 검은 얼음처럼 반짝이는 머리카락과 도드라진 광대뼈가 눈에 띄었다.

"셰이, 이쪽은 내 동료 피비. 운전사는 로니예요."

운전사 로니가 후사경을 통해 고개를 끄덕해 보였고, 피비는 나에게 손을 내밀었다. 블루블랙 매니큐어를 발라 반짝거리는 손톱이 뾰족하게 정리되어 있었다. 그 손을 잡고 악수를 했다. 자동차 시트만큼이나 폭신하니 부드러웠다.

차가 움직이기 시작하자 피비가 앞을 보았다. 나는 고개를 돌려 뒤를 확인했다. 주차장을 빠져나온 SUV가 우리를 따라오고 있었다. 그들도 나를 보석으로 빼내려고 왔는데 어찌 된 영문인지 마크 이빈스가 선수를 친 것이다.

"저는 이제 법정에 가봐야 해서, 대신 피비가 신경 써드릴 겁니다. 일 마치고 사무실에서 보도록 합시다." 이빈스가 말했다.

"이빈스 씨……."

"마크라고 부르라니까요."

"마크, 제가 파머 소송을 도와드릴 거라고 생각하신다면 음, 그건 불가능합니다."

"물론 아니죠. 제가 직업적 신의를 배반하거나 윤리 규범을 위반할 행위를 요구할 리 없잖습니까."

"네. 아, 그리고 저 기밀유지협약서에 사인했어요."

그의 얼굴이 어두워졌다. "고용 조건에 포함돼 있었나요?"

"그것 역시 말씀드릴 수 없어요."

"이런 개자식들." 그가 중얼거렸다. "그렇지만 일이 이렇게 된 이상 당신이 그걸 지킬 거라고 믿는 사람은 아무도 없을걸요."

"제 스스로가 지키고 싶어요."

그는 잠시 차창을 바라보았다. 다시 고개를 돌린 그의 얼굴에 어떤 참회의 빛이 어려 있었다. "여태까지 거기서 시달렸을 걸 생각하면 토하고 싶을 정도입니다. 그때 바로 보석으로 빼드렸어야 했는데. 근데 저도 어제까지 전혀 몰랐답니다. 그 사단이 났을 때 저는 여기 없었거든요. 신문기사 발췌 서비스에도 그 소식이 빠져 있었고요."

"서비스 회사 변경했습니다." 피비가 앞을 향한 채 말했다.

"얼마 전에 소셜미디어 계정도 다 닫아버렸거든요. 헛소리꾼이 너무 많아서요. 그래서 인터넷에서 무슨 일이 일어나는지 알 방법이 없었죠." 마크가 말했다.

"인터넷에서 일어나는 일요?"

"미안하다고 했잖아요!" 피비가 소리를 빽 질렀다. "인터넷 안 보고 있는 줄 몰랐다니까요!"

"근데 어제 우연히 로비에서 당신 옛 동료를 만났거든요. 조엘 에더스요. 그분이 얘기해줘서 알게 된 겁니다." 마크가 말했다.

"아, 그렇군요." 하지만 나는 그 말을 믿지 않았다. 어떻게 그게 우연일 수 있을까. 우연히 내 소식을 알게 되었고, 알자마자 나를 보석으로 빼내려고 서둘러 달려왔고, 몇 분 후에는 배럿의 똘마니도 똑같이 나를 빼내려고 온 거라고? 나는 그렇게 운이 좋은 사람이 아닌걸?

"물론 예전의 일 기억하고 있습니다. 랜드사 소송에서 당신이 변론서를 썼죠. 그때 제가 제대로 한 방 먹었고요." 마크가 큭큭 웃었다.

"그러니까 저를 실력이 괜찮은 변호사라고 생각하신다는 거네요. 그렇더라도 지금의 상황은 이해가 잘 안 되는데요." 내가 말했다.

"괜찮은 걸 넘어서 뛰어난 변호사라고 생각합니다. 잉그럼 배럿은 거짓말만 늘어놓는 나쁜놈이고요. 그가 왜 이런 짓을 벌인 건지는 모르겠지만, 보고 나니 간담이 서늘해지더라고요. 그자가 한 일에 동의할 수 없습니다."

"저한테 죄를 뒤집어씌웠다고 생각하시는군요."

"당신도 그렇게 생각하지 않나요?"

마침 그의 주머니에서 울린 진동음 덕분에 나는 대답을 아낄 수 있었다. 마크는 전화기를 꺼내 확인하더니 뒤를 한 번 보았다. 두 대의 차를 사이에 두고 SUV가 계속해서 따라오고 있었다.

"잠시만요. 이건 꼭 받아야 해서요." 그는 통화 버튼을 눌러 잠시 듣더니 이렇게 말했다. "피비, 전화 연결." 그러자 피비 역시 전화기를 들었다.

그 후로 삼십 분간 그들은 다음번 심리에 대해 전화회의를 했다. 나는 귀 기울여 들으며 상황을 끼워 맞췄다. 작년 말 마크는 NSP라는 회사를 상대로 주주 소송을 제기했고, 최근 집단소송을 인정해달라는 신청서를 제출했으며, 더불어 자신을 집단소송 변호인으로 선임해달라고 요청했다. 그런데 또 다른 로펌이 비슷한 소송을 제기했고, 자기 쪽 변호사를 소송 변호인으로 선임해달라는 신청서를 제출했다. 판사는 어느 회사가 소송을 맡을지 결정해야 했다. 수백만 달러의 수임료가 어디로 갈지, 그 성패가 달린 일이었다. 그리고 지금 경쟁 변호사가 전화를 걸어와 공동으로 협력해서 분쟁을 해결하자고 제안하는 중이었다. 피비는 통화 내용을 들으며 태블릿에 메모했고, 마크는 유쾌하게, 심지어 애교스러울 만큼 친절하게 응대했지만 어떤 약속도 남기지 않았다.

"죄송합니다. 네드 바트먼이라고, 오늘 심리에서 만날 적수거든요." 통화를 끝낸 후 마크가 말했다. 그때쯤 차는 로어맨해튼에 다다랐고, 피비의 무릎 위에서는 소형 프린터가 그녀의 메모를 출력하고 있었다.

"아무것도 모르는 신참이 당신 밥상에 수저를 얹겠다는 거군요."

그가 웃었다. "아닙니다. 그저 필요하니까 춤추는 시늉을 하는 거죠. 사실 네드 바트먼이 원하는 건 사건을 독차지하는 겁니다. 조사 작업도 다 우리가 했고, 첫 고소도 우리가 했고, 제대로 된 합의를 이끌어낼 수 있게 소송을 준비한 것도 우린데 말입니다."

"오늘 그렇게 항변하실 건가요?"

그가 끄덕였다.

"이런 거 질문해도 될지 모르겠지만, 노스스타Northstar 쪽 변호는 누가 맡았어요?"

그는 미소를 지었다. 내가 주식 종목 약칭만 듣고도 피고를 정확히 짚어낸 것이 마음에 들면서도 좀 불쾌한 기분도 드는 모양이었다.

"해링턴사요."

"아! 파머 소송 때 잉그럼 배럿을 변호한 그 회사군요."

"그럼 그쪽을 아시겠네요."

"이전부터 알았어요."

창밖의 가로수들이 흐릿한 잔상을 남기며 사라졌다. 나뭇가지에서 연둣빛 싹이 터져 나오고 있었다. 내 코가 석자인데 다른 데 신경을 쓰는 내 뇌의 작동 방식이 이상했다. 나는 당장 배럿의 손아귀에서 벗어나야 하며, 이빈스가 도모하고 있을 꿍꿍이에 걸려들지 않도록 정신을 바짝 차려야 한다. 그런 형편에 소송 전략을 생각하며 신나게 머리를 굴리고 있다니! 뇌의 시냅스를 가로지르며 톡톡 튀는 전기가 느껴질 정도였다. 모처럼 기분이 좋았다.

"그래서?" 그가 나를 바라보며 물었다.

나는 어깨를 으쓱했다. "제 추측이 궁금하세요? 해링턴이 역경매°를 했고, 네드 바트먼이 최저 입찰자가 된 거죠."

"그게 무슨 소리예요?" 피비가 몸을 틀며 물었다.

나는 설명을 시작했다. "노스스타는 당연히 가장 적은 금액으로 조정에 응할 변호사가 임명되길 바랄 겁니다. 그래서 해링턴은 원고 측 변호사들과 각각 비공개로 협상해서 가장 낮은 합의금을 제시하는 변호사와 계약을 체결하는 수법을 쓰고요. 그런 다음 그 변호사에게 약간의 정보를 유출하죠. 바로 네드 바트먼이 진짜로 조사한 것처럼 보이게요. 그러니 그가 일을 맡기에 적격이죠."

피비가 몸을 돌려 마크 이빈스를 바라보았다. "그 사사분기에 있었던 편차……."

이빈스의 이마에 주름이 졌다. "바트먼이 어쩌다 그걸 발견했는지 늘 궁금했는데."

"아마 누가 알려준 걸 거예요." 내가 말했다.

피비가 입술을 깨물었다. "증거개시 목록 받을 때까지 휴정을 요청해야 할까요?"

차가 폴리스퀘어°°에 도착했다. 운전사가 법원 앞에 차를 대자 피비가 이미 매듭을 지어놓은 실크 넥타이를 뒤로 넘겼고, 이빈스는 그걸 받아 목에 걸었다. 피비는 무릎에 있던 서류가방도 뒤로 넘기며 말했다. "행운을 빌어요."

"고마워." 이빈스가 손을 뻗어 피비의 어깨에 손을 올리자 그녀가 미소를 건넸다. 두 사람은 분명 같이 자는 사이 같았다.

° 같은 종류의 상품이 다수일 때 최저 가격을 부르는 사람에게 상품을 사는 것.
°° 뉴욕 폴리스퀘어에 FBI 동부 지국이 있다.

"고마워요." 이빈스가 나에게도 인사를 남기고 차에서 내려 법원 계단을 뛰어 올라갔다.

"인터넷에서 있었던 일이라는 게 도대체 뭐예요?" 운전사가 유턴을 해서 북쪽을 향하자 나는 피비에게 물었다.

"모르세요?" 피비가 미소를 지었다. "당신 얘기는 인터넷에서 그야말로 난리였어요. 온갖 게시판에서 그 사건에 대해 토론을 벌였는데 '셰이 편'이 이기고 있었죠. '*#셰이에게자유를*'이라는 해시태그까지 생겼다니까요. 그리고 누군가 당신 변호를 위해 펀딩을 시작했죠."

"뭐라고요? 누가요?"

피비가 어깨를 으쓱했다. "십중팔구 당신에 대해 환상을 품은 방구석 얼간이겠죠. 근데 중요한 건, 그것 때문에 불이 붙었다는 거예요. 5만 달러까지 모였을걸요."

"뭐라고요? 아니, 왜요?" 내 목소리가 점점 커졌다.

"당신 이야기가 사람들 주목을 끄니까요. 엘리베이터에 갇혔는데 누군가 자살을 한다? 이런 일은 우리 누구든 겪을 수 있어요. 그랬는데 그걸로 죄를 뒤집어쓴 거잖아요." 피비는 부당하다는 듯 몸을 떨었다. "아, 그리고 당신 외모도 한몫했어요."

"뭐라고요?" 나는 이 말만 자꾸 반복했다.

"잘 나온 머그샷 사진을 무시하면 안 돼요. 입소문이 나기 마련이거든요. 아시잖아요."

"아니요. 저는 몰랐어요."

"여기서 내려줘요, 로니." 피비가 말하자 운전사가 핸들을 꺾었다. "머리랑 손톱 손질 하고 싶지 않으세요? 저라면 제일 먼저 하고 싶을 것 같거든요. 만약 제가 구치……."피비는 말을 멈췄다.

"구치소에서 막 나왔다면요?"

피비는 눈을 크게 뜨고 고개를 끄덕였다. 아이라인이 자동차 공장에서 기계에 달린 핀에 찍혀 나온 것처럼 정교했다.

"힘들었어요?" 그녀가 물었다.

나는 어깨를 으쓱했다. "친구를 좀 사귀었어요."

내 대답에 피비는 우물쭈물하다가 "오, 그렇군요"라고 말하더니 밝은 목소리로 덧붙였다. "도착했네요!"

차가 멈춰 선 곳은 창문 위로 분홍색 차양이 쳐진, 스파와 고급 미용실을 겸한 곳이었다. 나는 피비를 따라 차에서 내렸다. 미용사가 문 앞에서 미소를 지으며 우리를 맞이했다. "오! 셰이 씨군요! 잘 오셨어요." 옆에는 매니큐어 담당자가 있었다. "저 완전 팬이에요!"

그 후로 두 시간 동안 그들은 나를 상대로 가운을 입히고 샴푸, 파마, 커트, 이차 샴푸, 드라이, 손톱 깎기와 광택 내기 등을 했고, 콥샐러드와 피노그리지오 한 잔을 내주었다. 그런 한편 스타일리스트들은 내가 얼마나 힘들었을지, 이 상황에서도 얼마나 멋져 보이는지, 스타일링을 다 끝내면 얼마나 더 멋지게 보일지에 대해 발랄하게 수다를 떨었다.

적대적이지 않은 손길을 받는다는 게 이런 느낌이었던가, 새삼 묘한 기분이 들었다. 이렇게 부드러운 손길을 받는 건 두 달 만이었다. 아니, 더 오래됐다.

"긴장 푸세요. 지금 너무 긴장하셨어요." 스타일리스트가 내 어깨에 손을 올리며 말했다. 근처 스툴에 앉아 전화기를 보던 피비가 고개를 들어 액정화면을 터치하며 말했다. "내일은 마사지 받으실 수 있게 예약 중이에요."

스타일리스트가 가운을 벗길 때는 내 모습이 좀 우스워 보였다. 손톱은 반짝반짝했고, 방금 부분염색을 마친 칼단발 머리도 윤기가 자르르한데, 옷은 헐렁한 청바지에 낡아빠진 스웨터를 입고 닳아빠진 운동화를 신고 있다니!

"걱정 마세요." 피비가 카운터에서 신용카드를 휘두르듯 내밀며 말했다. 계산대의 숫자가 보이지 않았다. 내가 아는 가격은 5년 전 시세였지만, 대충 가늠해보건대 아마 500달러 정도에 팁까지 얹어줬을 것이다. "이제 옷을 좀 사야겠지요. 다음 목적지는 삭스Saks예요." 피비가 말했다.

"갭Gap도 괜찮아요."

그녀는 고개를 저었다. "저희 사무실에는 드레스코드 같은 게 있어요. 딱히 제한하는 건 없지만, 이왕이면 멋지게 보이는 게 좋잖아요. 거기에 맞추고 싶으실 거예요."

"그쪽 사무실에 맞춘다고요?" 나는 의문을 표했지만 피비는 그새 문 밖으로 사라졌다. 로니는 연석에 차를 대고 기다리고 있었다. 피비는 나와 함께 뒷자리에 올랐고, 우리는 삭스를 향해 북쪽으로 달렸다.

패션 숭배자들을 위한 쇼핑의 메카! 한때 적어도 한 달에 한 번은 토요일에 찾아와서 구경하던 곳이다. 새로운 컬렉션이 나올 때마다 예산이 점점 더 늘어나곤 했다. 그러나 피프스 애비뉴Fifth Avenue에 있는 이곳 회전문을 통과하지 않은 지도 5년이 넘었다. 피비를 따라 일층 화장품 매장으로 들어선 순간, 벤츠에서 맡았던 고급스러운 향기가 수천 배로 짙어졌다.

한 화장품 매장에 멈춰 서자 이번에도 점원들이 기다렸다는 듯 나를 구워삶았다. "피부가 건조하시네요"라면서 보습 크림을 발라주었고, "너무 창백해 보이세요"라면서 쉐딩을 넣고 블러셔를 발라주었다. 꼬리를 날렵하게 뺀 아이라이너를 그리고 립스틱까지 발라주었다.

거울을 들여다보니 어느새 나는 세련된 전문직 여성처럼, 혹은 특권층처럼 보였다. 다시 왕년의 내가 된 것 같았다. 그러나 세월이라는 풍파를 맞았으니 완전한 왕년의 나는 아니었다. 그 풍파라는 게 지난 두 달간 맞은 것인지, 5년 전부터 맞은 것인지는 모르겠지만, 얼굴의 주름이며 그늘진 부분이 눈에 띄었다.

"다 살게요." 피비가 말했다. 점원은 내 얼굴에 사용한 화장품을 모두 꺼내 바코드를 찍었다. 이번에도 500달러는 될 것 같았다.

피비는 한 층 한 층 올라가며 명품 브랜드 매장으로 나를 이끌었다. 한때 내가 선호했던 브랜드 몇몇은 그사이 패션계에서 떨어져 나갔는지 낯선 브랜드가 대신 자리를 차지하고 있었다. 한때는 눈을 감고도 특정 매장을 찾을 수 있었는데, 지금은 마냥 피비를 따라다녀야 했다. 피비는 심지어 피팅룸까지 함께 들어왔다. "오! 몸매 좀 봐." 내가 속옷을 입어보려고 옷을 벗자 그녀가 감탄하며 말했다.

"구치소에 있으면 윗몸일으키기할 시간이 많거든요."

"저도 거기나 가야겠네요." 피비는 이렇게 말하더니 이내 얼굴을 붉혔다. "제 말은, 어……."

내가 구원의 손을 내밀었다. "마사 스튜어트°가 수감생활 마치

° 가정 살림살이와 관련한 기업 '마사 스튜어트 리빙 옴니미디어'를 창립한 유명 기업가였으나 2002년 주가 조작, 내부자 거래 등의 문제에 휘말려 5개월간 수감생활을 했다.

고 나왔을 때 얼마나 멋졌는지 알죠?"

"그럼요!" 피비는 안도한 것 같았다. 우리가 유명인에 대해 이러쿵저러쿵 참견하며 친해질 수 있다면 감옥이란 것도 그다지 장벽이 되지 않았다. "이대로 입고 갈게요." 피비는 속옷 세트를 입은 나를 가리키며 점원에게 말했다. "나머지는 배송해주세요."

피비가 산 옷에는 청바지와 스웨터도 있었다. 가격이 갭보다 열 배는 비쌌다. "이것도 입고 갈게요." 그러면서 피비는 코를 찡그리며 내가 원래 입었던 옷을 점원에게 건넸다. "이거 좀 버려주실래요?"

내가 신었던 운동화도 신발 매장에서 똑같은 운명에 처해졌다. 구입한 신발은 높은 굽과 낮은 굽 구두, 하이힐 부츠까지 해서 그 합계 금액이 상상을 초월했다.

다음으로 찾은 곳은 가장 비싸고 주요한 항목의 가게였다. 정장과 실크 블라우스, 제2의 피부인 양 몸에 딱 붙는 드레스를 구입했다. "이건 너무 과해요." 나는 매번 그렇게 말했지만 목소리가 갈수록 작아졌다. "저 이거 다 못 갚아요."

"걱정 마세요. 마크는 뭔가를 발견하면 제대로 투자하거든요."

피비는 이번에도 휘두르듯 자신의 신용카드를 건넸다. 아니, 마크 것이겠지. 점원은 결제한 옷들을 한 시간 안에 배송해주겠다고 장담했다.

'마크 이빈스 앤드 어소시에이츠 로펌'은 시내 고층 건물이 아니라 센트럴 파크에서 불과 한 블록 떨어진 어퍼 이스트 사이드Upper East Side의 가로수 길에 있었다. 로니는 석회암으로 된 오층짜리 타운하우스 앞에 차를 멈췄다. 널따란 대리석 계단이 일층의 화려한 쌍여닫이문으로 이어졌고, 옆의 좁은 계단은 아래층에서 별도로 쓰는 사무실 또는 아파트로 이어져 있었다.

피비는 내 손을 잡고 넓은 계단을 올라 쌍여닫이문으로 들어갔다. 내부 로비는 대리석 바닥에 천장이 높았고, 위층으로 이어진 웅장한 계단이 있었다. 계단 옆에 위치한 안내 데스크에는 피비보다도 더 아리따운 여성이 있었다. 나이 어린 라틴계 여성이었다. 반짝이는 검은 눈동자에 짙고 풍성한 머리카락이 폭포수처럼 어깨와 등에 늘어져 있었다. "셰이 씨군요. 안녕하세요, 저는 루이자예요." 그녀가 자리에서 일어나 미소를 머금고 말했다.

"뭐 배송 온 거 있어?" 피비가 물었다.

"네, 아래층에 있어요."

"마크는?"

"사무실에 계십니다."

"나 왔다고 전해줘? 난 셰이 씨랑 아래층 가서 정리 좀 하려고."

나는 피비를 따라 복도를 걸었다. 말로 다하지 못할 만큼 호화스러웠다. 옻칠한 바닥, 빨간색과 금색 테를 두른 장식들, 무지갯빛으로 춤을 추는 크리스털 조명 등 이리저리 고개를 돌리며 구경하느라 정신없었다. 금박과 거울로 가득 찬 공간이 얼마나 과하게 느껴졌는지, 루이 14세가 하이힐을 신고 이곳을 잰걸음으로 다니는 모습이 상상될 정도였다. 그러나 실제로 하이힐을 신고 다니는 것은 수많은 여성들이었다. 한 명 한 명이 어찌나 당당하고 아름다운지, 마크 이빈스가 모델 에이전시를 통해 직원을 충당하는 게 아닐까 하는 생각마저 들었다.

피비는 나를 데리고 접견실로 갔다. 호화로움의 규모는 끔찍할 만큼 과했다. 어쩌면 이곳은 한때 벼락부자나 성공한 기업가의 별장은 아니었을까? 일 년에 절반도 여기에 머물지 않는 가족을 위해 호화롭게 만들어놓은 공간 말이다.

피비는 화려한 패널로 장식된 문을 열었다. 그 안에는 놀랍게도 작은 엘리베이터가 숨어 있었다. 유리로 된 실린더처럼 생겼는데, 마치 드라이브스루 은행에서 볼 수 있는 기송관설비°같기도 했다. 피비가 실린더 안으로 들어섰지만 나는 휘청하며 발걸음을 멈췄다. 내가 타지 않자 왜 그러느냐는 듯 뒤돌아보았다. "아!" 피비가 손으로 입을 막았다. "죄송해요! 미처 생각도 못 하고…… 계단으로 가요. 물론 그래야죠."

나는 "괜찮을 거예요"라고 속삭이듯 말했지만 꼼짝도 하지 못했다.

"아니에요, 이쪽으로 오세요." 피비가 다시 내 손을 잡았다. 이번에는 밖으로 나를 이끌더니 계단으로 향했다. 계단 아래를 보니 까만색 SUV가 연석에 멈춰 있었다. 운전석에 앉은 레스터의 모습이 눈에 띄었다. 피비는 재빨리 오른쪽으로 꺾어 계단을 내려갔다. 그러고는 계단 아래에 있는 무거운 철제 문 앞에 서서 잠금장치에 키카드를 긁었다. 문이 소리를 내며 열렸다.

안으로 들어가자 회색과 파란색이 조화된 차갑고도 간결한 느낌의 가구와 현대미술품 들이 장식돼 있었다. 누군가의 살림집처럼 보이기도 했고, 정신과 의사나 변호사 사무실의 로비처럼 보이기도 했다. 유리 상판에 인체공학적 의자가 딸려 있는 모던한 책상과 스웨이드 천으로 싸인 이인용 소파가 두 개 있었다. 구석에는 벤자민 고무나무를 심은 화분이 놓여 있었다.

° 서류 등을 기송관에 넣어 공기 힘으로 내보내는 설비.

"증인이 외지인일 경우 쓰는 아파트예요." 피비가 문을 닫고 키카드를 나에게 넘겼다. "특히 상대측에 알리고 싶지 않은 증인일 경우 이곳을 쓰게 하죠."

"저를 말씀하시는 건가요?"

"아니 뭐, 아시다시피 당신은 증인이 아니잖아요. 마크가 원해서 그러는 거예요. 자리 잡으실 때까지 편하게 지내시라고요."

그녀는 아파트 곳곳을 안내해주었다. 마치 모델하우스를 소개하는 직원처럼 팔을 흔들어가며 이런저런 찬사를 늘어놓았다. 라운지 뒤에는 주방과 식탁이 있었다. "식료품을 좀 채워놓긴 했는데 다른 원하는 거 있으면 이쪽으로 전화하세요. 마크 이름만 대면 돼요." 주방 뒤로는 침대와 욕실이 있었다. 킹 사이즈 침대였고 머리판이 스웨이드 천으로 감싸여 있었다. 그 위쪽에는 삭스에서 산 쇼핑백들이 놓여 있었다.

"이거 치워드릴게요." 피비가 말했다.

"아니에요, 괜찮아요."

그러나 그녀는 이미 쇼핑백을 열어 비닐을 뜯고 있었다. 나는 혼자서 욕실을 둘러봤다. 대리석 타일, 해바라기 수전, 그리고 비데도 있었다. 식사 공간으로 향하니 거대한 프렌치도어가 기다리고 있었다. 그 문은 숙소 뒤편 정원으로 이어졌고, 그곳에도 자동 잠금장치가 있었다. 밖에는 아치형 구조물을 타고 오르는 등나무 아래 티크 목재 식탁이 놓여 있었다. 교도소 운동장에서처럼 이곳에도 수선화가 자라고 있었다. 그리고 보안 카메라가 눈에 띄었다. 몇 대는 문을 향해, 몇 대는 정원을 향해 있었다.

전화벨이 울렸다. 침실에서 전화를 받는 피비의 목소리가 들렸다. 낮고 다정하게 얘기하더니 마지막에는 "저도요"라고 속삭였다. 거실로 나온 그녀는 활짝 웃었다. "좋은 소식이에요! 판사가 신청서를 60일간 보류하라고 결정했어요. 네드 바트먼하고 노스스타, 그러니까 해링턴사의 거래에 대해 증거조사를 진행할 수 있게 됐어요."

"잘됐네요."

"마크가 고맙다고 전해달래요."

나는 그 말을 믿지 않았다. 마크 이빈스가 역경매에 대해 몰랐을 리 없다. 어쨌든 간에 그는 주주 집단소송의 왕위에 오른 인물이 아닌가. 그런 그가 왜 그런 입에 발린 말을 하는지 알 것 같았다.

"저녁식사는 함께하지 못할 것 같아요. 선약이 있거든요. 마크는 행사에 참석해야 하고요. 어딘가에 배달음식 메뉴가 있었는데……." 피비는 주방 카운터에서 메뉴를 찾아 들어올렸다. "마크 이름 대고 시키면 돼요. 아, 카드 드려야지!" 그녀는 핸드백에서 까맣게 반짝이는 신용카드를 꺼내 내밀었다. 나는 카드에 새겨진 이름을 바라보았다. *셰이 램버트.*

"아 그리고, 마크가 루프탑에서 같이 한잔하자고 하던데요. 으스대는 거예요." 피비는 친근하게 미소를 지으며 덧붙였다. "의뢰인한테 야경 보여주면 다들 놀라거든요. 그걸 즐기는 거죠."

나는 이 이상 더 놀랄 수도 없을 것 같았다. "거긴 어떻게 올라가죠?"

그녀는 위층에서 본 것처럼 화려하게 장식된 문을 가리켰다. 저것도 엘리베이터 같은데, 라고 생각하는 순간 그녀가 멈칫하더니 말했다. "현관으로 가시면 돼요. 키카드 쓰시고요. 계단으로 올라가세요. 오층이 마크가 사용하는 아파트거든요. 야근할 때 쓰곤 하죠. 거기서 한 층 더 올라가면 루프탑이 나와요." 피비는 식탁에 둔 핸드백을 들었다. "이것저것 신경 쓴다고 하긴 했는데, 혹시 뭐든 더 필요한 게 있으면 저한테 연락 주세요." 그녀는 엘리베이터로 향하는 문을 열고 버튼을 눌렀다. "번호 드릴게요." 그러더니 당황했는지 웃음을 터뜨렸다. "아, 잠시만요. 그전에 전화기부터 드려야죠. 회사 계좌로 세팅해놨어요."

나는 그녀에게서 스마트폰을 받아 뒤집어보았다. 2월에 내가 이런 전화기를 갖고 있었다면 경찰에게 그토록 의심을 사지는 않았을 텐데. "고맙습니다. 너무 잘해주시네요."

엘리베이터가 도착하고 유리 실린더가 스르륵 열렸다. "아, 그리고 말이죠." 피비는 안으로 들어서며 말했다. "이 엘리베이터는 양쪽으로 문이 열리는데, 반대편은 헬스클럽이에요. 그러니 여기서 멈추는 소리가 들려도 놀라지 마세요. 걱정되시면 바깥 문을 잠그실 수 있어요." 그녀는 시범을 보이려고 몸을 내밀었다.

"알겠어요."

"그럼 잘 자요." 그 말을 끝으로 엘리베이터가 닫히고 위로 올라갔다.

나는 엘리베이터가 보이지 않게 패널 문을 닫고 잠갔다. 현관으로 가서 도어록이 잠겨 있는지 확인했고, 아파트 뒤쪽 프렌치 도어도 확인했다. 그러고 나니 내가 또 다른 우리에 갇혔다는 생각이 문득 들었다.

다만 이번의 우리는 금으로 만들어진 것이다. 나는 이 방 저 방 돌아다니며 매끈한 타일과 부드러운 스웨이드를 만져보았다. 첼시에서 살던 집에 있던 것보다 훨씬 더 고급스러웠다. 옷장의 옷들도 한때 내가 입었던 것보다 훨씬 고급이었다. 아니, 과했다. 모든 것이 너무 과했다. 세상에 공짜란 없는 법인데!

마크 이빈스를 만나 대체 내게 어떤 대가를 바라는 건지 알아내야겠다.

해바라기 수전에서 쏟아지는 물을 맞으며 오랫동안 샤워를 했다. 완벽하게 세팅한 머리가 젖든 말든 이 순간을 마음껏 즐겼다. 그런 다음 나체로 나와 새 옷이 걸려 있는 나의 새로운 옷장 앞에 섰다. 마크 이빈스와 한잔할 때는 무슨 옷을 입을까? 옷이 너무 많아 고르기가 힘들었다. 그러자 아까 그 생각이 다시 떠올랐다. 만약 2월에 이런 옷을 입고 있었다면 경찰이 그토록 미심쩍은 눈으로 나를 보진 않았을 텐데.

이미 지난 일을 생각해봐야 무슨 소용인가. 지금 해야 할 일은 미래를 통제하는 것이다.

나는 삭스에서 입고 나왔던 청바지와 스웨터에 앵클부츠를 신기로 했다. 그럼 키가 더 커 보이고 좀 더 능력 있어 보이지 않을까? 바깥으로 난 문으로 나와서 보니 검은 SUV가 아직도 그 자리에 있었다. 그러나 내가 계단을 올라 마크 이빈스 앤드 어소시에이츠의 피난처로 들어갈 때까지 아무도 차에서 나오지 않았다.

6시를 조금 넘긴 시각. 안내 데스크에는 아무도 없었고, 크리스털 조명과 반짝이던 불빛도 어둑해진 상태였다. 부츠 굽이 대리석 타일에 부딪치는 소리가 사방을 울렸다. 계단에는 금색과 붉은색으로 패턴이 짜인 양탄자가 깔려 있고, 계단 수직면마다 양탄자를 누르는 금속 막대가 반짝이고 있었다. 이층에 다다르자 한쪽에는 회의실, 다른 쪽에는 법률 도서관이 있었는데, 두 공간 모두 아무도 없었다. 삼층은 좀 더 평범한 사무실 공간이었다. 컴퓨터 단말기와 개인용 열람석이 나란히 줄지어 있고 여자 몇 명이 아직도 일하는 중이었다. 사층에는 기다란 복도 옆으로 닫힌 문들이 보였다. 아마도 마크의 동료들이 일하는 사무실 같았다. 벌집에서 벌들이 웅웅대듯 나직한 말소리가 새어 나왔다.

오층 층계참이 제일 좁았는데, 문 하나에는 *개인 공간*이라고 적혀 있고, 나머지 하나는 엘리베이터를 가리는 문이었다. 거기서부터는 양탄자가 깔리지 않은 좁은 계단이 루프까지 이어졌다. 나는 계단을 올라 꼭대기에 있는 문을 열었다. 세찬 바람이 흐트러진 내 머리카락을 뒤로 날려 보냈다. 앞으로는 정원이 펼쳐져 있었다. 다 자란 나무에 봄꽃이 흐드러지게 피어 있었고, 천사 모양을 한 분수대가 경쾌하게 물줄기를 뿜어내고 있었다. 주변에는 쿠션을 댄 목재 가구가 자리해 있었다. 북쪽과 동쪽에도 비슷한 루프탑이 있었고, 남쪽으로는 고층 건물들이, 서쪽으로는 넓게 펼쳐진 센트럴 파크 전경이 보였다.

"여깁니다." 마크 이빈스가 나를 불렀다. 그는 루프탑 가장자리 유리 패널 벽에 등을 기댄 채 발목을 꼬고 팔짱을 끼고 서 있었다. 아침에 입었던 법정용 정장 대신 옅은 은색의 좀 더 세련된 정장 차림이었다. 선명한 청록색 티셔츠에 좀 더 말끔한 바지, 좀 더 짧은 코트를 입고 있었다.

나는 긴 직사각 형태의 연초록 잔디를 가로질렀다. 잔디는 손 가위로 다듬은 듯 관리가 무척 잘 돼 있었다. 이빈스는 손에 잔을 들고 있었다. 그는 병으로 손을 뻗어 빈 잔을 채우고 나에게도 한 잔 건넸다. "같이 축하합시다."

나는 잔을 받아 들었다. "노스스타 관련한 판사의 결정을 축하하는 건가요?"

"넵. 그리고 그건 당신 아니었으면 불가능한 일이었지요."

"축하하기는 이른 거 아닌가요? 60일이 지나도 손에 잡히는 게 없다면 말이에요."

"오, 뭔가 분명히 찾아낼 겁니다." 그가 씩 웃었다. "피비가 좀 신경 써주던가요?"

"네, 아주 친절하던데요. 당신은 후하시고요. 너무 후해서 탈이지만."

그가 자신의 잔을 내 잔에 부딪치며 축배를 들었다. "자유를 축하하며!"

"근데 말이죠, 이건 공짜가 아닌 거죠, 그렇죠?"

그가 어두운 미소를 지으며 고개를 저었다. "변호사 노릇을 너무 오래 하셨어요. 탐욕 말고 다른 동기로 일하는 변호사도 많다는 걸 잊어버렸군요. 그 일이 옳은 일이기에 하는 변호사도 많답니다."

나는 면전에 대고 웃음을 터뜨렸다.

그의 미소가 쓴웃음으로 바뀌었다. "안 믿는 거죠, 그렇죠?"

"어림없죠. 원고 측 변호인단도 피고 측 변호인단과 마찬가지로 돈을 목적으로 일하니까요. 유일한 차이점은 피고 측 변호인단은 위험을 회피하는 반면, 원고 측은 기꺼이 도박에 뛰어든다는 것이겠죠"

"오호! 그럼 저는 무슨 도박을 하는 것으로 보입니까?" 또다시 세찬 바람이 불어와 그의 머리를 헤집어놓았다. 확실한 것은 그의 머리는 숱이 많고 은빛이 돈다는 것이었다.

"당신의 도움에 감복한 나머지 저도 당신을 도울 거라는 믿음에 판돈을 거신 거죠. 파머 소송 말이에요."

"이미 말씀드린 것처럼……."

"알아요. 얘기는 하셨지만 전 믿지 않아요."

그는 천천히 술을 들이켜며 술잔을 통해 나를 바라보았다. 나역시 잔을 들어 입에 댔다. 입안 가득 깊고 풍성한 레드와인의 맛이 느껴졌다.

"당신 말이 옳다고 칩시다. 그게 제가 바라는 것일 수도 있죠. 그렇지만 그건 단지 희망일 뿐, 제가 요구하는 대가가 아니란 말입니다. 그 점 이해해주셨으면 좋겠군요."

"그럼 당신이 요구하는 대가는 뭐죠?"

"같이 일합시다."

나는 깜짝 놀라 웃음을 터뜨렸다.

"진심입니다. 저희 회사에 들어오십시오. 변호사 면허 아직 있잖아요. 제가 확인했습니다."

"범죄 일람표는 확인해보셨나요? 살인 혐의로 곧 재판을 받을수도 있는데 그걸 놓치신 것 같군요."

"네. 말이 나온 김에 묻죠. 담당 변호사는 만족스럽습니까?"

나는 콧방귀를 뀌었다. "아니요."

"그럼 변호사를 바꿉시다. 비용은 제가 대겠습니다."

"저를 위해 펀딩이 시작됐다는 말이 있던데요?"

그가 말도 말라는 듯 손을 저었다. "고작 5만 달러입니다. 그돈은 그냥 아무 데나 쓰세요. 제대로 된 변호인을 쓰기에는 부족합니다. 빌 센트렐로 어떻습니까?"

"그 유명한 형사변호사요? 아니요, 됐어요."

이빈스가 고개를 갸우뚱했다. "좋습니다. 이유나 들어봅시다."

"비용 말고 다른 이유가 뭐가 있겠어요? 그 돈이면 평생 갚아도 모자랄 텐데요." 그가 입을 열려고 했지만 나는 계속 말했다.

"제 배는 제가 조종하고 싶습니다. 센트렐로 같은 변호사는 제가 그러는 걸 절대 허락하지 않을걸요."

"아! 그럼 데브 카푸어는 어떻습니까? 그 역시 센트렐로와 함께 연수받았지만 더 젊고 융통성도 있지요."

나는 생각에 잠긴 채 와인을 한 모금 삼켰다. "그렇다 해도 돈 문제는 어디 가지 않아요."

"나와 함께 일합시다. 일로써 갚으세요. 당신은 뛰어난 변호사입니다. 예전부터 알고 있었습니다. 노스스타 문제도 도와주셨잖아요. 여기까지 오게 된 건 당신 덕분입니다."

"그건 노예제도나 다름없잖아요."

"세상 사람 다 그러고 삽니다. 다들 누군가를 위해서 일하잖아요." 그가 미소를 지으며 청록색 티셔츠를 톡톡 쳤다. "당신에겐 그 누군가가 이 사람이라고 생각하면 됩니다."

나는 정원 쪽으로 몸을 돌렸다. 바람이 꽃향기를 몰고 오며 머리카락 사이사이를 비집고 들어왔다. 나는 유능한 변호사였던 적이 있었다. 적어도 과거에는. 그렇다면 궁금한 건 이것이다. 지금의 나는 이 일을 할 수 있을 만큼 충분히 머리가 돌아가는가? 이빈스는 지금 나를 데리고 놀고 있다. 그것만큼은 확실하다. 그에게 말려들지 말고 이제는 내가 데리고 놀 방법을 강구해야 한다. 주짓수를 하는 것이다. 그가 자부하는 강점이 무엇인지 파악해서 그걸 이용해 넘어뜨려야 한다. 나는 정원 너머로 기울어가는 해를 바라보며 생각했다.

그의 전화기에서 알림음이 울렸다. 몸을 돌리자 그가 문자를 확인하고 있었다. "하! 잉그럼 배럿 쪽 변호사가 방금 긴급 신청서를 제출했다는군요. 제가 파머 소송을 맡을 수 없게 원고 측 변호인 명단에서 빼달라고 말이죠."

"무슨 사유로요?"

"CDMI에서 일했던 변호사와의 개인적인 관계 때문이랍니다."
그가 입을 활짝 벌리고 미소를 지었다. "당신이 저랑 같이 일한다
는 걸 배럿이 알게 되면 볼만하겠는데요!"

그러자 결정이 내려졌다. 나는 잔을 들어올렸다.

"받아들이겠습니다!"

이빈스가 내 잔에 자신의 잔을 부딪치는 순간 그의 치아가 석
양빛을 받아 반짝였다.

26장

임그럼 배럿

배럿이 법정에 들어서자 쉬 쉬 하는 소리가 들렸다. 배럿은 방청석을 둘러보았다. 마크 이빈스가 CDMI 주주들로 방청석을 가득 메워놓은 모양이었다. 물론 투표권이 있는 중요한 위치의 주주는 아니었다. 그들은 대부분 젊은 여성들이었다. CDMI를 너무나 좋아하는 부모에게서 대학 졸업 선물로 받은 주식 몇 주를 소유한 주주들. 또 일부는 마담이 왕년에 찍은 포스터를 보며 자위나 하던 자들이 옛 생각에 주식을 사서 주주가 된 중년 남자들이었다. 이들은 성가신 소송을 제기할 만큼의 주식만 겨우 소유한, 회사의 눈엣가시 같은 존재들이었다.

물론 마크 이빈스도 사람들 틈에 있었다. 군중을 헤집고 다니며 반갑게 인사하는 모습이 영락없는 정치인 같았다. 한편 배럿의 변호사인 딕 해링턴은 홀로 자리에 앉아 고개를 푹 숙이고 있었다. 배럿이 그의 옆에 앉았다. "어떤 것 같습니까?"

해링턴은 고개를 젓더니 계속해서 메모를 읽었다. 이 신청서를 제출하자는 건 그의 생각이 아니었다. 해링턴은 판사가 파머 소송에서 이빈스를 제외시킬 리 없다고 생각했다. 그래서 신청서에 반대했지만 배럿은 고집을 꺾지 않았다. 이것이 바로 변호사와 의뢰인 간의 특별한 역학관계였다. 항간에는 변호사가 최악의 의뢰인이라는 말이 있듯이 그들은 속아넘어가 줄 줄을 모른다.

배럿은 법정을 둘러보았다. 필 듀발이 있어야 했지만 보이지 않았다. 그 대신 와서는 안 될 라일리 형사가 방청석 끝줄에 혼자 앉아 있었다. 배럿은 당장 일어나 그쪽으로 향했다. "형사님, 여기 계신 거 보고 놀랐습니다. 사건은 종결된 줄 알았는데요."

라일리는 눈곱이 가득한 눈을 들었다. "유죄 선고가 내려질 때까지는 종결된 게 아니죠, 배럿 씨. 인신보호 영장은 말할 것도 없고 항소는 다 기각됐습니다."

"그렇지만 형사님 일은 다 끝난 것 같은데요. 분명하게요."

"다시 확인한다고 해서 해될 일은 없으니까요."

배럿은 그를 뚫어지게 바라보았다. 라일리 형사는 곧 떠날 손님이다, 라고 그는 자신에게 주지시켰다. 연금이 나올 때까지 출근카드나 찍고 있는 거겠지. 실제로 일한 사람은 크루즈 형사였다. 그가 여기 없는 이상 걱정할 일은 없다.

집행관이 외쳤다. "모두 기립하십시오." 배럿은 판사가 자리에 앉을 때쯤 자기 좌석에 자리했다. 마거릿 델라코테. 도끼처럼 날카로운 얼굴을 한 50세 판사. 남편의 정치적 인맥을 이용해 평생 연방판사 자리를 꿰찼을 뿐 법조계에서는 별 볼일 없는 인물이었다. 이 사건과 관련해 지난번 출두했을 때 마크 이빈스에게 거의 꼬리를 쳤던 모습이 떠올랐다. 배럿은 달라질 게 없을 거라는 생각에 마음을 다잡았다. 램버트의 출소 당일 제출한 집단소송 변호인 자격 박탈 신청은 서류에 제출한 사유가 전부였다. 램버트와 아무런 관계도 없던 이빈스가 그녀의 보석금을 내준 이유는 기밀유지협약이 된 정보에 접근하기 위한 것이라고 보았던 것이다. 하지만 이빈스가 이의제기 신청서를 통해 보석금을 내주었을 뿐 아니라 램버트를 회사의 일원으로 만들었다는 사실을 인정하면서 상황은 달라졌다. 이빈스는 신청서에서 보석금을 내준 것은 다른 목적 없이 단지 램버트가 훌륭하고 재능 있는 변호사이기 때문이며, 기밀 자료 같은 건 찾고 있지 않다고 했다. 그리하여 해링턴은 이번에는 좀 더 전통적인 결격 사유를 대며 자격 박탈 신청서를 제출했다. 램버트는 이해관계에 충돌이 있는 사람인데, 이제 그쪽 회사에 들어갔으니 이빈스와 회사 모두가 동일한 이해관계가 있다는 것이었다.

증인으로 처음 이름이 불린 사람은 배럿이었다. 배럿은 램버트를 고용한 것은 오직 파머 소송 때문이었으며, 고용 후 한 달간 그녀는 이 사건만 전담했다고 진술했다. 또 그녀가 업무 과정에서 수많은 기업 비밀과 기밀유지협약이 된 정보를 알게 되었다고 했다. 소송에서 공개되지 않도록 보호된 정보, 마크 이빈스가 알아서는 결코 안 되는 정보 말이다.

그런데 증언 준비가 너무 과했다. 배럿은 2월 1일에 램버트의 이력서 조작 사실을 알아냈다고 말했다. 그리하여 2월 2일 인사부장에게 램버트를 해고하라고 지시했고, 인사부장은 바로 그날 저녁 지시를 수행했다. 곧이어 인사부장은 램버트와 단둘이 엘리베이터에 탑승했다가 총격으로 사망했으며, 경찰은 램버트를 살인죄로 체포했다는 내용까지 모두 설명했다.

이에 대해 해링턴이 첫 질문을 하자 이빈스가 곧바로 이의를 제기했다. "존경하는 재판장님, 이 항목은 제 변호인 자격 박탈 문제와는 하등 상관이 없습니다. 게다가 그 사실관계라는 것도 현재 논쟁이 뜨거운 상황입니다. 재판장님께서 그 사건을 맡으셔서 램버트 씨에게 유죄든 무죄든 선고하지 않는 이상······."

"네, 저 또한 램버트 씨에 대한 의혹에 대해 잘 알고 있습니다. 이의제기를 인정합니다. 해링턴 씨, 검토 대상을 규정 1조 10항과 관련하여 기밀정보 및 정보 누출 주제로만 한정하기 바랍니다."

해링턴은 싸워보지도 않고 받아들였다. 그는 배럿에게 더 질문하지 않았고, 이빈스 역시 질문이 없었다. 배럿은 씩씩대며 증언대를 빠져나와 제자리로 갔다.

다음은 이빈스가 증인석에 올랐다. 가는 세로줄 무늬의 수수한 정장을 입었지만 뭔가 화려하게 치장한 듯 보였다. 머리카락 때문이었다. 너무 길고 너무 밝은 색이다. 사자의 갈기 같은, 에너지의 토템 같은 것. 그는 판사를 향해 미소를 지어 보였고, 판사는 내려다보며 이맛살을 찌푸렸다. 대놓고 이빈스에게 심취한 모습을 보이면 안 되기에 일부러 그러는 것이다. 한 젊은 여성, 즉 이빈스 사무실에서 나온 꼭두각시가 심문을 주도했다. 누가 봐도 이빈스가 작성한 대본이었다. 그녀가 때에 맞춰 각각의 질문을 읊으면 이빈스가 독백을 시작하는 식이었다.

이빈스는 이전에 램버트 씨와 모르는 사이였다는 상대측 주장을 반박하며 증언을 시작했다. 사실은 그 반대라고. 램버트가 잭슨 리더스 로펌에서 일할 때부터 떠오르는 재원이었다는 걸 자신은 잘 알고 있었다. 결정적으로, 그녀가 중요한 소송에서 자신을 능가한 것을 계기로 존경과 찬탄의 눈으로 그녀를 보게 되었다. 몇 년간은 소식도 모른 채 지냈는데 얼마 전 그녀의 체포와 투옥 뉴스를 읽고는 그녀를 기억해냈다. 그리하여 그녀에게 불리한 증거를 살펴보았고 결국은 무죄라는 결론에 도달했다고 주장했다.

"이의를 제기해, 이 얼간이야." 배럿이 쉿소리를 내며 말했다.

해링턴은 배럿의 명령을 따랐다. 그렇지만 이빈스의 꼭두각시는 이미 준비된 상태였다. 그녀는 이빈스 씨가 램버트 씨를 고용한 동기가 공격을 받는 상황이니, 이빈스 씨가 실제로 그녀에 대해 무엇을 알게 됐고 믿게 됐는지 밝히는 것이 중요하다고 주장했다.

해링턴의 이의는 기각되었다.

이빈스는 진술을 이어갔다. 그는 램버트 씨에 대해 조사했으며 그 과정에서 그녀가 대단히 배짱 있는 사람이라는 것을 알게 됐다고 했다. 그가 듣기로 램버트 씨는 구치소에서 모범수였으며 그곳 사무실에서 일하며 자신의 유능함을 드러냈다. "진짜로 발할라 여성 수감자들을 위해 법률지원 상담소를 열었다니까요!" 그가 열변을 토했다. "램버트 씨는 젊은 여성들의 법적 문제를 돕기 위해 발벗고 나섰습니다. 다른 사람이라면 억울한 투옥에 한탄만 했을 텐데 그녀는 정말 용감했던 거죠. 사실 그리 놀랄 일도 아닙니다. 그녀가 엘리베이터에서 자살을 막기 위해 얼마나 악착같이 사투했는지 우리는 잘 아니까요."

배럿이 다시 씩씩거렸다. 해링턴은 앞서 상대측이 제기한 관련성을 근거로 또다시 이의를 제기했다. 공정하게 보이고 싶었던지 이번만큼은 판사도 이의를 받아들였고 이빈스의 꼭두각시에게 규정 1조 10항을 따라 관련된 질문만 하라고 명했다.

젊은 여성이 고개를 주억거렸다. 이것 역시 대본에 있었으리라. "램버트 씨의 보석금을 내기 전, 당신은 그녀가 파머 소송에 참여했다는 사실을 알고 있었습니까?"

"전혀 몰랐습니다. 파일이나 서류 어디에서도 그녀 이름을 보지 못했습니다. 거긴 다국적 대기업입니다. 늘 수백 건의 소송이 진행되는 곳이죠. 저는 램버트 씨가 파머 소송과 관련해 일하고 있다고 생각할 이유가 전혀 없었습니다." 이빈스가 대답했다.

"그럼 그 사실은 어떻게 알게 되신 겁니까?"

"직접 들었습니다. 발할라에서 데리고 나오는 차 안에서요."

"그래서 뭐라고 하셨습니까?"

"그녀에게 기밀유지 의무가 있다는 것, 우리 역시 의무가 있다는 것, 이 모든 걸 이해하고 있다고 말했습니다. 그러니 규칙을 잘 따를 것이라고요. 그리고 램버트 씨가 첫 출근을 하기도 전에 우리는 정보가 오고가지 않도록 만리장성을 쌓았습니다. 규칙이 요구하는 대로 윤리에 따라 차단막을 세운 겁니다."

이빈스는 법률윤리 전문가를 고용해 차단막을 설정했다. 회사 내 누구도 CDMI나 파머 소송과 관련해 그녀와 연락해서는 안 된다는 회사 차원의 칙령이 내려졌다. CDMI나 파머 소송과 관련한 모든 전자 문서에 암호를 설정했고, 모든 종이 문서는 램버트의 손이 닿지 않는 곳에 보관했다. 램버트는 그 문서들에 손을 댈 수 없었고, 게다가 파머 소송과 관련된 사람들과 동떨어진 사무실을 배정받아서 우연히 관련 정보를 엿듣게 될 위험도 없었다.

반대심문을 하러 나온 해링턴은 이빈스의 회사가 공간적 규모나 인력 수의 측면에서 그다지 크지 않다는 점을 공략해 약간의 점수를 얻었다. 이빈스와 직원들이 사무실 밖에서도 사교활동을 할 정도로 동료애가 돈독하다는 점은 이빈스도 인정했다. 그렇지만 아무리 그렇다고 해도 어떤 경우라도 정보의 차단막을 뚫고 들어가는 일은 없을 거라고 주장했다.

"이빈스 씨, 램버트 씨를 고용하게 된 계기를 정확히 말씀해주시기 바랍니다."

"그거야 제가 항상 젊고 유능한 변호사를 찾고 있기 때문입니다. 저는 램버트 씨의 재능을 충분히 활용할 계획이고요."

"정말 그게 답니까? 램버트 씨가 CDMI에서 일했던 것이 조금도 영향을 미치지 않았다고 말할 수 있습니까?"

이빈스는 판사 쪽으로 몸을 돌려 상대를 무장해제시키는 표정을 지어 보였다. "영향이 없다고는 말 못 하겠습니다. 그렇지만 아시다시피, 저는 램버트 씨가 억울하게 누명을 썼다고 믿습니다. 그래서 무죄방면이 될 수 있도록 제가 할 수 있는 모든 걸 하고 싶고요."

판사의 표정을 보자 배럿은 속이 뒤틀렸다. 판사는 이빈스의 말을 믿고 있었다. 이빈스가 무슨 말을 해도 다 믿을 태세였다.

마지막 증인은 정보 차단막을 위해 이빈스 회사에 고용된 법률 윤리 전문가였다. 그는 자신이 뉴욕주 변호사협회 회원이었으며, 변호사협회 직업윤리위원회와 변호사징계위원회에서 수년간 활동했다고 밝힌 뒤 증언을 펼쳤다. 그는 마크 이빈스 앤드 어소시에이츠 로펌에서 CDMI 소송 담당 직원들과 셰이 램버트 간의 정보 차단막을 설계, 실행했고 모니터링을 담당하고 있다고 말했다. 아울러 이빈스 회사의 정보 차단막이 모든 요구 사항을 충족하며, CDMI의 기밀 정보는 완벽히 보호되고 있다는 의견을 피력했다.

해링턴은 반대심문 때 그 전문가에게 해당 일로 받은 비용이 얼마인지 물었지만, 그건 시간만 낭비하는 질문이었다. 배심원도 없는 재판인 데다가 판사는 천문학적인 전문가 수임료에 충격을 받을 사람도 아니었다.

증거심리는 그렇게 마무리되었다. 판사는 해링턴과 이빈스의 간단한 변론을 들은 후 예견된 결론을 내렸다. 파머 소송의 변호인으로서 마크 이빈스 앤드 어소시에이츠의 자격을 박탈해달라는 신청은 기각되었다.

"내가 뭐랬어요." 해링턴이 서류를 정리하며 중얼거렸다.

배럿은 더 이상의 비난은 듣고 싶지 않다는 듯 곧 자리를 떴다. 그는 중앙 통로를 막고 있는 이빈스 측 군중을 뚫고 지나갔다. 라일리 형사는 여전히 왼쪽 뒷줄에 앉아 있었다. 배럿은 의도적으로 반대쪽으로 얼굴을 돌렸다. 그러자 오른쪽 뒤에 자리한 세이 램버트가 눈에 들어왔다.

거의 못 알아볼 정도였다. 갈색 머리를 아이처럼 대충 하나로 묶고 다녔던 포니테일 스타일이 아니었다. 값싼 베이지 정장에 목까지 단추를 채운 흰색 셔츠 차림도 아니었다. 그녀는 말끔한 검은색 드레스 차림이었고, 길고 느슨하게 늘어뜨린 머리카락 사이로 금빛 부분염색이 빛을 발했다. 화려했고, 일어나서 몸을 세우자 위압적인 분위기마저 느껴졌다. 그녀는 그와 눈을 마주쳤다. 그녀의 차가운 눈빛을 보자 배럿은 그녀가 원하는 것이 단지 무죄만은 아니라는 것을 알아챘다. 그녀는 복수를 바라고 있었다.

배럿은 갑자기 숨이 막혔다. 복도의 군중을 밀치고 쌍여닫이 문을 밀고 나갔다. 레스터 월러드가 복도 벽에 기댄 채 기다리고 있었다. 눈에 안 띄려고 애쓰는 것 같았지만 허사였다. 배럿은 문옆의 한 여성을 스치듯 지나쳐 레스터에게 다가갔다.

"보스, 그 여자가 법정에……." 레스터가 몸을 세우며 말했다.

"나도 알아." 배럿이 말을 잘랐다. "컬리건은 어딨어?"

"저도 모르겠습니다, 보스."

레스터는 돌아가는 상황에 대해 몰라야 하는 특정 일들이 있었는데, 컬리건의 술 문제도 그중 하나라고 배럿은 생각했다. 배럿은 그의 목덜미를 잡고 자기 키에 맞게 끌어당겨 귀에 대고 말했다. "그 여자 잡아. 마지막 기회야. 빌어먹을, 더 이상은 못 기다려."

"네, 보스. 그런데요. 이제 보디가드가 붙었습니다." 레스터는 복도 저편으로 슬쩍 눈짓했다.

배럿은 그 방향으로 시선을 돌려 문 옆에 선 여자를 보았다. 짧은 머리에 몸에 맞지 않는 바지 정장 차림, 옥스퍼드화처럼 생긴 부드러운 밑창의 락포트 신발을 신은 여자. 보디가드거나 레즈비언 변호사, 아니면 둘 다일 수도 있었다. "젠장, 한 명이야?"

"지금까지 본 것은 그렇습니다."

배럿은 잠시 생각에 빠졌다. "기저귀를 차지 않는 한 하루에 한 번은 화장실에 가겠지. 계속 감시하면서 기회를 노려."

"최선을 다하겠습니다, 보스."

법정에서 마주친 램버트의 눈빛 때문에 배럿은 하루 종일 오싹한 기분이 들었다. 그는 사무실 발코니에서 담배를 반 갑이나 피우며 고민에 잠겼다. 컬리건에게 전화해봤지만 여전히 받지 않았다. 그의 비서는 몸이 안 좋다느니, 전화기를 꺼놨을 거라느니 변명했지만 배럿은 알고 있었다. 컬리건은 여전히 취해 있거나, 아니면 일부러 전화를 피하는 것이다.

최근 컬리건은 이 모든 작전에 있어 살짝 겁에 질린 듯한 모습이었다. 아니, 모든 일이 지구 반대편에서 일어났다면 괜찮다고 여겼을 것이다. 더 정확히 말하면, 백인들에게만 안 일어난다면 그만이라 여겼을 것이다. 그런데 여기에 셰이 램버트가 끼어들자 그의 태도가 바뀌었다. 심지어 브로커인 토니 로의 작전에 대해서는 반박하는 지경에 이르렀다.

필 듀발에게도 전화해봤지만 허사였다. 맨해튼 비서의 말에 따르면 듀발은 지금 투르에 있다고 했다. 그러나 투르에 있는 비서는 그가 맨해튼에 있다고 했다.

시작은 그룹 경영 같았다. 모두가 그 길밖에 없다는 사실에 동의했었다. 심지어는 마담도 찬성한다면서. 그러더니 이제는 루시가 배에서 뛰어내렸고, 듀발은 아무것도 모른다는 듯 행동하고 있으며, 마담은 더 깊게 잠수를 탔다. 이제 컬리건까지 잠수를 타고 있다. 오직 배럿만이 남은 채 셰이 램버트가 쏠 복수의 화살을 맞게 된 것이다.

'우리'에 갇힌 쥐 같았다. 두려움이 발톱을 드러내고 뱃속을 긁어댔다. 하루 만에 출혈성 궤양이 생길 수도 있나 하는 생각마저 들었다. 그는 위장약을 반병 마시고 5시가 되기 전에 사무실을 나섰다. 집에 도착하자 새로운 가정부가 놀란 표정을 지었다. 그는 코트와 가방을 그녀에게 들이밀고 터벅터벅 침실로 들어갔다.

그는 문득 멈춰 섰다. 멜라니의 옷방에서 바스락거리는 소리가 들리더니 뒤이어 만족에 겨운 듯 '오오!'라는 탄식이 들렸다. 자신이 멜라니를 처음 만났을 때를 떠올리게 하는 소리. 그럴 리가 없어. 그는 생각했다. 그러나 오늘 일을 보건대 불가능한 일이란 건 없다. 뱃속이 뒤틀렸다. 화려한 융단을 가로질러 조용히 옆방으로 들어갔다.

멜라니는 그곳에 있었지만 남자는 보이지 않았다. 아니, 방금 전의 상상에 버금갈 만큼 안 좋은 일이 기다리고 있었다. 멜라니는 전신거울 앞에서 홀로 단장 중이었다. 정교하게 디자인한 무도회 드레스를 입은, 거울 속 세 명의 멜라니가 미소를 짓고 있었다. 몸에 꼭 맞는 에메랄드빛 초록 실크 드레스, 마치 코르크 따개처럼 치맛자락이 엉덩이와 다리를 감싼 디자인의 드레스였다.

그때 거울 속에서 남편을 발견한 멜라니가 말했다. "딱 걸렸네!" 그녀는 요염하게 웃었다. "행사 날 밤에 깜짝 놀래키려고 했는데."

멧 갈라Met Gala.° 정신이 번쩍 들었다. 저 드레스가 무엇을 의미하는지 깨달았다. 뱃속의 쥐가 위장을 뚫고 내장을 파고들어 담즙과 배설물로 피가 진득해지는 느낌이었다. 멧 갈라는 뉴욕에서 가장 고급스러운 사교 행사로, 어떻게든 데리고 가겠다고 아내에게 약속한 터였다. 그러나 그건 그라지엘라 패션쇼 티켓을 구하지 못해 격분한 아내를 달래느라 나온 말일 뿐이었다. 그런 약속을 한 배럿도 바보였지만, 그처럼 잘나가는 변호사와 결혼하면 그 세계로 들어갈 수 있으리라 믿는 아내는 더 바보였다.

"돌려보내. 우리 안 가." 배럿이 말했다.

"무슨 소리야!" 멜라니의 얼굴이 하얗게 질리더니 초록색 실크 드레스 때문인지 아픈 사람처럼 보였다.

"안 간다고." 그는 자리를 떠버렸다.

"약속했잖아, 배리!"

딱딱대는 소리가 뒤따라왔다. 마치 마른 불쏘시개에 불꽃이 붙어가는 듯한 소리였다. 좀 더 있으면 불길이 타오를 것이다.

"빈말이었어. 돌려보내." 그는 자신의 옷방으로 가기 위해 양

° 뉴욕 메트로폴리탄 미술관의 의상 연구소인 '코스튬 인스티튜트'가 매년 5월마다 개최하는 자선 모금 행사이자 미국 패션계의 최대 행사이다.

탄자를 가로지르며 넥타이를 느슨하게 풀었다.

"안 돼! 디자이너가 만든 거야! 나한테 맞춰서 만든 거라고!"

"이베이에 팔겠다고 말해. 그러면 다시 가져갈 거야."

"싫어! 난 갈라쇼 갈 거야. 당신이 가든 안 가든."

멜라니가 가장 좋아하는 게임이었다. 배럿 대신 그 자리를 기꺼이 차지하려는 남자가 있다는 뜻을 비치는 것. 하지만 배럿은 오늘만큼은 그 게임에 참여하고 싶지 않았다. 그는 옷방에 들어가 아내 면전에 대고 문을 닫았다. 그리고 잠가버렸다.

그녀는 놀란 듯 비명을 질러댔다. 그는 욕실로 건너가 그 문도 잠그고 욕조에 걸터앉았다. 공포스러울 만치 차가운 램버트의 눈빛이 떠오르자 속이 뒤집어질 것 같았다. 그는 주먹으로 배를 눌렀다. 램버트의 맑은 눈동자에는 뭔가 치명적인 게 있었다. 배럿은 머리끝부터 냉기가 퍼져나가는 것을 느꼈다. 머리에서 시작한 냉기가 차갑고 딱딱한 도자기 욕조에 앉은 엉덩이까지 번졌다.

침실에서 유리 깨지는 소리가 났다. 멜라니가 물건을 던지는 것이리라.

아이디어가 번쩍 떠올랐다. 마치 하늘을 가르는 번개처럼 순식간에 든 생각이었다. 왜 진작 이 생각을 떠올리지 못했을까 의아할 만큼 괜찮은 아이디어였다.

어쩌면 루시는 자살한 게 아닐지도 모른다.

어쩌면 램버트에게 뒤집어씌운 죄가 진짜일지도 모른다.

기억 속의 램버트를 다시 떠올려봤다. 상어 피부처럼 매끈하고 반드르르하게 찰싹 달라붙는 검은색 드레스. 다른 세상의 빛처럼 반짝이던 풍성한 머리카락. 유리조각처럼 반짝이던 맑은 눈동자.

그녀는 내가 죽기를 바라고 있어! 배럿은 알 수 있었다. 한 번 살인을 저질러본 사람에게 두 번째 살인은 일도 아니다.

배럿은 전화기를 꺼냈다. 번호는 저장돼 있지 않았다. 연락처에 저장해놓으면 지속적인 관계를 맺고 있다는 증거가 될 테니까. 그는 통화 목록을 뒤져 번호를 찾아냈다. 그리고 한참을 바라보기만 했다. 멜라니가 옷장 문을 두드릴 때까지. 쿠알라룸푸르는 몇 시지? 아침 7시인가? 몇 시인들 무슨 상관인가. 이런 일을 앞둔 사람이 교양을 따지는 게 무슨 의미란 말인가. 번호 위에서 그의 손가락이 망설이고 있었다.

"배리! 문 좀 열어, 이 나쁜놈아!" 멜라니가 소리를 질렀다.

그는 번호를 눌렀다.

"안녕하세요, 보스. 물건은 발송하셨습니까?" 토니 로가 전화를 받았다.

배럿이 목을 가다듬었다. "음, 아니. 배송 문제가 좀 생겨서. 차선책이 필요해."

"알겠습니다."

"이쪽에도 사람 있는 거 맞지?"

"그럼요. 많습니다. 어떤 일을 할 사람이 필요하십니까?"

그는 '배송'처럼 완곡한 표현법을 찾아 궁리했다. "흠, 픽업 대신 테이크아웃을 하고 싶은데?" 자신의 말에 움찔하지 않을 수 없었다. 이 말을 이해할 사람이 있을까?

토니 로는 오랫동안 침묵을 지켰다. "물론입니다, 보스." 마침내 뱉은 그의 말에 웃음소리가 묻어났다. "그런데 비용이 좀 셉니다. 아주 많이요."

토니 로는 배럿의 은유를 완벽하게 이해하고 있었다.

27장

세이 램버트

나는 내 인생이 어느 한순간에, 잭슨 리더스에서 해고되던 그 순간에 순식간에 바뀌었다고 생각하곤 했다. 이제 와 돌이켜보니 그건 잘못된 생각이었다. 몰락의 씨앗은 이미 몇 년 전에 뿌려져 있었다. 오랫동안 회사는 파트너당 기준 수익을 달성하지 못하고 있었다. 내 삶을 비포와 애프터로 나눈 도끼는 그렇게 두 동강을 내기 전부터 한참이나 그 위를 맴돌고 있었다.

그렇지만 이번만큼은 인생이 한순간에 바뀌었다. 발할라에서 빠져나와 마크 이빈스의 차에 올라탄 그 순간에.

새로운 삶을 맞은 지 3주째다.

킹 사이즈 침대에서 푹 자고 아침 일찍 일어나 드롱기De'Longhi 머신으로 커피를 내려 프렌치도어에 서서 마신다. 이곳에서는 정원에 닿는 햇살의 첫 손길을 볼 수 있다. 가장자리에는 히아신스가 무성하게 피어 있다. 나는 취할 만큼 진한 그 향기를 마시려고 문을 연다. 물론 꽃이 핀 상태다. 이곳 정원의 모든 꽃 작물은 꽃망울을 터뜨릴 때까지 온실에서 자라다가 가장 아름다운 상태에 이르면 이곳으로 나오며, 꽃이 시들면 뽑혀서 나간다. 마크 이빈스의 정원에서 어중간한 단계의 꽃은 볼 수 없다. 그를 위해 일하는 여자들도 마찬가지다. 모두가 미모의 최전성기를 달리고 있다. 조금이라도 시들라치면 연금을 주고 퇴직시키는 것 같다. 그런데도 모두가 그를 떠받든다. 내가 즐기는 심심풀이 중 하나는 과연 그들 중 누가 마크 이빈스와 자는 사이일까 가늠하는 것이다. 당연히 피비는 그 안에 들 테고, 어쩌면 모두가 포함될지도 모르겠다.

커피를 마시고 나면 티셔츠와 레깅스로 갈아입고 옆문을 통해 회사 지하의 헬스클럽에 간다. 가면 동료 두 명이 늘 있는데, 그들은 묵직한 댄스 리듬에 맞춰 스피닝을 한다. 나는 목례를 하고 러닝머신에 올라가 아침 뉴스를 보며 8킬로미터를 달린다. 러닝머신에서 내려올 때쯤 피비가 오고, 그녀와 함께 웨이트를 하려고 자리를 잡으면 그녀가 이런저런 소식을 들려준다. 회사 업무와 관련된 소식도 있고(마크가 젠코사와 합의하면 재구성된 이사회에서 다섯 석의 의석을 확보하게 된다든가), 사적인 이야기도 있다(마크는 아내와 힘든 시기를 보내고 있다. 아내는 친정 가족에게 재산을 물려받았지만 마크의 순자산이 아내의 자산을 앞지르면서 결혼생활의 역학관계에 변화가 생겼다나).

각자 해야 할 웨이트 횟수를 마치고 헤어지면 피비는 러닝머신에 오르고 나는 아파트로 돌아오는 식이다.

새로운 삶의 다음 일정은 해바라기 수전 아래서 샤워하기, 한 시간 동안 책상에 앉아 이메일 답장하기, 변론서 검토하기다. 마크는 파머 소송 담당 직원들과 나 사이에 정보 차단막을 두기 위해 내게 아파트 안의 사무실을 쓰게 했다. 나에게는 이 사무실이 잘 맞는다. 나는 마크를 제외한 '앤드 어소시에이츠'들과의 친교에는 관심이 없다. 이 회사와 오래 함께할 생각도 없다.

나는 회사 전자 문서를 들여다보며 시간을 보내기도 한다. 암호가 걸려 있지 않은 한 모든 문서에 접근할 수 있었다. 다양한 탄원서와 서신, 재무기록 등을 살펴보았다. 덕분에 회사 사정을 빠르게 파악할 수 있었고, 마크가 어떻게 해서 배럿 쪽보다 단 몇 분 앞질러 나를 빼낼 수 있었는지 그 수수께끼를 풀 수 있었다.

마크 이빈스는 내가 수감된 첫 주부터 발할라의 보석금 담당자에게 돈을 찔러주었다. 그러니까 내가 구금된 사실을 처음부터 알고 있었던 것이다. 그러나 내 보석이 곧 집행될 것이라는 소식을 듣기 전까지는 어떤 조치를 취할 이유가 없었다. 내가 배럿에게 골칫거리가 된다는 사실을 알기 전까지는 자신에게 도움이 될 자산일 거라는 확신이 없었으니까.

회사 전자 문서를 확인한 다음에는 십오 분간 인터넷을 둘러보며 나에 대한 여론이 어떻게 형성되고 있는지 확인한다. 내가 이렇게 유명해졌다니 말도 안 돼. 악명을 떨치는 것도 아니고, 욕을 먹는 것도 아니고 정말로 유명해진 것이다. 잘못된 시간에 잘못된 엘리베이터를 탔을 뿐인데 그 이상의 뭔가를 성취한 사람인 것처럼 말이다. 그러나 아이러니한 것은 곧 내 계획이 실현되면 무언가를 성취하긴 하지만 인터넷에서는 어떤 축하도 받지 못하리라는 사실이었다. 지금의 내 명성은 한순간에 사라질 테니 지금 당장 이 상황을 활용해야 했다.

나는 빨간색 정장을 입고 로니에게 시내까지 태워달라고 연락한 다음 현관 앞으로 나갔다. 그곳에는 이미 앨리스가 나와 대기 중이었다. 앨리스는 희끗희끗한 금발의 단발머리를 하고 있는데 마흔 살 나이에 내 아침 운동 루틴을 부끄럽게 만들 정도로 탄탄한 몸매를 갖고 있었다. 그녀는 한때 주지사의 경호원이었다. 내가 미행당한다고 말한 그날, 마크는 그녀를 고용해서 내 보디가드로 붙여주었다. 같은 날 마크는 자신의 차와 운전사까지 내게 양보해주었다. 그래서 이제 나는 건물을 나설 때면 늘 은색 벤츠를 탄다. 핸들을 잡은 로니와 샷건을 들고 있는 앨리스와 함께. 말이 그렇지 사실 앨리스의 총은 글록^{Glock} 17로 재킷 속 권총집에 고이 꽂혀 있다. 그녀는 운전사 로니와 연결된 경호용 이어폰도 귀에 꽂고 있었다.

첫 목적지는 유니온 스퀘어에 있는 카페다. 앨리스가 먼저 들어가 살펴본 후 괜찮다는 신호를 로니에게 보내자 로니가 내게 전달해줬다. 기자는 이미 그곳에서 기다리고 있었다. 내가 들어가자 그가 일어나 손을 흔들었다.

"안녕하세요? 만나주셔서 감사합니다." 기자의 인사를 들으며 나는 자리에 앉았다. 그는 내가 메뉴판을 집어 들기도 전에 팔꿈치를 탁자에 올리고 몸을 앞으로 숙이며 말을 늘어놓았다.

그는 내 기사를 두고 경쟁하는 네 명의 기자 중 하나다. 내가 다루는 소송에 대해서는 절대 함구한다는 걸 밝혔지만, 나에게 걸려 있는 살인 혐의만큼은 기자들에게 분명 혹할 만한 내용이었을 것이다. 그들은 제각각 다른 접근 방식을 제안했고, 나는 여전히 누구에게 독점 기사를 줄지 고민 중이었다. 당장은 『보그』지에 장편 기사를 연재한 프리랜서 기자에게 기울고 있는 참이다. 화보 촬영이 재미있을 것 같다는 허황된 생각 때문이었다.

이 기자가 제시하는 건 소셜미디어의 관점이었다. 어떻게 해서 이 사건을 놓고 인터넷 논쟁이 뜨겁게 불붙기 시작했는지, 그 논쟁이 최종 판결에 어떤 영향을 미칠지에 대한 내용을 쓰겠다는 것이다. 내가 SNS를 해본 적이 없다고 하자 그는 약간 기가 꺾인 표정을 지었지만, 이내 방향을 틀어 오히려 이런 아이러니가 판매에 유리하게 작용할 거라고 말했다.

그때 카페를 나가던 한 남자가 우리 옆에서 멈추고 말을 걸었다. "저기요, 아마 저 기억 못 하시겠죠?" 기자가 고개를 저었다. 그런데 남자가 말을 건 쪽은 바로 나였다. "예전에 CLE 패널 소송 했잖아요. 광역소송으로 기억하는데, 맞죠?"

"물론이죠. 돈 맞죠? 잘 지냈어요?" 내가 손을 내밀었다.

내가 기억하고 있다는 사실에 그가 기쁜 듯이 말했다. "그냥 인사하고 싶었어요. 잘되었으면 좋겠다는 말도 하고 싶었고요."

나는 깊은 감사의 마음을 표했다.

"이런 일이 자주 있나요?" 돈이 나가자 기자가 물었다.

"하루에 한 번쯤은요. 살인 혐의인데도 나쁜 꼬리표가 없다니, 정말 놀랍다니까요."

"너무 공감이 되는 사례라 그런 거죠. 누구든 엘리베이터에 갇히는 걸 무서워합니다. 그런데 그 안에 총과 불안정한 사람도 같이 있다? 악몽도 그런 악몽이 없죠."

그사이 나는 시금치 버섯 크레페를 다 먹었다. 곧 결정해서 알려주겠다고 기자에게 약속한 나는 계산서를 그에게 맡기고 카페를 나왔다. 그리고 다시 리무진에 올랐다. 이번에는 더 멀리, 해링턴사의 사무실로 향했다.

마크 이빈스에게서 맡은 일이 하나 있었다. 노스스타사나 그쪽 변호를 맡은 해링턴이 역경매를 진행했고 네드 바트먼과 비밀 거래를 했다는 증거를 찾는 일이었다. 지금까지 확보한 것은 회사 고위임원 두 명의 증언 녹취록이다. 오늘은 넬슨 레드베터라는 CEO의 증언 녹취록을 딸 예정이다. 딕 해링턴은 이전에만 해도 부하직원을 보냈지만, 오늘만큼은 직접 참석해서 의뢰받은 회사의 CEO를 변호할 모양이었다. 그 자리에는 마크 이빈스의 적수인 네드 바트먼과 그의 회사에서 나온 젊은 사원 조슈아 맷슨이 있었다. 맷슨은 긴장한 얼굴로 상사 옆에 바짝 붙어 앉아 메모를 하고 있었다.

휴스턴 출신인 레드베터는 너무 높은 자리에 있어서 아무것도 알 필요가 없었던 모양이었다. 그는 간결한 텍사스 말투로, 자기네 회사 변호사들이 집단소송을 맡기 위해 경쟁사들 사이에서 역경매를 진행했는지 여부는 알지 못한다고 부인했다. 그리고 네드 바트먼이라는 사람은 이름도, 얼굴도 오늘 처음 접하며, 바트먼의 회사 사람 그 누구도 알지 못한다고 주장했다. 아울러 노스스타가 회사의 금전적 노출을 제한하기 위해 바트먼과 어떤 계약을 했는지도 전혀 모르며, 심지어 역경매가 무엇인지도 모른다고 했다. 내가 이전에 녹취록을 딴 노스스타 임원 두 명도 아무것도 모른다고 했었다. 그러나 그쯤이야. 이것은 오랫동안 해야 하는 게임이고, 이제 나는 그들이 한 말을 기록으로 가지고 있다.

모든 선수들이 서류가방을 챙기고 떠날 때 나는 법원 서기에게 명함을 건네며 내일까지 구술된 기록을 넘겨달라고 부탁했다. 그러면서 명함 하나를 더 꺼내 젊은 직원 조슈아 맷슨의 바지 주머니에 찔러 넣었다. 뒷장에 적은 내용은 이러했다. *오늘밤 한잔 어때요?*

다음 일정은 점심식사였다. 이번에는 포시즌스 호텔로 향했다. 발할라에서 나온 이래 거의 매일 만나고 싶었던 변호사나 지인들과 만나 점심이나 술자리를 함께했다. 옛 지인들과 만남을 재개

했고, 이곳저곳에서 새로운 사람들과 알게 되었다. 누구한테 전화를 걸어도 다들 예스라고 답했다. 내 소식이 그만큼 궁금했던 것이리라. 곧 소문이 퍼지면서 나는 여기저기서 초대를 받게 되었다. 사람들은 단지 궁금증을 넘어 나에게 매료되어 있었다. 도대체 누가 나와 같은 일을 겪을 수 있고, 그 일로 '이렇게' 부상할 수 있을까? 나는 그저 살아남은 것이 아니었다. 나는 승리했다. 적어도 사람들은 그렇게 예측하고 있었다.

캐스코 선생님의 가르침대로였다. 네가 보여주고 싶은 얼굴을 하라, 그러면 세상이 그렇게 봐줄 것이다.

오늘 나를 불러낸 사람은 조엘 에더스였다. 잭슨 리더스 시절 나를 관리하던 임원인데 그 역시 이후에 다른 회사로 옮겼다. 잭슨 리더스는 2008년 정리해고를 단행했지만 재정 상태를 바로 잡기에는 역부족이었다. 결국 에더스는 2009년 자진해서 이직을 했다.

그는 축하한다며 괜찮은 와인을 주문했다. 구금에서 풀려난 걸 축하하는 건지, 변호사 업무에 복귀한 걸 축하하는 건지는 알 수 없었다. "그 일 마치고 나면 우리 쪽으로 오는 걸 고려해줬으면 하네." 그가 와인잔을 높이 들며 말했다. "다시 같이 일할 수 있다면 아주 멋질 거야."

나는 미소를 지었다. "이 일 마치고요? 마치 살인 용의를 없애는 게 변호사시험 통과하는 것보다 쉬운 것처럼 말씀하시네요."

"자네한테는 둘 다 별거 아니지. 내 장담해."

우리는 서로 계산을 하겠다고 잠시 실랑이를 벌였다. 나는 마크 이빈스에게 내 얘기를 전해줘서 고맙다며 우겼고, 그는 5년 전 나를 저버렸던 일을 보상하고 싶다며 우겼다. 나는 그가 이기

게 해주었다.

다음으로 향한 곳은 미드타운에 위치한 데브 카푸어 변호사의 사무실이었다. 십층으로 올라가는 내내 앨리스가 내 뒤에서 거친 숨을 내뱉었다. 나이에 비해 좋은 체격, 아니 환상적인 체격이지만 계단을 오르는 건 벅찬 모양이었다. 물론 나도 마찬가지였다.

데브 카푸어의 사무실은 별 특색이 없었다. 가구는 실용적인 디자인이었고, 장식이라고 해봐야 야자나무 화분과 그림 액자뿐이었다. 외양으로 좋은 인상을 주는 데는 별 욕심이 없어 보였다. 형사전문 변호사인 만큼 그를 찾는 의뢰인들은 자신의 기소 내역에만 신경 쓰지, 장식에 신경을 쓸 정신은 없을 것이다.

로비에 도착하자 데브가 직접 나와 맞아주었다. 그 역시 사무실만큼이나 별 특색이 없었다. 어두운 피부색에 키가 작았는데 10센티 힐을 신은 나보다 15센티나 더 작았다. 이민 일세대 미국인인 그는 태도가 매우 공손했다. 대부분의 변호사는, 특히 형사전문 분야에서 급성장한 변호사라면 더 기대하기 힘든 모습이었다. 그는 마흔도 되지 않은 나이에 이쪽에서 이미 유명세를 타고 있었다.

앨리스는 대기실에 자리를 잡았다. 데브는 "좋은 소식입니다, 좋은 소식이에요"라며 환한 웃음으로 나를 맞이하고는 복도를 지나 회의실로 안내했다. 나를 보자 남자 두 명이 자리에서 일어났다. 나이 많은 쪽은 폴 셰클러, 젊은 쪽은 존 배노프라고 했다. 학자풍 분위기의 폴 셰클러는 체크무늬 양모 재킷을 입고 있었고, CDMI의 보안영상과 인사부 파일 분석을 위해 고용된 사람이었다. 존 배노프는 기술 전문가로서 컴퓨터 덕후들처럼 로고 박

흰 티셔츠에 척 테일러 신발을 신고 있었다. 증언대에 누가 오른다면 그건 셰클러가 될 것이고, 배노프가 뒤에서 일을 처리하게 될 것이다. 그래서인지 오늘 회의에서 말을 도맡아 하는 건 배노프였다.

배노프의 결론은 이러했다. CDMI가 제출한 영상 세 개 모두 시간기록이 조작되었고, 그들이 해고통지서라고 하는 양식도 조작되었다. 그는 초정밀절단이라는 기술을 통해 이 사실을 알아냈다. 손을 대기 전 원본은 시간기록이 수백 나노초 단위였지만, 조작하려고 소프트웨어로 건드리면 그것이 초 단위가 된다고 했다. 그는 영상이 실제 언제 녹화되었는지, 해고통지서가 언제 작성되었는지는 말할 수 없지만, 시간기록이 조작됐다는 것만큼은 과학적 근거에 의해 확신할 수 있다고 했다.

배노프가 설명을 너무 길고 자세하게 해서 나는 지루해졌다. 시간기록이 조작된 사실이야 이미 아는 바였고, 증언이 법정에서 얼마나 오래 이어질지에 대해서도 딱히 관심이 없었다. 데브 카푸어는 배노프의 결론에 무척 기뻐했다. 이전까지는 나의 결백에 대한 믿음이 확실치 않았던 것이리라. 뭐 그게 중요하다는 건 아니다.

문자 메시지가 왔기에 탁자 아래에 놓고 슬쩍 읽었다. 네드 바트먼의 젊은 직원 조슈아 맷슨이 보낸 것이었다. *언제 어디서요?*

배노프가 자신의 결론에 대해 작성한 보고서는 50페이지나 되었다. 학자풍의 셰클러가 그 보고서에 서명했고, 증언을 위한 추가 비용이 정해졌다. 회의가 끝나자 그들은 보고서를 전자 문서로 만들어 데브와 나에게 전송해주었다. 나는 즉시 마크 이빈스에게 전송했다. 마크는 돈을 지불했다.

데브는 두 사람을 내보내고 회의실로 돌아왔다. 여전히 만면에 웃음을 띠고 있었다. "오늘밤 보고서를 검토하고 괜찮으면 내일 아침 바로 검사한테 제출하겠습니다."

"아직은 안 돼요."

내 말에 그의 미소가 흐트러졌다. "기다릴 이유가 없지 않습니까? 검사 측은 보고서를 보는 즉시 공소를 기각할 겁니다. 일주일도 안 걸릴 거라는 데 내기를 걸지요."

"그런 다음 뭐 하시게요?"

"그런 다음요? 그럼 끝나는 거죠."

딱딱한 내 태도에 그는 당황한 듯 보였다.

"안 그럴걸요. 계속해서 꼬리표를 달고 다니게 될 거예요. 사람들은 계속 수군거릴 테고, 진짜 무슨 일이 있었던 건지 추측하겠죠. 제 평생요."

"진짜 무슨 일이 있었던 건지 파헤치는 건 우리 일이 아닙니다."

"아니, 우리 일 맞습니다. 상황을 길게 봐야 해요, 데브."

그는 살짝 찡그렸지만 이번에도 내 의견을 따랐고 일정 목록에 메모했다. 그리고 다음 항목으로 넘어갔다. 그가 고용한 수사관이 캔자스 연방 교도소에 가서 내 이부형제인 로저를 만났다고 했다. "지난 20년 동안 당신한테 총기를 주거나 판매한 적도 없고, 심지어 말도 섞지 않았다고 하더군요. 진술서에 서명할 수도 있다고 확실히 말했습니다. 대신 5만 달러를 요구하더군요. 물론 그렇게 되면 그 진술은 완전히 쓰레기가 되고 맙니다."

"역시 로저답네요." 나로서는 놀랍지도 않았다.

"다행인 건 로저가 검사 측에도 협조하지 않는다는 겁니다. 그는 검사 측에도 진술서에 대해 동의했는데, 아마 우리한테 한 말과 반대로 진술했겠죠. 그 진술서도 사면을 조건으로 했더라고요."

"혹시 그럴 확률이……."

"없습니다." 그는 딱 잘라 말했다. "검사 측이 그러려고 해도 FBI에서 절대 동의하지 않을 겁니다. 요컨대, 총에 대해 말하자면, 맞습니다. 당신의 이부형제가 산 총 열 자루는 '엘리베이터 총'을 만든 제조업체에서 나온 총입니다." '엘리베이터 총'이라니, '살인 무기'를 돌려서 표현한 말이었다. "그렇지만 말이죠, 그 조립 키트는 수천 개가 팔렸는데, 엘리베이터 총과 당신 오빠를 연결 지을 방법이 전혀 없습니다."

"그렇지만 그걸 루시와 연결 지을 방법도 없는 거잖아요."

"그렇죠. 그렇지만 기억을 더듬어보시면……." 그는 입증 책임에 대해 설명하려다 말을 멈췄다. "마지막 아이템이요. 당신 남편." 그가 다른 데로 말을 돌렸다.

"찾았어요?" 나는 바짝 긴장했다.

"아직은 아닙니다. 그런데 지난달 마약 소지로 체포됐다는 걸 알아냈습니다."

"어디서요?" 데브의 조사관은 예전에 우리가 브롱크스에서 자주 가던 곳을 다니며 데이비드를 찾고 있었다. 우리가 살던 아파트, 커비스 바, 길모퉁이의 식품잡화점, 헌혈 센터까지.

"트라이베카 클럽 바깥에서요. 그가 말한 주소는 첼시에 있는 하얏트였는데 경찰이 후속 수사를 위해 갔을 때는 이미 체크아웃한 후였습니다."

트라이베카, 그리고 첼시. 그가 잘나가던 시절의 발자취가 서린 곳이었다. "돈을 좀 벌었나 보네요."

데브가 고개를 끄덕였다.

로비로 나가자 앨리스가 자리에서 일어났다. 그녀는 바깥쪽 문을 열어 복도를 확인하더니 갑자기 눈을 커다랗게 떴다. 그녀가 옆으로 비키자 한 남자가 들어왔다. 선글라스를 낀 그 남자는 고개를 숙인 채 어두운 복도에서 안으로 들어왔다.

"왜 그래요?" 나는 속삭여 물었다. 앨리스는 서둘러 나를 계단으로 이끌었다. 배럿이 새로운 사람에게 내 뒷조사를 시킨 것일까?

"누군지 못 봤어요?"

"누군데요?"

"그 영화배우요. 루크 래퍼티."

나는 웃음을 터뜨렸다. "인기 스타한테 완전히 빠져 있군요."

앨리스가 얼굴을 붉혔다. 나는 계단을 다 내려갈 때까지 계속해서 그녀를 놀려댔다.

그러다 밖으로 나가려고 회전문으로 몸을 밀어넣는 찰나, 낯익은 사람을 발견했다. 아래쪽 블록에 서 있는 파란색 세단 안에 레스터의 모습이 보였다. 차를 바꿨지만 위장에는 실패했다. 운전석에 앉은 그의 머리가 천장에 닿을 듯했다.

"앨리스?" 내가 입을 뗐다.

"저도 봤어요."

앨리스가 무전에 대고 뭐라고 말하자 곧 로니가 우리 앞에 이중주차를 했다. 뒷좌석 문이 열리자 나는 앨리스의 도움을 받아 엉거주춤 뒷자리에 올랐다. 앨리스가 내 옆에 앉자 로니가 타이어 마찰음을 내며 출발했다.

레스터의 차를 지나친 후 후방 차창을 통해 내다보았다. 내가 그를 향해 고개를 끄덕이자 그 역시 끄덕여 보였다.

북쪽을 향해 달리는데 마크 이빈스한테서 문자가 왔다. 영상 판독 전문가의 보고서를 확인했다며 축배를 들고 싶다고 했다. *엄청난 소식이네요! 도착하는 대로 위로 올라와서 한잔합시다.*

마크가 사층 아파트에서 묵는다는 걸 알아내기까지는 그리 오래 걸리지 않았다. 한번은 밤늦게 도서관에 있는데 그가 맨발로 왔다 갔다 하는 모습이 보였다. 지하 아파트에 있으면 그가 건물을 누비고 다니는 소리가 나곤 했다. 늦은 밤 오층에서 여자 목소리가 새어 나온 적도 있었다. 한번은 피비의 웃음소리도 들렸다. 낄낄대던 목소리는 또 다른 목소리였다.

나는 답문을 보냈다. *대신 잠깐 동안만 마셔요. 저녁에 약속이 있거든요.*

오케이. 그럼 6시에.

로니가 회사 앞에 차를 댔다. 앨리스는 이쪽저쪽 훑어본 후 차 문을 열었고, 아파트 문까지 나를 호위해주었다. 내가 키카드를 긁는 순간까지 옆에 머물며 이렇게 말했다. "7시에 다시 오겠습니다."

고맙다고 말하려고 몸을 돌린 순간이었다. 나는 그대로 얼어붙었다. 라일리 형사가 일층의 회사 문을 열고 나오고 있었다.

"형사님!" 내가 부르자 앨리스가 내 앞을 가로막았다. 나는 몸을 빼꼼 내밀고 물었다. "저 보려고 오신 거예요?"

그는 나만큼이나 깜짝 놀란 표정이었다. 천천히 계단을 밟고 거리까지 내려왔다. "사장님하고 잠깐 얘기 좀 나누려고 왔는데 안 계신 모양이군요." 그는 내가 A 취조실에 있을 당시 입었던 후줄근한 정장을 입고 있었다. 마크 이빈스 앤드 어소시에이츠 회사의 웅장한 로비와는 너무나 어울리지 않았다.

"제가 도와드릴까요?" 내가 물었다. 그리고 지하 아파트에서 거리로 이어지는 계단의 중간쯤 올라가자 앨리스가 나와 길 사이에 자리 잡고 섰다. 그녀는 경계 태세를 갖추고 도로변에 주차된 차량과 주변 옥상을 샅샅이 살폈다.

"어, 흠, 사실 저는 당신하고 대화를 나누면 안 됩니다. 변호사를 선임하셨기 때문에요." 라일리가 말했다.

내가 미소를 지었다. "그건 법을 잘 모르는 사람들을 보호하기 위한 거죠. 저는 그쪽으로는 위험할 일이 없을 것 같은데요."

그가 머뭇거렸다. "그래도 안 될 것 같습니다."

"안에서 하시면 안 될까요?" 앨리스가 낮은 목소리로 물었다.

그러자 라일리가 마음을 고쳐먹은 것 같았다. 내가 아파트로 향하자 그가 뒤를 따랐다. 앨리스는 원래 문턱까지만 따라왔지만 이번에는 안으로 따라 들어와 등으로 문을 밀어 닫았다. 내가 라일리를 안으로 안내하는 동안 그녀는 보초를 섰다.

"집이 멋지네요." 그가 주변을 둘러보며 말했다. 그러더니 목소리를 낮춰 물었다. "보디가드는 왜 필요하신 건가요?"

나는 서류가방을 주방 카운터에 올려놓았다. "미행을 당하고 있는 것 같아서요."

송충이같이 생긴 그의 눈썹이 위로 솟았다. "배럿인가요?" 내가 대답을 않자 그가 말을 이었다. "경찰에 신고하셔야 합니다."

"오, 그렇죠. 지난번에 경찰하고 있어봤는데 일이 참 잘도 풀리더군요."

당연하게도 그는 시선을 딴 데로 돌렸다. 그러더니 내가 질문하기도 전에 아파트 안으로 더 깊이 들어갔다. "경찰은 이때쯤 물 한 잔 달라거나 화장실을 써도 되냐고 묻지 않나요?" 내가 물었다.

"이봐요." 그는 화난 듯 나를 돌아봤다. "나더러 들어오라고 한 게 누굽니까?"

"농담이었어요, 형사님. 어쨌든 물 한잔 드세요." 나는 잔을 꺼내 물을 따랐다.

그는 미소를 지으며 잔을 들어올렸다.

"뭐 때문에 이빈스 씨를 보려고 하는 거죠?"

"정보를 좀 공유할 수 있지 않을까 해서요. 당신의 옛 직장을 상대로 증거를 수집하고 계실 테니까요."

"이빈스 씨가 모은 정보를 뭐랑 비교해보신다는 거예요? 형사님께 있는 증거는 다 저한테 불리한 증거잖아요?" 나는 작게 웃음을 터뜨렸다. "왜요, 형사님. 이제서야 다른 각도로 사건을 살펴보시는 건가요?"

그가 어깨를 으쓱했다. "그냥, 아시잖습니까? 사건을 제대로 처리하려는 거죠."

"크루즈 형사 없이요?"

"크루즈는 지금 다른 사건에 투입되었습니다."

"형사님은 아니네요."

그는 대답하지 않았다. 그는 천천히 물을 마시며 잔을 통해 나를 꼼꼼히 뜯어봤다. "이빈스 씨를 만나서 혹시 미얀마에서 출발하는 전세기에 대해 알아낸 것이 있는지 물어보고 싶었습니다."

안도감이 따스한 물처럼 나를 감쌌다. 마침내 알아냈구나. 내 가방에 있던 서류를 본 것이다. "그 서류는 기밀인데요."

"기밀이고 이상하기도 하죠. 도통 이해가 안 가더라고요."

내 안도감이 사라지기 시작했다.

"뭐, 이만 가봐야겠습니다." 그는 물을 다 마신 후 카운터에 잔을 내려놓았다.

"화장실 쓰셔도 돼요." 나는 손가락으로 가리켰다.

그는 웃음을 터뜨리더니 여전히 굳은 얼굴로 문 앞에 서 있는 앨리스를 스쳐 지나갔다.

정장을 벗고 캐주얼한 여름 드레스로 갈아입었다. 6시가 되자 계단을 올라 마크의 아파트로 향했다. 노크를 하자 그가 들어오라고 소리쳤다. 문을 열자 소고기 굽는 냄새가 진동했다. 마크는 케빈 호라는 이름의 개인 요리사 겸 집사를 두고 있었다. 케빈은 주방에서 야채를 썰고 다듬고 하고 있었다. 그러나 마크의 모습은 어디에도 보이지 않았다.

거실로 가자 내 아파트와 마찬가지로 역시 깔끔했고, 시원한 회색과 파란색으로 장식돼 있었다. 공용 공간에서 봤던 화려한 빨간색과 금색, 눈부신 장식과 극명하게 대조되는 공간이었다. 공용 공간은 사자 갈기나 공작 꼬리처럼 방문객에게 깊은 인상을, 실제로는 위협을 주는 분위기로 꾸며져 있었다. 그러나 개인 공간에서는 누구에게도 위협적일 필요가 없었다. 여기에 초대받은 사람이라면 마크가 얼마나 어마어마한 사람인지 이미 알고 있을 테니까.

"곧 나갑니다. 한잔하고 계세요." 다른 방에서 그의 목소리가 들렸다.

그는 일을 하고 있었다. 커피 탁자 위에 노트북이 열려 있었고, 그 옆에 서류가 놓여 있었다. 나는 술은 건너뛰고 일단 서류부터 빠르게 훑어보았다. 젠코 소송의 합의서 초안이었다. 한 항목에는 그가 변호하는 주주들에게 다섯 명의 새로운 임원진을 임명할 권리를 준다고 나와 있었다. 몇 페이지를 넘겨본 나는 임원진이 아홉 명으로 구성되었다는 것을 알 수 있었다. 따라서 마크는 실제로 회사를 통제할 수 있었다.

책장에 있는 작은 스테인리스 나신상을 감상하고 있는데 마크가 모습을 드러냈다. 그 역시 간편한 차림이었고, 게다가 맨발이었다. 내 손에 술잔이 없는 걸 보며 그가 말했다. "당신 말이 맞습니다. 그냥 술로 축하할 수는 없죠. 샴페인을 따야겠어요." 그는 서류를 그러모으더니 주방에 가서 케빈과 잠깐 상의했다. 이내 코르크 따는 소리가 들렸고, 마크가 길쭉한 샴페인 잔 두 개를 들고 나타났다.

"무죄를 위해 건배!" 그가 잔을 건네며 말했다. 얼굴에는 미소가 가득했다. "아주 지독한 새끼들."

"후후." 나는 한 모금 마셨다. 혓바닥에서 춤을 추던 샴페인이 추억 한 조각을 던져주었다. 댄스클럽 VIP 룸에 있던 데이비드. 우리의 결혼 피로연에서 나와 잔을 부딪치던 데이비드. 병을 마구 흔들다가 코르크를 따고 솟구쳐 오르는 샴페인을 머리 위로 맞던 데이비드. 그날은 그가 보너스를 받은 날이었다. 하지만 결국 그게 마지막으로 받은 급여가 되었다. 이어서 또 다른 기억이 떠올랐다. 야반도주를 위해 짐을 싸고 있을 때 데이비드는 냉장고 뒤쪽에서 내가 해고당한 날 먹다 남긴 매그넘 와인을 발견하고 병째 마셔버렸다. 지금의 그를 상상해본다. 트라이베카 클럽에서 춤추고 즐기는 데이비드, 옛 동네를 떠나지 못하는 데이비드, 예전의 삶을 다시 찾을 수 있으리라 생각하는 데이비드.

"그들이 당신에게 무슨 짓을 하려고 했는지 알잖아요, 셰이." 마크가 말했다. "흠, 말은 제대로 해야지. 그들은 실제로 당신이 두 달이나 갇혀 있게 만들었잖아요. 그쪽을 상대로 민사소송을 걸면 엄청난 결과가 나올 겁니다."

"네. 저도 그 생각 안 한 건 아니에요."

"그 일 역시 제가 변호하고 싶습니다. 저만 믿으세요."

나는 그에게 눈짓을 해 보였다. "근데 당연히 못 하실 거예요."

"왜 못 합니까?" 그는 뽐내듯 양팔을 옆으로 펼쳐 보였다. "저는 주주소송보다 더 어려운 일도 해낼 수 있습니다, 아시잖아요!"

"CDMI 주주소송을 맡고 계시잖아요. 제가 거기를 상대로 거액의 손해배상 판결을 받으면 주식 가치가 급락할걸요."

잠깐 침묵을 지키던 그가 마침내 입을 열었다. "그러네요."

"의뢰인들을 일일이 기억하는 게 힘들다는 거 알아요. 특히 당신한테는 명단에 불과할 테니까요."

비꼬는 내 말에 그가 살짝 발끈했다. "그렇지 않습니다. 저는 언제나 의뢰인의 이익을 최우선으로 두고 있습니다. 파머 소송을 진행하는 이유도 그 때문입니다. 경영진은 너무 오랫동안 주주들의 밥그릇만 챙겼습니다. 저는 그들을 끌어내리고 싶어요, 셰이. 그놈의 자식들 한 놈 한 놈을 모두 파멸시키고 싶습니다."

"그거 저랑 얘기하시면 안 되잖아요." 내가 규칙을 상기시켰다. 주방에서 쉭쉭 하는 소리가 들리더니 또 다른 냄새가 퍼졌다. 달큰하고도 쏘는 듯한 마늘 냄새.

"우린 할 수 있어요. 당신과 내가 같이요."

나는 대답하지 않았다. 그러자 그가 알겠다는 듯 입을 삐죽이고는 다음 주제로 넘어갔다. "노스스타 건은 어떻게 되고 있죠?"

"오늘 넬슨 레드베터를 만났어요."

"누구였더라." 그가 고개를 갸웃했다.

"CEO요."

"오, 그러네요. 뭔가 끌어낸 건 없습니까?"

나는 고개를 저었다. "노스스타의 다른 임원들과 다를 바 없었어요. 그는 해링턴사나 노스스타에 있는 누구하고도 바트먼에 대해 논의를 하지 않았어요. 바트먼 회사에서 아무도 안 만났고요. 가장 저렴한 합의금을 찾겠다며 집단소송 변호사들을 이리저리 찾아다니지도 않았어요. 그 생각 자체에 경악을 금치 못하더라고요."

마크가 어깨를 으쓱했다. "흠, 모를 일이죠. 그런 일이 없었을 수도 있겠지만." 그가 활짝 웃어 보였다. "어쨌든 순전히 제 능력만으로 집단소송을 이겨야 하겠네요."

"아직 포기하기는 이르죠!" 내가 웃음을 터뜨렸다. "아직 생각하고 있는 아이디어가 좀 있어요."

"그러실 줄 알았습니다. 그건 그렇고, 위로 올라가서 얘기하면 어떨까요?"

내가 바깥 날씨에 맞지 않은 옷을 입었다는 걸 알고 그가 스웨이드 천으로 된 항공재킷을 건네주었다. 그는 그 차림 그대로, 맨발인 채로 나가면서 소리쳤다. "케빈, 우리 위로 올라갈게요!"

"오늘밤에 뭐 하시나 봐요?" 루프탑 정원으로 가는 좁은 계단을 오르며 내가 물었다.

"흠, 오늘 약속 있다길래. 어쩔 수 없이 외로운 밤을 채워줄 사람을 다른 데서 찾았지요." 그가 서운한 척하며 대답했다.

루프탑에 올라가니 도시 불빛이 반딧불로 가득한 숲처럼 주변을 환히 비췄다. 마크가 식탁 옆 가스 벽난로의 버튼을 누르자 불이 깜빡였다. 나는 벽난로 근처로 의자를 옮겼다. 마크는 자신의 의자를 내 의자 가까이에 놓았다. 재킷을 입었는데도 팔과 팔이 닿는 게 느껴졌다.

나는 뒤로 빼지 않았다. 그가 무슨 의도로 다가왔든 걱정이 되지 않았다. 아니, 나는 그의 의도를 아주 잘 알았다. 그는 가만히 앉은 채 내가 먼저 움직일 때까지 기다렸다. 여태껏 터득한 그만의 방식일 것이다. 지난 3주 동안 나를, 그리고 사무실의 모든 여성을 대하는 태도로 보아 분명히 알 수 있는 사실이 하나 있었다. 그는 여성들에게 너무 매력적인 남자라서 자신이 먼저 유혹의 손길을 뻗쳐야 한다는 부담감을 전혀 느끼지 않는다는 것이었다. 상대가 자신을 정복하고 싶어 할 때까지 기다리기만 하면 된다. 이것이 그가 생각하는 자신의 큰 강점이었다. 어떤 여자도 거부할 수 없는 성적 매력을 지닌 남자. 나는 이 점에 대해 자주 생각했다. 그럴 때마다 주짓수가 떠올랐다. 그가 강점이라고 생각하는 것을 역이용하라. 아이디어가 떠오르기 시작했다.

그가 내 잔을 채워주는 순간 케빈이 계단으로 올라왔다. "뭐 좀 드시고 싶으실 것 같아 준비했습니다." 케빈이 작지만 구미를 돋우는 타르트를 멋지게 선보였다.

"아, 내가 제일 좋아하는 거. 고맙네, 케빈." 마크가 말했다. 그가 타르트 하나를 집어 들자 케빈은 재빨리 계단 아래로 사라졌다. "먹어봐요." 그가 하나를 집어 나에게 권했다. "정말 맛있죠?"

"네, 네." 염소치즈에 펜넬°을 뿌린 타르트가 입안에서 버터처럼 녹아내렸다.

"세상에!" 그가 별안간 소리 질렀다. "그자가 당신한테 한 짓을

° 향신료, 약재 등으로 쓰는 미나리과 식물.

생각하면 죽겠다니까요! 아니, 왜! 그 이유가 궁금해 미치겠어요."

나는 타르트를 삼켰다. "저도 말씀드릴 수만 있다면 좋겠네요."

그는 타르트를 하나 더 씹으며 생각에 잠긴 듯 보였다. "방금 한 말 흥미롭네요. 그건 두 가지 의미가 있죠. '저도 알고 싶네요' 라거나 '함구령이 없었다면 좋았을 텐데요'라는 말 중에 어느 쪽 인지 얘기해주지 못하겠죠?"

나는 고민하고 있다는 듯 가만히 그를 바라보았다. "후자요."

"내 그럴 줄 알았어! 젠장, 그 여자가 자살할 정도의 어떤 극악 무도한 짓을 벌였는데 그걸 은폐하는 거라고요. 누가 알아채면 안 되니까 당신이 그녀를 죽인 것처럼 보이게 하는 거죠."

"그걸 말로 들으니까 꽤 터무니없는 생각 같은데요?"

"하지만 직접 겪었잖아요. 그자들이 '당신한테' 그렇게 한 거라 고요, 셰이. 변호사와 의뢰인 간의 비밀유지 제도를 만든 사람은 이런 상황이 있을 거라고는 상상도 못 했을 겁니다."

나는 시선을 돌렸다. "죄송해요, 마크. 저는 이 일에 대해 논의 할 수 없어요."

그는 잠시 침묵을 지키더니 마침내 포기하고 다른 주제로 넘어 갔다. 그는 내 기사를 두고 어떤 기자들이 경쟁하고 있는지, 내가 어느 쪽으로 기울었는지 궁금해했다.

나는 그의 궁금증을 풀어주었다. 그러자 그가 혼잣말처럼 중얼 거렸다. "그게 말이죠. 그 사람한테 기삿거리를 줄 필요가 있을까 요? 당신이 직접 쓰는 것보다 더 좋은 기사는 안 나올 것 같은데. 책을 쓰세요. 아는 출판사가 좀 있습니다. 입소문을 내고 앉아서 기다리는 거예요. 그럼 서로 출판하겠다고 경쟁이 붙을걸요."

"그것도 제가 무죄로 풀려났을 때 얘기죠."

"그렇게 될 겁니다. 당연히 그렇게 되죠. 아시겠지만……." 그가 다시 생각에 빠져들었다. "우리가 같이 책을 써도 되겠는데요. 그래요!" 그가 흥분에 빠져 벌떡 일어났다. "당신이 어떻게 죄를 뒤집어쓰게 됐는지, 우리가 그걸 어떻게 밝혀냈는지, 또 사악한 인간 쓰레기를 어떻게 무너뜨렸는지 쓰는 겁니다. 어떻습니까?"

"대답하기엔 너무 이른 것 같아요."

그는 으쓱한 후 자리에 앉았다. 일단은 내 말에 수긍한 것 같았다. "어쨌거나 누구에게든 독점 기사를 주겠다고 결정하는 것도 시기상조입니다. 뭘 하든지 간에 일단 자서전을 낼 권리는 절대 넘기지 마세요."

"좋은 충고네요. 고마워요, 마크. 이제 가봐야 할 것 같아요." 나는 일어섰다.

그는 손목시계를 보더니 자리에서 일어나 내 뒤를 따랐다. 오 층에 다다르자 그가 나를 위해 엘리베이터 버튼을 눌렀다. "아니요, 걸어갈게요." 나는 그에게 재킷을 돌려주고 계단을 내려갔다.

그가 나를 부르며 팔을 잡아챘다. 그의 얼굴에 진심으로 우려하는 기색이 드러났다. "이해가 안 갑니다, 셰이. 빌어먹을 뉴욕시 전체가 당신 뒤를 쫓고 있습니다. 그런데도 당신은 흔들림 없이 의연하고요. 근데 엘리베이터 타는 건 무서운 겁니까?"

내 호흡이 흔들렸다. "시간이 좀 더 필요해요."

"시도는 해봐야 하잖아요, 셰이."

"곧 그럴게요, 마크. 약속드려요." 나는 그의 손을 떨치고 계단을 밟으며 말했다.

이층 층계참에 도착하자 주 회의실에서 목소리가 새어 나왔다.

나는 복도를 지나 머리를 살짝 들이댔다. 대여섯 명의 젊은 직원이 일하고 있었다. 탁자 여기저기에 서류가 잔뜩 쌓여 있었다. 그때 그들이 고개를 돌려 나를 보았다. "아, 죄송합니다. 방해할 생각은 없었어요."

"어, 그분 맞죠? 셰이 램버트 씨요." 얇은 넥타이를 맨 깡마른 남자가 일어서며 말했다.

내가 끄덕이자 모두가 웅성웅성댔다.

"당신이 작성한 서류를 검토 중이었어요." 다른 사람이 말했다.

"제 서류를요?"

"CDMI요."

"아." 나는 서류 더미를 쳐다보았다. 내가 '연구실'에서 검토했던 서류일 것이다. "이 일에 관련해서는 얘기를 나눌 수가 없어요. 정보 차단막이라고 하죠? 그럼 가보겠습니다."

나는 한 층 더 내려가 로비로 들어섰다. 피비가 안내 데스크에서 루이자와 대화 중이었다. 그녀가 나를 보자 밝게 미소 지었다.

"새로운 직원들이 있는 것 같더라고요." 내가 말했다.

피비는 무슨 말인지 모르겠다는 듯 멍한 표정을 지었다.

"도서관에 있던데요. 서류 검토하는 분들."

"아, 그 사람들. 아니요, 직원이 아니에요. 법대 인턴들이에요."

"유급인가요?"

"음, 아니요." 피비가 입을 삐죽였다. "그렇지만 여기서 일하는 것만으로도 아주 땡잡은 거죠."

미드타운에 있는 와인바에 갔다. 조슈아 맷슨은 이미 와서 구석의 작은 원형 탁자에 자리를 잡고 있었다. 문을 열고 들어가자 그가 어색하게 손을 들었다. 그 바람에 팔꿈치가 잔을 건드렸는데 다행히 쓰러지기 직전 가까스로 바로 세웠다. 내가 다가가자 그가 손을 내밀었다. 나는 그 손을 무시한 채 유럽인들이 하듯 양 볼에 입을 맞췄다. 얼굴을 떼자 그의 얼굴이 빨개져 있었다. 그는 쑥스러운 듯 미소 지으며 내게 의자를 빼주었다. 앨리스가 눈에 잘 안 띄는 곳에 자리를 잡자 나는 그의 옆에 다가앉았다. "만나주어서 고마워요, 조슈아."

"그냥 조쉬라고 부르세요."

나는 미소를 지으며 "조쉬"라고 불러보았다. "양쪽 회사가 집단소송 변호사를 두고 경쟁하는 상황에서 이렇게 만나는 건 좀 이상하다는 거 알아요. 그런데 당신에 대해 좀 더 알고 싶더라고요."

"정말요?" 안경알 너머 그의 눈에서 빛이 났다.

물론 아니었다. 그에 대해서 알고 싶은 건 이미 다 알고 있었다. 인터넷으로 뒷조사를 좀 해봤으니까. 오벌린에서 인문학을 전공하고 버클리 법대를 졸업한 그는 좋은 법률가가 되리라는 꿈을 갖고 있었다. 대부분 다 그렇게 시작하게 마련이었다. 인권이나 환경, 또는 사형제도에 대해 변화를 일으키리라 생각하지만, 누구든 5년만 지나면 세법을 다루고 공해유발 기업을 변호하게 된다. 하지만 조쉬는 달랐다. 그는 신념을 고수한 채 네드 바트먼과 일하기로 했다. 네드 바트먼, 그는 마크 이빈스처럼 자신을 기업 부정행위에 대항하는 십자군인 양 포장하는 사람이었다. 그리고 또 조쉬에 대해 알아낸 것은? 스물여섯 살에 몸매는 엉망이고 코도 못생김. SNS 어디를 봐도 여자는 없는 것 같음.

"법률 검토 기사 쓴 거 봤어요. 내부고발자 보호에 관해서였죠? 정말 대단하던데요." 내가 말했다.

"와!" 그는 속마음을 너무 드러냈다는 것에 당황한 듯 재빨리 음료수를 들이켰다. 그러다 내 음료를 아직 주문하지 않았다는 걸 깨닫고는 더 당황하며 물었다. "앗! 뭐 갖다드릴까요?"

나는 화이트와인 스프리츠를 골랐고, 그가 바에 간 사이 내 의자를 그의 의자에 가까이 붙였다. 그가 잔을 가져와 건네자 나는 그의 잔에 가볍게 내 잔을 부딪쳤다. "당신 기사요. 학문적으로 봤을 때 정말 대단하던데요. 마크는 당신처럼 지적인 인재가 직원으로 들어오면 무척 좋아할 거예요."

"우아! 감사합니다." 그가 말했다.

"궁금해서 그러는데, 그 주제에 대해 고민할 때요. 혹시 내부고발자가 변호사일 경우 마주하게 될 진퇴양난의 상황에 대해 생각해본 적 있어요?"

"무슨 말씀이죠?"

"변호사는 의뢰인에게 충성을 다해야 한다는 명확한 의무가 있잖아요. 그런데 만약 의뢰인이 비윤리적인 일에 대해 변호를 의뢰한다면, 그럴 때 그 비리를 밝혀야 한다는 생각이 든다면, 이런 상충은 어떻게 해결하죠?"

"사실, 규칙은 꽤 분명합니다. 의뢰인이 뭔가 불법적인 일을 저지르기 전이라면 변호사는 그걸 밝혀도 됩니다. 그렇지만 이미 벌어진 일이라면 아닌 거죠."

"만약 나쁜 일은 이미 벌어졌지만 그 일을 변호함으로써 계속 수익을 얻는 상황이라면요? 그것 때문에 아주 고민이거든요."

"어, 그……." 더러운 안경알 너머로 그는 몇 번이나 눈을 깜빡거렸다.

"가정을 해볼까요. 로펌이나 회사 법무팀에 속한 변호사가 회사가 저지른 어떤 비리를 발견했어요. 가만 묻어둘 수 없을 만큼 큰 비리요. 그런데 그걸 밝히려면 기밀유지 의무를 위반하고 충성심도 벗어던져야 하죠. 이런 경우 도의적으로 지켜야 할 의무와 변호사로서 지켜야 할 의무를 어떻게 다 만족시킬 수 있을까요?"

그가 입을 떡 하고 벌리더니 이내 꽉 다물었다. "그럴 줄 알았어요. CDMI에서 뭔가를 발견하신 거죠? 그래서 모함을 받는 중이고요. 그 비리를 공개할 경우를 대비해 당신의 신용도를 떨어뜨린 거군요."

나는 한숨을 내쉬고 시선을 돌렸다. 그가 자신의 추측이 정확했다고 생각할 만큼 오래.

나는 마침내 입을 열었다. "혹시나 이에 대해 생각을 좀 해주실 수 있을까 해서요. 뭐라도 떠오른다면, 뭐든지요, 그럼 저한테 알려줄 수 있을까요? 이걸 기록에 남기지는 않겠죠? 저 또한 무슨 얘길 들어도 혼자만 알고 있을게요." 나는 그의 무릎에 손을 얹었다. 그의 다리 근육에 힘이 들어가는 게 느껴졌다. "마크 이빈스 앤드 어소시에이츠에 당신 같은 분이 있었어야 했는데." 나는 애석하다는 듯 말했다. "혹시 움직이고 싶은 생각이 있다면요, 조쉬, 마크는 분명히 아주 기뻐할 거예요."

"오!" 그가 목소리를 가다듬었다. "와우."

"더 오래 못 있어서 죄송해요. 나중에 또 만날 수 있겠죠, 곧?" 나는 의자를 뒤로 밀었다.

"네, 언제든지요!"

그는 휘청거리며 일어났다. 나는 아까처럼 양볼에 뽀뽀를 했다. "좋은 밤 보내요. 잘 지내고요." 내가 말했다.

저녁 8시밖에 되지 않았다. 앨리스에게 계속 집에 있을 거라고 말한 터라 그녀는 나를 집으로 데려다주고 안으로 밀어넣었다.

앨리스가 가자마자 나는 뒤쪽 정원으로 난 프렌치도어로 빠져나가 회사 건물을 올려다보았다. 퇴근 시간이 지난 시각, 모든 층에는 희미하게 보안등이 켜져 있었는데 오층만 예외였다. 불이 환하게 켜져 있었고, 거실 창 너머로 마크의 실루엣이 선명하게 비쳤다. 그는 누군가와 대화 중이었는데 그 상대가 보이지 않았다.

야외 계단을 타고 테라스로 가서 뒷문에 키카드를 긁었다. 안으로 들어가 잠시 귀 기울였지만 아무 소리도 나지 않았다. 나는 조심스레 중앙 계단을 올라 회의실로 향했다.

휴대폰 손전등 기능으로 회의 탁자를 비춰보았다. 무급 인턴들이 '정보 차단막'에 대해 제대로 숙지하지 못했을 거라 생각했는데 역시나였다. CDMI 관련 문서는 비밀번호로만 열 수 있는 금고에 넣어놔야 한다. 그러나 모든 문서가 그냥 그대로 놓여 있다. 마음껏 볼 수 있게 말이다.

나는 문서 더미를 옮겨 다니며 지상낙원 자산 매각에 대한 문서를 찾았다. 그리고 판매 수치가 여전히 부풀려진 상태라는 것을 확인할 수 있을 정도로만 빠르게 훑어보았다. 배럿은 자신의 전략을 뒤로 무르지 않았다. 최악의 상황을 저질러놓고 그 상황을 끝까지 끌고 갈 심산이었다.

필요한 것은 다 보았다. 나는 불을 껐다. 조심스레 복도로 나가려는데 그 순간 마크의 목소리가 오층 층계참에서 들렸다. 무슨 말인지는 식별할 수 없었다. 하지만 저 어조를 알고 있다. 대단히 즐거운 듯 조금 천박한 웃음이 섞인 목소리. 오늘밤의 아가씨는 과연 누구일까? 다른 여자가 있다는 걸 알면 피비가 기분 나빠

하지 않을까?

　그때 상대편 목소리가 언뜻 들렸다. 여자가 아니었다. 필요한 말만 느릿느릿 하는 남자. 나는 바로 알아챘다. 아침에 두 시간 내내 그 목소리를 듣지 않았던가. 노스스타 CEO 넬슨 레드베터. 쥐뿔도 모르던 그 남자.

　아래층으로 내려오며 미소를 지었다. 앞으로 길게 보고 가야 하는 내 게임, 그 게임이 만약 체스였다면 방금 체크메이트*를 할 수 있는 진로를 두 눈으로 본 것이다. 아니, 두 귀로 들었다.

　새로운 삶을 시작한 지 3주가 지났다. 명망 있는 위치, 화려한 아파트, 기막히게 멋들어진 옷장, 펀딩으로 모인 5만 달러의 현금까지, 발할라에 있을 때와는 비교도 안 되는 삶이었다. 지금 와 생각해보니 발할라의 시기는 공격 개시 전 숨을 고르는 단계와 같았다. 2막을 향하기 전의 인터미션 같은 단계. 이제 2막의 막이 올랐으니 속도를 높여야 할 때다. 내가 마치 서커스 공연자처럼 느껴졌다. 열 개가 넘는 접시가 각각의 막대 위에서 빙글빙글 돌고 있었다. 그날 밤 나는 뜬눈으로 지새웠다. 접시들을 어떻게 하면 깨뜨리지 않고 가상의 탁자 위에 하나씩 내려놓을 수 있을까 생각하느라 머릿속이 복잡했다.

　엘리베이터가 낮게 웅 하는 소리를 낼 때도 나는 깨어 있었다.

　눈을 번쩍 뜨고는 엘리베이터 소리에 귀 기울이며 몇 층이나 내려오는지 세어보았다.

　사층, 삼층, 그리고 이층, 그다음 로비층. 엘리베이터는 거기서

● 상대편의 킹(King)을 꼼짝할 수 없는 상황으로 몰고 가는 체스 용어.

멈춰야 했다. 그러나 멈추지 않았다. 계속해서 하강했다.

　나는 침대에서 빠져나와 복도로 나갔다. 지하층에서는 엘리베이터 문이 앞뒤로 열린다. 혹시 마크가 늦은 밤 운동을 하려고 헬스클럽에 가는 것일까? 그러나 결국 이쪽 문손잡이가 움직이기 시작했다.

　잠가놓은 문이라 천천히 움직이던 손잡이가 덜컥 하고 걸렸다. 마크의 키카드로는 건물의 모든 문을 열 수 있겠지만, 그가 그걸 사용하지는 않을 거라는 생각이 들었다. 그저 내가 문을 다 잠갔는지 확인해보는 것이리라. 만약 오늘이 그날이라면, 나는 결국 내 욕망에 넘어갔을지도 모르겠다.

　곧 그럴게요, 마크. 약속드려요. 엘리베이터가 다시 올라가는 소리를 들으며 나는 내가 뱉은 말을 떠올렸다.

28장

잉그럼 배럿

배럿은 원래 사무실 발코니에서 시간을 보내는 일이 거의 없었다. 그는 장미 냄새를 맡거나 지평선을 응시하거나 사람들이 야외에서 뭘 하는지 구경할 만큼 한가하지 않았다. 그가 발코니를 좋아했던 것은 손님들이 그곳을 보고 감탄했기 때문이다.

그러나 요즘은 달랐다. 매일 몇 시간이나 발코니에서 시간을 보냈다. 주로 담배를 피웠다. 하루에 두 갑까지 피웠다. 그저 일시적으로 많이 피울 뿐이라고 둘러대던 말도 이젠 굳이 하지 않았다. 그는 이제 지평선을 응시하기도 했다. 맑은 날에는 예전 로펌이 있던 건물을 볼 수 있다는 기대만으로도 좋았다. 그 건물이야말로 그를 만들어냈다고 할 수 있다. 과로하던 때였지만, 좀 더 단순했던 시기였다. 변호사 업무 수행과 관련된 모든 규칙은 직업윤리 규정에 다 나와 있으니까. 그때만 해도 윤리적 딜레마를 분석하는 일이 아주 쉬웠다. 규정을 참고하고, 그래도 확실하지 않으면 윤리위원회에 익명으로 의견을 구하고, 그 답변을 그대로 적용하기만 하면 됐다.

그렇지만 기업의 세계에서는 규칙이라는 게 없었다. 아니, 너무 많다고 해야 할까. 모든 것이 그저 뿌옜다. 원래는 주주의 가치 극대화가 기본원칙이었다. 그런데 이제는 지켜야 할 의무가 너무 많이 생겼다. 탄소발자국 줄이기, 다양성 존중하기, 유리천장 없애기 등등 이리저리 장단을 맞추고 호키포키 춤을 춰가며 말도 안 되는 짓을 해야 한다. 생각만 해도 머리가 빙빙 도는 느낌이다.

그는 잠시 떠나 있는 기간이 도움이 되길 바랐다. 오늘밤 파리로 떠난다. 멧 갈라에 가지 못해 아직도 뚱해 있는 멜라니를 달래기 위한 거짓 여행이다. 마샤는 파리의 톱 디자이너들이 멜라니를 환대하고 온갖 옷을 입어보게 하게끔 조치를 취해놓았다. 그러나 배럿의 의도는 다른 데 있었다. 최근의 일에 대해 마담과 독대하여 승인을 받고 은폐해주겠다는 약속을 받아내야 했다. 그리고 또 하나의 결정적인 목적. 램버트 문제가 해결되는 순간 범행현장에서 멀리 떨어져 있으려는 심산이었다. 알리바이를 만드는 것이다.

발코니 스피커를 통해 마샤의 목소리가 들렸다. "배럿 씨, 차가 준비되었고요, 캐리어는 내려놨습니다."

"경호원은?" 그는 마지막으로 담배를 한 번 더 빨아들였다.

"오늘은 콜비가 담당할 예정입니다. 여기 와 있습니다."

그는 화분의 흙에 담배꽁초를 문질러 끄고 마샤의 책상으로 향했다. 회사 점퍼를 입은 덩치 큰 흑인이 차렷 자세로 서 있었다. 요즘은 경호원이 다들 흑인이군. 경찰과 군인도 마찬가지였다. 만약 인종 전쟁이 일어난다면 배럿은 확실히 지는 쪽일 것이다.

마샤가 서류를 건넸다. 비행기 탑승을 위한 서류였다. "일분기 보고서도 있고, 루크 래퍼티와의 새 계약서 초안도 들어 있습니다."

"아 그리고, ID 배지는?"

"그 안에요." 마샤가 쌀쌀맞게 대답했다. 왜 쌀쌀맞게 구는지는 내색하지 않았다. "사모님과 함께 즐거운 시간 보내시기 바랍니다."

밖으로 나가니 고정 운전사가 회사 리무진 트렁크에 짐을 싣고 있었다. 멜라니 가방까지는 넣을 수가 없어 그녀는 다른 리무진을 타기로 한 터였다. 그녀의 캐리어 중 적어도 세 개는 빈 상태였다. 쇼핑으로 그걸 다 채우려는 것이다.

콜비가 차 문을 열었다. 배럿은 뒷좌석을 보고 움찔 놀랐다. 잭 컬리건이 앉아 있었다.

"괜찮겠지? 공항까지 가는 길에 얘기 좀 할까 싶어서."

"빌어먹게도 그럴 때가 됐지." 배럿이 차에 타며 대답했다.

"그러게 말이야."

콜비는 조수석에 자리를 잡았다. 컬리건이 버튼을 누르자 앞좌석과 뒷좌석을 나누는 스크린이 올라왔다.

"내가 얘기하고 싶은 게 뭐냐면, 일단 그런 식으로 무단결근한 것에 대해 사과를 해야겠지. 사실은 말이야, 이 모든 상황을 이해하느라 좀 힘든 시간을 보냈어." 컬리건이 말했다.

"그렇게 뒹굴 시간이 없는 사람도 있다고." 배럿은 안전벨트를 채우며 눈썹을 찌푸렸다.

"안다고. 루시가 죽었고, 이제 그 램버트마저……."

"램버트 문제는 내가 처리하고 있어."

리무진이 출발했다.

"어떻게?"

"토니 로가 아는 사람이 있대. 여기에, 미국에."

"그러니까 그 사람이……." 컬리건의 이마에 주름이 잡혔다.

"응."

퇴근시간의 러시아워는 끝난 상태였다. 적은 교통량을 가르며 운전사는 고속도로로 진입했다.

"이런, 잘 모르겠는데, 배리. 이야기를 지어내는 것에서 너무 멀리 가는 것 같은데……."

"지어냈다니, 상황을 잘 처리한 거지. 그뿐이야. 그런데 만약 램버트가 무슨 짓을 저질렀다면?"

"뭐라고?"

"우리가 증거를 조금 건드렸다고 해서 램버트가 루시를 죽이지 않았다는 건 아니잖아." 생각하면 할수록 더욱 그럴싸해 보였고, 그러자 기분이 더 나아졌다.

"허……."

"그렇다면 다음은 나를 노릴 수도 있어. 자네도 마찬가지고, 잭. 그 위협을 무력화시켜야 해." 배럿이 말했다.

잭 컬리건은 차창을 향한 채 몇 분간이나 말이 없었다. 배럿은 전화기에서 멜라니의 문자를 읽었다. 공항 VIP 라운지에서 기다리고 있다는 내용이었다. 돔 페리뇽 와인을 한 병 시킨 채.

마침내 컬리건이 입을 뗐다. "그게 다가 아니지. 미얀마 사업 전체가 위험해. 그때 내가 찬성한 건 알아. 하지만 생각하면 할수록…… 특히 그들이 태풍으로 익사한 걸 보고 나선 좀……."

"이봐, 나도 이해해." 배럿이 말했다. 그 역시 발코니에서 그 생각을 하곤 했다. 그리고 자신이 내린 결론에 어느 정도 만족하고 있었다. 컬리건에게도 들려줄 수 있을 만큼 만족할 민한 결론이었다. "내 말을 들어봐, 잭. 모든 걸 맥락에 맞게 봐야 한다니까. 그 당시의 시간과 장소에서 통용되는 규범의 맥락을 고려해야 한

다니까. 생각을 해봐. 조지 워싱턴도 노예를 뒀지만 그 누구도 지폐에서 그의 얼굴을 빼자거나 수도 이름을 바꾸자고 주장하지 않잖아. 왜냐하면 노예제도가 당시의 문화적 규범이었거든. 토머스 제퍼슨도 '만인은 평등하게 창조되었다'고 했지만, 그 역시 노예를 거느렸고 심지어 갖고 놀기까지 했어. 그런데도 건국의 아버지로 존경을 받고 있지. 이 사실을 똑똑히 보자고. 이 빌어먹을 나라는 노예제도 위에 세워진 거라니까! 당시에는 노예제도가 나라의 한 문화일 뿐이었거든. 그리고 그거 아나?" 배럿은 말이 술술 나와 속이 시원했다. "아시아 어느 집단에서는 아직도 노예제도가 어엿한 문화인 곳이 있어. 그래서 우리 같은 다국적 기업이라면 늘 듣는 소리가 있지. 지역 규범과 전통을 존중하고 따르라고. 즉 우리는 자산을 수익화하며 지역 전통을 따른 것뿐이야."

물론 이것은 뒤늦은 합리화였다. 그들이 결정을 내렸을 때는 그저 회사를 구해야 한다고, 그래야 자신들의 직위를 지킬 수 있다는 생각뿐이었다. 그런데 그게 뭐가 그리 잘못된 거지? 공장 노동자들은 자신들의 자리를 지키기 위해 농성을 할 수 있으며, 심지어 폭력적으로 나오기도 하지 않는가. 경영진은 왜 그래서는 안 된다는 거지? "자본주의라는 것은 자본의 착취에 의존하는 법이지. 거기에는 인적자본도 포함되고." 배럿이 말했다.

"난 잘 모르겠어, 배리……." 컬리건이 눈을 가늘게 뜨고 말했다.

"그냥 정도의 차이일 뿐이야. 차등제 같은 거지. 한쪽 끝에는 어선에서 일하는 그런 사람들이 있는 거고, 다른 쪽 끝에서는 자네나 젊은 변호사들이 파트너 자리를 차지하기 위해 하루에 스무 시간씩 일하는 거야. 모두가 착취당하고 있는 거라니까. 최저임금 노동자, 무급 인턴 등 그 모든 사람들이 말이야."

"하지만 그들, 바다 한가운데의 배에서 3년 넘게 포로로 잡혀 있던 사람들은……."

"그래그래, 개탄할 일이지. 하지만 명심해. 그들이 배를 타지 않으면 미국인들은 애완동물 사료 값으로 두 배의 돈을 내야 할 거야. 어쨌거나 그들은, 남녀 할 것 없이 대다수는 결국 어딘가로 팔려갔을 거라고. 지상낙원이 아니더라도 말이야. 현실이 그래."

"여기는 안 그렇잖아. 그 많은 소녀들이 결국은……."

"아니, 그건 실수였어. 토니가 그건 자기 실수라고 인정했어. 그래서 다음번 일에선 할인해주기로 했지."

"다음번 일이라는 건……?"

배럿은 대답하지 않았다. "계속 그 여자 감시하고 있지? 그치?"

컬리건 역시 대답하지 않았다. "그 일은 언제 터지는 거지?"

"나도 몰라. 언제가 될지, 누가 할지, 어디가 될지 전혀 모르지. 그래도 하나 아는 게 있어." 리무진이 공항 터미널에 도착하는 순간 배럿이 컬리건의 무릎을 치며 말했다. "다 끝나고 나면 우리 모두 발 쭉 뻗고 자게 될 거야."

29장

셰이 램버트

어느 날 밤늦게 귀가하니 현관문 앞에 서류봉투가 떨어져 있었다. 앨리스가 급하게 집어 들고, 흔들고, 냄새를 맡고, 내용물을 보기 위해 길 쪽으로 갔다. 그리고 이내 돌아와 내게 건네며 말했다. "그냥 서류예요. 위험물질은 없어요."

봉투에는 발신인을 나타내는 그 어떤 표시도 없었고, 내용물은 이메일을 출력한 종이였다. 이메일을 보낸 이는 노스스타 CEO 넬슨 레드베터, 받는 이는 마크 이빈스의 집단소송 적수인 네드 바트먼이었다. 이메일에서 레드베터는 "우리 대화"라는 말을 했고, "우리가 논의했던 작은 변칙사항"을 보여주는 첨부파일을 언급했다. 첨부파일을 출력한 건 따로 없었지만 그게 뭔지 짐작이 갔다. 사분기 수익 불일치가 드러난 액셀 파일일 것이다. 그리고 이것은 집단소송 변호인을 맡기 위해 바트먼 자신이 사활을 걸고 찾아낸 척한 파일이다. 이제 우리에게는 CEO 레드베터가 바트먼에게 정보를 떠먹여 줬다는 증거가 생겼다.

지금까지 나는 조슈아 맷슨과 세 번 정도 술자리를 했는데, 마지막 자리에서는 툭 까놓고 말하지 않을 수 없었다. *어디서나 일어나는 일이에요. 주요 소송에서 서열 세 번째인 젊은 변호사가*

자기 상사가 은밀하게 더러운 거래를 했다는 걸 알아냈다 쳐요. 그 거래로 수백만 달러를 벌어들였고요. 그러면 변호사는 그걸 상대편에 밝힐까요? 마침내 조슈아는 내가 원하는 대답을 해주었다.

마크가 회사에 도착하자 나는 뉴스를 전하기 위해 그에게 연락했다. "올라오세요." 나는 바깥으로 나가 현관문을 열고 네 개의 층을 올랐다. 그는 문을 열어놓은 채 근무시간이 끝나면 늘 그렇듯 맨발로 기다리고 있었다. 그러나 발만 맨발이지 흰색 나비넥타이에 연미복 차림이었다. 그의 아내가 주최한 자선행사에 갔다 온 것이다.

"출처가 어디예요?" 이메일을 보며 그가 물었다.

"익명으로 왔습니다. 내부고발자 같아요. 바트먼 아니면 해링턴, 둘 중 한쪽이겠죠."

"흠, 아하, 그렇군요." 그가 씩 웃었다. "제대로 된 명백한 증거네요. 진짜였던 거예요. 그들이 진짜 역경매를 했다고요."

"그렇지만 진짜라는 걸 증명해줄 증인이 없습니다."

그가 손을 내저었다. "있을 필요도 없습니다. 법정에서 이걸 대놓고 레드베터에게 맞설 겁니다. 증언 녹취록에서 거짓말한 걸 죄다 끌어낼 거고요. 결국 자백하게 될 겁니다."

"그럼 집단소송 변호인으로 지명되시겠네요."

그가 양쪽으로 팔을 벌렸다. "최후의 승리자가 되는 거죠. 아주 잘했어요, 셰이. 정말 나를 많이 도와주었어요."

"이제 다른 일에 착수하고 싶습니다. 젠코 전력회사는 어때요? 제가 피비를 도와 일할게요."

"아니, 아니. 그런 일에 당신 재능을 낭비할 순 없죠. 계속 노스스타 일을 해주세요. 이제 우리가 집단소송을 맡게 되었으니 앞으로 할 일이 많을 겁니다. 그리고 만약 그게 아니라도 내가 생각해놓은 일이 있습니다."

"CDMI만 아니라면 무슨 일이든 좋죠."

"그렇죠." 그가 한순간 얼굴을 찌푸리더니 곧 미소를 떠올렸다. "들어올래요? 축하주 한잔?"

"고맙습니다. 근데 내려가 봐야 해요. 안녕히 주무세요."

나는 몸을 돌려 엘리베이터를 향해 조심조심 발을 내디뎠다. 그가 계속해서 나를 바라보고 있다는 걸 느낄 수 있었다. 마침내 엘리베이터 버튼을 눌렀다. '우리'가 도착했고, 실린더가 열렸다. 그러나 다리가 너무 떨렸다. 나는 급히 발을 돌려 계단으로 향했다.

마크가 세 걸음 만에 다가와 내 팔꿈치를 잡았다. "할 수 있어요, 셰이." 그는 엘리베이터 쪽으로 나를 이끌었다.

"못 해요……."

"당신은 뭐든 할 수 있어요. 증명해냈잖아요."

"아직 준비가 안 됐어요."

"내가 같이 탈게요." 그가 먼저 몸을 싣고는 나를 좁은 실린더 안으로 끌어당겼다.

문이 닫히고 '우리'가 내려가기 시작했다. 나는 몸을 웅크린 채 비틀거리며 그에게 부딪쳤다. 그가 나를 붙들어 주었다. 나는 그의 목에 팔을 두르고 그에게 입을 맞췄다.

그는 놀라지 않았다. 예상했고, 기다렸고, 해야 할 도리였다는 듯 받아들였다. 돌진하지도 않았고 물러나지도 않았다. 엘리베이터가 지하층에 도착하자 나는 키카드로 문을 열고 그를 침실로 이끌었다.

그가 직장 내에서 원치 않는 유혹을 했다고 비난받을 일은 없었다. "진심이에요?" 내 옷을 벗기기 전에 그렇게 물어봤기 때문이다. 그러나 그 질문은 그저 준비된 전희라는 생각이 들었다. 헐떡이는 숨으로 긍정적인 대답을 하리라고 확신하는, 그런 수사적 질문이었다. 나는 그의 예상에 맞게 반응했다.

그는 침대에 누워 내가 자기 위에 걸터앉기를 기다렸다. 그러나 내가 이 상황을 리드하고 있다는 가식은 오래가지 않았다. 그는 나를 뒤집어 눕혔다. 그가 나에게 몸을 밀어넣는 동안 나는 천장을 바라보았다. 그는 골반을 중심으로 몸을 반으로 접어 팔을 굽혔다 폈다 하며 지렛대처럼 사용했다. 지렛대의 이미지가 머릿속에 자리를 잡기 시작했다. 그는 나로부터 정보를 얻어내려는 지렛대. 속도가 빨라지자 머릿속 이미지가 모양을 바꿨다. 텍사스 평원의 세찬 바람 속에 서 있는 지상의 석유시추 설비. 그 설비가 내 지식의 우물 깊은 곳까지 내려와 CDMI에 대한 정보를 파고들고 있다. 그는 나를 무너뜨리고 싶어 한다. 섹스를 무기로 나를 무너뜨리려 한다. 그가 지닌 최고의 무기로 말이다. 뭐 그의 생각일 뿐이지만.

그렇다면 내 행동은 어떤 비유가 적절할까? 나는 거미와 같은 팔다리로 그를 옭아매 거미줄로 끌어당기고 있다. 너무 진부한가?

일이 끝난 후 그의 가슴에 뺨을 대고 속삭였다. "자고 갈래요?" "그러면 좋겠지만 조심해야 합니다. 무슨 말인지 알죠?" 그가 내 정수리에 입을 맞췄다.

그는 내가 자신에게 홀딱 빠졌다고 생각한다. 자신에 대한 내 열정을 통제해야 한다고 생각한다. 나는 그의 기대에 부응해 한

숨을 내쉬며 말했다. "물론이에요. 이해하죠."

그는 연미복을 다시 입고 맨발로 엘리베이터로 향했다. 나는 그에게 매달렸다. 그의 양복 조끼와 셔츠는 열려 있었다. 진주로 된 셔츠 단추는 주머니에 있었다. 나는 셔츠 안으로 손을 집어넣었다. "이렇게 함께하게 되어 너무 좋았어요, 마크." 나는 그의 얼굴을 향해 고개를 들었다. "이 모든 것에 감사해요."

그는 미소를 짓고 나에게 입을 맞췄다.

"진심이에요." 나는 그의 입술에 숨을 뱉으며 말했다. "보답할 방법이 있었으면 좋겠네요. 원하는 건 뭐든 들어드리고 싶어요."

그는 나를 껴안은 채 뒤로 살짝 몸을 빼고는 내 말을 기다렸다.

"비밀유지 의무나 기밀유지협약을 저버릴 수는 없어요. 아시잖아요."

그가 눈을 가늘게 떴다. 내 어조만으로도 '그렇지만'이라는 말이 이어질 거라 기대하는 눈빛이었다.

"그렇지만, CDMI가 아니라 다른 쪽에서 얻은 정보가 좀 있어요. 규칙을 살펴봤더니 이런 식으로는 정보를 공유할 수 있겠더라고요. 아니, 할 수 있고말고요." 나는 까치발로 그에게 입을 맞췄다.

"그래서?" 그가 내 입술에 대고 말했다.

"여자 네 명이 뉴저지시 엘리자베스의 이민국에 억류돼 있어요. 태국인과 캄보디아인, 그리고 인도네시아인 두 명이에요. 통역사를 동반해서 한 명씩 진술을 받아오세요. 녹화도 하고요. 빨리 하세요. 강제 추방 되기 전에요."

이해할 수 없다는 듯 그의 이마에 깊은 주름이 생겼다. "왜요? 그 여자들이 누군데요?"

"이름은 문자로 보내드릴게요."

"그들이 CDMI와 무슨 상관인데요?"

"더 이상은 말씀드릴 수 없어요. 그냥 시키는 대로 하세요. 제발요." 나는 그를 우리로 밀어넣고 오층 버튼을 눌렀다. "편히 주무세요. 고마워요!" 내 말에 맞춰 문이 닫혔다.

나는 욕실로 가서 비데로 밑을 씻어내고 샤워기 아래 오래 서있었다.

그날 밤 잠들기 전 나는 행복한 생각에 빠졌다. 더 이상 계단을 오를 필요가 없다. 그 정도의 가식은 오늘로 끝이다.

30장

잉그럼 배럿

배럿은 프랑스에 머무는 동안 자동차와 운전기사를 마음대로 쓸 수 있었다. 문을 열거나 길을 터주는 등 수족처럼 따라다니는 사람도 있었다. 그러나 오늘은 미션을 위해 혼자서 택시를 타고 몽파르나스역까지 가서 투르행 TGV를 탔다. 투르에는 작은 지사가 있었다. 그는 자신이 왔다는 걸 이브에게 알리지 않은 채 차를 렌트해 루아르 계곡 깊숙이 자리한 성으로 향했다.

렌터카를 운전하며 맘껏 담배를 피웠다. 자기 차가 아니니 냄새가 배는 것도 아랑곳하지 않았다. 호흡을 깊게 하자 긴장이 좀 풀리는 것 같았다. 물론 니코틴으로 인해 신경과민 증상이 일시적으로 눌리는 것뿐이지만.

미션은 두 가지였다. 지금 당장의 목표는 마담에게 최근 상황을 설명하고, 이미 일어난 일과 앞으로 일어날 일에 대해 보장을 받는 것이다. 그래야만 방어 태세를 단단히 굳힐 수 있다. 장기적인 목표는 필 듀발이 단기 목표를 달성하지 못했음을 보이고 인력 교체를 위한 씨앗을 심는 것이다. 아니, 이미 심어놓은 씨앗에 비료를 주는 것이다. 이번 작전은 길게 봐야 한다.

이 드라이브도 마찬가지였다. 마담의 성은 사람들이 다니는 길에서 멀리 떨어져 있었다. 허물어진 벽이 있는 마을을 빙 돌아서 포도밭을 지나 봄날의 미풍으로 산들거리는 야생화 들판을 달려야 했다. 시골의 매력은 배럿의 관심을 끌지 못했다. 글로벌 기업의 수장이라면 본사에 상주해야 하는 게 아닌가! 배럿은 그저 분노할 뿐이었다. 보안장치가 아무리 정교하다 해도 그것에 의지해 보안원 한 명만 두고 은둔생활을 하다니! 어떻게 그럴 수 있단말인가! 하지만 또 다른 생각도 들었다. 정말 인력이 교체된다면, 자신이 문지기가 된다면, 잘 해낼 수 있으리라는 생각이 들었다.

GPS가 목적지가 가까워졌음을 알렸다. 배럿은 황금빛 건초 더미가 띄엄띄엄 쌓여 있는 들판 옆 길가에 차를 세웠다. 건초 더미가 마치 거인을 위해 접시에 내온 브리오슈 같았다. 그는 룸미러를 얼굴 쪽으로 돌리고 콧수염 두 개를 윗입술 위에 조심스레 붙였다. 지금 입은 버버리 점퍼는 필 뒤발이 종종 입는 점퍼와 똑같은 것이었다. 그는 햇빛 가림용 모자와 선글라스를 썼다. 거울을 보자 바보 한 명이 있었다. 필 뒤발과 똑같은 사람이. 그는 다시 시동을 걸었다.

단선도로를 따라가자 마담의 성 경비실로 곧장 이어졌다. 작은 탑이 올려진 양쪽 돌기둥 사이 아치 아래로 차를 몰고 갔다. 아니, 거기서 멈춰야 했다. 보안원이 나타나 손바닥을 보이며 길을 가로막았다.

배럿은 차창을 내리고 ID 카드를 보여주었다. 회사 인사부 파일을 이용해 똑같이 만든 카드였다. "봉주르, 므슈 뒤발." 보안원이 ID 카드를 되돌려 주며 인사한 뒤 옆으로 물러나 두 필로 아치를 그려 보였다. "콩티뉘에, 실 부 플레(들어가십시오)."

운이 좋았다. 얼굴보다 이름과 옷으로 사람을 알아보는 보안원이라니.

빽빽한 나무숲길로 들어가자 어둑해지더니 숲을 빠져나오자 다시 밝아졌다. 연못 한가운데 백합꽃 모양의 분수가 보였다. 연못 주변은 깔끔하게 다듬은 잔디가 깔려 있었다. 그는 연못을 끼고 돌다가 한 번 더 꺾었다. 그러자 성이 시야에 들어왔다.

성은 고딕과 르네상스 건축 양식이 혼합된 고전 스타일이었다. 가파른 지붕 위로 다락방 구조부가 튀어나와 있고 박공지붕이 얹혀져 있었다. 굴뚝이 벽에 의지해 높이 쌓아올려져 있고, 정교한 솜씨로 조각된 돌 장식이 곳곳에 더해져 있었다. 중앙에는 원뿔형 지붕을 얹은 커다란 원형 탑이 있었다.

배럿은 아치형 입구 옆에 차를 세웠다. 차에서 내릴 때쯤 시녀가 무거운 나무문을 열고 나타났다. 헐렁한 흰색 셔츠와 바지를 입고 밑창이 부드러운 흰색 구두를 신고 있었다. 배럿은 약간 실망했다. 핼러윈 때 입을 법한 프랑스식 가정부 복장을 기대했는데. 배럿은 거대한 사냥감을 쫓는 사람처럼 사파리 부츠를 신은 채 조심스레 시녀에게 다가갔다. 시녀가 뭐라고 말을 했지만 배럿은 알아듣지 못했다. 기본적인 프랑스어는 알고 있었지만 겨우 알아들은 말은 "봉주르, 므슈 듀발"뿐이었다.

"영어로, 실 부 플레(말해주세요)." 그가 말했다.

시녀는 고개를 숙인 채 원통형 로비로 안내했다. 원형 벽은 중국풍 벽화로 장식돼 있었다. "운이 좋으시네요. 마담께서는 오늘 상태가 좋으십니다." 그녀가 천천히, 신중하게 영어로 말했다.

그가 눈썹을 치켜들었다. "편찮으셨습니까?"

그녀가 어리둥절한 듯 그를 바라보았다. "올라가 보세요."

듀발은 분명 성의 구조를 알고 있을 것이다. 안내를 부탁한다면 변장한 게 들통나고 말 것이다. 그는 조각된 돌계단의 곡선을 따라 위쪽을 바라보았다. 성은 컸지만 아주 거대하지는 않았다. 마담이 있는 곳쯤은 알아낼 수 있을 것이다. "메르시(감사합니다)." 그는 인사를 남기고 킬리만자로를 등반하듯 계단을 오르기 시작했다.

위층에 오른 그는 마음속으로 축배했다. 계략이 먹혔다. 성의 직원을 두 명이나 제치고 이제 마담과 독대하게 된 것이다. 그는 선글라스를 벗고 아까 붙였던 수염도 뗐다. 입사 초창기에 마담을 몇 번 만난 적이 있었다. 마담은 늘 따스하게 대해주었다. 그러나 이렇게 예고 없이 들이닥친 것에 대해서는 불쾌해할 수 있다. 몸단장을 할 만한 시간도 주지 않았으니까. 그는 공격이 최선의 방어라는 것을 상기했다. 덜컥 들어가 시급한 문제가 생겼다고 할 작정이었다. 체면 차릴 시간 따위 없다고, 얼마나 시급한 문제였으면 이렇게 갑자기 찾아왔겠느냐고 말할 작정이었다.

위층 중앙 복도로 향했다. 베르사유 궁전의 유명한 홀을 축소해놓은 듯 거울들이 늘어서 있었다. 마담이 패션쇼를 하듯 복도를 거니는 모습이 머릿속에 그려졌다.

복도를 따라 난 문들은 모두 열려 있었다. 전부 빈방이었다. 여기가 마담이 묵는 층이 맞는지 의심이 들기 시작했다. 마담은 다른 층에 있을지도 모른다.

그때였다. 묘한 소리가 들렸다. 날카롭고도 리듬감이 느껴지는 소리다. 처음에는 굴뚝을 통과하는 바람 소리라 생각했다. 그렇지만 바깥에는 바람 한 점 없지 않았던가. 마담이 재봉틀 같은 거라도 돌리는 중일까? 그는 고개를 갸웃거리며 방향을 가늠한 후 작은 복도를 따라 발을 내디뎠다. 날카로운 소리가 점점 커졌다.

복도 끝 방에서 불빛이 새어 나오는 게 보였다.

그 방에는 방금 전의 시녀와 똑같은 차림을 한 시녀가 있었다. 그녀는 어린아이에게 음식을 떠 먹이고 있었다. 아이의 머리카락은 밝은 색이었고 등을 보이고 있어서 얼굴은 볼 수 없었다. 배럿은 턱이 빠질 만큼 놀란 얼굴로 그 모습을 바라보았다. 마담에게 손자 손녀는 고사하고 아이가 있다는 소리는 결코 들어보지 못했다. 그제야 왜 여자들이 하얀색 옷을 입고 있는지 이해됐다. 그들은 보모였다. 마담이 왜 시골에 틀어박혀 사는지도 이해됐다. 아이를 키우기에는 시골이 제격이기 때문이다.

보모가 환히 웃으며 고개를 들었다. "아, 므슈 뒤발!" 수저가 허공에서 멈췄고, 날카로운 울음소리가 더욱 커졌다. "얼굴 뵈니 좋네요." 아이가 시끄럽게 울어서 그녀는 큰 목소리로 말했다. "마담이 좋아하시겠어요."

배럿은 방으로 들어섰다. 보모가 자리에서 일어서더니 갑자기 움찔했다. "잠깐! 누구세요? 당신 므슈 뒤발 아니잖아!"

배럿은 아이에게로 시선을 옮겼다. 아이는 발가벗은 인형을 안은 채 휠체어에 앉아 몸을 앞뒤로 흔들고 있었다. 아이 머리색은 밝은 게 아니었다. 하얀색이었다. 그리고 얼굴은, 백 개가 넘는 잡지 커버를 장식한 그 얼굴은, 해골처럼 뼈가 앙상했다.

"마담?" 그가 숨을 들이켰다.

"나가요! 당장 나가!" 보모가 소리 질렀다.

그는 가까이 다가갔다. 여자의 눈은 공허했고, 턱 아래로는 오렌지빛 침이 한 줄기 흘러내렸다.

"보안원을 부를 거예요!"

보모, 아니 간호사라고 해야겠지? 그녀는 방을 가로질러 전화기로 급히 달려갔다. 배럿은 솔직하게 신분을 밝혀야 할지 고민이 되었다. 이름과 직책을 말하고 기업 고문으로서 수장을 만날 권리가 있음을 고지해야 할지 갈등이 되었다. 그러나 아무 말도 나오지 않았다. 할 수 있는 건 그저 바라보는 것뿐이었다.

"도대체 언제부터……." 배럿이 간신히 입을 뗐다. 목소리를 가다듬고 다시 말했다. "도대체 언제부터 이러신 겁니까?"

간호사는 전화기에 대고 소리를 지르고 있었다. 프랑스어로 속사포처럼 다다다다 뱉어댔다. 노인의 고통도 커지는 것 같았다. 앞뒤로 흔들던 동작은 점점 부산해졌고, 날카로운 소리는 비명으로 바뀌었다.

"여긴 어떻게 들어온 거예요?" 보모가 물었다. 보나마나 전화를 받은 사람이 한 질문을 전달하는 것이리라. "누구 다른 사람같이 왔나요?"

"혼자입니다." 배럿이 대답했다.

대답을 하자마자 그것이 진실이라는 것을 깨달았다. 자신을 지켜줄 사람이 없었다. 방어 태세를 굳힐 수가 없는 것이다. 그는 완전히 혼자였다.

31장

셰이 램버트

다음날 아침 피비와 루이자가 안내 데스크에서 정신없이 속삭이고 있었다. 나는 눈썹을 치켜들며 물었다. "무슨 일이에요?"

"마크가 어디 있는지 모르겠어요." 피비가 말했다.

"메모만 달랑 남기셨어요. *오늘 일정 비워놔. 약속 다 취소해,* 라고요." 루이자가 눈을 크게 뜨고 말했다.

"로니를 데리고 리무진 타셨고요. 근데 전화도 안 받으세요." 피비가 말했다.

"이상하네요." 내가 말했다.

우리는 이렇게 하기로 했다. 피비는 머서 소송 심리를 처리하고, 나는 랜스턴 소송의 전화회의를 담당하고, 루이자는 모든 일정을 취소하기로.

나는 한 층 아래 내 사무실로 돌아와 회사 서버에 접속했다. 삼십 분을 할애해 랜스턴 소송에 대한 정보를 익혔다. 남은 오전 시간은 젠코 소송 파일을 들춰보며 보냈다. CDMI를 상대로 한 파머 소송처럼 젠코 소송 역시 경영진을 공격하는 주주대표소송이었다. 곧 확정될 합의계약 조건하에서 마크는 이사회 멤버 다섯 명을 새로 임명하고 그 후 임원실에 새로운 경영진을 세울 것이다. 나는 이 시스템에 대해 세세히 파악하기 시작했다.

그런 다음 탱크톱에 러닝용 레깅스 차림으로 11시 반에 랜스턴 전화회의에 참여했다. 마크를 대신해 참여했다고 양해를 구했고, 상대 변호인으로부터 약간의 양보를 쥐어짜냈다.

회의는 정오에 끝났다. 하지만 할당된 시간 동안 회선을 열어놓을 수 있었다. 나는 전화를 끊지 않고 그대로 두었다. 전화교환대나 통화기록을 확인한다면 내가 아직 통화 중인 줄 알 것이다.

앨리스도 나와 함께 러닝을 했다면 좋아했을 것이다. 마크에게 내 동선을 보고할 의무가 있으니까. 나는 정원으로 난 프렌치도어로 나가 뒷문에서 멈췄다. 골목에도, 주변 루프탑에도 아무도 보이지 않았다. 적어도 내 눈에는 그랬다. 나는 쏜살같이 뛰어나가 모퉁이를 돌고 택시를 잡아탔다. 센트럴 파크를 지나 강가로 가서 보트 정박지 카페 근처에 자리를 잡았다. 그리고 노스스타 CEO 넬슨 레드베터가 나타나기를 기다렸다.

몇 년간 증언 녹취록을 받으며 배운 것이 있다. 오프더레코드로 한 실없는 이야기에서도 실제 증언에서만큼 중요한 정보를 얻을 수 있다는 것이다. 지난주에 나는 레드베터와 딕 해링턴이 수다를 떨던 중 흘린 정보를 얻어들었다. 바로 매일 이 시각 레드베터가 회사에서 나와 허드슨강 산책로에서 조깅을 한다는 것이었다.

그는 키가 큰 사람이었다. 나는 그를 50미터 거리에서 알아보았다. 다른 사람보다 머리 하나 더 큰 사람이 뛰고 있었다. 일단 그가 앞서게 한 후 저만치 멀어졌을 때 나도 그 뒤를 쫓기 시작했다. 마침내 그를 지나치는 순간 잠깐 뒤돌아보았고, 깜짝 놀란 듯 호들갑스럽게 다시 돌아보았다.

"어, 안녕하세요!" 나는 인사를 건네며 속도를 늦췄다. "넬슨 레드베터 씨 맞죠? 셰이 램버트예요. 지난주에 증언 녹취록 받았는데."

그가 나를 유심히 쳐다보았다. 얼굴이 벌겋게 달아올라 땀범벅이었다. "오, 안녕하세요!" 그가 헉헉대며 말했다.

"그동안 잘 지내셨어요?" 나는 그와 발맞춰 달리며 명랑하게 물었다.

"우리 대화하면 안 되는 것으로 아는데! 소송 상대편이라서."

어차피 숨이 차서 대화를 나누기는 어려워 보였다.

나는 웃음을 터뜨렸다. "이젠 아니에요. 마크가 저를 노스스타 소송에서 제외했거든요. 제가 할 일은 끝났다, 뭐 그렇게 말하더라고요."

그러자 레드베터가 마음을 놓은 듯 보였다. 그렇지만 여전히 허풍을 떨었다. "네, 네, 그 이메일 찾으셨다고 들었습니다."

"정말이지 저한테 쉽게 여지를 내주지 않으시더라고요."

그는 우물쭈물했다.

"이해는 합니다. 그쪽도 그쪽 일을 하셔야 하니까요, 그렇죠?"

내 말에 그가 푸하하 웃었다.

"어쨌거나 마크가 저에게 젠코 소송을 맡겼어요. 그러니 이젠 적수가 아니랍니다. 우린 동맹군이에요." 내가 윙크를 했다.

"오, 그러면 그걸 아신다는……?"

내가 끄덕였다. "정말 다행이죠. 지금 경영진은 완전 풍비박산이 났거든요."

"저는, 그게, 좋은, 팀을, 준비해놨습니다." 그가 헐떡이며 말했다. "우리는, 판도를, 바꿀 거예요. 2015년 회계 연도까지요."

됐다. 내 직감이 맞았다. 근거로 삼은 것은 합의서 초안의 모호한 문구 몇 개뿐이지만 모든 것이 맞아떨어졌다. 마크는 젠코에 새로운 경영진을 세울 것이다. 그런데 회장직이라는 게 누구나 차지할 수 있는 자리라면 노스스타 집단소송 변호인으로 임명되는 데 도움을 줄 사람에게 제안하는 게 낫지 않은가. 그래서 레드베터에게 제안한 것이다. 네드 바트먼과 역경매를 진행하고, 누명을 씌울 수 있는 서류를 유출하고, 노스스타보다 더 나은 회사의 CEO가 되라고 말이다. 이 모든 것은 네드 바트먼을 몰기 위한 함정이었다. 실제로 네드 바트먼은 역경매를 하려던 계획이 있기는 했다. 그리하여 실제 저지른 범죄로 누명을 쓴 것이나 마찬가지였다.

내가 그토록 원하던 무기가 여기 있었다. 레드베터는 나와의 이 짧은 대화를 마크에게 알리려고 하겠지만, 오늘 마크에게는 연락할 방법이 없으니 내가 이 정보를 효율적으로 쓸 때까지 별 도리가 없을 것이다.

"어, 전화가 오네요. 대화 즐거웠어요." 나는 레드베터에게 말하며 속도를 늦췄다.

애초에 전화가 왔다고 둘러대고 빠질 계획이었는데 진짜 전화가 온 것이다. 레깅스 허벅지에 붙은 주머니에서 전화기를 꺼내자 레드베터가 목례를 하고 앞으로 뛰어나갔다. 사무실에서 걸려온 전화였다. 나는 산책로를 벗어나 도심을 향해 걸으며 전화를 받았다.

"전화회의 방해해서 죄송해요. 조 라일리라는 분한테서 전화가 왔는데 급하답니다." 루이자가 말했다.

라일리라는 이름을 듣는 순간 조깅할 때보다 더 빠르게 심장이 뛰었다. 드디어 경찰이 내 가방 속 서류가 무슨 뜻인지 알아차린 것이다. "연결해주세요." 바로 그때 레스터 윌러드가 눈에 띄었다. 동쪽으로 가는 일방통행길 연석에 파란색 세단을 세워놓고 운전석에 앉아 나를 바라보고 있었다. 도망갈 구석이 있나 살펴봤지만 전혀 없었다. 앨리스를 두고 혼자서 나오는 게 아니었는데, 라는 생각으로 속이 뒤틀렸다.

"램버트 씨?" 라일리와 전화 연결이 되었다.

"형사님." 나는 다시 뜀박질을 시작해 레스터의 차를 지나쳤다. 그렇게 블록 끝에 있는 사거리로 향했다. 뒤에서 차 문이 열리는 소리가 들렸다.

"남편분에 대한 얘깁니다."

나는 숨이 턱 막혔지만 계속해서 뛰었다. 쓰레기통과 가로수를 요리조리 피해가며 뛰었다. 택시를 찾아 눈길을 돌렸지만, 보이는 건 나를 따라 뛰는 레스터뿐이었다.

"병원에 입원하셨어요." 라일리가 말했다.

교차로에서 노란빛이 스쳐가는 게 보이자 손을 번쩍 들었다. 택시가 방향을 틀어 다가왔고, 나는 급히 뒷자리에 올라탔다.

라일리 형사는 병원 입구에서 기다리고 있었다. "같이 다니는 경호원은 어딨습니까?" 내 뒤를 살피며 라일리가 물었다.

원래는 택시 안에서 앨리스에게 전화하려고 했지만, 뒤를 돌아보니 더 이상 레스터가 보이지 않아 생각을 바꾼 터였다. 마크는 내가 남편에게 서둘러 갔다는 것은 물론이고 잠복했다가 레드베터를 만났다는 사실을 알 필요가 없었다. "하루 쉬라고 했어요." 내가 대답했다.

라일리는 덥수룩한 눈썹을 잔뜩 찡그리더니, 길에 있던 나를 병원 로비로 데리고 갔다. "병원에서 그를 육층으로 옮겼어요." 그가 엘리베이터로 가며 말했다.

"무슨 일인데요?"

"약물과용요."

놀랍지도 않았다. "근데 왜 형사님한테 연락이 간 거예요?"

"연락받은 게 아니라." 그가 엘리베이터 버튼을 눌렀다. "제가 발견한 겁니다." 엘리베이터 문이 열리자 그를 따라 안으로 들어갔다. "반응도 없고 호흡도 얕고 입술이랑 손가락이 새파랗게 질렸더군요. 딱 보니 알겠더라고요."

나는 고개를 끄덕거렸다. 나 역시 아는 바였다. 혹시나 몰라 기억하고 있던 증상들이었다.

라일리가 육층 버튼을 눌렀다. "응급실에서 마약길항제하고 링거를 놔주었습니다. 괜찮을 거라고 하더라고요."

그의 말에서 뭔가 회의적인 어조가 느껴졌다. 나 역시 동의하는 바였다. 그렇지만 아직 이해가 안 가는 구석이 있었다.

"제 남편을 바로 알아보신 거예요?" 만난 적이 한 번도 없을 텐데 의아했다.

"저는 그를 찾는 중이었습니다. 한동안요."

엘리베이터가 육층에서 멈추자 라일리가 팔을 내밀어 문을 갈랐다. "615호입니다." 그가 알려주었다.

데이비드는 푸른색 면이불 아래 등을 대고 누워 있었다. 어쩌나 말랐는지 마치 잔잔한 바다에 희미하게 일렁이는 파도 같았다. 하얀 시트를 댄 이불 위쪽이 소맷단처럼 말린 채 데이비드의 양쪽 겨드랑이에 꼭 끼워져 있었다. 그는 눈을 감고 있었다. 귀 주변에서 방향을 튼 튜브는 코에 꽂혀 있었다. 손에 꽂힌 바늘에서 시작한 또 다른 튜브는 링거대에 걸린 수액에 연결돼 있었다. 산소측정기가 손가락에 끼워져 있고, 혈압계가 팔을 두르고 있었다. 얕게 숨을 쉴 때마다 가슴쪽 이불이 움직일 듯 말 듯 들썩였다. 수염에 감싸인 피부는 잿빛이었고, 움푹 꺼진 얼굴에 돌산의 바위처럼 광대뼈만 툭 튀어나와 있었다.

나는 병실을 가로질러 창으로 갔다. 창턱에 기댄 채 오르락내리락하는 그의 가슴을 지켜보았다. 마치 모르는 사람의 방에 들어온 느낌이었다. 그의 예전 모습을, 우리의 예전 모습을 기억하려고 애써보았다. 가장 행복했던 순간이 떠올랐다. 새로운 아파트에서 한 밤을 자고 일어난 그때, 새벽녘 알몸으로 일어나 손에 손을 잡고 창문 앞에 섰던 그때, 세상을 마주할 준비가, 세상을 정복할 준비가 되어 있던 그때가 떠올랐다. 당시의 내 모습, 내 앞에 다채롭게 펼쳐져 있던 맨해튼의 광경도 생생히 떠올랐다. 그러나 당시의 데이비드를 떠올리자 한 줄기 구름처럼 변변찮은 모습만 희미하게 깜빡거렸다.

병상에 누워 있는 그의 모습을 보았다. 입체적인 몸이라고는 말할 수가 없을 정도였다. 예전의 모습을 잃고 껍데기만 남아 있었다. 어쩌면 그의 존재는 원래 껍데기가 아니었을까? 내가 일방적으로 완벽한 남자의 모습을 만들어 그 안에 밀어넣었던 건 아닐까? 세상에 보여주고 싶은 표정을 지어라, 그게 네 모습이 될 것이다, 라던 캐스코 선생님의 조언을 그에게 적용하고 싶었다. 그러나 통하지 않았다. 그의 얼굴에 씌운 것은 단지 내가 보고 싶어 하는 모습일 뿐이었다. 나 홀로 꿈꾸던 환상 속의 모습을 그에게 기대한 꼴이었다. 여지없이 실망할 수밖에.

"데이비드."

내 목소리에 그가 움찔했다. 하지만 눈을 뜨지는 않았다. 속눈썹이 눈물로 젖어들었다.

"데이비드." 다시 불렀다.

"미안해. 너무, 너무 미안해." 그가 속삭였다.

내가 아무 말 않자 마침내 그가 눈을 뜨고 둘러보았다. 창가에 있는 나를 보자 다시 입을 열었다.

"날 미워하지 마, 셰이. 제발."

"미워하긴." 진심이었다. 더 이상 증오스럽지도, 화가 나지도, 실망스럽지도 않았다. 그를 봐도 아무런 감정이 들지 않았다.

"내 잘못 아니야. 어쩔 수 없었어. 나는 당신 같지 않아, 셰이. 당신만큼 강하지 못하다고." 그가 눈물을 흘렸다. 눈가로 흘러내린 눈물이 관자놀이를 지나 베개로 떨어졌다.

"맞아. 우린 비슷한 면이 전혀 없었어."

"영원할 줄 알았는데."

그가 흐느껴 울기 시작했다. 나는 그의 말이 우리의 존재도, 결혼생활에 대한 것도 아니라는 걸 알았다. 나를 넘긴 대가로 배럿에게 받은 돈에 대한 말이었다.

"얼마였어?"

"3만 달러." 그가 나직이 대답했다.

하마터면 웃을 뻔했다. 배럿은 그 액수를 정하며 아마 엄청 성경적이라 생각했을 것이다. 3만 달러라니, 은화 30개. 배신의 대가.°

° 예수의 제자인 가룟 유다가 예수를 팔아넘긴 대가가 은화 30개였다.

그때 의사가 들어왔다. 나를 보더니 멈춰 서며 물었다. "아, 아내분인가요?"

나는 어깨를 으쓱해 보였다.

의사는 사십 대 흑인 여성으로 수수한 머리 모양에 꽉 다문 입매가 눈에 띄었다. 그녀는 간결한 용어로 데이비드의 예후에 대해 재빨리 설명했다. 치료를 마치고 안정을 찾을 때까지는 입원해야 한다며 이름난 중독재활센터 몇 군데를 소개해주었다. 입원비는 천차만별이었다. 마지막으로는 브로슈어 한 움큼을 쥐여주며 최후의 경고를 날렸다. "이런 식의 치료를 더 버틸 수는 없을 겁니다. 한 번만 더 했다간 그게 마지막이 될 수 있어요."

"무슨 말씀인지 알겠습니다." 나는 대답했다.

의사가 나가고 간호사가 그 자리를 대신했다. 서류에 사인도 하고 병력을 알려줘야 했다. 데이비드의 손이 너무 떨려 적기 힘들면 내가 대신 사인을 했고, 그의 목소리가 너무 떨려 대답하기 힘들면 내가 대신 대답했다.

곧 의료진들이 들어와 뇌전도 검사를 하겠다고 했다. 나는 자리를 비켜주고 밖으로 나왔다. 놀랍게도 라일리 형사가 기다리고 있었다. 벽에 기대선 채 팔짱을 끼고 있었다. 눈을 감은 모습이 마치 잠들어 있는 것 같았다. 서서 자다니, 나이 든 말이 마구간에서 자고 있는 것 같았다.

나는 그를 지나쳐 복도 끝까지 가서 데브 카푸어에게 전화했다. 내가 말하기도 전에 그는 이미 뭘 해야 할지 정확히 알고 있었다. "지방검사보와 법원 속기사를 찾는 즉시 그쪽으로 가겠습니다. 영상 분석 전문가를 보내기에 적절한 타이밍인 것 같군요."

나는 오래 생각하지 않았다. "그러네요." 결심이 섰다. 공중에서 빙빙 도는 접시를 모두 거두어 제자리에 두어야 할 때다. "그리고 데브, 우리가 얘기했던 그 서류들은요?"

"지금 출력 중입니다."

병실로 가자 또 다른 간호사가 데이비드에게 수액을 놓으며 부산을 떨고 있었다. 그래서 다시 복도로 나와 라일리 옆에 섰다.

"그리고 말입니다." 그가 말했다. 자고 있는 게 아니었다. 눈을 반쯤 뜬 채 그가 말을 이었다. "당신 가방에 있던 서류, 뭔지 드디어 알아냈습니다."

나는 안도의 한숨을 내쉬며 눈을 감았다. 그렇지만 고작 내가 뱉은 말은 이 한마디였다. "그건 기밀문서예요, 형사님."

"예, 그렇고말고요." 그가 코웃음을 쳤다. "그래서 그렇게 우리한테 엄하게 구신 겁니까? 작은 포스트잇에 적힌 힌트만 가지고 찾아야 하는 보물찾기 같더군요."

"제가 까놓고 얘기했으면 믿어주셨을까요?"

그는 잠시 생각에 잠기더니 어깨를 으쓱했다. "안 믿었겠죠. 믿었어도 FBI에 넘길 만큼 확신하지는 못했을 겁니다. 지금은 FBI에 넘긴 상태입니다."

"아!"

"인신매매 기소부대가 있거든요. 관할권 상관없이 모든 수사를 진행할 수 있죠. 정보 제공자도 구했다고 하더군요. 확보되었답니다."

"정말요?" 누굴까 궁금했다.

"그러니 그 기밀유지협약인지 뭔지 깨실 필요 없습니다." 약간의 비웃음을 섞어 그가 말했다.

간호사가 의료기 카트를 끌고 병실에서 나왔다. 나는 안으로 향하다가 문지방에 서서 말했다. "형사님께 감사 인사를 드려야 할 것 같네요. 저 사람 찾아서 병원에 데려다주신 거 말이에요."

"운이 좋았죠."

"운이 좋은 건 저 사람이죠."

데이비드는 또 잠들어 있었다. 아니면 그냥 눈만 감고 있는지도 몰랐다. 나는 창가에 서서 그가 눈을 뜨길 기다렸다. 데브 카푸어는 도착 예정 시간을 문자로 보내왔다. 나는 알겠다고 답문을 했다. 4시쯤에는 마크 이빈스의 문자가 들어왔고, 곧이어 네 개의 문자가 도착했다. 내가 답하지 않으면 오 분 간격으로 전화를 하는 사람이다. 나는 전화를 꺼버렸다.

데이비드는 5시에 깨어났다. 나는 침대로 다가갔다. "이제 무슨 일이 일어날 거냐면 변호사가 와서 증언 녹취록을 딸 거야. 돈을 어디서 받았는지, 그 이력서 위조한 게 뭔지 물어볼 거야. 진실을 말해야 해."

그가 끄덕였다.

"여기서 며칠 더 있어야 할 거야. 그 후에는 재활원이든 어디든 선택해서 좋은 데로 들어가면 돼. 비용은 내가 치를게."

"얼마나 드는데?"

"나 5만 달러 있어. 저당잡히지 않은 돈이야."

그의 눈이 커다래졌다.

"재활원 들어가서 프로그램 마치고 나면 집을 구해서 우리 결혼생활을 다시 시작해볼 수 있어. 아니면……."

그가 나를 가만히 쳐다보았다.

"내 변호사가 가져온 이혼 서류에 사인해도 돼. 그러면 돈은 그냥 줄게. 5만 달러. 당신 맘대로 써도 되는 돈이야."

그가 눈을 감았다. 오래도록 가슴이 오르락내리락했다. 그는 고개를 저쪽으로 돌린 뒤 말했다. "돈 받을게."

"알았어."

데브 카푸어는 검사 사무소에서 온 여자와 함께 도착했다. 라일리 형사와 그녀는 아는 사이인지 복도에서 마주치자 서로 어깨를 감싸며 인사했다. 그러는 동안 법원 서기는 기계를 준비했고, 데브는 데이비드의 진술을 받기 위해 안으로 들어갔다. 뒤이어 라일리와 검사보가 들어왔다.

데이비드는 오른손을 들고 선서한 후 2월 2일 오전에 있었던 일을 모두 진술했다. 누군가 집 현관문을 두드렸고, 문을 열자 키 큰 흑인 남성이 현금 3만 달러와 서류 더미를 양손에 들고 서 있었고, 얼마 지나지 않아 또 노크 소리가 들렸는데 이번에는 경찰이 수색대와 함께 찾아왔다고. 그때 데이비드가 제 손으로 서랍을 열어가며 *여기요, 이것 좀 보세요,* 라고 말했다는 것이다.

"질문은 여기까지입니다." 데브가 말했다.

"검사 측 질문도 여기까지입니다." 검사보가 말했다.

이것으로 모든 게 끝났다.

사람들이 돌아간 후 데브는 이혼 서류를 꺼냈다. 데이비드는 서류에 사인했다. 이번에는 누구의 손도 빌리지 않고 직접. 간신히 사인을 마친 순간, 우리의 부부 관계도 끝이 났다.

병실에서 나오니 7시가 다 되어 있었다. 라일리 형사는 아직도 복도에 서 있었다. "다른 사건은 없어요?" 내가 물었다.

"사실은 말이죠, 없습니다." 그가 몸을 돌려 나와 함께 엘리베이터로 향했다. "이 사건이 제 마지막 사건입니다."

"은퇴하세요?"

그가 입을 삐죽였다. 얼핏 보기에는 미소 같았다. "정확히 말하자면 은퇴를 당하는 거겠죠."

"아!"

"원래는 한 달 전에 했어야 했는데, 이번 사건만 끝낼 수 있게 기다려달라고 부탁 좀 했더랬죠."

"이제 남은 일은 뭔가요?"

"자결하는 일만 남았죠."

무슨 말인지 모르겠다는 듯 나는 그를 쳐다보았다. 그때 엘리베이터 문이 열렸다. 만원 엘리베이터를 타고 침묵 속에서 일층으로 내려왔다. 출입구를 향해 가는 동안 우리 둘만 남게 되자 내가 물었다. "무슨 뜻이에요?"

"마지막으로 할 일은 검사 앞에 제출할 반성문을 작성하는 겁니다. 당신을 기소한 것 자체가 실수였다고요. 내 탓이로소이다 말해주면 검사도 체면 챙기면서 공소를 기각할 수 있겠죠."

나는 로비에서 멈춰 섰다. 그는 내가 멈춘 것도 모르고 세 발 앞서 걸었다. 마침내 그가 뒤돌아보며 고개를 끄덕였다. "네, 당신에 대한 공소를 기각할 겁니다. 잉그럼 배럿한테는 수사방해와 거짓증언 죄를 물을 거고요. 그렇다고 그가 교도소에 갈 거라는 말은 아닙니다. 연방법원 관할 사건에 대해선 우리가 어찌할 수 없거든요."

나는 긴 한숨을 천천히 내쉬었다. 버거웠던 짐, 나를 저 아래로 끌어당기던 짐이 모두 사라졌다. 이제 접시 하나만 더 낚아채면

이 시련도 끝이 난다. 마음도 가볍고 머리도 가벼워졌다.

라일리는 나를 위해 문을 잡아주었다. 땅거미가 지고 있었지만 공기는 훈훈했다. 5월의 아름다운 밤이었다. "형사님, 고마워요. 제가 신세를 졌네요. 모든 일에서요." 내가 말했다.

"신세 같은 거 전혀 진 적 없습니다. 우리가 망친 일이니까요. 총과 당신을 연결 지을 단서를 찾아 헤매던 중 배럿이 제시한 살인 동기를 덥석 물었던 거죠. 총!"

그 순간 나는 그가 엘리베이터에서 나온 그 총을 말하는 줄 알았다. 그런데 그가 나를 덮치며 쓰러뜨리는 게 아닌가. 놀랍고도 어리둥절한 순간이었다. 그때 갑자기 뭔가 터지는 소리가 나면서 화염이 일고 뒤쪽의 병원 문이 순식간에 산산조각이 났다.

나는 옆 보도로 넘어졌고 라일리는 반쯤 엎드린 채 나를 덮친 상태였다. 병원 로비에서 경보음이 울리기 시작했다. 희미해져가는 빛 속에서 총구를 통해 피어오르는 한 줄기 연기가 보였다. 총을 든 사람은 키 작은 아시아계 남자였다. 총구를 정확히 나에게 겨눈 채 뛰어오고 있었다. 고작 일 미터나 남았을까, 갑자기 덩치 큰 흑인이 나타나 허공에서 그를 걷어찼다. 아시아계 남자가 바닥으로 나동그라졌다.

총이 보도를 가로질러 멀리 날아갔다. 나는 라일리 밑에서 몸을 끌어내 재빨리 일어섰다. 그가 뒤로 굴러 누운 채 전화기를 꺼내 헉헉대며 말했다. "총기가 발사됐다!" 흑인은 범인의 등을 무릎으로 누른 채 팔을 뒤로 꺾고 있었다.

나는 땅거미 사이로 눈을 가늘게 뜨고 그들을 봤다. "레스터?"

"네."

"여기서 뭐 하는……?"

"며칠 동안 이놈이 계속 당신을 미행하더라고요. 그래서 제가 계속 따라다녔죠."

뭔가가 보도 쪽으로 날아왔다. 라일리가 레스터에게 수갑을 던진 것이다. 레스터는 수갑을 받아 범인의 손목에 채웠다.

"경찰이 오는 중입니다." 라일리가 여전히 등을 대고 누운 채 말했다. 나는 그에게 다가가 손을 잡고 일으켰다. 그가 간신히 몸을 일으켰다.

"진짜 신세를 진 것 같은데요." 내가 말했다.

"네, 이번엔 그런 것 같습니다." 그는 고통스러운 듯 찡그리며 어깨를 문질렀다.

32장

세이 램버트

마크가 내 식탁에 앉아 있었다. 그의 키카드는 이 건물 어느 문이든 열 수 있는 걸로 알기에 그리 놀랍지는 않았다. 나를 보자 그가 벌떡 일어섰다. "빌어먹을! 어디 갔다 온 겁니까? 조깅했어요?" 내 옷차림을 본 그가 의아하다는 듯 물었다.

"공원에 가서 좀 달렸는데 시간 가는 줄 모르겠더라고요. 생각할 게 많아서요."

"나는 할 말이 많았습니다. 와서 이거 좀 봐요." 그가 식탁 위에 열어놓은 노트북을 가리켰다.

"알겠어요. 먼저 샤워 좀 하고요."

"아니, 지금 당장!" 그가 고집을 부리며 옆 의자를 홱 잡아 뺐다.

그는 하루 종일 엘리자베스에 있는 이민국에 있다가 왔다고 말했다. 내가 말한 여자들 중 한 명은 이미 상황이 끝났고(추방되었다는 말을 이렇게 표현했다), 나머지 세 명에게서는 함께 간 통역사의 도움을 받아 증언을 받아냈다고 했다. 그 증언들은 모두 녹화도 뜬 상태였다.

"보세요." 그가 재생 버튼을 눌렀다.

화면에 영상이 떴다. 나이 어린 아시아 여성이 탁자 위에 기도 하듯 손을 올린 채 앉아 있었다. 마크의 목소리는 화면 밖에서 들렸고, 여자가 대답하자 화면에 잡히지 않은 또 다른 사람의 목소리가 멈칫거리며 통역을 했다.

나이 어린 여자의 이름은 페우. 캄보디아의 작은 마을 출신이었다. 집안이 매우 가난했고 일자리도, 먹을거리도 없었다. 캄포트에 가면 일자리가 있다는 말에 도심을 향해 며칠을 걸었다. 그곳 사람들이 페우를 버스에 태워 해변의 활주로로 데려갔다. 그곳에는 성인 남녀와 아이들까지 수백 명이나 있었다. 대부분 캄보디아 출신이었고 태국이나 베트남 사람도 있었다. 이곳에 오면 좋은 일자리가 있다고 들었지만 어떻게 그 일을 구할 수 있는지는 아무도 몰랐다. 비행기가 도착할 때까지 아주 오랜 시간 기다렸다. 마침내 비행기가 나타나 독수리처럼 천천히 활강하자 사람들은 목을 빼고 쳐다보았다. 마침내 비행기가 착륙하자 계단이 내려왔고, 멋들어진 여자 한 명이 나타났다.

여자는 몹시 창백하고 하얀 얼굴에 머리색 역시 하얬다. 몇몇은 그녀의 억양이 미국식이라고 했고, 몇몇은 영국식이라고 했다. 그녀는 페우가 잡지에서나 보던 옷을 입고 있었다.

"그 사람 분명히 루시 카터 존스일 겁니다." 마크가 말했다.

그 멋진 여자 뒤로 또 한 명의 여자가 양산을 들고 나타나더니, 그 뒤로 세 번째 여자가 생수병 여러 개를 들고 나타났다. 그들은 격납고(통역사는 처음에 차고라고 했다가 정정했다)로 향했다. 잠시 어리둥절해하는 사이 사람들이 그쪽으로 모여들었다. 격납고에는 연단 하나와 그 앞에 탁자 두 개가 마련되어 있었다. 멋들어진 여자가 연단 위에 섰고, 다른 두 여자는 각각의 탁자에 앉았다. 탁자 위에는 빨간색, 초록색 카드가 잔뜩 쌓여 있었다.

멋들어진 여자가 마이크를 잡고 그들이 할 일에 대해 설명했다. 옷을 만들 거라고 했다. 공장이지만 아주 큰, 생전 처음 보는 시설에서 일할 거라고 했다. 에어컨도 있다고 했다. 노동자들을 위한 숙소와 큰 식당도 있고 그곳에도 역시 에어컨이 있다고 했다.

이때 마크의 목소리가 통역사의 말을 끊고 시설 이름을 묻게 했다. 그러나 페우는 시설 이름도, 소유주도 알지 못했다.

"지상낙원이겠죠. 맞을 거예요." 마크가 내게 말했다.

나는 대답하지 않았다.

멋들어진 여자는 사람들에게 탁자 앞으로 줄을 서라고 했다. 사람들은 차례대로 한 명씩 질문에 대답하고 빨간색 카드나 초록색 카드를 받았다. 초록색 카드를 받으면 그건 곧 일자리를 잡았다는 뜻이었다. 페우 역시 초록색 카드를 받았고, 밖에 나가 활주로 옆에 줄 서라는 말을 들었다. 페우는 몹시 기뻤다. 빨간색 카드를 받은 이들은 실망스러운 얼굴로 걸어나갔다. 멋들어진 여자는 비행기를 타고 떠났다. 사람들은 무엇을 기다리는지, 무엇을 해야 하는지 궁금해하며 햇볕 아래서 한참을 기다렸다. 마침내 활주로 끝자락에 먼지구름이 일더니 버스가 줄을 지어 들어왔다. 초록색 카드를 받은 사람들은 모두 타라고 했다. 페우는 긴장되는 한편 일자리를 얻었다는 사실에 흥분이 되었다. 부지런히 돈을 벌어 가족에게 보낼 생각뿐이었다. 그녀는 열심히 살아갈 것이고 앞으로 더 좋은 직장을 갖게 되리라 믿었다. 언젠가는 초록색 카드와 빨간색 카드를 나눠주는 사람, 멋들어진 여성을 위해 양산을 들어주는 사람이 될 수도 있다고 생각했다.

버스에서 보낸 시간은 이틀이었다. 더웠고, 사람이 북적거렸고, 화장실도 없었다. 버스는 하루에 세 번 길가에 섰다. 그러면 사람들은 모두 내려 풀숲으로 들어가 용변을 보았다. 생수병을 지급받았고, 도시락에 담긴 낯선 음식을 먹었다. 이틀째, 버스는 정글 깊숙이 들어갔다. 너무 좁은 길이라 버스 양쪽으로 나뭇가지가 스쳐 지나갔다. 모든 풍경이 초록색으로 빽빽했다. 헤치고 들어갈 수 있을까 걱정이 될 정도였다. 뱀도 많아서 풀숲에 들어가 용변을 보기가 겁이 났다. 한번은 호랑이도 보았다. 빽빽한 나무 숲 사이로 노란 눈동자가 번뜩였다.

그러다 마침내 공터가 나왔다. 페우는 더러운 차창에 얼굴을 대고 창밖의 건물을 보며 경탄을 금치 못했다. 모든 게 새것이었고 반짝거렸다. 이층 건물도 있었고, 심지어 삼층도 있었다.

"지상낙원. 틀림없어요." 마크가 다시 말했다. 그러면서도 그는 내가 거기라고 확인해주길 기대하며 나를 바라봤다. 나는 여전히 아무 대답도 하지 않았다.

페우는 셔츠에 소매를 다는 일을 맡았다. 처음에는 실수가 잦았지만, 상관은 친절하게도 걱정 말라고, 실수해서 생기는 손해는 계좌에서 제하면 된다고 했다. 계좌라니. 페우는 계좌라는 것을 통해 돈을 모았다가 가족에게 보낼 수 있겠거니 생각했다. 하지만 정확히 어떤 식으로 돈이 이동하는 것인지 알지 못했다. 훗날 가족에게 돈을 보내고 싶다고 했을 때 돌아온 말은 돈이 아직 충분히 모이지 않았다는 것이다. 비누나 치약을 사러 상점에 가도 계좌에 돈이 부족하다는 말을 들었다. 이상한 일이었다. 그러나 2년차가 되자 이해했다. 모두가 이교대로 일하게 되자 약간의 돈이나마 아버지에게 보낼 수 있었다.

영상에서 마크는 다시 한번 말을 끊고 이교대가 무슨 뜻이냐 물었다. 통역사의 말은 이랬다. 하루에 열여섯 시간 일하는 거예요. 일주일에 6일 동안요. 오랫동안 그렇게 했어요.

그러다 작년 어느 날 멋들어진 여자가 비행기를 타고 또 나타났다. 캄포트에서 보고 두 번째로 보는 것이었다. 페우는 신이 났다. 가까이서 보기 위해 앞다퉈 달려나갔다. 멋들어진 여자는 지난번보다 훨씬 더 나이가 들어 보였다. 아마도 아팠던 게 아닐까? 그래서 지금에야 온 것일 거라고 생각했다.

멋들어진 여자는 연단에 서서 설명했다. 영어로 말하면 세 명의 통역사가 노동자들의 언어로 각각 통역해주었다. 오늘은 안타까운 소식과 함께 좋은 소식을 갖고 왔다고 했다. 안타까운 소식은 공장이 문을 닫게 됐다는 것이었다. 좋은 소식은 모두에게 다시 일자리를 마련해준다는 것이었다. 여기서 먼 곳이지만 아주 멋진 일이라고 했다. 어떤 가족은 서로 떨어져 지낼 수도 있다는 의미였다. 왜냐하면 성인 남녀와 미성년자를 위한 일이 각각 따로 있었기 때문이었다. 그렇지만 곧 있으면 아이들도 성인이 되니 떨어져 지내는 건 일시적인 상황일 뿐이라고 했다. 그리고 가장 기쁜 소식이 남아 있었다. 새 일자리를 찾아 모두가 비행기를 타고 떠난다는 것이었다.

비행기를 한 번도 타본 적 없는 페우는 흥분한 마음으로 숙소로 돌아가 짐을 쌌다. 짐을 싼 노동자들은 모두 활주로에 모여 자신이 탈 비행기를 알려주는 색종이 카드를 받았다. 아이와 다른 색을 받은 엄마들은 울음을 터뜨렸고, 대장이 그들을 데리고 들어가 다시금 상황을 설명했다. 그러면 엄마들은 고개를 떨군 채 나와 아이를 안으며 인사를 나누었고, 자신과 같은 비행기를 기다리는 사람들 속에 섞여 들어갔다.

페우는 운이 좋았다. 작은 타원형 창문 옆자리를 배정받았다.

그녀는 비행기가 우듬지를 훑고 지나가 구름 위로 솟아오를 때까지 창에 얼굴을 바짝 대고 내다보았다. 구름이 갈라지며 저 아래 바다가 보였지만, 그게 어느 대양인지는 아무도 알지 못했다.

그들은 자신들이 착륙한 곳이 어딘지도 알지 못했다. 활주로에는 건물이 하나도 없었고 심지어 격납고도 없었다. 마치 캄포트에 돌아온 것 같았다. 시커먼 매연을 내뿜는 커다란 트럭 두 대가 대기 중이었고, 비행기 계단 아래에는 남자들이 기다리고 있었다. 남자들은 계단을 내려오는 사람들을 밀치며 소리쳤다. *빨리 타, 빨리!* 트레일러로 떠밀려간 여자들은 울음을 터뜨렸다. 페우 역시 울었다. 이런 일에 대한 이야기를 들은 적이 있었지만, 그 얘기가 자신의 현실이 될 줄은 생각지도 못했다.

마크가 영상을 멈췄다. "여기서부터는 무슨 내용인지 알겠죠?"

나는 고개를 끄덕였다.

그는 일어나 손을 주머니에 넣고 프렌치도어로 가서 밤의 정원을 내다보았다. "CDMI입니다. 딱 봐도 알 수 있죠. 공장이 문을 닫고 인신매매범들이 들이닥쳐 노동자들을 노예로 팔아넘겼습니다. 경영진이 이런 사태를 예상하고 있었다는 사실을 증명할 수만 있다면……."

내가 말을 잘랐다. "예상한 것 이상이라면요? 팔아넘긴 주체가 그들이라면요?"

그가 나를 바라보았다.

"가정일 뿐이에요." 내가 말했다. "그러면 손실을 은폐하고, 소송을 방어할 수도 있고, 자기들 직위와 연봉을 지킬 수도 있잖아요."

그의 눈이 점점 커다래졌다. 족히 일 분 동안은 깜빡이지도 않았다. "만약 그걸 제가 증명한다면요?" 마침내 그가 말했다. "경영진 전체를 무너뜨릴 수 있습니다. 클로딘 드 마르티노[CDMI]까지요."

내가 끄덕였다. "그러면 임원배상책임보험으로 수백만 달러가 나올 테고, 당신에게 소송을 의뢰한 주주들은 주식으로 수익을 얻겠죠."

그의 얼굴이 벌게졌다. 눈이 번뜩거렸다. 어젯밤보다 더 흥분한 모습이었다. "그래서 어떻게 증명할 수 있습니까?"

나는 안타깝다는 듯 고개를 저었다. "페우를 통해서는 못 해요. 자기가 누구를 위해 일했는지, 어느 회사에서 일했는지도 모르잖아요. 나머지 두 명도 도움이 못 될 것 같은데요?"

그가 얼굴을 찡그렸다.

"아무것도 모르시는가 보군요." 내가 말했다.

그는 주머니에 넣었던 손을 빼고 주먹을 쥔 채 다가왔다. 나는 그를 감질나게 했고, 자극했고, 그의 절정을 거부한 터였다. 그러니 그가 분노할 수밖에. "빌어먹을, 셰이! 어떻게 증명할지 당신은 알고 있잖아! 그러니 하라고! 그건 나뿐만 아니라 당신 자신도 돕는 거라고."

"왜요?"

그가 이를 갈았다. "카터 존스 사건에서 당신에게 죄를 뒤집어씌운 동기가 드러나니까."

나는 어깨를 으쓱했다. "난 이제 그들의 동기 따위 증명할 필요 없어요. 그들이 저를 함정에 빠뜨렸다는 것만 증명하면 되는데, 그건 이미 했잖아요. 검사는 기소를 철회하기로 했고요."

"음?" 그는 즉각 전략을 바꿨다. 식탁을 돌아 다가와서는 내 의자 옆에서 무릎을 꿇었다. "셰이." 그는 내 손을 잡고 손바닥을 부드럽게 쓰다듬었다. "뭘 아는지 얘기해줘요. 그러면 우리는 판도를 바꿀 수 있어요."

"네네, 저보다는 당신한테 더 그러겠죠." 나는 손을 빼고 일어나 주방으로 가서 물을 한 잔 따랐다.

그는 내 뒤를 따라와 양쪽 골반을 잡았다. "우리 둘한테 좋은 거라고." 그는 내 목에 얼굴을 비비며 낮고 섹시한 목소리를 냈다. 자신이 자부하는 최고의 무기를 쓰는 것이리라. "우리는 꽤나 멋진 팀이 될 수 있어요, 당신과 나. 아니, 내 말은, 벌써 그런 팀이죠." 그가 왼손으로 내 가슴을 움켜쥐었고, 동시에 입술을 내 귀에 비볐다.

나는 몸을 빼고 팔이 닿는 거리까지 떨어진 채 그를 바라보며 물을 홀짝였다. "만약 우리가 기밀유지협약을 깨고 기밀문서를 유출한다면요. 그건 제가 기밀유지협약을 위반한다는 것을 의미하는데, 저한테도 시간을 들일 만한 가치가 있어야 하지 않겠어요?"

그는 자신이 이겼다는 확신으로 눈을 빛냈다. 이제 그가 할 일은 가격 흥정이었다. "물론이죠! 원하는 게 뭔지만 얘기해요."

"잉그럼 배럿을 법무팀 자문위원 자리에서 내려오게 하세요."

그의 얼굴에서 대단히 안도한 듯한 표정이 드러났다. "물론이죠! 말하고 자시고 할 것도 없습니다."

"그리고 그 자리에 저를 앉혀주세요."

그의 미소는 잠시 얼어붙었다가 조각이 되어 흩어졌다. "농담이겠죠?"

"왜요? 제가 그 자리에 앉기엔 부족한 사람이라는 건가요?"

"아니, 그런 뜻이 아니라⋯⋯."

"제가 그 자리를 얻어낼 자격이 있다는 생각은 안 드나 봐요?"

"아니, 물론, 자격이⋯⋯."

"그럼 문제가 뭐죠, 마크?"

그는 별 도리 없다는 듯 손을 들어 보였다. "법무팀 자문위원은 쉰다섯 먹은 남자의 일이에요. 서른 살 여자가 할 일이 아니라."

"흠, 그거야말로 문제인데요." 나는 다음 문장을 또박또박 발음했다. "그럼, 그걸, 바꾸세요."

그가 나를 빤히 쳐다보았다.

"내가 요구하는 건 일자리 하나뿐이에요, 마크. 대신 저는 당신에게 그놈의 회사를 다 관리할 권한을 드리지요."

그가 입술을 씹었다.

"5년 계약으로요. 음, 배럿이 받던 연봉의 절반을 주세요. 그러면 회사가 내게 한 모든 짓을 면제해드리죠. 주주들한테는 몇 백만 달러의 가치가 있을걸요."

그가 마지못해 끄덕였다. "그럼 5년 후에는 어떻게 됩니까?"

"그때쯤이면 당신은 저한테 제발 계속 일해달라고 사정하게 되겠죠. 연봉을 두 배로 올려줄 거고요."

"맙소사!" 그가 웃음을 터뜨렸다. "배짱 한번 두둑하시네."

"배짱 부릴 만하죠. 어쨌든 그 유명한 마크 이빈스의 허를 찔렀잖아요."

그의 미소가 희미해졌다.

"고용계약서 초안을 작성해놓은 게 있으니 출력할게요. 보면서 계속 논의해보죠." 나는 물잔을 내려놓았다. "그러고 나면 CDMI에 대해 궁금해하는 걸 죄다 얘기해드릴게요. 경영이라든가, 인신매매에 가담한 일이라든가 하는 것들요." 나는 방을 가로질러 컴퓨터로 갔다. "만약 당신이 나를 배신한다면?"

그는 항의의 표시를 했다.

"당신이 네드 바트먼 변호사를 함정에 빠트리기 위해 노스스타 CEO 넬슨 레드베터와 모의했죠. 넬슨이 그걸 인정하는 말을 녹음해놨어요. 젠코에 근사한 자리를 만들어주겠다고 약속했다면서요? 그게 밖으로 새어 나가길 원치 않으시겠죠?"

마크는 얼어붙었다. 나는 출력 버튼을 누르며 어깨 너머로 미소를 지어 보였다.

33장

잉그럼 배럿

"웃기지도 않아 정말. 파리에 있는 동안 나랑 일 분도 제대로 안 있었어. 근데 집에도 따로 가겠다고?" 멜라니는 공항에서 배럿의 도움을 받아 리무진에 오르며 투덜댔다.

"미안해. 회사에 곧장 가봐야 해서 그래."

운전기사는 계속해서 차에 멜라니의 짐을 실었다. 가방들이 모두 꽉 찼고 항공사의 무게 기준을 초과했다. 그러나 가방 안의 상품 가격을 생각하면 초과 비용은 아무것도 아니었다. 배럿은 몸을 굽혀 키스했지만 멜라니가 고개를 돌리는 바람에 귀에 입을 맞춘 꼴이 되었다.

배럿은 차 문을 닫고 뒤이어 온 회사 리무진에 올라타 전화기를 켰다. 오프라인으로 있었던 시간은 여덟 시간이었지만, 일이 진행되는 상황을 감안하면 그 시간이 마치 일 년처럼 느껴졌다. 그가 마담을 바라본 단 몇 초의 시간도 일 년 같았다. 공포로 남은 기억.

우선 토니 로에게 전화했지만 통화가 불가능하다는 메시지가 흘러나왔다. 쿠알라룸푸르가 지역적으로 혼잡해서 그럴 수도 있고, 혹은 토니가 가끔 그러듯이 전화를 피하는 것인지도 모른다.

잭 컬리건은 이유를 알 것이다. 잭에게 전화를 걸어봤다. 그렇지만 이번에는 음성 메시지로 넘어갔다. 다음으로 필 듀발에게 전화를 걸었다. 파리에서도 몇 번이나 걸었지만 매번 비서가 받아서 회의 중이라느니 뭐라느니 하며 연결해주지 않았다. 그리고 지금은 도시를 떴다고 했다.

배럿은 통화 종료 버튼을 오래 누른 채 가만히 있었다. 우려했던 상황이다. 완전히 혼자만 남은 상황. 모두가 배를 떠났다. 루시와 마담 역시 각자의 방법으로 떠났다. 이제 배럿 혼자 조타실에 남아 빙산 주변을 항해하고 항구에 입항해야 한다. 이런 상황에서 마크 이빈스 같은 해적이 배에 오르려고 하다니. 그건 불가능한 시도다. 배럿은 마크가 그럴 수 있는 사람인지 알지 못했다.

마켓플레이스 타워에 도착하자 운전사에게 짐 처리를 맡긴 채엘리베이터를 타고 30층으로 향했다. 로비 데스크 뒤쪽의 새장에서 일대 소란이 벌어지고 있었다. 비둘기들이 구구구구 우는게 아니라 흥분한 듯 날개를 퍼덕이며 꽥꽥거리고 있었다. 곧 이유를 알 수 있었다. 멕시칸 사람이 유리벽을 닦겠다고 고무 롤러로 문지르고 있었다.

웬만하면 동요하지 않는 마샤조차도 불안해하는 것 같았다. 그녀는 복도에서 배럿을 만나자 서류가방을 받아 들었다. "돌아오셔서 좋네요, 배럿 씨." 그녀는 억지스럽게 따스한 척 배럿을 맞이하며 속삭였다. "거트먼 씨가 와 계세요."

"누구?"

"카터 존스 씨 남편이요. 죄송합니다. 막무가내라 어쩔 수 없었습니다."

배럿이 그녀를 노려봤다. "십 분 주지. 그런 후에 나한테 꼭 받아야 할 전화가 왔다고 말해줘."

"그러겠습니다."

사무실에 들어가자 엘리엇 거트먼이 벌떡 일어났다. "도대체 무슨 일입니까, 배리? 왜 기소가 철회된 거죠?" 그가 소리쳤다.

배럿은 그 자리에 멈췄고 악수를 위해 뻗은 손 역시 그대로 멈췄다. "그게 무슨 소립니까?"

"검사가 램버트 그 여자 기소를 철회했다고요!"

배럿이 팔을 떨궜다. "젠장할. 마샤!"

"네, 배럿 씨." 마샤가 스피커를 통해 대답했다.

"그 누구냐, 윌리 형사인지 뭔지 그 사람 연결해줘."

"라일리 형사요? 알겠습니다."

"자살이랍디다." 거트먼이 울부짖었다. "애들한테 어떤 영향이 갈지 생각해보셨습니까? 보험은요?"

"알겠습니다. 일단 진정하고 앉으십시오. 진상을 알아봅시다."

전화가 연결되었다. "배럿 씨." 마벨 스피커를 통해 나이 든 형사의 목소리가 울려 퍼졌다. "무슨 일로 전화를 다 하셨습니까?"

"해주실 일이 있습니다. 설명을 좀 해주셔야겠는데요. 램버트에 대한 기소를 철회하다니, 대체 이게 무슨 난리입니까?"

라일리는 웃음소리와 같은 이상한 소리를 냈다. "어쩌다 보니 지금 회사 건물 앞에 있는데요. 제가 올라가서 직접 설명해드려도 되겠습니까?"

"좋소. 그렇게 합시다." 배럿이 틱틱대며 말했다. 전화가 끊기자 그는 다시 마샤에게 소리쳤다. "잭 컬리건 오라고 해!"

"자살이 아니에요. 이제야 제대로 알겠다고요." 거트먼이 말했다.

"물론 아니죠."

"아내가 출근 전 한 말을 기억해냈어요. 우리 아이들이 자기처럼 어두운 구름 아래서 자라지 않도록 하겠다고 했어요. 아내 친정 가족은, 그들은 정말 좋은 분들이었어요. 음, 상원의원을 하는 사촌도 있었다고요! 그렇지만 가족의 과거사가 그림자처럼 늘 따라다닌다고 느꼈죠. 수치스러운 일을 했던 그 집안의 과거, 아시죠? 그게 얼룩처럼 남았어요. 아내가 그러더군요. 아이들에게만큼은 그런 일이 없게 하겠다고요. 그런데 자살이야말로 끔찍한 그림자를 만들어주는 일 아닙니까? 그러니 자살을 할 리가 없다고요! 할 수가 없었을 거라고요."

배럿은 그를 가만히 쳐다보다가 앞주머니에서 담뱃갑을 꺼내 발코니로 향했다. 바람이 휘몰아쳤다. 화분의 묘목들이 줄기를 아치형으로 구부리며 바람에 맞섰다. 발코니를 둘러싼 특수 유리는 높이가 일 미터도 되지 않아 담뱃불을 붙이려면 웅크려 앉아야 했다. 사무실 안에서는 거트먼이 소파에 주저앉았다. 배럿은 스테인리스스틸 난간에 기댄 채 급하고 격렬하게 담배를 빨아들였다.

사무실 문이 열렸다. "라일리 형사님 오셨습니다." 마샤의 목소리에 이어 나이 든 형사가 들어왔다. 그는 주변을 감상하며 느릿느릿 걸어오더니 "거트먼 씨" 하고 목례했다.

배럿은 마지막으로 한 번 더 빨아들인 뒤 꽁초를 유리벽에 문질러 끄고 일층 길거리로 떨어뜨렸다. 그는 안으로 향하며 "형사님" 하고 인사한 뒤 라일리를 마주해 책상 앞에 앉았다. 짜증난 듯 보이는 엘리엇 거트먼도 소파에서 일어나 라일리 옆에 자리했다.

"그동안 해외에 있었습니다. 제가 없는 동안 있었던 일에 대해선 엘리엇이 얘기해줬고요. 이 말씀은 꼭 드려야겠군요. 도대체 무슨 생각으로 그러시는 건지 궁금해 미치겠습니다." 배럿이 말했다.

"셰이 램버트에 대한 기소를 철회한 거 말씀하시는 거겠죠?"

"네." 배럿은 당연하지 않느냐는 듯 눈알을 굴렸다.

"네. 안타까운 일이었습니다. 우리 사건이 그런 식으로 허물어지는 걸 보다니." 라일리가 말했다.

"무슨 말씀이죠? 증거가 많았잖습니까?" 거트먼이 말했다.

"네네, 저희도 그렇게 생각했었죠." 라일리는 거트먼에게 직접 말하려고 몸을 틀었다. "그런데 배럿 씨와 컬리건 씨가 그 영상을 조작했더라고요."

"뭐라고요?" 거트먼이 이맛살을 찌푸렸다.

"말도 안 되는 소리!" 배럿이 비웃듯이 말했다.

"시간기록이 조작돼 있었습니다. 램버트 씨가 일요일 밤에 당신 아내를 만난 것처럼 말이죠. 그런데 알고 보니 그건 작년 12월 19일에 찍힌 영상이었습니다. 문제의 그날 밤, 램버트 씨가 당신 아내 사무실에 갔다는 증거는 전혀 없습니다."

"헛소리예요!"

배럿이 진정하라는 듯 거트먼을 향해 손을 뻗었다.

"게다가 당신 아내가 램버트 씨를 해고했다는 증거도 없습니다. 해고통지서 역시 배럿 씨가 위조해서 만들어낸 거였죠."

"배리?" 거트먼이 배럿을 쳐다봤다.

"형사님이 거짓말하는 거예요." 배럿이 안경을 벗고 책상 위에 던졌다.

"램버트 씨 집에서 나온 거짓 이력서도 있죠. 램버트 씨 남편에 따르면 배럿 씨가 그걸 심어놔 달라며 3만 달러를 줬다더군요."

"배리!"

"거짓말이라니까! 마샤!" 배럿이 천장을 향해 소리쳤다. "도대체 잭 컬리건은 어디 있는 거야? 진작 와 있었어야지!"

"어디 있는지 찾을 수가 없습니다, 배럿 씨." 마샤가 대답했다.

"아, 지금 컬리건 씨는 메트로폴리탄 교도소에 있습니다. 선고가 내려지길 기다리고 있죠. 정부와 양형거래를 했답니다." 라일리가 말했다.

"정부와?" 거트먼이 혼란스럽다는 표정을 지었다.

"미국 정부요." 라일리가 명확하게 말했다. "인신매매 공모 혐의로 체포됐거든요."

첫 단어를 듣자마자 거트먼이 입을 쩍 하고 벌렸고, 배럿의 얼굴에서는 썰물이 빠지듯 핏기가 사라졌다.

"그렇지만 형량은 그리 무겁지 않을 겁니다. 수사에 협조하고 있어서요. 그리고 특히……." 라일리는 배럿을 바라보았다. "당신과 함께한 대화를 녹음한 게 있어서 말이죠."

"거짓말." 배럿이 내뱉었다. 하지만 자신 역시 그 말끝에 물음표가 붙는 게 느껴졌다.

라일리는 고개를 뒤로 젖히고 시를 낭송하듯 읊어댔다. "조지 워싱턴도 노예를 뒀지. 심지어 토머스 제퍼슨은 갖고 놀기까지 했어. 이 빌어먹을 나라는 노예제도 위에 세워진 거라니까."

배럿은 심장이 쿵 떨어지는 듯했다. 컬리건, 리무진에서, 녹음을 했던 거군.

거트먼이 라일리를 쏘아보다가 배럿 쪽을 향해 물었다. "저 사람 뭐라는 겁니까?"

"헛소리예요. 헛소리를 지껄이는 겁니다. 다 미친 소리예요."

"당신에게는 일부 혐의가 있습니다, 배럿 씨. 거기에 살인 공모 혐의가 있죠. 아시겠습니까? 총격범이 토니 로 이름을 댔고, 토니 로는 당신 이름을 댔습니다." 라일리가 말했다.

배럿이 벌떡 일어섰다. "그만 가주시죠. 빌어먹을, 당장 내 사무실에서 나가요!"

라일리는 의자에서 천천히 일어서며 말을 이었다. "거트먼 씨, 아내분이 살아 있었던 그 주말, 그때 일어난 일은 두 가지입니다. 수십 명의 여성들이 성노예에서 해방됐고, 어선들 대부분이 바다에서 실종됐죠."

마지막 말에 거트먼의 눈이 커다래졌다. 그가 태풍 소식에 보였던 아내의 반응을 떠올리고 있다는 걸 배럿은 알 수 있었다.

"그 문자 메시지 기억하십니까? 나 더 이상은 못 하겠다고 했죠. 죄책감에 완전 잠식된 겁니다. 그 사실을 안 이상 살아갈 용기가 없었던 거죠."

거트먼이 이를 박박 갈며 눈을 깜빡였다. "나는 이해가…… 이게 도대체 루시랑 무슨 상관이 있다는 말입니까?"

"그 남자들과 여자들요? 루시는 그들을 노예로 팔아넘긴 겁니다." 라일리가 대답했다.

"마샤!" 배럿이 소리를 질렀다. "보안원 불러! 이 새끼 밖으로 몰아내!"

라일리는 항복했다는 듯 손을 들어 보이고는 밖으로 향했다. 스피커를 통해 마샤의 목소리가 들렸다. 작고 껄끄러운 목소리. "어…… 배럿 씨? 로비에서 연락이 왔는데, 사람들이 왔다는데요? 영장이 있다고요."

"오, 그렇죠." 밖으로 나가던 라일리가 몸을 돌렸다. "FBI일 겁니다. 당신 체포영장 갖고 왔을 테죠." 형사는 씩 웃으며 느릿느릿 걸어나갔다.

배럿이 의자로 무너졌다. 거트먼은 그를 노려보고 있었다.

"마벨, 로비 영상 보여줘." 배럿이 굵은 목소리로 말했다.

데스크톱 화면으로 영상이 송출되었다. 안내직원 앞으로 십여 명의 남자들이 서 있었다. 몇몇은 정장, 몇몇은 점퍼 차림이었다. 라일리가 화면에 모습을 드러냈고 몇몇과 악수를 나눴다. 그의 입술이 움직였다. 그러더니 웃음을 터뜨렸다. 그때 화면 앞으로 뭔가가 휙 지나갔다. 그리고 하나가 더 지나갔다.

비둘기들이 새장에서 나왔다. 새들이 로비를 날아다니자 사람들은 몸을 수그리며 웃어댔다. 안내직원은 데스크 아래로 몸을 숨겼다. 화면 뒤쪽으로는 멕시코인 청소부가 사람들 뒤를 지나 살금살금 엘리베이터로 향하는 게 보였다. 아마도 이민국에서 나온 사람들인 줄 알고 빠져나갈 시간을 벌기 위해 새장을 연 것이리라.

그러나 그들은 이민국 사람이 아니었다. 그들의 점퍼 뒷면에는 FBI라고 새겨져 있었다.

배럿은 책상 앞을 더듬어 액자를 자신이 볼 수 있게 돌렸다. 멜라니와 아이들. 그는 가족을 보고 있었지만 그들 누구도 배럿을 보지 않았다. 그들은 과시를 위해 사무실에 놓은 물건들, 그것들이 뿜어내는 위선을 보고 있었다. 그리고 돈. 물론 돈이지. 배럿은 일 자체였고, 일이 바로 그 자신이었다. 일이 없는 한 그는 아무것도 아니었다. 가족에게나, 자기 자신에게나.

"배리!" 흰색 비둘기가 머리 위로 날아들자 거트먼이 소리쳤다. 거트먼이 비둘기를 쫓아내는 모습을 보니 멜라니가 공항에서 자신의 키스를 거부하던 게 떠올랐다. 팔자형으로 비행하던 비둘기는 하얀색 체스터필드 소파에 잠시 앉았다가 발코니 문 밖으로 날아갔다.

"한 대 피워야겠네요." 배럿이 담배를 집어 들며 발코니로 나갔다. 불을 붙이려 했지만 바람 때문에 자꾸 꺼졌다. 다시 시도해도 꺼지고 또 해도 꺼졌다. 결국 라이터와 담배를 발코니 바닥에 던져버렸다.

배럿은 전국에서 가장 유명한 변호사를 선임했다. 빌 센트렐로. 검사와 함께 기꺼이 호키포키를 춰줄 사람. 방어 전략을 짜서 기소를 무마해줄 사람. 모종의 거래를 하겠지. 벌금을 내거나 사회봉사면 될 것이다.

그러나 다시는 일하지 못할 것이다. 이 세계에서 그의 가치는 추락했다. 벌금과 변호사 비용을 내고 나면 자신의 가치가 마이너스가 되리라는 걸 그는 잘 알았다.

그 생각을 하니 정신이 번쩍 들었다. 마이너스가 된다면 살아 있는 것보다 죽는 게 더 가치 있는 삶이 될 터였다. 그것이 일말의 거짓도 없는 사실이었다.

건물 안쪽에서 사람들의 목소리가 들렸다. 소리치는 남자들. 평정심을 잃은 마샤.

그는 무릎을 들어 난간에 올랐다. 한 발을 두고 다른 한 발을 들어 올렸다. 그러고는 30층 높이 발코니의 좁은 스테인리스스틸 난간 위에 섰다.

뒤에서 헉하고 숨을 들이마시는 소리가 들렸다. 마샤는 손을 입에 댄 채 문가에 서 있었고, 그녀 뒤에는 엘리엇 거트먼이 공포에 질린 채 입을 벌리고 있었다.

배럿은 발을 벌리고 물에 잠입하는 백조처럼 공중으로 뛰어내렸다.

30미터 아래에서 또 다른 비둘기가 그를 스쳐 지나갔다. 그 순간 배럿은 생각했다. *이제 우리 둘 다 자유구나!*

그러나 30미터를 더 떨어지자 다른 생각이 머릿속을 채웠다. 늘 꿈꿔왔던 초능력, 모든 것을 순간 정지시키는 능력, 그 초능력이 있었으면 좋겠다고 생각했다. 지금 바로 이 순…….

34장

세이 램버트

기자가 도착했다. 기술자들은 로비에 설치한 장비를 마지막으로 점검하는 중이었다. 나는 엘리베이터에서 내리는 기자를 맞아 인사를 건넸다. 인터뷰를 승낙하기 전 그의 신상과 최근 뉴스 클립을 봐둔 터라 곧바로 그를 알아보았다.

"안녕하세요? 세이 램버트입니다." 나는 손을 뻗어 악수를 청했다.

그는 혼자였다. 『월스트리트 저널』은 사진을 찍지 않는다. 『보그』지 대신 신문을 선택했기에 사진 찍을 기회는 날렸지만, 그건 올바른 선택이었다. 투자자들은 신문을 읽고, 나는 그들을 위해 일하고 있으니까.

그가 내 손을 마주 잡았다. "맷 나자리언입니다." 그는 보기 좋게 통통하고 흐트러진 모습을 하고 있었다. 내가 신문기자에 대해 기대하는 모든 것을 충족하는 사람이었다. 그는 리셉션 뒤로 쳐진 커튼과 그 주위에 몰려든 사람들을 보고 고갯짓을 하며 물었다. "무슨 일 있습니까?"

"새로운 예술 설치물을 오늘 공개하거든요. 오세요. 제가 사람들을 소개해드릴게요."

레스터 윌러드는 경계 태세로 리셉션 한쪽에 있었고, 다른 쪽 끝에는 앨리스가 잘 어울리는 파란색 점퍼를 입고 서 있었다. 둘 사이에는 관리직원 대부분에 더해 맨해튼에서 파견된 크리에이티브 직원들이 있었다. 나는 기자를 데리고 한 바퀴 돌았다. 첫 번째로 넬슨 레드베터, 우리가 새로 지명한 CEO에게 기자를 소개했다. 그는 젠코에 책상을 놓을 겨를도 없이 CDMI 이사회의 임명을 받자 즉시 이쪽으로 방향을 틀었다.

"저분, 패션계 경력이 있는 분입니까?" 군중 사이로 나오는데 나자리언 기자가 물었다. 경력이 없다는 걸 익히 알고 함정을 공략하려는 질문이었다.

"저분은 경제 전문가예요. 지금 당장 저희 주주들이 원하는 게 바로 경제 쪽이고요."

나는 조 라일리를 가리켰다. 우리의 새로운 보안담당 관리자. 제대로 된 맞춤 정장을 입은 그는 한결 말쑥해졌다. "저분은 기업 보안과 관련해 어떤 경력이 있습니까?" 나자리언이 물었다.

"법 집행기관에서 오랫동안 뛰어난 경력을 쌓았죠. 법을 준수하고 집행하는 건 우리 CDMI의 새로운 사명에 필수적이라고 할 수 있고요."

다음으로 근로고용법 전문 변호사 셰릴 피츠를 소개했다. 셰릴은 최근 팀내 변호사에서 인사부 관리자로 승진했다. 우리 넷, 즉 나와 넬슨 레드베터, 조 라일리, 셰릴 피츠는 CDMI의 새로운 방어막이었다. 예전의 방어막, 그러니까 회사 역사상 가장 치욕스러운 일을 지시하고 집행했던 이들은 이제 모두 사라졌다. 그중 둘은 죽었고, 잭 컬리건과 필 듀발은 연방교도소에서 복역 중이다.

"비둘기들은 어디 있습니까? 비둘기가 있다고 들었는데요." 나

자리언이 로비를 둘러보았다.

"이젠 없어요. 최근의 일들에 비추어볼 때 어떤 종류의 생명체든 '우리'에 가두는 일에는 가담하고 싶지 않아서요. 대신 좀 더 브랜드에 긍정적인 효과를 줄 만한 것을 끌어왔죠. 보세요."

기술자가 "지금입니다!" 하고 소리 지르자 레드베터가 커다란 가위를 들고 앞으로 걸어 나왔다. CDMI의 새로운 사진 담당자가 그의 앞에서 몸을 숙이고 다음번 연례보고서에 실을 사진을 찍고 있었다. 레드베터는 카메라를 향해 재미있는 표정을 지어 보이고는 행사용 리본을 잘랐다. 휘장이 바닥으로 떨어지자 군중이 놀라는 소리가 들렸다.

비둘기들이 살던 유리벽 뒤에는 반짝이는 3D 이미지로 만든 클로딘 드 마르티노의 홀로그램이 있었다. 얼굴과 몸매는 전성기 시절 그대로였지만, 그녀가 입은 드레스는 CDMI의 최고급 레이블인 그라지엘라 아틀리에에서 나온 올해의 컬렉션 제품이었다. 그녀는 런웨이를 걷듯 공간을 가로지르며 몸을 돌렸고, 드레스가 빙글 돌자 다른 디자인의 치마 정장으로 변신했다. 매끄럽게 옷이 바뀌는 걸 보며 군중은 박수로 놀라움을 표했다. 클로딘은 한 번 더 런웨이를 걸었고, 한 바퀴 몸을 돌리자 이번에는 허리선이 높은 하얀색 바지에 줄무늬가 있는 프렌치 세일러복으로 바뀌었다. 우리의 스포츠 브랜드인 저스트어스^{JustUs}의 옷이었다. 군중은 또 한 번 박수를 쳤다.

나는 미소를 지으며 기자에게 향했다. "마담 드 마르티노보다 더 나은 브랜드 홍보대사가 어딨겠어요? 게다가 이제 세상에 안 계시니 이렇게 하는 게 최고의 경의를 표하는 거라 생각했어요."

홀로그램이 한 바퀴 다시 돌자 그라지엘라에서 나온 몸에 딱 붙는 드레스로 바뀌었다. 내가 지금 입고 있는 옷이었다. 군중은 웃음을 터뜨리며 나를 향해 박수를 쳐주었다. 나는 홀로그램을 향해 손을 살짝 흔들고는 군중을 향해 고마움의 인사를 올렸다.

"당신 역시 브랜드 홍보대사로 딱인데요." 나자리언이 말했다.

"그러면 감사하죠." 내 말과 함께 샴페인 터뜨리는 소리가 났다. "다시 가실까요?"

로비 밖으로 나가자 레스터가 나를 엄호해주었다. "괜찮아요, 레스터." 내가 어깨 뒤로 말했다. "우린 사무실에 있을게요."

레스터는 고개를 끄덕이고 명령에 응하는 군인처럼 제자리에 섰다. 그는 정말 그런 군인이었다.

기자와 함께 복도를 지나 모퉁이에 있는 내 사무실로 향했다. 그가 낮게 휘파람을 불었다. "유리가 많네요." 그는 천천히 사무실을 둘러보았다.

"투명성이죠. 우리의 새로운 좌우명이에요."

그가 발코니 밖을 바라보았다. "저기가 그……."

나는 짧게 고개를 끄덕였다. "뭐라도 드시겠어요?"

"아니요, 괜찮습니다."

"그럼 앉으세요." 나는 목까지 올라오는 가죽 의자에 앉으며 손님용 의자 쪽을 손짓했다.

"가상 비서를 두셨군요." 그가 책상 위 마벨을 보며 말했다.

나는 활짝 웃으며 말했다. "네, 아주 유용한 도구죠. 우리 연구 개발팀은 로봇공학 관련해서 놀라운 일들을 해내고 있어요. 로봇 공학은 의류 제조에 아주 적합한 분야거든요. 머지않아 노동력을 착취하는 일은 과거의 뒤안길로 사라질 거예요."

"노동자들이 많이 잘리겠군요."

나는 고개를 저었다. "힘든 단순노동에서 벗어나는 거죠. 보세요, 농업이 기계화되면서 엄청난 수의 노동자가 일자리를 잃었지지만, 그 누구도 사람이 직접 땅을 일궈야 한다고 주장하진 않잖아요. 왜냐하면 그 사이를 메우는 직업이 생겨나기 때문이에요. 더 나은 직업, 더 의미 있는 일들이요. 이제는 누구도 들판에서 노예처럼 일하지 않아도 돼요. 언젠가는 사람이 직접 옷을 만드는 일도 없어질 거예요. 그게 앞으로 나아갈 길이죠."

내 설교에 그가 안절부절못하는 게 느껴졌지만 나는 아랑곳하지 않고 계속했다. 이것이 바로 회사가 세상에 알려야 하는 것이기 때문이었다. 더 이상은 노동력 착취가 없도록 하는 것, 더 이상은 최소임금 노동자도, 무급 인턴도 없도록 하는 것. 이제 CDMI의 새날이 밝은 것이다.

감상에 젖어 설명을 이어가는 나를 기자는 그냥 내버려 두었다. 이윽고 그가 목을 가다듬고 주제를 바꿨다. "우리 독자들은 그보다 당신이 어떻게 이용됐는지에 더 관심이 있을 겁니다. 저지르지도 않은 범죄 때문에 두 달이나 복역하셨잖아요."

나는 한숨을 내쉬었다. 인터뷰가 이쪽으로 흐르는 것을 막을 길은 없었다. "네. 그리고 다음 질문에 미리 답을 하자면요. 네, 끔찍했어요."

"어떻게 버티셨습니까?"

"그런 시련을 당하잖아요? 그러면 내 안에 얼마나 큰 무언가를 갖고 있는지 깨닫게 된답니다. 저는 어렸을 때 훌륭한 멘토 한 분이 있었어요. 지나 캐스코 선생님이요." 나는 그를 위해 이름의 스펠링을 따로 불러주었다. "저는 그분을 통해서 제가 어떤 사람이 되고 싶은지, 어떻게 그걸 실현할 수 있는지 배우게 됐어요.

저는 교도소에서 강한 사람이 되고 싶었어요. 생존자가 되고 싶었어요. 그래서 그런 사람이 되었죠."

그는 내 말을 받아 적더니 고개를 들지도 않고 다음 질문을 던졌다. "이곳에 출근해서 매일 엘리베이터를 타야 하는 것도 힘드실 텐데요."

나는 숨을 들이마시고 천천히 내뱉었다. "뭐, 일단 먼저 말씀드리고 싶은 건, 매일 이곳에 와서 일할 수 있다는 건 저에게 큰 영광이자 특혜라는 거예요. 그 마음은 변치 않을 거예요. 그렇지만 엘리베이터에 대해서 말하자면 네, 매우 힘들어요. 그러니까……." 나는 약간 떨리는 목소리를 냈다. "그분이 너무 불쌍해서."

그가 눈썹을 바짝 들었다. "불쌍하다고요? 거의 2천 명이나 되는 사람을 팔아넘겼는데요?"

"위에서 내려온 지시를 따른 거잖아요. 물론 그래서 괜찮다는 말은 아니고요. 어쨌든 그러고 나서 견딜 수 없었던 심정이었던 걸 보면 천성은 좋은 분이었던 것 같아요. 그래서 안타깝다는 생각이 들고요."

"그럼 그 남자분은……." 나자리언이 발코니 쪽으로 손짓을 해 보였다.

"전혀요. 그분은 안 불쌍해요." 나는 날 선 목소리로 대답했다.

그는 손으로 턱을 받치고는 오랫동안 내 표정을 살폈다. "그날 얘기를 다시 해볼까요? 2월 2일이었죠? 무슨 일이 있었는지 설명 부탁드립니다."

나는 앉은 채로 몸을 반쯤 돌렸다. "별로 내키지 않은데요."

"기억하고 싶지 않으시겠죠. 이해합니다. 그렇지만 이건 아셔야 합니다. 그 안에서 진짜 무슨 일이 있었는지 궁금해하는 사람들이 늘 있을 거라는 사실을요."

"당신은요? 당신도 궁금하신가요?" 내가 받아쳤다.

"오, 글쎄요……." 그가 어깨를 으쓱했다.

"여기에는 두 가지 옵션밖에 없어요, 그렇죠? 살인이냐, 자살이냐. 그런데 둘 중 한 가지가 경찰과 검사에 의해 제거된 거예요. 혹시 *선례구속성의 원리*°라고 들어보셨어요?"

그가 또 한 번 어깨를 으쓱했다.

"이미 결정되었어요. 어떤 의문이 있다 해도 해결되었다는 말이죠. 루시는 자살했어요."

"그렇지만 사람들은……."

"새로운 세계 노동기준에 대해 말씀드리고 싶네요."

그가 한숨을 쉬더니 체념하듯 고개를 끄덕였다. 그리고 내가 공정노동기준법에 대한 회사의 글로벌 전략에 대해 말하는 것을 받아 적었다.

인터뷰, 공정하게 말해서 내가 한 연설은 한 시간 뒤에 마무리되었다. 그는 노트패드를 주머니에 넣고 시간을 내줘서 고맙다고 말했다. 나는 비서를 불러 그를 안내하라고 지시했다.

그가 떠난 후 나는 발코니로 나갔다. 화분의 나무들이 어느새 가을색을 입고 있었고, 공기마저도 가을을 예고하듯 산뜻했다. 30층 아래 교차로에는 교통체증에 갇혀 으르렁대는 차들이 모형처럼 서 있었다. 그러나 경적 소리든 배기가스 냄새든 이곳까지 닿기에는 너무 멀었다. 화창한 날이었다. 맨해튼의 스카이라인이 한눈에 들어왔다. 세계 최대 규모를 자랑하는, 최고의 로펌들

● 하나의 판결이 정립된 뒤 비슷한 사건이 발생할 경우 앞선 사례로써 판단을 구속하는 것.

이 들어선 빌딩들의 첨탑과 벽이 보였다. 한때 저기가 아니면 안되었던 때가 있었다. 지금은 아니다. 이제 저 로펌들이 나를 위해 일하고 있다.

그런데도 내 마음에는 그늘이 있다. 기자가 그 사건에 대해 던지고 간 질문 때문이다. 그 질문은 어떤 이미지와 감각을 불러일으켰고, 곧 내 뇌를 레이저처럼 관통했다. 나는 다시 배고파 기절할 것 같은 상태가, 피곤해서 정신이 혼미해진 상태가 되었다. 야생동물 같은 루시의 눈을 바라보자 내 안에서 분노가 이글거렸다. 검지에 닿은 차가운 금속 방아쇠의 한기가 느껴지고, 총성이 울려 퍼지는 소리가 들리고, 발사 후 흩날리는 금속 냄새가 난다. 기억이 홍수처럼 나를 휩쓸고 지나갈 것 같아 눈을 질끈 감았다.

아니야. 머릿속에서 그 기억을 지우려고 애썼다. 그 장면을 다시 떠올리고 싶지 않다. 머릿속에 그려봐. 나는 생각한다. 네가 되고 싶은 사람을 머릿속에 떠올려봐. 이곳, 직장에 있는 나. 나는 사무실로 들어가 문을 닫았다.

"징징?" 나는 사무실 천장에 대고 비서를 불렀다. "투르에 있는 이브와 연결해줘."

에필로그

2014년 2월 2일 밤 9시 2분, 가상 비서 마벨이 자동으로 목소리 녹음을 시작했다. 루시 카터 존스에게 등록된 전화기를 통해 녹음된 그 내용은 자동으로 버지니아의 클라우드 서버에 저장됐다.

— 당신이 뭘 했는지 알고 있어요.

[긴 침묵]

— 뭐라고요? 무슨 일이에요? 뭘 한 거예요?

— 제가 그런 거 아니에요. 전기가 나갔어요.

— 오, 세상에! 비상버튼 눌러봐요.

— 벌써 눌렀어요. 여보세요? 보안원 계세요? 누구 없어요?

— 대답이 없잖아요. 왜 대답을 안 하는 거죠?

— 우리, 갇힌 거 같은데요. '우리'에 갇힌 거예요. 그러니 이제 이게 어떤 기분인지 아시겠네요.

— 하지 마요.

— 1800명이에요. 팔려나가고, 갇히고, 짐짝처럼 배송되었죠. 당신이 한 일이라고요.

— 제발요. 하지 마요.

─ 그러고도 밤에 잠이 오나요? 아침에 일어날 때 기분은 어때요? 어떻게 그런 짓을 저지르고 살아갈 수 있죠?

─ 제발요. 그만해요.

[우는 소리]

─ 못 하겠어요.

─ 뭘 못 하겠다는 거죠?

─ 이러고 사는 거요. 더는 못 하겠어요. 그 소녀들, 보트에 탄 남자들…….

─ 당신이 그렇게 만든 거라고요. 당신이.

─ 저주받은 것 같아요. 우리 가문의 저주. 세대에 걸쳐서 내려온 거예요. 이제 끝내야 해요. 저는, 저는 오늘 죽으러 온 거였어요.

─ 오, 그러시겠죠. 그런데 아직 숨을 쉬고 계시네요?

─ 그런데, 할 수가 없었어요. 가족이 있잖아요. 애들도 있고요.

─ 그들한테도 가족이 있었어요. 그 팔려간 사람들 모두요.

─ 그거 알면 안 돼요. 우리 애들이 알면 안 돼요. 애들은 저주에서 풀려나야 해요. 애들은 절대 알면 안 된다고요. 아무도 알면 안 돼요.

─ 뭐죠? 오, 맙소사! 그게 뭐죠? 치워요! 지금 뭐 하시는 거예요?

─ 당신이 그 사실을 아는 한 이대로 보내드릴 순 없어요. 아무한테도 말 못 하게 입을 막아야죠.

─ 아니요, 루시! 이러면 안 돼죠. 안 돼요!

[서로 겨루듯 끙끙거리는 소리와 거친 숨소리, 이어서 총격 소리와 쿵하는 소리]

[침묵]

[전화번호 세 자리를 누르는 소리]

─ 911입니다. 무슨 일인가요?

감사의 말

제니퍼 웰츠에게 무수히 많은 감사를 표합니다. 제니퍼는 에이전트가 해야 할 모든 일을 훌륭하게 해냈을 뿐 아니라, 저에게 최고의 아이디어를 선사했고, 최악의 아이디어에서 저를 건져내 주었습니다. 늘 감사의 마음을 가지고 있어요. 제가 불평을 늘어놓을 때도요. 아리아나 필립스, 매디 틱노어는 물론이고, 장 V. 내거 문학 에이전시에 있는 능력 출중한 모든 분들에게도 감사의 마음을 전합니다.

편집자 사라 넬슨과 함께 일한 것은 몹시 영광스러운 일입니다. 그녀는 허리케인이 일어나는 동안 집에 숨어서 이 소설을 처음 읽었고, 저와 하퍼콜린스 출판사의 거래를 성사시킨 장본인입니다. 사라와 그녀의 팀원들, 특히 메리 골에게 감사를 전합니다.

이 책을 위해 많은 노력을 기울여주신 헤더 드러커에게도 감사드려요. 헤더가 이 책의 홍보 담당자가 될 거라는 소식을 들었을 때 많은 사람들이 그러더군요. 헤더가 이쪽 업계에서 최고라고요. 이제 저도 그 말이 사실이라는 것을 잘 압니다.

앨리슨, 조던, 존, 월, 모두 고맙습니다. 늘 약간 정신 나간 질문을 해도 즉각적으로 대답해주고 아무도 뭐라 하지 않았지요. 적어도 저한테는요.

  마지막으로, 제가 정말 사랑하는, 저의 하나뿐인 사람, 최악의 서평인에게 감사의 말을 전합니다. (정말이지 내가 뭘 쓸 때마다 최고일 수는 없다고.) 그래도 당신은 아주 멋진 남편이야.

더 케이지

1판 1쇄 인쇄 2023년 6월 9일
1판 1쇄 발행 2023년 6월 25일

지은이 보니 키스틀러
옮긴이 안은주
펴낸이 김기옥

문학팀 김세화 | 마케팅 김주현
경영지원 고광현, 김형식, 임민진

표지디자인 이경란 | 본문디자인 고은주
인쇄·제본 (주)민언프린텍

펴낸곳 한스미디어(한즈미디어(주))
주소 (04037) 서울시 마포구 양화로 11길 13(서교동, 강원빌딩 5층)
전화 02-707-0337 | 팩스 02-707-0198 | 홈페이지 www.hansmedia.com
출판신고번호 제313-2003-227호 | 신고일자 2003년 6월 25일

ISBN 979-11-6007-932-6 (03840)

한스미디어 소설 카페 http://cafe.naver.com/ragno | 트위터 @hans_media
페이스북 www.facebook.com/hansmediabooks | 인스타그램 @hansmystery